ALL THAT'S LEFT UNSAID

TRACEY LIEN

トレイシー・リエン

偽りの空白

吉井智津 訳　　早川書房

偽りの空白

ALL THAT'S LEFT UNSAID
by
Tracey Lien

Translated by
Chizu Yoshii
First published 2024 in Japan by
Hayakawa Publishing, Inc.
This book is published in Japan by
arrangement with
ICM Partners
acting in association with Curtis Brown Group Ltd
through Japan Uni Agency, Inc., Tokyo.

装幀／田中久子
装画／六角堂 DADA

わたしの両親に

1

　デニー・チャンがあまりに不自然な死に方をしたから、カブラマッタの住人はみんな怖気《おじけ》づいて葬儀に出られなかった。少なくともデニーの姉のキーはそう受け止めた。葬儀場はがらんとしていた。亡くなった十七歳の弟が納められた光沢のある棺は蓋をされ、弟の笑顔を大きく引きのばした遺影のそばに、母親と数人の親類がひざまずいているだけで、あとは仏教僧がひとり昼食と引き換えに読経に来たほかは、ほとんど誰も来なかった。

　親族以外の参列者といえば、デニーが通っていた高校の教師たちくらいで、会葬席も追悼メッセージの読み上げもないことに彼らは驚き、戸惑った様子でひとつ所にかたまっていた。葬儀のあとで、キーの自宅へ移動してきたときも、故人が家族と暮らした間口の狭い長屋《タウンハウス》の玄関に立ちつくし、葬儀場で渡せなかった花束とメッセージカードを持ったまま（ベトナム式の葬儀では現金の香典を渡すものだとは、誰からも聞いていなかったのだ）、ウェイターを呼ぶみたいにキーに手を振った。

「やあ、キー！」ディクスン先生が場にそぐわない明るい声でキーを呼んだ。意識して口を横に大きくひらいて見えるのは、キーという名前を正しく発音しようとする努力の表れなのだろう。キーが八年生のとき、週に四コマあった数学の授業を受け持っていたこの先生は、本人が訂正しても彼女のことを〝カイ〟と呼んだ。「キーです」と、彼女は小声で伝え、「ドアの鍵《キー》とおなじです」と説明した。

健忘症だったのかもしれないが、つぎの授業で出席をとるときには、キーはまた〝カイ〟になり、三回訂正しても直らないときには、キーもとうとうあきらめた。キーでも、カイでも、お好きにどうぞ。

「どうぞこちらへ」キーは急いでコーヒーテーブルの上を片づけ、花を置くためのスペースをあけた。

教師たちが両親の居間に視線を走らせているのがわかる。部屋の隅から隅まで見まわし、自分たちにもなじみのあるもの（パナソニックのテレビ、古ぼけたマクドナルドのハッピーセットのおもちゃが載ったビデオデッキ、額に収められたキーの大学の卒業証書、デニーが四年連続で成績最優秀者に選ばれたときに毎回撮った写真）と、自分たちにはなじみのないもの（キーの祖父母の、笑っていないモノクロの遺影が飾られた仏壇、テレビの上に掛けられた、一九九六年は子年《ねずみ》だと知らせている鮮やかな赤のカレンダー、入口いっぱいに置かれた家族の靴）とを、ひととおり確認しているのだ。ディクスン先生といっしょに来たフォークナー先生とバック先生も、家のなかを観察しながらキーの年下のいとこたちに笑いかけたが、そのうちのひとりからしかめ面を返されていた。

「ご両親はお戻りですか？」と、ディクスン先生が尋ねた。

「母が台所にいます」

キーの母は前日の晩から、お別れの会に来てくれる人々をもてなすための饅頭《まんじゅう》を百個以上も粉からこねて準備していた。キーも饅頭のてっぺんに食紅で赤い判を押すのを手伝ったが、そんなにたくさん食べ物を用意する必要があるのかと、疑問を口にしていた。キーは四年前に家を出て、もうカブラマッタには住んでいないけれど、この街がどんなふうに動いているかは知っていた。誰かが亡くなったとき、たとえばそれがお年寄りなら、誰もが覚悟できている死、つまり「良い死」だとされ、この界隈《かいわい》に住むアジア系の人々は現金を包んだ香典袋を手に、家族連れだって故人の家を訪れる。けれど、亡くなったのが子供だったり、ギャングや薬物が絡んでいたりするのは、とても不運な死、つまり「悪い死」だとされるから、みんな急に用事ができて忙しくなったり、たまたま遠出をしていたり、訃報を聞いていなかったりするのだった。キーの両親も以前、友達や知り合いにたいして似たような態度をとったことがあった。本当は、近寄ったら不運がうつるという迷信を信じているからなのに、仕事が忙しいことを口実にして葬儀に出なかったのだ。

「それとこれとは違うんだよ」キーの母は、こんなにたくさんつくっていったい誰が食べるのか、と娘に訊《き》かれてそう言った。言いながら、キーとは目を合わせようとしなかった。母はデニーの死が「悪い死」だとは認めない。母からことばを奪い、家族を沈黙させた、悪夢のような最悪の死だとは認めていない。そして、もしも一瞬でも手を休めたら、その隙に真実が追いついてきてしまうのを恐れているかのように、手を止めるのを拒んでいた。

キーは手にしていた判子を、これ見よがしにキッチンカウンターの上に投げだして、言った。「違うって、どう違うの?」母に自分のほうを向いてほしかった。家族の誰かひとりでも、まっすぐキーと向き合って、弟の話をしてほしかった。

「だって、あの子はわたしの息子なんだから!」そう言うと、母は身体ごと突っこんでいきそうな勢いで、こねていた生地をカウンターに叩《たた》きつけた。

キーはそれ以上言うのはやめにした。黙りこむ彼女の頭のなかを、さまざまな思いが駆けめぐった。葬儀に来ない隣人たちのこと。両親の職場の人たちのこと。いつもはそんなに親しくない知り合いにまで結婚式に招待してくれと言ってまわっているのに、こういうときは都合よく忙しくなって顔も出さない人たちだ。きっといまごろは麻雀《マージャン》の卓を囲んで、茹《ゆ》で落花生をつまみながら、噂話《うわさばなし》に花を咲かせているのだろう。いい子だったのに、賢い子だったのに、あの男の子は間違ったときに間違った場所にいた。なんて不運なんだろうと。世のなかはもう昔とは違う、人はどれほど非情になったかと、首を横に振りながら口々に言う人々の姿が目に浮かぶ。オーストラリアのような複雑な国の、カブラマッタみたいな街にいたんじゃ、いつ誰に何が起こるかなんてわかったもんじゃない、などと言っているに違いない。考えているうちに腹が立ってきた。弟について人々が口にしそうなことばを思いうかべては、キーは歯噛《はが》みし、歯ぎしりをした。だって、その人たちがいったいあの子の何を知っているというのか？　不運なんていうのは意味のない、ただの負け犬根性だ。不運なんていうのは、やってみもせずにあきらめてしまうこと。ほかの誰かに起きたとしても自分には起こらない、もののついでに語られるようなことでしかないのに。何が不運だ、とキーは緊張したあごを緩めて、家をあけている隣人たちに向かって叫びたかった。けれど口を動かしてみたところで、音ひとつ出ないことは自分でもわかっている。キーにできるのは、せいぜい想像してみることくらいだ。そもそもキーが何か言ったところで、まともに話を聴いてくれる人なんていないのだから。

みんな来てくれるよ、とキーの母はまた言った。厚みのある手は休むことなく、生地を押したりつかんだりねじったりしている。まるでわが子への愛が、流した汗と骨折り仕事の量ではかられるみたいに。つまり、どれだけの食べ物をつくったかや、蒸しあがった饅頭にどのくらいの弾力が出るかが母にとっては重要なのだ。みんなわたしの息子のために来てくれるんだよ、と母は繰り返した。だから、お別れの会に充分な食べ物が用意できていなかったら恥ずかしいし、それにうちの家族にはこれ以上ばつの悪い思いをする余裕はないのだから、というのが母の言い分だった。

キーは母の言うとおりであってほしいと思った。だって、デニーにはにぎやかなのが似合う。にぎやかどころか、こんなに早く人生が終わらなかったなら、きっとあの子が出会っていたはずの人々が、ひとりのこらずここにいたっていいくらいなのだから。葬儀までの数日間、キーは気がつけば白昼夢のなかにいた。何百人、いや何千人もの見知らぬ人々が、デニーのためにカブラマッタに巡礼に訪れる夢だ。大挙してやってきた人々がつぎつぎと両親の家の車寄せに車を停めては歩道に降り立ち、みるみる周辺の通りを埋めつくしたかと思うと、どれほどデニーと出会いたかったかと口々に叫びだす。夢はキーの心が生みだしたものではあったけれど、自分では操ることができなかった。それどころか、これまでの人生で最悪の喧嘩《けんか》別れをして以来、何年も会っていない親友のミニーが登場して、人々の注意をキーに引きつけた。すると夢のなかの巡礼者たちがいっせいにキーのほうを向き、いままでいったいどこへ行っていたのか、どうしてデニーといっしょにいなかったのか、よくも弟をあんなふうに見捨てるなんて自分勝手なことができたものだ、と責め立てた。白昼夢のなかで、キーは凍りつき、渇いた口のなかでは舌がどんどん腫れて、役に立たなくなり、やがてみずから夢を振り切り、はっとわれに返るまでそれは続いた。

現実のキーは居間にいて、ディクスン先生がじっとこっちを見ていることに気がついた。台所に案内されることをこの教師は期待している。キーも見つめ返した。自分が何をすべきかはだいたいいつも理解できる。どうふるまえば社会に受けいれられるかはよくわかっている。でもなかなか行動に移せなかった。ときどき、キーは自分の身体を離れて、テレビを見ているみたいに自分を見ている気がするときがあった。そしていま、ディクスン先生のお悔みのことばと、きっとそのあとに続く堅苦しくぎこちない会話を両親のために通訳しなくてはいけないと思うと、逃げだしたくてたまらない気持ちになった。いますぐにでもこの場を立ち去り、家を出て、通りの先へ。どっちへだって構わない。見えない壁を突き破り、とにかくここから逃げだして、どこかへ行ってしまいたかった。

「ふたりともいま忙しいんです」。まんざら嘘《うそ》でもなかった。母は一心不乱に料理を続けていた。父は、三十分前にキーが見かけたときは、黒いスラックスと白いシャツの喪服姿で、といっても銀行の窓口に勤める父がふだん着ている仕事着と変わらない姿で、ツインサイズのデニーのマットレスに横たわっていた。「それに英語も得意じゃありませんし」

「そういうわけにも――」

「こちらでお食事をどうぞ」と、キーは言った。「これみんな母が時間をかけて用意したものなんです。召し上がってくだされば喜びます」

キーは教師たちのために、饅頭と麵を紙皿に山盛りにして取り分けた。腋《わき》の下で汗が白いボタンダウンのシャツに染みだし、縁なしの眼鏡が幅広の鼻をずり落ちていくのが感触でわかる。キーの両親が家に客を迎えることはめったになく、白人の客となると、エイボン化粧品の訪問販売員を除けば、さらにまれな機会だった。キーが思い出せるかぎりで白人の客が家に来たことは、まえに一度だけあった。デニーが八歳のとき、赤毛でそばかすの男の子と仲良くなって、兵隊《G・I・ジョー》さんのフィギュアでいっしょに遊ぼうと連れてきたのだ。キーの母は白人を信用しない人で、白人はものを盗むとまで思いこんでいたから、その子を家にあげるのを許さなかった。それで仕方なく玄関先で、デニーは家の内側、その子は外側に分かれてすわりこみ、ふたりは遊びはじめたのだった。当時十三歳だったキーは、こんなことするのはふつうじゃない、と母に抗議した。べつに白人の友達がいたわけではないけれど、それでもそばかすの子は泥棒じゃないと請け合っていいと思っていた。

「あの子たちは気にしちゃいないよ」と、母は台所から顔をのぞかせて、フィギュアの兵隊さんたちと戦争に行くふたりを見ながら言った。

けれど、そばかすの子は家に帰って自分の母親に話し、その母親は気にしたに違いなかった。それ以来、その子が遊びに来ることは二度となかった。

当時、学校が終わると毎日欠かさずキーの家に立ち寄っていたミニーによれば、キーの母はいいところに気がついていたのだそうだ。「白人はほんとに泥棒だもん」と、グレープ味のハバ・ババの風船ガムを大きくふくらませながら、ミニーは言った。「キャプテン・クックでしょ、コロンブスでしょ、それにフランス人も！　白人っていうのは昔っから大泥棒ばっかりなんだよ」

「いったい何の話？」キーは言った。

ミニーは芝居がかった動きで自分のおでこをぴしゃりと叩き、目玉をそれ以上後ろへはいかないくらいまで大きくぐるりとまわした。「何のって、キー、あいつらあんたの考える力まで盗んでいっちやったんだね」

「わたしの何って?」

「キーのお母さんはおかしくなんかないよ……」ミニーは拳銃に見立てた指をキーに向けて傾けた。

「賢いんだ」

いつだってミニーが母の肩を持つことにいらだちはしつつも、母の言動は至って普通のことだと感じさせてくれる友達がいてくれることに、キーはひそかに感謝していた。その後、進学した大学でできた白人の友達に両親の話をしても、キーのうちは難民家庭だったんだからそんなものだよ、なんていう答えが返ってくることはなかった。ベトナムからの移住者に特有の価値観や行動基準があるだけだ、などと言ってその子たちがキーを安心させてくれることはなかった。それどころか、キーの母親は被害妄想に陥っているみたいだから、セラピストのところへ行ってみたらいい、なんてことを言われてしまう。そして、そうした勝手な決めつけをされるたびに思い知らされるのは、家族の話をすること自体がある種の裏切りだということだった。それは成功できなかった人々として、自分の両親をよそ者の目にさらすことであり、両親がどんな過去をくぐり抜けてきたかも、どれほど深い愛情をわが子らに注いできたかも、あるいはベトナム人にはベトナム人のやり方があるだけだということもまったく理解していないよそ者に、キーもいっしょに笑うためでなく、自分が笑われるためだけに話題を提供していることにほかならないということだった。キーがミニーにいちばん会いたいと思うのは、そんな気持ちになるときだった。

「それで、こっちにはどのくらいいるの?」ディクスン先生は、くっついてかたまりになった麵にプラスチックのフォークをつっこみ、スパゲッティみたいに巻いていた。目線はキーの顔と、その後ろにあるテレビとをいったりきたりしている。ニュースキャスターが図解で説明しているのは、拡大しつつあるオゾン層の穴についてだ。

「え、何ですか?」キーははっとして、居間に注意を戻した。

「オゾン層に穴ができて大変だっていうのは、八〇年代から言われてるよね」ディクスン先生は、テレビのほうにあごを突きだして言った。「もう九〇年代になったたっていうのに、まだ何も解明されてないとは信じられないね」

キーが振り返ると、テレビではニュースキャスターが、もうつぎの話題に移り、迫りくる山火事のシーズンについて話していた。

「はあ」キーはどうしていいかわからず、ともかく背筋をのばした。「それで」

「まあいい」ディクスン先生は口に入っていた麵を飲みこみ、キーに尋ねた。「で、こっちにはどのくらいいるの?」

意外だった。キーがもうシドニーに住んでいないことをディクスン先生は知っているのだ。もちろんデニーが話したからだろう。キーが進学でメルボルンに引っ越したときも、ヘラルド・サン紙でインターンを始めたときも、初めての署名記事が出たときも、デニーは目をまるくして驚いていた。ちょっとのあいだでいいから、キーのところに自分も住んでみていいかとまで訊いてきた。カブラマッタの外での暮らしがどんなふうなのかを知りたいのだと言っていた。それにたいしてキーは、今度帰省したときに話すと答えたのだった。まさか今度の帰省があの子の葬式になるとは思ってもみなかった。

「一週間休みをとっています。でも、職場からは必要ならもっと休んでいいと言ってもらってます」

「あなたが帰ってきて、ご両親も喜んでおられると思いますよ」と言ったのは、バック先生だった。ストロベリーブロンドの髪は、キーの記憶のなかの先生そのままだ。でも、何年も会わないあいだにそばかすが増えたようで、白くなめらかだった肌には薄茶色の島がいくつもできていた。「こんな悲劇を経験するなんて想像もできません。ほんとに……あまりにひどいとしか。あなたが帰って来たのは、親御さんにとっても大事なことだと思いますよ」

フォークナー先生がうなずいている。唇をぴったりと閉じたままで、充血した両目の端には涙をためている。

キーは自分の目の乾きが急に気になった。葬儀のあいだ、キーは少しも泣いていなかった。両親もおなじだった。

〝ねえ、何て思われてるか知ってる？〟キーの頭のなかで声が言う。キーが何か思ったり話したりするたびにミニーが割りこんでくるのには、カブラマッタへ帰ってきたことが関係しているようだった。カブラマッタを思い出せばかならずミニーの思い出がついてきたし、友人の声はいつも思いがけないときに現れた。〝あいつら、あんたが何にも感じてないと思ってるんだ〟

そんなことはない、とキーは思った。

〝ほんとだって。あいつら、あんたは何にも感じないストイックなアジア人だと思ってる。儒教の価値観で生きてるんだってね〟

何を言いだすの――

〝ほら、孔子が言ったっていうあれ、泣くのは赤ん坊だっていうやつ〟

うちの家族が泣いてないからといって、何も感じてないわけではないのだと、キーは教師たちに説明せずにはおれない気持ちになってきた。実際、キーも両親も胸の内を示すサインをいくつも発していて、傷ついた心は様々なところに表れていた。デニーの死を知らされて以来、母の目に覆いかぶさったまま晴れることのない霧。父の沈黙。話したくないのではなくて、ただ口に出すことばを見つけられないでいるのだ。キーの固く緊張したあごと止まらない汗と行き止まりの夢想と、ここに居もしない友達との想像上の会話だってそうだ。チャン家の人々は何も感じていなくなんかない。空っぽになってしまっただけだ。

〝誰も訊いてないよ〟

え？

〝ねえ、キー、そんなどうでもいいこと、先生たちに説明しなくたっていいんだって。訊かれたわけじゃないんだし、あの人たちには関係ないことだよ〟

でも――

〝やめときなって〟

「それで、このあとは何があるの？」ディクスン先生が尋ねる。手はやはり、意識するでもなしにフォークをまわしている。

「さあ、お別れの会のあと、まだ何かあるのかどうかも知らないんです」キーはようやく現実の世界に戻り、現実の質問に答えた。

「あの、ご家族は……」ディクスン先生は、フォークナー先生とバック先生のほうを見てから、麵に戻り、言った。「ほかに何か聞いていますか？　何があったかについて？」

キーはバック先生が体重を片方の足からもう片方に移すのを見ていた。フォークナー先生は下唇を嚙んで、麵の皿を見ている。三人の教師は誰もキーとは目を合わさない。

キーが両親を通して聞いた情報は断片的で、思い出そうとするうちに汗が冷えて、肌がひやりとした。母からは、その日デニーは〈ラッキー８〉へ行ったと聞いた。宴会向けのシーフードレストランだ。伝統行事として十二月におこなわれる十二年生の卒業パーティーのあとでそこへ行ったらしい。勉強をよく頑張ったご褒美としてデニーが友達どうしで夜外出するのを両親が許したのはそれが初めてだった。それも、何カ月もまえからデニーに懇願され、デニーの親友のエディ・ホーからも、せっかく正装するのだから昼のパーティーだけで帰るのはもったいないと思っているだけなのだと言われてはじめて許したことだった。説得するにあたっては、キーも一役買っていた。

「もう、母さんったら」パーティーの数週間前の週末、キーは電話で母に話した。「だってラッキー8だよ。結婚式をするようなところだよ。それに、わたしのときだって、二次会には行かなきゃいけなかったもの」

「おまえのときも?」

キーはしばらく黙り、数年前のあのとき二次会に出ることを、本当に母に告げたのだったかどうかと考えた。

「そうだよ」指をクロスさせ、祈る気持ちで続けた。「だいじょうぶ! デニーはもう子供じゃないんだし、いい子だから、いままでもめごとに巻きこまれたことなんて一度もないし、それにラッキー8なんだから!」

「でも、カブラマッタはおまえがこっちにいたころとは違うんだよ」母はベトナム語で言った。「変わってしまったんだよ。人もあのころとは違って――」

「そんなに気をもんでばかりいないで、行かせてあげてよ。そんなにいつまでも過保護にしてたら、デニーだって成長できなくなってしまうよ」

父からは、卒業パーティーそのものは滞りなくすんだと聞いた。デニーは《将来いちばん成功しそうな生徒》に選ばれ、飾り帯《サッシュ》をもらい、その日着ていた借りもののスーツの胸ポケットにつっこんでいた。持っていた使い捨てカメラには、カブラマッタ高校の同級生たちや教師たち、それに卒業パーティー本会場の〈RSLクラブ〉で供された、ばりばりに揚げすぎた料理の写真がのこっていた。そのあとみんなと徒歩でラッキー8へ移動している。そこは結婚パーティーのないときでも、ウェディングシンガーが歌を聴かせることで有名な店で、六つある生簀《いけす》に魚やロブスターやキングクラブがいっぱいいる、祝福と希望と新たな始まりのためのレストランだ。

母と父の両方によれば、そのつぎにやって来たのが〝不運〟だった。それも、簡単に人に話してしまえるような、つま先をどこかにぶつけたとか車のホイールキャップを盗まれたとかいうたぐいの不運ではなくて、家々の屋根の上を徘徊《はいかい》して、どの家族に呪いをかけようか、どの子供を盗もうかと探してまわるようなたぐいの不運だ。警察が何と言っているのかとキーは尋ねてみたが、ふたりともそれ以上は何も話さず、ただ首を振り、泣き腫らした目をして、唇の動きで〝不運、不運〟と繰り返すばかりだった。キーはそんな父と母にも大声で何か言いたかったが、いざ口をひらいてみると何も言えなかった。

「わかりません」ようやくディクスン先生と目を合わせて、キーが言った。「事件からあと、わたしたち警察から何も聞いていないんです」

「そうか」ディクスン先生はプラスチックのフォークをまわしていた手を止めた。「もしわれわれにできることとか、役に立てそうなことがあったら何でも言ってくれよ」

〝へっ、何の意味もないね〟キーの頭のなかでミニーが言った。

「ありがとうございます」キーは言った。頭のなかではまだミニーの声が聞こえている。

ディクスン先生は口をもぐもぐさせながらうなずいている。バック先生がキーの肩に手を置いた。身体をよじって振り払わないようにするのが精一杯だ。フォークナー先生はいまにも泣きだしそうな顔をしている。

キーにだけ聞こえる声で、ミニーが話しつづける。〝でもさ、あたし知ってるんだよね。キーは、よき姉としてこのままほっとくはずがないって！　自分がなんとかするんだって、引き受けるんだ。そうだよね、キー？　弟を助けられなかったことの埋め合わせをするんだよね。どうしようもないくらいに真面目でがんばりやさんだっただけの人生から初めて一歩踏みだすんだ！　だって、まぬけな警官たちはどうせろくなことしやしないんだから。だって、あいつら、あたしたちのことなんて、移民特有の問題を抱えた問題の多い移民だってことで片づけたら終わりなんだからさ！　だって、あたしたちみたいな誰かが殴り殺されたっていうのに、あたしたちが声を上げることができないとしたら、あたしたちいったいどうしちゃったの、ってことじゃない？　だって、だって、だってさ！〟

　デニーがラッキー8で殴られて死んだと伝えるための電話が両親からかかってきたとき、キーは留守にしていて電話に出られなかった。職場にかかってきたときは、締切に追われていて、電話をとらなかった。ちょうど車中生活を続けていた夫婦が宝くじに当選したという社会面に載せる記事を任されていたときだった。勤め先の新聞社の受付に両親が伝言をのこしていったときは、その内容がキーに伝えられることはなかった。というのも、受付のベッカ・スミスが言うには、訛《なま》りがきつくて何を言ってるのかわからなかったからだ。

「中国人の男《チャイニーズ・マン》の人からあなたに電話があったと思うわ」と彼女は言った。「番号を言ってくれたんだけど、正直言って、とても聞き取れたものじゃなくて。メモしてないの」

「そう、ありがとう」キーは、誰かいまの会話を聞いていた人はいないかと周囲を見まわした。キーの気持ちを公平に評価して、客観的に見てあれは感じ悪いね、ベッカ・スミスとのこれまでのやりとりでもそうだったけれど、と言ってくれるような人だ。それにキーが、後ろからいきなり椅子を蹴られたみたいな衝撃を受けて気持ちがぐらついたのは、ごくあたりまえの反応で、むしろ至極あたりまえのことであって、寛大すぎるくらいだと言ってくれるような人はいないだろうかと探した。誰とも目が合わなかった。とすると、あの出来事は、キーとどこまでも能天気な受付係とのあいだだけで起きたことでしかないことになる。「チャイニーズ・マンさんの名刺を探して、こっちからかけてみます」

「そう！　じゃあ、おまかせするわね！」ベッカ・スミスは、アクリル・ネイルの爪で、キーのデスクの仕切り板をとんとんと叩きながら言った。笑顔が硬かったのは、皮肉には気づいたようだが、いまひとつ理解しきれなかったからだろう。

　両親がのこした留守番電話のメッセージは、どれもすぐには聞かなかった。どうせたいした話ではないと思っていたからだ。だって、いつもそうだったから。デニーが学校のキャンプに行きたがっているが、安全か？　とか、デニーが十一年生で物理をとらないって言いだしたが、それであの子は医者になれるのか？　とか、デニーがディベート大会で遠征しなきゃならないと言っているが、そういうものは本当にあるのか？　十代の子はドラッグをやるために、嘘をついたりするんじゃないのか？　とか、そういう話ばかりだったから。

　キーの五歳下の弟、デニーのこととなると、両親はまるで子育てをする能力を失くしてしまったかのようだった。キーのときに一度経験したことを全部忘れて、もう一度始めなくてはならないという思いに圧倒されているみたいだった。チャン家では、故国ベトナムの慣習へのこだわりが強く、男の子は女の子よりも価値があるという考え方が生きていた。なんだかんだいっても、男の子は家族の名前を受け継ぎ、伝統的に、一家の大黒柱になる。女の子はどんなに優秀でも、結局は結婚して他所《よそ》の家族の一員になるのだから、という考え方だ。デニーが生まれて、チャン家の家族はようやく再出発できるという気持ちが両親にはあったのではないか、ともキーは感じていた。デニーは、家族がカブラマッタに落ち着いてからできた子供で、オーストラリアで生まれた。キーは両親にとっては育児の練習台のような子供だった。ベトナムで生まれ、マレーシアの難民キャンプでトイレトレーニングを受け、幼稚園から二年生まではＥＳＬ（英語以外を母国語とする人たちのための英語のクラス）に通わされた。キーがうまく育つかどうかも、両親にはわからなかった。キーは自分たちに似すぎている気がしていた。その点、デニーはといえば、一点の曇りもない好機の象徴だった。そこでは両親も妥協する必要がなかった。だから、あんなにもデニーを大切に扱い、ひとり息子の将来を台無しにすることを恐れて、決断ができなくなっていたのだということはキーにも理解できた。

デニーが生まれたとき、キーは最初、この弟が気に入らなかったのだが、その気持ちが氷解した瞬間を覚えている。一九八〇年夏のオリンピック・モスクワ大会に参加する各国の国旗に色を塗っていた六歳のキーを、まだおむつをしていたデニーがそばにしゃがみこんで見ていたときのことだ。キーはデニーに、色鉛筆にさわったり、べたべたした指で課題の用紙にふれたりしないようにと注意した。デニーは彼女のとなりにちょこんとすわりなおし、膝の上に肘をついて手にあごをのせておとなしく見ていた。紙の上を走らせる色鉛筆の音だけが聞こえている家族の居間で、とつぜん、キーはずるりと湿ったおならの音を聞いたのだった。ぶんと頭を振り向けると、デニーが口をまんまるにあけ、目を大きく見開いていた。そして、パンツにうんちをもらすなんて、もう大きいのに馬鹿な子だとキーが責めるまえに、弟はエイジャックスの洗剤のコマーシャルみたいな調子で「オー、ノー!」と言ったのだ。そのとき、キーのなかで何かが崩壊した。両親があまりにもかわいがる弟を好きにならないように、心のなかに自分でつくっていた壁が崩れ落ちたのだ。キーは笑いころげた。笑いすぎてお腹の筋肉が痛くなっても止められずに笑い、息を喘《あえ》がせて笑った。するとデニーも笑いだし、床をころがりだしたので、おむつのなかのうんちが押されてにおいがわーっとひろがった。キーは息が詰まる思いだったけれども笑いが止まらず、もう臭くて味がしそうとまで言いながら、それでも笑わずにはおれないので口は閉じられないまま笑いつづけた。

メルボルンのアパートでは、ピザと、ビールを二口飲んだだけでは顔が赤くならない同僚たちに負けないよう練習するためのトゥーイーズ・ニューの六本パックを用意して、それから留守番電話のメッセージを再生した。

最初の三件は父からで、キーと話すときはベトナム語しか使わない父は、急ぎの用があるから、できるだけ早く電話してほしいというメッセージをのこしていた。四件目も父で、今度はデニーに何かあったと言っていた。五件目で、父は、デニーが殺されたと言い、葬儀の準備をしているから、キーもすぐに帰ってくるようにと言った。声が割れることもなく、泣いている様子もなかった。キーはテープを巻き戻し、最初のメッセージから何度も何度も再生して、ことばが意味を持たなくなるまで繰り返し聞いた。もしや自分はベトナム語を忘れてしまったのではないかと疑った。長いこと使わなくてさびついているから、本当は「あの子は賢いから普通より早く卒業したんだ、それにひきかえ、どうしておまえは弟とおなじように賢くなれないんだ？」と言っているだけなのに、「殺された」と聞き違えたのではないかと思った。もしかして、弟が学校でいじめに遭っていたとしたらどうだろうかとも考えてみた。心配した両親がキーに電話をしてきて、帰ってきてあの子のために抗議してほしいと言うかもしれない。あの子をいじめた相手を叩くか殴るかしてほしいとか、優秀な生徒を保護するように学校に要求してほしいとか言うかもしれない。

「ねえ、あんたどうしてこれで、いじめられないですんでるの？」と、デニーが体育以外の全教科で一番の成績を収めた成績表をうちに持ち帰ってきたのを見て、キーが言ったのは一年前のことだ。キーは旧正月《テト》を祝うための帰省中で、きれいな家で新年を迎えられるようにと母に言われて、デニーといっしょに一階の窓ガラスを洗い、スキージーをかけていた。

「このごろはガリ勉だからって、ボコボコにやられたりはしないと思うんだ」デニーは言った。

「そうだよね」

「そういや、姉ちゃんはこっちで学校へ行ってるとき、殴られたりしてなかったよね」

「それはまた違う話だよ」乾いて窓ガラスにくっついた虫をつまみとりながら、キーは言った。

「どう違うの？」

ミニーがいたから、とキーは答えたかった。二年生のとき、白人の女子のグループが、すれ違いざまに目尻を指でうしろへ引っぱるしぐさをしたとき、ミニーがリーダー格の生徒に、頭を剃《そ》って丸坊主にするぞ、と言って脅かしたことがあった。それからまるひと月のあいだ、キーたちが食堂や集会でそのブロンド女子のグループと顔を合わせるたびに、ミニーは頭を剃るジェスチャーをして見せた。一度は眉毛を剃る身振りまでして、リーダーを泣かせたこともあった。ミニーが八歳のときの出来事だ。高校生になるころには、ミニーは歩く《ドゥー・ノット・ディスターブ《じゃますんな!》》の看板となり、おかげでキーは、髪の毛を引っぱられたり、足をひっかけられたり、椅子に唾を吐きかけられたりしなくてすんだ。

「さあね」キーは言った。「他人のすることに余計な手出しをしなかったからじゃないかな」

「ぼくもだ」デニーが縁なしの眼鏡をはずしながら言った。キーとよく似た眼鏡を選んだのは、縁なし眼鏡はおしゃれだし、大人っぽく見えるとキーが言ったからだった。キーは、デニーがそれをかけると、まるでちびっこ税理士だと思っていたけれど。デニーは眼鏡をこめかみの高さに上げて、スキージーをかけようとしていた。「そればっか言うわけじゃないけどさ」

「どういう意味？」

「なんていうかさ……」デニーは眼鏡のレンズに光をあてながら、なんだかさっきより汚くなったとでも言いたげな顔をした。「殴られてるガリ勉はいるわけで、でもガリ勉だから殴られてるわけじゃない。その子たちは、人を馬鹿にしてると思われるようなことをわざわざするから殴られるんだよな」

キーは幽霊に背中を押されたような気がしていた。デニーに彼女を責めるつもりはなかったのはわかっている。そんなことをする子じゃないからだ。でも責められたとしてもおかしくなかったのかもしれなかった。

「ずいぶんと大人みたいなこと言うんだね」キーは大きく息を吞《の》んだ。「それに……」キーはデニーの曇った眼鏡を見ながら首をかしげた。「それ、汚いよ」

「わかってる。スキージーできれいになるかなって思ったんだよ——」

メルボルンのアパートの部屋で、キーは留守番電話機を抱え、抱きしめた。もう自分のベトナム語力を疑ってはいない。実家の番号にかけ、電話をとった父に質問を浴びせかけた。何があったの？　どんなふうに起こったの？　あの子誰といたの？　いっしょにいた人たちは何を知ってるの？　父は、とにかく帰ってこいと言った。話はそれからだと。しばらくすわったままでいるうちに、ピザのチーズが固まりはじめていた。食べものというよりはフリスビーに似た物体になってしまったそれを捨てると、急にあちこちきれいにしなくてはという気持ちが襲ってきた。キーは洗濯かごをかきまわし、汚れた下着をつかんで取ると、洗面台のシンクに水をはり、コールド・パワーの洗剤を流しいれた。そこへ洗濯物を持った手をつっこみ、水中でゆすって泡を立てた。それから、縁なしの眼鏡をはずした。これをかけたら大人っぽく見えるから、きっと一人前に扱ってもらえるはずだから、と思って買った眼鏡だ。その眼鏡のレンズをアルコールワイプで拭いた。シャワーも浴びないではいられなかった。裸で浴槽のなかに立ち、背中にシャワーを浴びているうち、浴槽をこすり洗いしなければという気持ちにとらわれた。スポンジを手にしてその場にしゃがみこむと、クリームクレンザーで浴槽と壁のタイルをこすり、自分の腕をシャワーヘッドの延長みたいにして流した。肩にかかる湯が腕をつたい、どこでもキーが指さす方向へと流れ落ちていく。

空気中の細菌には酢の蒸気がいいと、以前母から教わっていた。母は詳しいことをひとつも説明しなかったから、一リットルほどもあった酢をやかんに注ぎ入れて火にかけ、沸騰するのを待った。部屋じゅうが、蒸れた足みたいなにおいで満たされはじめ、刺激で息が詰まり、内側から身体がひっくりかえりそうになる。言いたいことはたくさんあった。デニーに、両親に、聴いてくれるなら相手は誰でもよかった。謝罪、説明、痛みをともなう考察。話しさえすれば、きっといくつもの真実が明らかになるはずだ。頭のなかでは、たくさんのことばがせめぎあい、われ先にと並び替わり、パニックを起こしながらぶつかってはこぼれ落ちていく。キーは話したくてたまらないのに、身体がそれを許さず、喘ぎ声しか出てこない。口をひらいても、出てくるのは空気だけ。何度繰り返しても、わずかな空気しか出てこない。やがてあたりは暗くなり、すべてが静かになった。キーはただひとり、息を詰まらせ泣いていた。すっぱい蒸気に満たされた部屋の空気に包まれて、自分の声ともつかない声をあげて泣きつづけた。

2

チャン家では、毎朝八時には家族全員が起きているのがきまりだった。日曜日も例外ではなく、キーがまだ両親と暮らしていたころは、父がVHSで見ているベトナム人向けのバラエティ番組「パリス・バイ・ナイト」で流れる、戦後のサイゴンを懐かしむカイン・リーの陰気な歌声か、母が埃《ほこり》を払う羽根ばたきの柄がドアにこつこつ当たる音ではっと目が覚めたものだった。

デニーの葬儀を終えた翌朝、家のなかは静まり返っていた。キーは時計をたしかめた。八時半。外では飛ばしていく車の音がして、カササギフエガラスが鳴いている。ポケベルに職場からの連絡がひとつも入っていなかったので、キーはポケベルが故障して、仕事を見落としてしまったかもしれないと思い、慌ててベッドから飛びだした。靴下を片方穿《は》いたところで、そういえばこの週は休暇を取っていたとようやく気がついた。そして休暇を取った理由も思い出した。

もう一度ベッドに倒れこみ、まわりを見まわす。部屋のなかはここで暮らしていたころと何ひとつ変わっていない。壁に貼った「シザーハンズ」と「ボーイズⅡ《トゥー》メン」のポスター。窓に貼りつけたシール式のピアス。中古のキャベツ畑人形はドレッサーにすわらせたままだ。キャベツ畑人形は、キーが八歳のときにチャリティショップのビニーズで買ってもらったもので、中古のおもちゃを娘に持たせて、皮膚病でも感染《うつ》ったら大変だと、母が漂白剤にさらしたので、茶色の髪とベージュの肌がアルビノに変わってしまった。キーは消えてしまった人形の顔を油性ペンで描きなおし、髪の毛はオレンジとピンクのマーカーで塗りなおした。そしてそれを学校へ持っていった。なぜならブロンド女子たちがみんな自分のキャベツ畑人形を学校へ持ってきていたからだった。キーは自分のキャベツ畑人形は取り憑《つ》かれていて、腹のなかが邪悪だから、みんなが持っている普通のキャベツ畑人形よりもクールに見えるのだと、その子たちに知らせていた。母親に高い位置で結ってもらったポニーテールを噴水みたいに揺らして、いつもクラスの中心にいるブロンド女子たちは、キーの人形が〝クールだ〟とは信じなかったけれども、〝邪悪だ〟と信じていた。それで、昼休みになるとキーに人形を持って自分たちを追いかけさせた。そうさせておいて、キーが近くまで来ると、金切り声をあげて心の底から怖がっているみたいな顔をするのだ。当時すでにキーの親友だったミニーはその遊びには加わらず、ひとり校庭の冷たい金属製のベンチに寝ころんで、ユーカリの木の張りだした枝を眺めたり、爪の垢《あか》をほじったりしていた。

「キーって、それやってるとき必死だよね」。ブロンド女子たちを追いかけていたキーが戻ってきたとき、ミニーが身体を起こして言った。

「必死になんかなってないよ！」

「なってるよ」

「なってないって」

「キーはものすごく頑張って、あいつらと友達になろうとしてる。それを必死になってるっていうんだよ」

「だったら何？」

「あっちはべつに友達になりたいなんて思ってないのにさ」

「ミニーはキャベツ畑人形持ってないからやきもち焼いてるんだ」キーは言った。正しいことを言っているつもりだった。ミニーはお母さんに何も買ってもらえないのだから。たとえ中古品でも、どんな貧乏な家の子でも、ほかのみんながキャベツ畑人形を買ってもらっていても、ミニーは買ってもらえないのだから。そうは思いつつも、ミニーの言っていることが正しいような気もしていた。なぜかというと、ブロンド女子たちと遊んでいてもキーはちっとも楽しくなかったからだ。その子たちはキーが近づいていくと、キーを見てキャーキャー言ったり笑ったりした。つまり、キー以外は全員楽しそうにしていた。でも追いかけるキーのほうは、そのうちに力尽きて腕にも脚にも力が入らなくなり、汗で湿った髪が顔に貼りついてくるころには、キャベツ畑人形を宙に揺らしながら、いまにも泣きだしそうになっていた。

「やきもちなんか焼いてないよ」ミニーは腕組みをして言った。

「じゃあ、どうしてそんな変なこと言うの？」キーも腕組みをして言い返した。

「自分ばっかりオニにされて、不公平だと思わないの？　どうしてあいつらがオニじゃいけないの？どうしていっつもあんたがあいつらを追いかけなきゃならないの？」

「うーん、わたしのキャベツ畑人形が邪悪だからじゃない？」

「でもそうじゃない。キーがそういうことにしただけじゃん。それにその馬鹿みたいなキャベツ畑人形を買ってもらうまえから、あいつらキーに追いかけさせてたじゃん」

「馬鹿みたいじゃないよ！」キーは怒りと、ミニーにあおられることへの不快感を抱きながら、人形をぎゅっとつかんだ。当時はわかっていなかったけれども、潜在意識のなかではブロンド女子たち（本当はブルネットと赤毛と巻き毛もいた）のせいで、キーはいつも自分が無力で醜いと感じていたからだ。その子たちと何かのやりとりをするたびに、わずかであっても何か根本的な不公平さがそこにあることを彼女は感じとっていた。それは、その子たちがキーやキーのような見た目の子たちにたいして生まれつき持っている優位さのせいだった。どうしてあの子たちは、キーがされたら嫌だと思うようなことをしても叱られることがないのか？　どうして、たったの一度もキーが勝たせてもらえることはないのか？　どうしてキャベツ畑人形があってもなくても、キーがオニになると言ったときだけいっしょに遊びたいと言うのか？

「わかったよ」ミニーはベンチの上で横になって言った。「その人形は馬鹿みたいなんかじゃない。でもあいつらは馬鹿だから、あたし嫌いなんだ」

「そうだよね」キーは言った。ブロンド女子たちを嫌いになろうと思ったことはなかったけれど、でもこのときは、あの子たちを嫌いになったらどんな感じがするのか試してみたい気がしていた。キーは色の抜けたキャベツ畑人形を本物の赤ちゃんみたいに腰のあたりに抱き寄せて、じゃあ何して遊ぼうかとミニーに訊いた。ミニーはポケットに手をつっこみ、なかから輪にした糸を引っぱりだした。そしてその糸に指を通し、あやとりを始めた。

「あやとりする？」ミニーが言った。「これあたしが考えたんだ」

いま、子供時代を過ごした自分の部屋で、古びたキャベツ畑人形が大人になったキーを見ている。油性ペンで描いた目はにじんで、形も不揃《ふぞろ》いだ。

ベッドから這《は》いだし、廊下でよろめきながら、この家に住んでいたころの習慣がこんなにも早く戻ってきてしまったことにキーは驚いていた。メルボルンでは大人としてのふるまいを頑張って身に付けた。文句を言わず早起きし、洗濯物と洗い物を自分で片づけ、下の階の住人に迷惑がかからないように足音には気をつけた。けれど、どんなに進歩したように思っても、そんなものはカブラマッタに一歩足を踏みいれた瞬間に、ふっとひと息で吹き消されてしまうのだった。

「家を出て、変わったって言ってなかったっけ？」半年前、前回の帰省中にデニーがそう言ったのだった。

　実家で母と喧嘩をして、キーは家じゅうどたどたと歩きまわり、大きな音を立ててドアを閉め、枕に顔を押しつけて叫んだところだった。きちんとことばで説明する代わりに、母に何か訊かれれば、ただふてくされて文句を垂れ、どうしておまえは死にかけのバッファローみたいに唸《うな》っているのかと父に訊かれても、「知らない」だけですませていた。

「変わったのは本当だよ」朝食用のパンを買いに近くの食料雑貨店まで歩く道で、キーはデニーに言った。実家周辺の通りは、キーが子供のときから変わっていない。車は飛ばしているし、集合住宅の狭いベランダに洗濯物が干されている。カブラマッタの小さく建物の密集した町の中心部へ近づくにつれ、歩道で目にする、声の大きい、サンバイザーを着けて、きつくパーマをかけたベトナム人の中年女性の数が増えてきた。「あんたにはわからないよ。メルボルンじゃわたし、ほんとに人にたよらずに、自分の責任でやってるんだよ。自分の棚を掃除するための羽根ばたきだって持ってるんだから」

　デニーは両方の眉を上げた。

「問題はあの人だよね」キーは言った。母のことだ。

「うん」デニーが合わせるように返事をした。

　キーの祖母くらいの年の老女が、びん詰めのレモンをいっぱい載せたカートを押していた。すれ違いざまに、キーは笑いかけた。老女は、キーがおならでもしたみたいな目つきをした。

「感じわるいな」キーは小声で言った。

「たぶんものを取られると思ったんだよ」

「でもレモンだよ?」

「時代が変わったんだよ、姉ちゃん」

「何だよ、時代って？」

デニーは肩をすくめた。

「とにかくさ」デニーはそう言い、下にずれた眼鏡を鼻のところで押しあげた。「問題は母さんだって、姉ちゃん言いかけたんだよね」

「説明できないんだけど」キーも自分の眼鏡を押しあげた。「わたしを大人にならせないようにしてるみたいっていうのか。なんていうのか、ほら、わたしがちょっとでも前へ進むと、わたしの気持ちをくじかなくちゃいけないみたいな感じで」

「母親だから娘を守らないといけないって思ってるんだよ。それに、アジアの母親だからさ、よけいに……」

「クレイジーだって言いたい？」

「熱心なんだよ」

「わたしもう二十二歳だっていうのに、十三歳みたいに思わされるんだよ」

「行動が十三歳みたいだからな」

「デニー！」

弟は降参だとばかりに両手をあげた。真ん中分けにした前髪を揺らし、着ているマイケル・ジョーダンのTシャツはサイズが大きすぎて、しかもナイキの偽物だ。毒々しい赤色の生地の前面に大きくプリントされたジョーダンの顔が身頃からはみだして、片目が腋の下に隠れて見えない。そんな姿を見ていると、デニーこそ十三歳にしか見えない、とキーは思うのだった。思春期の変化のあとを探しても、身長がのびたことと声変わりしたことくらいしか見当たるものがなかった。

「ウーマンズデイで読んだんだ」デニーが言った。

「なんでそんな雑誌を読んでるの？」

「クリニックの待合室にあったのがそれだけだったから。とにかく、母親と娘はどうしていつも衝突するのかについて書いてたよ」

「なぜなら、母親は馬鹿なものだし、娘は馬鹿を母親に持ちたくないからって書いてた？」

「いやいや、その雑誌の記事には、母親というのは娘に自分とおなじ失敗をさせたくないから、何でも必要以上に批判的になるんだって書いてた。でも娘はただ母親に認められたいと思うもので、だから母親に批判的な態度をとられたらむかつくんだって。姉ちゃんみたいにさ」

「何なのそれ」自分にとっては人生最大の問題といっていい問題を、弟がウーマンズデイという雑誌の記事ひとつでまとめてしまったことに、キーはいらだった。「それに、わかったようなふりをするのもやめてよね。わかんないんだからさ」

「え？」デニーは戸惑ったみたいだった。

「ひとりめの子で女だっていうのは、すっごいプレッシャーがあるんだよ、いい？」速まる胸の鼓動と合わせるように、キーは急に足取りを速めた。それに遅れないようにデニーは歩幅をひろげてついてきた。

「わかったよ」デニーは言った。

「デニーにはわかんないよ」

「でも、もしぼくに理解できたら――」

「きみは生まれつき完璧だものね」キーはさえぎった。「それに間違ったことができなくて、将来は母さんと父さんの望みどおりに医者か何かになる。それでもプレッシャーを感じるわけでもなくて。だって、なんていうか、はじめからそういう設定なんだもんね。当然みたいに何でも正しくやってる……」ふたりとも、歩き方が競歩みたいになってきた。「でもね、わたしにとってはそれって、流れにさからって進もうとしてるみたいなもんなんだよ。母さんは何かにつけてぶつかってきては、わたしがどれほど不充分で、どんなに親をがっかりさせているかって思い知らせてくれる。それにあの人は……絶対にわたしのことを認めないし、わたしが自分の人生を生きてる独立したひとりの人間で、自分の道を進んでいて、ただほんとに休みたいだけだって言ってるのに、そんなこと気に留めてるようにも見えないんだよ、ねえ？」

「知ってるよ」

「そりゃ、知ってるでしょうよ」キーは目玉をまわし、あきれ顔をした。

そこから先は歩いているあいだ、デニーはずっと押し黙っていた。途中で一度、姉の肩に手を置いて軽くぽんと叩いたのが、なぜかあとを引いて気まずさがのこった。デニーはすぐに手をひっこめたのだが、その様子が、もしもぽんぽんと二回叩いていたなら、こんな気まずさはなかったのだろうかと考えているみたいだった。

〝わかってるよ、ぼく、ほんとにわかってるんだ〟と、弱々しい微笑みで訴えるように見ていたあのときのデニーの顔を思い返しながら、キーは弟の部屋の前で立ち止まる。心の一部はまだ、ベッドで寝ているか、机に張りついて勉強している弟がまだそこにいるのではないかと期待していた。けれど部屋にいたのは、弟ではなく父だった。銀行の窓口係のスーツを着て、短く刈りこんだ白髪まじりの髪をポマードで撫《な》でつけて、身体をぴんとのばし、中国の吸血鬼みたいにじっと動かず、きれいにベッドメイクされたマットレスの上に横たわっている。

「父さん？」キーは英語で話しかけた。

父の身体が一瞬、意志に反して動こうとしたところを止められたみたいに固まった。すぐに咳払《せきばら》いして力を抜いたようだったが、でも動かなかった。

「父さんその恰好《かっこう》——」キーは、父の穿いているピンストライプのズボンをじっと見た。十本ほども持っているうちの一本だ。キーの父のワードローブはスーパーマンのワードローブみたいで、ビッグ

Wで買ってきたおなじデザインのボタンダウンのシャツと、がりがりの細い体格に合うように母がサイズ直しをした、おなじピンストライプのズボンばかりが何着も掛かっている。ズボン丈とシャツの袖丈を詰めても、オーストラリアで買える服は父には大きすぎるのだった。

「どうした?」父は急に身体を起こして、ベトナム語で言った。

母と話すときは、ティーンエイジャーの自分に戻らなければうまく話せないキーだが、父とはどう話していいかすらわからない。あまりに無口だから、この人はきっとキーにたいして言いたいことがないのだろうし、娘の人生に興味などなくて、そもそもここ以外の場所にいたかった人なのだろうと、キーはずっと思っていた。だから父に、単刀直入に何かを訊こうと思ったり、父のことが気がかりだと示そうと思うことが仮にあったとしても、そう思うことが不自然に思えた。それで結局、これから仕事にいくのか、とだけ尋ねた。

「ああ」父は白髪になったつむじのあたりを手で撫でつけながら言った。「そうなんだ」そう答えながら、自分がいまいる場所までどうやって来たのかも定かでないみたいに、汚れひとつないデニーの部屋を見まわしている。

キーは父から目をそらさず、続きのことばが出てくるのを待った。父が何か言うのを聞きたい気持ちと、それを聞いてしまう怖さのあいだで心が揺れる。キーのほうから訊きたい質問が、いくつも喉から出かかっていた。どうしてこの二、三日デニーのベッドで寝ていたの? いつになったらデニーに何があったのかを話す気になって、警察から聞いた話を全部聞かせてくれるの? 父さんはだいじょうぶなの? 何かわたしにできることはある? キーは答えが知りたくて仕方なかった。と同時に、知ってしまうことで背負う荷の重さが怖くもあった。なぜって、もし父がだいじょうぶじゃないと答えたら? できることは何もないと言われたら? それに、もしも本当に父が脆《もろ》く崩れてしまって、悲しみの重さの下に自分が埋《うず》もれてしまったら? チャン家の人々が、キーがテレビでよく見るようなタイプの家族だったなら、肩を寄せ合い支え合って、家族としてみんなでなんとか乗り越えよう、なんてことを言い合うところなのだろう。けれど現実は、みんなたがいを避けるプロになったみたいに、おなじときにおなじ場所にいることすらなくなり、必要なときにたがいを捕まえるのにも四苦八苦している。

父が両手をズボンのポケットに一度突っこんでから出すと、その手で着ているシャツの縫い目をいじりはじめた。キーは自分が父に話しかけるときに感じるのとおなじくらい、父がキーに話しかけるのを気まずく感じているように見えることがいらだたしく思えた。

「こういうことが起こったときには、警察は報告書を書くものなんだ、そうだよな?」やっと口をひらいた父が言った。キーが英語で答えても、かたくなにベトナム語でしか話さない。

「警察の報告書?」

「そうだ。警察に行けば、デニーに何があったかについての報告書があるだろう、そうだよな?」

「待って」キーは言った。「警察と話してないの?」

「したさ。デニーのことを話してくれた」父はまだ手をもぞもぞと動かし、目は床の一点を見つめている。

「でも、報告書を見せてもらわなかったってこと?」

「ああ」

「真面目に言ってる?」

父が床から目を上げて、キーを見た。これ以上言ったらキーが叱られるときの顔をしている。キーは息を吞んで、謝りかけたがやめておいた。

「警察は何も出してこなかった」言いながら、父はまた床に視線を落とす。「おまえは英語ができる。おまえが行ってもらってきてくれるか?」

「父さん――」キーはティーンエイジャーのような癇癪《かんしゃく》が表に出てきそうになるのを頑張って抑えた。家族の通訳をするのはいつも嫌だった。行政の通知や学校からのお知らせが届くたびに親に呼ばれたり、健康保険のことで電話に出てほしいと言われたりするたび、幼心に恥ずかしいと思った。そもそも恥ずかしいと思った理由は、自分の両親がどちらももう大人だというのに英語が下手すぎると思っていたからだった。人は年齢とともにいろいろなことが上手くなっていくものだと思っていたから、自分の親がセールスの電話の会話についていけなかったり、簡単な文さえ組み立てられないでいるのを見たりしながら、自分は頭の悪い家族の子供なのだと思うようになっていた。けれど大きくなるにつれて、恥ずかしさは怒りに変わっていった。どうしてこの人たちは、カブラマッタにずっと住むことを選んだの？　ここはベトナム語を話す人ばかりで、ここにいたら絶対に英語が上手くなることなんてないのに？　どうしてふたりとも、もう少し頑張らなかったの？　というふうに。

「ねえ、ぐだぐだ言うのはやめなよ」ミニーが言ったのは、ふたりが十五歳のときだった。キーが両親のためにまた通訳をしなくてはいけないと、不満を口にしたときのことだ。「新しいことばを覚えるのは大変なんだから」

「わたしたちは英語覚えたじゃない！」

「そりゃ、あたしたちは子供だもん」

「だから？」

ミニーは顔をしかめて、キーを見た。

「第一に、キーはわざとものわかりが悪くなってる――」

「え？」

「で、第二に、親があたしたちに通訳させるのは、どう見たって意地悪な扱いをされるのが怖いからなんだ」

「うーん、違うんじゃないかな。あの人たちがいまだに英語ができなくて、電話の相手が言ってることを理解できないからだよ」

「それもあるね、たぶん」ミニーも親の通訳をさせられていたけれど、彼女の場合は文字がたくさん書いてあるものは何でも捨ててしまうことで、だいたいの仕事はやらずに逃げていた。それでも請求書だけはミニーの検閲をすり抜けて、両親に届けられた。水道や電気が止められてはミニーも困るからだった。「でもさ、いつまで経っても移民してきたときのまんまの、訛りのきつい英語しかしゃべれないんだもん。電話の向こうの白人に意地悪されるかもって思うんだよ」

キーはそんなふうに考えたことがなかった。けれど、ミニーとこの話をしてからは、考えずにはいられなくなってしまった。両親がかわいそうに思えてきたのだ。そして自分のことはもっとかわいそうだと思った。なぜなら、もしミニーの言うことが正しいのだとしたら、自分にとっての心配ごとがひとつ増えることになるからだ。つまり、たんに英語が理解でき、話せるだけでは充分ではないのだ。話す英語が人にどう聞こえるかにも良い悪いがあり、悪いほうだと、意地悪な対応を正当化する理由になりかねないということになる。だからキーは、このときから急にオーストラリアの英語を意識して、電話を取れば、できるだけネイティブらしく聞こえるように英語を話し、ヘラルド・サン紙に就職してからは、シドニー南西部の訛りさえ出ないように意識しすぎて、インタビューの相手に英国出身と間違われたほどだった。

それでも、両親の通訳を押しつけられる理由は理解できても、なぜ自分たちで警察に行って記録を見せてもらえるようにたのまないのかが、キーには理解できなかった。息子が殺されたのだから、当然それが辞書を引く理由にもなるだろう。

「どうして自分でできなかったの?」キーはいらだち交じりに父に問い返した。「警察はすぐそこにいたんじゃない。ちょっとたのめばよかったのに——」

「おまえは、できなかったことの理由が説明されたら気がすむのか?」父が言った。株価が下落するまえの八〇年代半ばにどうして投資をしたのか、カリフォルニアのリトル・サイゴンは、カブラマッタより大きくてもっといい、もっと安全なところだというのに、どうしてうちはアメリカじゃなくてオーストラリアに移住したのか、と父の過去の決断を母に蒸し返されるたびに父が言うことばだった。こんなふうに怒る父の姿は、キーが怒らせてしまったときのいつもの父にいちばん近い姿だった。

「それでおまえの人生がよくなって、われわれみんなが満足すると言うんなら、ここに椅子を持ってきてすわりなさい。いままでしなかったことを全部説明してやるから」

キーは黙りこんでしまった。父と話し合いたい気持ちはあっても、言うべきことばが見つからなかった。親への敬意の境界線はすでに越えてしまいそうだったし、子供みたいに駄々をこねて父を試すようなこともしたくなかった。それに父が正しいこともわかっていた。父に非があると認めさせたところで、たとえどれだけの満足感が得られたとしても、そんな満足感は誰かを嫌な気持ちにさせたことへの罪悪感にすぐに呑みこまれてしまう。それは自分がたびたび経験して嫌だとわかっているのに、誰かを嫌な気分にさせてしまったときに、いつもつきまとってくる恥ずかしさと落胆の気持ちだった。

「警察は何て言ったの?」

父は両手を膝に置き、肩を落として背中をまるめている。「おまえにはもう全部話したよ」

「ううん、話してない」キーはいらだちを抑えて言った。「デニーはラッキー8で殴り殺されたの。それで、警察が父さんに話したのは、あの子がラッキー8で殴り殺されたというだけだって言うの?」

「カメラと将来成功しそうな生徒の飾り帯がジャケットのポケットに入ってたことも言っただろうが」

「そういう意味じゃなくて」

「じゃあ、どういう意味なんだ？」

キーは耳が熱くなるのを感じた。

「父さんが言ってるのは、あの子が何を着てたとか、ポケットに何が入ってたとかいうことだけど、わたしが知りたいのは重要なことなんだよ。実際に何が起きたかとか、容疑者はわかっているのかとか、目撃者はどんな証言をしたのかとか――」

「よく覚えてないんだ」

「ほんの一週間前のことでしょう！」

「夜も遅かったしな」

うつむいた父の顔が赤くなっていた。キーは、父の言っていることの意味を理解しようとした。夜が遅かったことと父の記憶にどんな関係があるのか。誰であれ、自分の息子が死んだときの詳細を、どうして忘れられるというのか。そしてその理由がわかったとたん、気分が悪くなった。

「ひどい」キーは言いながら、急に頭から血の気が引いて、めまいがするのを感じた。「酔っぱらってたんだね」父は床を見つめたまま顔を上げない。

「警察がうちに来たとき、父さんは酔っぱらってた」キーは繰り返した。父の沈黙は罪を認めたことだとみなして続けた。「どうしてそんな――」

母からは、キーが実家を離れていた数年のあいだに、父は酒の量を減らしたと聞いていた。最近はビールを飲んでいるという話だった。デニーによれば、父はまだコニャックを飲むことはあるけれど、家にいるときだけで、それも夜遅く、みんなが寝静まったあとだけだということだった。酔っ払い具合にかんしていえば、父は他所の親ほどひどくはないとデニーは言っていた。それでも父の飲酒は、キーにとってはいつだって悩みの種だったし、ビール一本でも父が持っている姿を思いうかべると、それだけで胸が苦しくなるのだった。その父と、ラッキー8のことを思うと、キーはますます気分が悪くなった。家族で出席したどの結婚パーティーでも、父がビールからコニャックに切り替える機会が訪れるまえに、母は家族が店から出られるように仕向けていた。いったんヘネシーに手をつけてしまったら、もう後戻りはできなかった。キーの母にとっては、たぶん夫を説得して早めに切り上げて帰るほうが、父が吐くまで飲んで、誰かの服を汚してしまうまでその場にいつづけるよりも、体面が保ちやすいと思えたのだろう。早めに会場を出たりしたら、逆に注目をあつめてしまうのに、とキーはいつも思っていた。ほかのみんなが席に戻って、コース料理の六皿目か七皿目が出てくるタイミングで、チャン家の人々だけが無作法にも出ていくことになるのだから。

「どうして父さんは、酔っ払いになるまえにやめないの？」七歳だったデニーがキーに尋ねた。大宴会場で歌っているウェディングシンガーの歌声がまだ聞こえているなかを、手をつないでラッキー8の階段を下りていたときのことだ。キーたちの二、三段先では母が父の体重を支えていた。父が母の背中に覆いかぶさるようにして、母の肩に腕を投げだし、ふたりでゆっくり下りていく。母は小声で悪態をついているが、父はといえばまるでハワイの休暇のことでも考えているみたいに間抜けな笑みを浮かべている。子供たちの困惑なんてきっと頭になかったことだろう。

「それはね、父さんはわたしたちのことが大事じゃないからだよ」と、キーはデニーに答えた。

「弟にそんなことを言うんじゃないよ！」母がぴしゃりと言って、子供たちを振り返ろうとしたが、夫の頭が邪魔をした。

　キーはまたいとこの結婚パーティーの途中で帰らなければならないことだけに腹を立てていたわけではなかった。もちろん、コースの最後に出てくるケーキと赤レンズ豆の甘いスープと飾り切りにしたオレンジのデザートが食べられないことにたいしては怒っていたけれど、それ以上にキーが腹を立てていたのは、酒のふるまわれる場所で父といるときには、毎回かならず途中でその場から立ち去らなければならないことのほうだった。コカ・コーラとファンタのとなりに、クラウンラガーやヴ《V》ィクトリアビター[B]のケースが置かれているのを目にするたびに、キーは胸の筋肉が反射的に縮むのを感じないといけないのが腹立たしかった。おじやおばが自宅の裏庭でのバーベキューに呼んでくれたときに、彼らが水滴のついた缶ビールを一本父に手渡したあとで誰にともなく、一本だけだから、パーティーなんだから飲ませてあげて、何の害になるわけでなし、と毎回言うのを聞かされることが腹立たしかった。キーは彼らに面と向かって、どうしてそんなにかまうのかと訊きたかった。もし父が飲まなかったら何の害があるのか？　父の手にはすでに飲みかけのビールが一本握られているのに、どうしてこの人たちはそれで満足しないのか？　どうして父のことをそっとしておいてもらえないのか？と。

「お父さんは、おまえたちのことふたりとも大事に思ってるんだよ」キーの母は苦労して駐車場までいく途中で言った。

その晩、父をベッドへ連れていく母の代わりにデニーの歯磨きを見ていたキーに、いったい誰が正しいのかとデニーが訊いた。

「何のこと？」キーは問い返した。

「父さんのことだよ」

「父さんは、デニーのことがすっごく大事なんだよ。だって男の子だし、賢いし」とキー。「ほら、歯の裏もちゃんと磨かないと虫歯になっちゃうよ」

「でも、姉ちゃんは？」

「わたしはいつも裏までちゃんと磨いてるよ」

「違うよ」デニーが手を止めて言った。「父さんは姉ちゃんのこと、いっぱい大事にしてる？」

キーは、自分が父にもう少しお酒の量を減らして、せめてビール一本にしてほしいと頼んだときのことを思った。誕生会で爪がてのひらに食いこむくらいに固くこぶしを握り、腕をクロスさせて、その気持ちを伝えようと目で訴えたときの息詰まる気持ちや、遠くから父を見つめ、やはり手を固く握り、視線を送りながら、〝お願いやめて、お願い〟と、念を送ったことを思った。保健の授業で肝臓がんについて習った日の夕食のとき、肝臓がどんなふうに死ぬかの話を父にどうしても伝えたくて、話しだしたら止まらなくなったことを思った。なぜなら、もし父の肝臓が死んでしまったら、ほかの何かが起こるからで、でも怖くてその先は言えなくて、だから肝臓が死ぬというところから先は言わずにおいて、そしてもし父がキーのことを大事に思っているなら、言わなくてもヒントを受け止めてくれると思ったし、そう願ったのだった。

「知らない」キーは言った。「でも、あんたは心配しなくていいの。母さんも父さんもデニーのことが好きだから。それに、お姉ちゃんだってデニーが大好きなんだから」

デニーが口をゆすぐためにつま先立ちになり、たまった唾液と歯磨き粉を口から垂らしながら言った。「ぼぐもおへえはんらいすひ」

キーが反応をうかがっているあいだ、父はさらに深くデニーのベッドに沈みこんでいくみたいに見えた。ただ、父がそれ以上何も言うつもりがないことはわかった。

「わかったよ」キーは詰まる喉から声を絞りだした。「それで全部？」

父はシャツの襟を正して、ズボンを払った。顔は赤らんだままで、疲れた目をしている。そして急に英語に切り替え、独特の、歌うようなベトナム語訛りで一語一語発した。「最善を尽くせ」

カブラマッタ警察署の通りを挟んだ向かいには公園があり、キーは母に連れられてそこへ来ては、まっすぐに揺れないブランコや金属製の滑り台でよく遊んだ。ドラッグの売人と薬物常用者《ジャンキー》たちが出入りするようになって、触るとちくちくする乾いた芝生の上に注射針が散乱し、十代の若者が白昼堂々とヘロインを詰めた風船を口に入れてぶらつくようになるまえのことだ。

警察署にはまえに一度だけ来たことがあった。キーが九歳のとき、社会科の授業で受刑者のことを習ったときに、学校から見学に行ったのだった。キーは緊張して、入口の前で二列に整列して待つあいだ、ずっとミニーの手を握っていた。

「行儀よくするのですよ」プライス先生から注意があった。「行儀の悪いことをしたら、留置所に入れられますからね」

「弁護士をつける権利はありますよね」ミニーが言うと、プライス先生はシッと制した。

警察署は変わっていなかった。建物はまえに来たときとおなじで、外側が薄茶色の煉瓦《れんが》の壁と白い屋根で、空に向かって立っている旗竿《はたざお》に掲げられたオーストラリア国旗が風にはためいている。

八〇年代に、子供だったキーが初めてここを訪れたころの警察署は落ち着いていて、生徒の見学を受けいれる余裕があった。警官がひとり、クラスのみんなに手錠のかけかたを説明して、分厚いベルトにつけて警官が携帯しているいろいろな道具を全部見せてくれた。その警官が、生徒たちの目の前で拳銃に手をやったときには、ホルスターからはずしてもいないのに、生徒たちは全員はっと息を呑んだ。本物の拳銃を見たことがある子なんて当時はひとりもいなかったのだ。

いま、警察署は混沌《こんとん》としていた。エアコンがオーストラリアの夏に対抗すべく奮闘しているが、建物のなかに空気がこもり、太陽の下に長くいすぎた人みたいなにおいがした。どの警官も汗で肌を光らせ、忙しそうにしていて、キーが入ってきたことに誰も気づかない。受付前の狭いスペースには、学校の制服を着た、日焼けしたアジア系の男子生徒が六人いる。どの子もせいぜい十五歳くらいで、壁際に一列に並んだ椅子にすわり、何かのパンフレットとか教科書とか帽子とか、手近にあるもので扇いでいる。顔の表情はおもしろくなさそうだ。

「なあ、警察のお姉さん、もう帰っていい?」

カウンターの向こうにいる白人の警官は、手元のファイルから顔を上げない。「駄目です。帰っていいのは、おうちの人が迎えにきてからです」

少年たちのひとりが着ている汗染みのできた制服は、警察署のすぐ向こうのカンリーベール高校のものだと、キーにもわかった。その子が唸るような声で「迎えになんて来ないって言ってんじゃん」と言った。「なあ、お姉さん、もう帰らせてよ」

「そしたら、またカブラマッタ駅へ戻って、ドラッグを売れるって？」

「何にも売ってないって言ってんじゃん！」

自分は何も悪いことはしていないし、彼を補導した警官さえ、何かやったとは説明できないではないかと、少年は抵抗したが、カウンターの警官に相手にされないのがわかると、もう一度、帰らせてほしいと懇願しはじめた。

「いいかげんその口を閉じなさい」警官がようやく言った。

キーはいったん帰って出直そうかと考えた。少し時間をおいて、受付カウンターの警官の機嫌がもう少しいいときにしたほうがよさそうに思えたのだ。だが、キーが立ち去ろうと向きを変えたそのとき、ジーンズに、汗染みのできたTシャツ姿の白人の男が、デニーが着ていたのとおなじカブラマッタ高校の制服を着た十七歳くらいの少年を、その子の首のあたりに手をやって誘導しながら入ってきた。外からひとり入ってくるごとに、署内の空気は重くなり、鼻をつく体臭の刺激はますます強くなった。

「この馬鹿、おれたちに売ろうとしたんだ」Tシャツの男が、カウンターの女性警官に言った。

女性警官は首を振って、何かをつぶやいた。

キーは自分の足が信じられないくらいに重く感じられた。すぐに怖くなって腰が引けるのは自分の嫌なところで、何をするにも頭のなかで何度も練習しなければできないのも嫌だった。そしていまは、ヘラルド・サン紙の編集長であるイアンのことばが頼りだった。キーの新聞社でのインターン初日に、彼はこう言ったのだった。

「新聞記者の仕事というのは、実際のところ言うほど大変なことは何もないんだ」そして椅子にすわったまま、背もたれに腕をまわしてくるりと彼女のほうに向きを変えて言った。「違いを生みだすものが何かと言えば、やる気があるかどうかなんだ」

キーは、自分が何かの才能に恵まれた人間だとは思っていない。ミニーほど肝っ玉がすわってもいないし、世間をよく知ってもいないし、デニーのように飛びぬけて学校の成績が優秀というわけでもない。だから、大事なのはやる気だという考え方には好感が持てた。この部屋で、キーがいちばん才能のある人間ではないからといって、いったい誰が気にするだろう？　取材のためなら、既決重罪犯の家の張りこみにだってキーは喜んで行く。あるいは、行けと言われれば、亡くなった人の遺族への取材だって厭《いと》わない。あるいは、ほかのみんながそうしていなくても、ルールにしたがい過程を信頼する。だから、イアンによれば、たとえ仕事の一部にうんざりしていようが、いつも心配や恐怖でいっぱいでいようが、大したことではないのだ。言うほど大変なことは何もない。必要なのはやる気だけだ。そう思いながら、キーはなんとかカウンターへ近づいた。

「あの」キーはカウンターの女性警官に声をかけた。警官の名札に書かれた名前は〝ネルソン〟だ。

ネルソン警官は書類から顔を上げた。体育教師を思わせる厳しそうな顔つきで、日に焼けて色の抜けた髪を低い位置でおだんごにまとめ、左右の口角が自然の力で下がっている。

「お邪魔して申しわけありません」キーは言った。「事件の捜査報告書の写しをいただきたいのですが」

「事件番号は？」

「え……、あ、わかりません。知らないんです。デニー・チャンの事件です。わたしの弟です。一週間前に殺されました。十二月六日です」

巡査は頭を低くしたが、氷のような青い目はキーを見据えたままだ。その目つきは、小学校のとき、しゃべりすぎだとか大声で笑いすぎだとかで叱られるときに、先生がキーやミニーを見ていたのとおなじ目つきだ。その目つきで見られると、ミニーはあきれ顔をしてもっと叱られるだけだったけれど、キーはいつもただ黙りこむしかできなかった。

「ねえ、どうして怒られるのこわくないの？」三年生のとき、授業中に私語が多すぎると言ってふたりして叱られたあとで、キーはミニーに尋ねたことがあった。

「知らない」ミニーはキーのランチボックスをあさるように手を突っこみ、レーズンの箱を揺すりながら言った。「どうしてあたしが怖がんの？」

「だって、怒られるっていうのは……」キーは言いかけたが、自分の考えにつまずいた。言われたとおりにしないことが、どうしてこんなに怖いのか、はっきりと説明することができなかった。

「教室の隅《すみ》っこへ行かされるやつみたいな退屈な罰はないよね」ミニーが言った。「悪いことをしたんなら、罰を与えるにしてもさ、あれは最悪だよ。ひとりで隅っこへ十五分も行かせるなんて。クッソつまんないもん」

「でもさ――」

「真面目に言ってるんだよ、キー。あいつらあたしらに、何にもできないんだって。試してみなよ。好きなだけしゃべって、国歌斉唱は替え歌で歌って、出席取ってるときに大きなおならの音を鳴らすんだ。それだけしたって、教室の隅っこへ行けって言われて、あとはウォーターソン先生に嫌な顔してじーっと見られるだけだからさ」

それだ、とキーはそのとき気がついた。キーが恐れていたのは罰そのものではなかった。あの目つきだ。〝あなたにはもっと期待していたんですよ。あなたにはがっかりさせられました。恥を知りなさい〟とでも言っているみたいなあの目つき。それがキーには効果てきめんだった。彼女が進むことのできる成功への道は細くて、たとえ髪の毛一本分でもその道をそれたなら、たちまち扉は閉ざされる。意見を言ったり、口答えをしたり、やかましくしたり、力を持つ人の期待に沿わないふるまいをしたために失敗などしようものなら、それは自分の責任だということになってしまう。ネルソン警官の目つきはそのことを思い出させるものだった。これをミニーにどう説明すればいいのかが、キーにはわからなかった。なぜなら自分にたいして説明するだけでもやっとのことだったから。ただ、それはいつもあの目つきから始まるのだった。

そしていま、カウンターの警官の目を見ていると、キーは自分が小さくなったみたいに感じ、あの道筋からはずれて落ちてしまうみたいで怖かった。

「あのですね、警察は殺人事件の捜査報告書は出さないんですよ」

「どうしてですか？」

「そういう方針だからです」

「でも、わたし家族なんです」キーはいらだちを隠せなかった。「わたしは被害者の姉で――」

「関係ありません。警察は、殺人事件にかんする情報を外へ出すことはありません。たとえご家族のかたでも。捜査に役立つのであれば、話は別ですけど」

警官は、身体に張りついた制服のシャツを直した。

「でも、何があったかさえ教えてもらえなくて、どうして役に立てるかどうかを判断できるんですか？」キーは尋ねた。「もしかしたらですけど――」

キーは息を呑んで、警官から目をそらした。言い過ぎてしまっただろうか。あの細い道筋が目に浮かぶ。心の目の前にのびるその道は、あり得ない方向にループを描いて曲がり、先へ行けば行くほど、道幅が狭くなっていく。いい子でいるのはむずかしい。時間が経って、経験を積んでも楽にはならない。警官がシャツを引っぱって直すのを見て、キーは自分のシャツの汗染みも、腋の下からどんどんひろがっていくのに気がついた。警察署のなかの蒸し暑さで、気を失ってしまいそうだった。

ネルソン警官が、薄い唇をきゅっと引き結んで閉じたので、口の上下にあった二本の線が顔から消えた。巡査はキーの顔をしばらく眺めたあと、受話器を取って、自分の肩とあごのあいだに押しこんだ。「誰の担当かお調べします」

二十分が経った。そのあいだに、短髪にきつくパーマをかけた中年のベトナム人女性がひとり、息子を迎えに入ってきた。その女性は、ベトナム語で叫ぶように自分が来たことを知らせ、制服の少年たちのひとりのところへまっすぐ行くと、その子の後頭部を平手で何度も叩いた。「この馬鹿、馬鹿、おまえは役立たずの馬鹿息子だよ！　おまえみたいな馬鹿息子がいると、母さん死んでしまうよ。おまえのせいで母さん死んでしまうんだよ！」

ほかの子たちがさっと引くように離れていくなか、少年は椅子にすわったままで縮こまり、自分の足元を見つめている。こんな場所で自分の子を見つけたら、どの子の母親でもそうするだろうと容易に想像できる光景だった。

「この馬鹿、馬鹿、おまえは母さんを殺すんだ！　おまえはその馬鹿さで母さんをもう殺したんだよ！　警察に捕まるなんて！　わたしたちがおまえにいったい何をした？　なんでおまえはわたしたちにこんなことをするんだよ？」

「ちょっと！」ネルソン警官が、バンと机を叩いて言った。「ここは青空市場じゃありませんよ。自制できないんなら、あなたを逮捕しますよ」

けれど、ベトナム人の女性は聞いていないのか、あるいは理解できていないのか、息子を叩く手を止めず、息子のほうは縮こまったままで目に涙を浮かべている。キーはテレビを見ているみたいに、ことの顛末《てんまつ》を見届けたい気持ちと闘っていた。おなじ署内にいても、キーはできるだけ気配を消そうと、両手を組んで鉢植えのそばに立っていた。ただ、そのベトナム人女性が本当に逮捕されてしまわないかが気にかかり、数歩だけ前に出た。

「おばさん」と、ベトナム語でキーは声をかけた。そして女性の背中にあてがおうと、片方の手をぎこちなくさしだしたが、触れるまえにひっこめた。見ず知らずの他人をなぐさめようとするのが奇妙に感じられたのだ。「おばさん、あの人、いい加減にしないと、あなたを逮捕するって言ってますよ」

ほかの生徒たちが一斉にキーをみた。顔には安堵《あんど》と困惑が同時に浮かんでいる。ベトナム語を話しているのがめずらしいのだ。

女性は息子の後頭部を平手で叩きつづけている。

「おばさん！」もう一度、声をかける。「もうやめないと、ふたりとも刑務所に入れられますよ！」

ようやく女性が手をとめた。息があがり、顔は真っ赤になって汗ばんでいる。入れ墨の眉が、漫画に出てくる怒った顔のキャラクターのようにゆがんだ。

「役立たずの息子だよ！」女性はキーに向かって言いながら、少年を指さした。もっと幼かったころのデニーの姿が浮かんだ。「わたしらはこの子に全部つぎこんだんだ。それで返されたのがこれだよ。この子は自分の母親を殺そうとしてるんだよ！　こんな子には糞《くそ》を食わしてやればいい。こんな子にはそれでちょうどいいんだよ！」

カウンターの警官は、顔をしかめながらことのなりゆきを見守っていた。それから、ゆっくりと、白人が年配のアジア人に話すときによくやるように、途切れ途切れに間を置きながら話しはじめた。

「この、子、は……あ、な、た、の……お、子、さ、ん、……です、か？」

「はい、彼、ワタシの息子」

「で、は……こ、の、書類、を、……書、い、て、……そし、たら、帰れ、ます」

ベトナム女性の顔が真っ白になった。質問に答えられないのに先生に当てられたみたいにぽかんとしている。女性は息子を振り返ったが、息子はうつむいたままで、泣いているのを隠そうとしているみたいだ。女性の表情を見て、キーは気がついた。息子はこの人の通訳なのだ、彼女とオーストラリアとの橋渡し役なのだ。この瞬間、女性はこの子を必要としている。この瞬間、彼女はこの子を生き埋めにしようともしている。

「おばさん、通訳ならわたしがしますよ」キーは言った。

キーが手伝って、女性が息子を釈放してもらうための書類にサインをしたころには、風を通すためにドアが開放されていた。署内では、外から入ってくる風のほうが熱いと文句を言いだす警官や、息子や孫や甥《おい》や弟を迎えにきた別の女性たちの姿があった。みんなキー自身も見覚えのある、理解できず困りきった表情をしている。そしてそれぞれに、汗だくになって待っていた不機嫌な自分の身内のティーンエイジャーに目をやり、助けを求めている。その子たちがみんなキーを見ている。キーはため息をつき、そこにいる母親や祖母たちや姉やおばたちを見て、自分の人生にもこういう女性たちがたくさんいると思いながら、書類に住所を書いて、サインをするやり方を教えた。ヴォンという女性は、英語がまったくわからない人で、書類を書いているあいだじゅう、ここへ孫を迎えにくるために仕事を早引けしてきたから、魚市場での仕事を失くしてしまうかもしれないと、ずっとベトナム語で心配を口にしていた。ミナは、ベビーカーに幼児をひとり乗せ、赤ちゃんを抱っこひもで身体の前に抱いて現れたのだが、ラオ語しか話さなかった。キーは、ラオ語はわからないが、ミナは赤ちゃんを支えたまま、身振りでキーに必要なことを伝えた。それから、フローラという名の女性の手伝いもした。キーはどこかで見たことがある気がしたが、どこだったかは思い出せなかった。この女性も、キーとおなじくらい汗をかいていて、顔色が悪く、いまにも吐きそうな様子で、ウィリアムという名の甥を迎えにきたと言った。キーは彼女たちに、書類のどの欄を空欄にしておくかを教え、少年たちがどんな悪いことをしたのかを説明し、信じようが信じまいが徘徊は犯罪なのだと伝えた。

「ベトナムよりひどいね」ヴォンが、ネルソン警官を蔑むような目で見ながら、ベトナム語でつぶやいた。

「いま何と言いました?」警官が女性とキーのあいだを見ながら言った。

「あんたの青っちろい幽霊みたいな顔見たって、あたしは怖くなんかないんだよ、って言ってやって」ヴォンがベトナム語で続けた。「あたしはベトコンの兵士を泣かせたことだってあるんだって、言ってやってよ」

「この人は、お孫さんのことで動揺しているだけです」キーは言った。

「お姉さんですか?」

声がキーの背後から聞こえた。呼んだのは、奥の部屋から出てきた背の高い警官だった。

「デニー・チャンのお姉さんですか?」その警官が言った。

キーはうなずいた。

警官はライアン・エドワーズ巡査と名乗った。「いま手一杯で対応できないんですが、どっちにしても、まだ捜査について何かを外部に出すには早すぎるんですよ」

「捜査報告書をいただきにきただけです」と、キーは言った。

エドワード巡査は、空いている奥の部屋へいっしょに来るよう、身振りでキーにうながした。「悪いね、ここだとみんなに聞こえるからね」と、彼は眉をこすりながら言った。この人も汗をかいている。目の下にできた濃いくまが、汗で光っている。「いいですか、見せられるものはないんです。ほんとにデリケートなことばかりだし、メモには不安をあおるようなことが書いてある。ご家族をこれ以上動揺させたくないんですよ」

「でもわたしが家族なんです」キーは言った。それに弟はもう死んでいる。これ以上、どう悪くなるというのか？

「しかるべき手続きというものがあってですね、殺人捜査班が戻ってくるのを待ってからでないと——」

「でも」キーはなんだか、ポケットに石ころをいっぱい入れて水のなかを歩いているみたいな気分だった。「でもそれは……それはみんな、遺族の利益のためじゃないんですか？　なんというか……」自分の発したことばに身がすくんだ。自分の台詞のひとつひとつが、わずかにのこっていた力を消耗させてしまう気がした。キーは、ミニーのことを思った。どうしてあの子は子供ながらに、あんなかみそりみたいな鋭さを保っていられたのか、どうしてあんなにこともなげに、すばやく動けたのか。

「わたしが言いたいのは、わたしなら対処できるということです。わたしはあの子の家族です。ちゃんと受け止められます。本当に」

エドワーズ巡査はため息をついた。

「お願いします」キーは続けた。「うちの家族は、このこと全部についてまったく何もわからない状態なんです」ひとこと言うごとに、内なる声がおだてるように言った。〝そうそう、その調子〟。「もう火葬も終わっています。でもわたしたち、あの子に何があったのかさえ知らないんです。誰といっしょにいたのかも、誰が見ていたのかも」

エドワーズ巡査は信じられないという様子で目を細くした。「あなたとわたしは、おなじデニー・チャンの話をしてますか？」

「わたし——」キーの内なる声が静かになった。予想外の展開だった。「え、何て？」

「あなたはたしか、七日前に殺されたデニー・チャンという子の血縁者だと言いましたね？」

「ええ」キーは答えた。急に耳のなかで心臓の音が聞こえだした。「弟は十七歳でした。全教科Aの生徒で、高校の課程を終えたところで——」

「ラッキー8で」

「そうです」

エドワーズ巡査は首の後ろを掻《か》きながら言った。「いいですかね、何と言ったらいいかわからないのですが、でもあなたのご家族がわからないままでいることを望んでいるように見えるんですがね」

「ああ……」キーは口の渇きを覚えた。「あの……おっしゃってる意味がよくわかりません」

「そうですか」エドワーズ巡査は、今度はそばかすのあるあごの下に手をやっている。「ご家族が解剖を拒否したんですよ」

キーは息を呑んだ。心の声がほとんど聞こえないくらいに、心臓がどきどきしている。「そんなこと、していいんですか?」キーは声を絞りだした。脚に力が入らない。「両親が、どうしてそんなことを?」

エドワーズ巡査はうなずいた。「もし警察のわれわれが彼の死因を知らないのなら、それは駄目です。検死官が無理にでも進めていたでしょう。ですが――」言いかけたことばが尻すぼみに消えた。またひとり、ベトナム人女性が入ってきた音に気をとられたのだ。たぶんだれかの母親か、おばか、姉だろう。警察署のロビーで、少年たちのひとりに怒鳴っている。「解剖の結果があれば役に立ったんでしょうけど」と、エドワーズ巡査が続けた。目はまだロビーへのドアに向けられている。「子供がカブラマッタで殴られて死んだんだ。遺体から何が検出されるか知っておいてもいいかもしれない――」

「待って、いま何て言いました?」

エドワーズ巡査は、彼女がまだ部屋にいたことにたったいま気づいたみたいにキーを見た。「いいかい、自分の弟や息子や誰でも、常用者《ユーザー》だったと思いたい人はひとりもいないことはわかってる。でも、この町は大きな問題を抱えている。それに彼の属性は当てはまる――」

「何の属性ですか？」キーは尋ねる。感情が沸きあがってくるのを抑えようとして、握り締めたてのひらに爪が食いこむ。その感情が何なのか、自分でもまだ特定できてはいないけれど、ただそれは熱く、赤く、いまにもあふれだしそうだということだけはわかった。「あの子は何でも一番だったんです。誰よりもがんばりやで、熱心で、勉強好きで——」

「まあまあ、落ち着いて」

「わたしは落ち着いています」

「いいかな、このあたりではユーザーもディーラーもどんどん低年齢化しているんだ。十二歳の子供が風船を口に入れているところを押さえられたことだってある。子供だと、仮に捕まっても軽犯罪にしかならないことをギャングは知ってるからね。ほら、そこにだって。あそこにすわってる少年たちだってどうだい、七年生？　八年生？　ぼくが言ってるのは、きみの弟さんは若い男性ということで、たぶんそれだけで、弟さんについていくつかのことは説明できたんじゃないかと——」

「うちの両親が解剖を拒否したっていうのは、たしかなんですか？」

エドワーズ巡査は腕組みをした。キーは彼の瞳のなかに、彼の投げかける視線を受けて弱々しく映る自分の姿を見た。〝きみにはもっと期待していたよ。きみのご両親にもね。きみの失敗は、きみ自身の失敗なんだよ〟と言っているかのような視線だ。気をたしかに持たねばならない。巡査の表情が緩くなったのがわかった。もしかしたらキーを気の毒に思ったのかもしれなかった。

「こう言って意味があるかどうかわからないけど」肩の力を緩めながら、巡査が言った。「どんなふうに彼が亡くなったかなら、われわれも知っている。火を見るよりも明らかだからね。殴られて、即死だったんだ」

キーは顔をしかめた。

「解剖すれば、亡くなった理由を説明する助けになるかもしれなかったな——」

「デニーはジャンキーじゃありません」

「おいおい、そうだったなんて言ってないよ」

「わたしは弟を知っています」

「では、正式に事情聴取に来て、弟さんについていくつか質問に答えてくれたらいい」

キーは両手を組んで、緊張気味に親指のあたりの皮膚を指でこすった。こんなはずではなかった。ここに来れば、警官から詳細な捜査報告書を手渡され、容疑者の一覧を見ながら、対応中の警官から自分はこの事件の担当刑事だと自己紹介されて、犯人はかならず逮捕して、それが誰であれ一生出てこられないようにします、と約束してもらえるものだと思っていた。もちろん後づけの、非現実的な期待ではあるけれども、キーの期待は、地元警察が一丸となって、弟にたいしてなされた不正義を正すために全力を尽くすことであり、よりによってデニーが殺されるということがどれほど遺族の心を乱すことかを確認するような、何らかの説明がなされることだった。なのに、それどころか、キーはいまこれまで経験したことがないくらいに自分が透明人間であるかのように感じていた。弟は、ほんの一週間前には生きていたというのに、もう忘れられてしまっている。

「ちょっと?」キーが反応しないので、巡査が声をかけた。

「はい」

「だいじょうぶですか?」

キーはいまいる小部屋に注意を戻した。こもった部屋の空気に体臭と巡査がつけているリンクスのボディスプレーのにおいが充満して吐き気がする。キーは口で息をした。「あ、えーと」

「弟さんとは仲が良かったんでしたよね?」

デニーとの関係を過去形で話されると、気が滅入る。おそらくはこれがデニーを失ったことにつきまとういちばんつらい部分なのだろう。毎回時制を訂正し、その延長線上で、かつて現実として目の前にあったものが、記憶としてそこにあるにすぎないものに変わってしまったことを、何かにつけて思い出さねばならない。

「仲良しです」少なくともキーはそう思っていた。デニーがヘロインを使っていたなんてキーは信じていない。そんなものがあの子の体内にのこっていたなんてことはない。ありえない。けれど、巡査の投げかける疑問を耳にしているうちに、ほんの一粒ほどの疑念が頭のなかに浮かんだ。そんなもののために頭のスペースを割くことさえ嫌でたまらないのに。そしてその疑念を振り払おうとするかのようにキーは首を振ったが、すでに頭にこびりついてとれない。本当は自分が思っていたほどデニーと仲良くなかったとしたらどうなのか？　キーはもう何年もまえにこの街を出てメルボルンに住んでいることをこの巡査が知ったらどうなるのか？　デニーが最後にかけてきた電話には締切を理由にして出ず、あの子が送ってきたメールを何週間も放置して、あの子が死ぬことになるあの晩に、外出を認めてやるよう両親を説得したのがこの姉だとわかったらどうなのか？　殺人につながるような何か大きなことが、キーが不在のあいだに起こっていたとしたら？

「仲が良かったのなら、弟さんの日ごろのスケジュールについて話を聞かせていただけますか？　それから、彼の交友関係についても聞かせてください。誰と出かけていたかとか、友達はどんなふうだったかとか、何か隠しごとはなかったかとか――」

「さっきから、弟が何か悪いことをしたみたいにお話をされてますよね――」

エドワーズ巡査がため息をついた。「お姉さん、われわれはあらゆる可能性を排除していないだけなんです。検死報告書がないわけですから。それに誰も話さない。われわれはただ、彼がどんな人であったかを理解しようとしているだけで――」

「どういうことですか、誰も話さないって？」キーは尋ねた。思ってもみなかった情報に、また気持ちがぐらついた。「大きいレストランじゃないですか？　ラッキー８はとても大きい店なんですよ。

エディは話をしましたか？　エディは弟の親友なんです。あの子たちどこへ行くときもいっしょで。事件の晩もいたはずです。十二年生の卒業パーティーから移動したんですから。エディは――」

エドワーズ巡査は目を閉じて、自分の鼻柱をつまんだ。「質問にだけ答えてください。あなたは弟さんと仲が良かった。そうですね？　もしそうなら、今週のどこかで事情聴取に来てもらえませんか？　木曜日はどうですか？　捜査の役に立つかもしれませんから」

キーはうなずいた。けれど、巡査がいま言ったことにはひっかかるところがあった。デニーを殺した犯人を誰も知らないというのなら理解できる。けれど、誰も話をしないとはどういうことなのか？　徘徊したことで叱られるというのなら、自分が見たことを警察に話さなかったことでも叱られるのではないのか？

「すみません、おっしゃったことの意味がよくわからないんですが」キーは言った。

「わからないって、何がですか？」

「誰も話さないとおっしゃいましたよね？」

「そうです」

「それはどういう意味ですか？」

エドワーズ巡査はまた眉をこすりながら言った。「言ったとおりですよ。いいですか、これには驚くかもしれませんが、じつは驚くほどのことでもないんです。なぜかと言うと……その、実際のところ、カブラマッタで起こる事件が解決できないたくさんある理由のひとつが、誰も何も知らないということだからなんです。みんな知らないフリをしているか、本当にわかってないかどっちかなんだ。どっちが悪いかはぼくは知らない。言ってしまえば、みんな自分だけの胸にしまってるんです」

もしもいまこの部屋にミニーがいたなら、絶対に聞き流しはしないだろう。〝何を自分だけの胸にしまってるだって？〟。彼女なら巡査のまわりを歩きながら、きっと問い詰めただろう。〝言ってみなよ、あんたがかばうことにしたその人たちの責任はどうなんだよ？　それに、どこの世界に、馬鹿だからっていう理由で警察に話をしなくていいとか、それが理にかなっているとかいうことがあるんだよ？　あんた自分がひょっとして馬鹿なのかもって考えたことある？〟

でもミニーはここにいない。キーはひとりきりだ。

「エディ・ホーさえ何も言わないんですか？」

「お姉さん」巡査の声に敗北感がにじんでいる。「現場にいた人で、われわれに話をしようとするかたはいないんです。ホーさんも含めてね」

「わたしがエディと話してみたらどうでしょうか？」キーは自分が何を言いたいのかよくわからないままに言った。

〝やった、その調子！〟ミニーの声がキーの耳のなかで響いた。

やめてよ、とキーは心のなかで言い返す。

〝ほらほら、もっと行くよ！〟

もう、黙ってて。

〝何だよ、応援してんのに。馬鹿だね！〟

「え、何だって？」エドワーズ巡査の声が、キーを蒸し暑い部屋に引きもどす。

「もし、あなたがたに話したがらない人たちが……わたしに話すとしたらどうでしょう？　つまりその、試してみる価値はありますよね？　捜査報告書のコピーと、それから警察で取ってるメモがあれば、何でもいいですけど人の名前とか、どこへ行けば会えるとか、情報をいただけたら、わたしが話しにいって、それで――」

「お姉さん、そういう情報は絶対に出せないんですよ――」

「でも、わたしにならやれるとしたらどうですか？」

そんなことを言って、自分にやってのけることができるのかどうか、キーにはわからなかった。切羽詰まって言ってしまっただけだから。とはいえ、冷静さを保てないと感じるのはいやだったし、警察署に来たのに答えよりも多くの疑問を持って帰るのは嫌だった。とにかくこの警官から、何かをもらって帰らなければいけない。どんなものでも。ジャーナリストとして歩みはじめたばかりの自分のキャリアから学んだことがあるとすれば、それはどんな制服を着て、どんなバッジをつけて、どんな肩書を持っていようと、結局のところ人は人でしかないということだ。そして、ルールはかならずしも守らなければならないわけではない。実際のところ、大スクープが出てくるときというのはこういうものだ。内部の誰かが、体制が期待するとおりのことではなく、自分のやりたいことをするために、情報をリークすることに決め、記者はそれを記事にするのだ。誰だってこそこそ立ちまわることはあるのだ。

エドワーズ巡査は頰《ほお》の内側を嚙んでいる。彼は童顔だが、日に焼けて肌が傷んで見える。オーストラリアの白人の年齢を見た目から推測するには、肌の状態よりもどのくらい身が詰まっているかを見ればいいと、キーは経験から学んでいた。つまり、あごのまわりのたるみや、笑ったときに口のまわりにできるしわの深さなどで判断すればいい。エドワーズ巡査の頰はシミが多いけれども、つつけば弾力がありそうだし、あごのラインはなめらかで、重力の影響は受けていないようだ。

巡査が何も言わないので、キーは続けた。「デニーが殺された場所はラッキー8でした。つまり、あの晩、事件現場にいた人の大半はアジア系だったんじゃないでしょうか?」

エドワーズ巡査は目をぱちくりさせた。イエスだ。

〝そう、その調子!〟ミニーが言った。

「おそらくベトナム人が多かった」

巡査はまた瞬きをした。

「わたしはベトナム人です。このコミュニティーを知っています。つて、があるかもしれません」

本当にそう言えるのかどうか、キーにはわからなかった。ベトナム語は話せるといっても、オーストラリア育ちの人にありがちなひどいアクセントで、ベトナム語で何と言うかわからない単語は英語で代用してなんとか会話ができる程度でしかない。キーにその人たちと共通点があるとすれば、白人でないことくらいだった。

「探偵ごっこじゃないんです。一般の人に捜査をお願いするわけにはいかないんですよ、チャンさん」

「探偵ごっこをするつもりなんてないんです。でも、あなたがた警察は百パーセント白人ばかりですけど、街の住民のほとんどは白人ではないですよね」

〝よく言った！〟

エドワーズ巡査は視線を床に落とした。

「ちょっと話してみるだけです。共同体の一員として。おなじコミュニティーに属する人同士はおしゃべりしますよね。人はしゃべるものなんです。それでわたしに何か話してくれる人がいるんだったら、誰も話さないよりよくないですか？」

エドワーズ巡査が首の後ろをこすると、制服に汗が染みだした。

「ご迷惑はおかけしませんから」キーの声に自信が戻ってきた。巡査の表向きの顔にほころびが見える以外に根拠はないし、それに、べつに嘘を言っているわけではないのだからと自分に言い聞かせなくてはならなかったけれど、とにかくそう言った。人はしゃべるものだ。しゃべる相手がかならずしもキーであるとは限らないけれど。でも、やってみて損はないのでは？「もし、どうしてその人たちを見つけたのかって訊かれたら、あの晩現場にいた誰かに聞いてきたって言います。この街ではみんながみんなのことを知っていますから」

〝ちょっとそれ、ほんと？〟ミニーが言った。

その点については嘘をついた。カブラマッタには数万人の住人がいて、ほとんどが無口で、内輪の人間関係のなかだけで暮らしていて、誰とでもオープンな付き合いはしない。でもキーを擁護して言うなら、人は噂話をするし、友達をつくるし、親しくならなくとも顔なじみにはなっていく。商店主は常連客を知っているし、薬剤師は注射針を誰がインスリン注射に使い、誰がヘロインを打つのに使っているかを知っている。それに自分が出席した結婚パーティーで歌っていた歌手の顔くらい、誰だって見分けられるだろう。

「オフレコで話しますから」キーはマジックワードを使った。こういえば、取材相手は責任をとらずにしゃべる機会ととらえ、だいたいうまくいく。「約束します」

エドワーズ巡査は手をあげて言った。「ここで待ってて」

〝ねえ、どんな気分？〟

ほっといてよ。

〝ほら、またぁ〟

あっち行ってってってば。

〝悪いことをするって、いい気分じゃない？〟

悪いことをするなんて誰が言った？　わたしはただ……積極的になっただけ。

〝小さくても一歩ずつだね、ベイビー〟

これはヘロインを売るとかそういうのの第一歩じゃないんだからね。

〝ふうん〟

違うんだから！

〝あたしはキーのこと信じるよ〟

うそ、信じないじゃない。わたしのことからかってばかりじゃない。

〝うーん、あたしはキーの想像の一部なんだよ。これって全部あんたなんだから〟

何とでも。

〝あたしが言ってるのは、あたしはキーのことを誇りに思ってるんだってこと。たとえ、そうだな、あんたがパーティーに二十年遅れでやってきたとしてもね〟

何のパーティーの話？

「待たせたね」エドワーズ巡査の声がして、コピー用紙の束と黄色の蛍光ペンを手に、巡査が部屋に戻ってきた。「これを……」と言いながら、彼は持ってきたコピー用紙をキーの前に置いた。「あの晩、ぼくが書いたメモです。捜査報告書にもこの内容を記載した。きみはこれをぼくから受け取っていない。見てすらいない。いいね？」

「わかりました」

「それから、これが……」巡査はアリが這っているような文字の書かれたコピー用紙をぱらぱらとめくり、ほとんど判読できない人の名前に蛍光ペンで印をつけて言った。「現場にいた人たちで、名前と住所、電話番号が書いてある」

エドワーズ巡査はコピー用紙の束をキーのほうへ押し出した。「ぼくがきみに警告しなかったとは言わないでくださいよ。こういうものは普通遺族には見せないんだ。本当に気の滅入る資料だからね。いらなくなったら処分すること。誰とも共有しては駄目だ。燃やすといい。とくに名前と電話番号のところは気をつけて。何をするにしても、ぼくのところには返しにこないように。いいね？」

キーは紙の束の上に手を置いた。コピーがゆがんでいる。

「チャンさん？」

「はい」

「はい、の続きは？　ちゃんと聞いておきたいんだが」

「はい」キーは紙の束を引き寄せながら言った。「あなたがわたしにこれをくれたことは、誰にも知られないようにします。約束します。できるだけ早く処分します」

「なぜって、もしこれがぼくのところに返ってきたら、捜査が全部台無しになってしまうからね。そうなるともう答えは得られないし、犯人も逮捕されない。誰にとっても何も解決しなくなる。わかりましたね？」

「わかりました」

「木曜日、時間は遅めに来てもらえますか？　ぼくはだいたい午後出勤なんだ。五時くらいにしよう。きみは弟さんについて知っていることを話してくれればいい。彼の交友関係とかね。もしきみのほうで誰かに話してもらえたんなら、もちろん探偵ごっこなんかじゃなくて、教えてくれたらいい。何か進展するかもしれないからね」


巡査から手渡された手書きの報告書のコピーを、キーは十回以上も繰り返し読んだ。現場に警察が到着した際に、テーブルにのこされていた食器と箸の数から、デニーが殺害された当時、ラッキー8の店内には客とレストランの従業員を合わせて少なくとも十七人がいた、と巡査は結論づけていた。警察が、店から出てもよいと伝えたときにのこっていたのは十人だけだ。右に傾きすぎて単語がこぼれ落ちそうな筆記体で書かれたリストの名前と住所のほとんどは、キーの知らない人のものだった。

ガン・ウー（客）
ホン・ウー（客）
ルシア・ウー（客）

フローラ・フイン（ウェディングシンガー）
ジミー・カーター（皿洗い）
トゥ・リー（料理人）
ファット・ルオン（ウェイター）

キーの知っている名前もあった──

エディ・ホー（客）
ケビン・トゥルン（客）
シャロン・フォークナー（客）

その日の午後、キーは上司のイアンに電話をした。

「やあ、きみか」聞きなれたイアンの低い声が受話器に響いた。数十年前のこの人は、エネルギッシュな記者で報道部の憧れの的だったのだそうだ。いま、五十代になった彼は、見た目は少々だらっとした感じになったが、せっかちで気難しい性格が強くなり、インターンにいろいろと注文をつけるのを生き甲斐《がい》にしている。これはまだ考えていなかったんじゃないだろうか？　まだあの人には話を聴いていないんじゃないか？　ほかに情報の裏を取る方法はないのか？　というふうに。若手の記者たちを怖がらせつつも、イアンはきっとみんないい記者になれると信じているのだろうと思えるところがいい、とキーは思っていた。もちろん、若手にやる気さえあればの話だが。

「そっちはだいじょうぶか？」

「はい、だいじょうぶです。イアン、お訊きしたいことがあります」

「何だ、言ってみろ」

「警察担当記者をしていたときのことを思い出してほしいんですけど、殺人事件の警察の報告書って、どのくらいの長さがあるものなんでしょうか？」

電話の向こうから今の質問が別の言い方で復唱されるのが聞こえる。「一本の長さがどれくらいってことか？」

「そりゃ、ものによるな」

子供時代の自分の部屋で脚を組み、ころんとした受話器を耳と肩で挟んで、キーは警察からどうやってデニーの事件の報告書を入手したかを説明した。そして、報告書といっても正式なものではなく、ただの手書きのものではあるのだが、それにしても笑ってしまうくらいに情報が少なくて、そういうものかと信じるのがむずかしいレベルなのだと伝えた。

「これによると、レストランのテーブルには出された料理がたくさんのこっていて、少なくとも十二人はそこで食事をしていたことが証明できます。テーブルに出ていた茶碗《ちゃわん》や箸の数まで書いてあるんです。でも、そこにいた人の多くは、警察が来たときにはもういなかったらしいんです」

デニーについての描写に目を走らせたところで、吐き気が襲ってきた。大量の血だまり、まだ温かいが息絶えた被害者の身体、顔面は変形、あごが潰れ骨が見えている。心肺蘇生《そせい》は失敗、胸部圧迫により、都度被害者の鼻から血液が噴出、被害者の白いフォーマルシャツに赤黒い染み。

「この報告書によると、加害者か何か、複数人がその場から逃走して、のこっていた目撃者と思われる人たちは何も見ていないと言っているということなんです。デニーの友人たちは、ちょうどその時間、同時にトイレに行っていたらしく、何も見ていないと言っています。デニーの高校で地理を教えているフォークナー先生もいました。わたしわからないんです。フォークナー先生はお葬式に来ていましたが、このときのことを何も言っていませんでした。うちの両親が知っているのかさえ、わたしは知らない……」キーはことばを切って、本当は警察が父に話したけれど、父が酔っぱらっていたからせっかく聞いた情報が全部酔いの靄《もや》のなかに消えてしまったという可能性に思いをめぐらせた。

「とにかく、フォークナー先生がそこにいて、緊急通報番号に電話しています。そのフォークナー先生も、デニーが殺されたときはトイレに行っていたと言っています」キーは、デニーが死ぬまで殴られているのに、誰も助けなかったところを想像して、喉が詰まる思いがした。店のなかに十七人も人がいたのに、誰も助けなかった。「報告書によると、ラッキー8のトイレは個室がふたつしかないそうです。食事をしていたほかの客はみんな壁に向かってすわっていたか、騒ぎの音を聞いたときに目を閉じていたと言っています。レストランの従業員も何が起こったかは見ていないと言っています。こんなことって、現実にありえるんでしょうか？」

電話の向こうが静かになった。キーは職場の誰にも弟の死因までは伝えていなかった。だから、イアンにとっても初めて聞く話だった。

「なんとまあ、キー、ほんとにひどい話だ」

キーは腹に手をやり、皮膚の柔らかいところに爪を押しつけ、半月型の痕をつけた。そうやって、押し寄せてくる吐き気と、いまにも吐くか叫ぶかしなければという切迫した気持ちから意識をそらそうとした。

「その警官からどんな書類をもらったって言ったのか、もう一度教えてくれるか」

「その人が手書きしたメモをコピーしてくれたんです。ノートか何かのコピーです」

「なるほど。それで、普通、殺人事件の場合には、警察は何も出さなくていいと。その殺人事件がまだ捜査中であるときにはそういうことになるんだな。その警官から何かを手に入れることができたんだから、きみはよくやった」イアンは咳払いをして続けた。「こういう報告書の長さっていうのは、警官がどのくらい詳しく書くか、書くべきことがあるかによって決まるんだ。決まった長さっていうのはない。それに、言ってしまえば、われわれジャーナリストが普通、閲覧できるものではないんだ」

「じゃあ、何なら見られるんですか？」

「検死報告書だね。きみもよく知ってるだろう。検死審問があるとすればだが、まあ、弟さんの場合はあってもおかしくないと思うんだが、スケジュールは事件の複雑さやどのくらい混みあっているかに左右される。通常は検死官が遺族に手紙で検死審問の日程を連絡するんだが、数週間後のこともあるし、数年待たないといけないこともあるんだ」

「本当ですか？」

「残念ながら。こういうことは動きがとても遅いんだ」

「ほかにもあるんです」

「言ってごらん」

「解剖がなかったんです」

「どういう意味だ？　普通、殺人事件なら検死官が指定して──」

「うちの両親が断ったんです」

　イアンが黙りこんだ。息遣いだけが聞こえ、それがなければ電話が切れたのではないかと思うくらい長い沈黙のあと、「ふう」と声が聞こえた。

「そうか」イアンが言った。「遺族にはそうする権利があるからな。宗教や文化的な理由で──」

「でも、さっき言いましたよね。殺人事件では検死官が──」

「死因を特定するためにおこなわれるものだ。もし弟さんの死に疑わしいところがあって、謎の多い状況だったのなら、きっと検死官が強く求めていたと思うんだ」

「あの子は間違いなく謎の多い状況で死んだんです」目の奥に圧を感じながら、キーは言った。「本当にいい子だったんです。なんていうか、ほんとは中くらいでも、人は〝いい子〟だって言うもんですけど、でもデニーの場合はとくべつだったんです。あの子は何だって一番だったんです」

また沈黙が続き、そのあいだ、キーは腹にあてた指にこれ以上力をいれたら皮膚が破れるのではないかと思うくらいに強く押していた。

「皮肉屋になりたくはないんだが」イアンはそう言って、ことばを探すように間を置いた。「それと、おれはカブラマッタへ行ったことがない……でも、何かで読んだことはあるし、犯罪特集や何かで見たことはある。で、……ほら、もしおれが検死官なら、解剖はかならずおこなわれるようにする。間違いなくね。でも、ひょっとすると弟さんを見た検死官は……もしかしたら……」

キーは息を止めた。イアンがつぎに言うだろうことの輪郭が見えて、そのことばをミニーの声が何度も何度も繰り返すのを聞きながらも、どうか言わないでと祈る気持ちでいた。

〝どうでもよかった、どうでもよかった、どうでもよかった、どうでも。なぜって、誰もちっとも全然これっぽっちも気にかけてなんてなかったんだから〟

「……その日は調子が悪かったのかもしれないな」イアンは言った。「ここ一番というときなのに、人が間違えるのを見ることはあるんだ。みんな人間なんだ、いいか？　人ってのはいつだって、へまをやらかすことはあるし、うっかり馬鹿なことをしでかすこともある。そういうもんなんだ」

キーはもうイアンの話を聴いてはいなかった。耳のなかでひとりしゃべりつづけているミニーの声に気をとられ、過重労働で負荷の大きすぎるシステムがどうのと説明している彼の声は遠のいていった。

〝それっておかしくない？　こいつら文字通り生きるか死ぬかのときに失敗するほど無能で間抜けになっても、怒られもしないんだから、こんなおかしいことってないよね？　あんたなんて、あの馬鹿みたいな意味のない狭い道のことが大問題みたいに悩んじゃってるのにさ。それって、すっごいおかしいよね？　あんただったら、いらだちと屈辱と恥ずかしさで死にたくなってるんじゃない――〟

「もうそこまでにして」キーは自分が声を出していたことに驚いた。

「え？」イアンが言った。

「すみません」キーはまごついた。「わたしはただ……」

「いいんだ。わかってる。いろいろ大変だもんな」

「わたし……いまちょっと別のことを考えてて」

イアンはまた静かになった。キーが続けるのを待っているのだ。

「わたし、目撃者のリストを持ってるんです」

「どういうことだ？」

「警察からリストをもらってきたんです。名前、住所、電話番号が載ってる。あの日あの場所にいた人たちのリストです」

また静かになった。

「なんと」ようやくイアンが話しはじめた。「いや、その、よくやったじゃないか」

「この人たちを追跡しなくちゃ……というか、追跡してもいいんでしょう？」

また、静かになった。

「不適切なことにならないかぎりは？」キーはそう続けたが、話すうちに吐き気が押し寄せてきて、何を言おうとしていたのかがよくわからなくなってきた。「でも警察は、誰も話さないよって言って、だからつまりそれは、その人たちが答えを知ってるってことで、それはつまり――」

「なあ、キー」イアンは長いため息をついた。「これはきみの個人的な問題だ。仕事じゃない。記事になるような話じゃない――」

自分を答えに近づけてくれるかもしれない考えをイアンに拒絶された気がして、キーは胸の思いがしぼんでいくのを感じた。

「――しかし、もしそれが新聞の記事になるような話だったのなら」イアンはゆっくりと続ける。

「それなら、おれがきみに何をしろと言うかはわかってるはずだ」

キーは心臓が揺さぶられた気がした。

「それって……」

「そうだ」

「目撃者リストの人たちに電話をすべきです」キーは当然すべきことのように言った。

「ほかにできそうなことは？」

「周辺の調査から始めて、それから核心を探ります」

「続けて」

「直接会いにいってもいい」

「それから？」

「ありがとう、イアン」キーはそう言って、別れの挨拶もせずに電話を切った。受話器がダイヤル式の電話機に当たって、音を立てた。これから自分がしようとしていることを思うと、キーの手は震えた。

3

で、わたしの名前はルールー・ウー（そう、いんをふんでる。だから何って感じだけど？）。十歳。

両親といっしょにカブラマッタに住んでる。アパートは二階で、一階のあげドーナツ屋さんが換気せんからはきだす油っぽいけむりが上がってきて、うちのリビングにも入ってくる。だから、うちのなかはいつも使い古しのあげ油のにおいがしてるし、髪の毛にしみついたにおいはどれだけシャンプーを使ってもとれない。よく聞いて。カブラマッタはすごく危険なところなんだ。だから学校から帰るときはうちまで走りなさいって、お母さんから言われてる。ゆっくり歩いてなんかいたら、薬物常用者《ジャンキー》にヘロインのいっぱい入った注射器の針を首に刺されて、わたしも薬づけにされちゃうからなんだって。どうしてって、それがジャンキーのすることだから。あの人たちはゾンビとおんなじで、仲間を増やそうとするんだって。お母さんはこんなふうに言ってる。「わかってるね、ルールー。歩いてちゃだめ、走りなさい」って。だから毎日、三時のベルが鳴ったらわたし、ハローキティのかばんをつかんで、三年生の同級生たちを押しのけていく。みんなが「どうしたの――？」なんて言ってるそばを、「ごめん！　説明してるひまないの！」って言いながら、ビューンと校門から飛び出していく。全速力で走るから、うちに着いて玄関のドアの鍵をあけるときには、心臓が目玉のうしろまで上がってきてるみたいな感じになってる。

一週間前だか二週間前だか忘れたけど、とにかくつい最近まではわたし、毎日おんなじことをしてた。でも、べつにかまわなかった。どうしてって、インスタント・ミーゴレンは好きだったし、食べ終わったらそのまま六時のニュースが始まるまでテレビでアニメを見てればよかったから。六時はお父さんとお母さんが仕事から帰ってくる時間でもある。夕食が終わったら、宿題をするんだけど、だいたい五分くらいで終わっちゃう。だって学校の勉強は簡単なんだもん。算数の宿題はお母さんが見てくれるけど、こんな赤ちゃんみたいな問題ばっかりさせてって、お母さんは首を振る。それで、図書館の本からコピーしてきた十二歳向けのドリルをわたしにやらせる。まだ十歳なのに、余分な勉強までしなくちゃいけないんだって文句を言うと、お母さんはこう言う。「白人の子供みたいにおバカになりたいの？」って。だから「そうだよ！　おバカな白人の子供がえらいんだもん！」って、わたしは言い返す。そしたら、お母さんはわたしの耳たぶの上のほうを指でつまんで、白人の子供になんてなれやしないんだから、もうちょっと中華系ベトナム人らしくしてみたらどうなのって言うわけ。それで、そんなふうに話をもっていくのはフェアじゃないよなってわたし思うんだけど、で、最近何かあったのかって？

そう、あれは十二月の、お天気が夏に変わった日だった。学校から帰って、うちで「パワーレンジャー」を見てたときのこと。あの日はすごく暑くて、うちのせんぷうきじゃパワーがたりなかったから、制服のワンピースのすそをわきの下まで引っぱりあげて見てた。その日の「パワーレンジャー」は、ピンクレンジャーが、体育は得意だったのに、もうまえみたいにできなくなっちゃったってすごくめそめそしてる回だった。それを見ながら、うちの学校にもいるなって思った。全員ピンクのパワーレンジャー。白人の女子たち。名前はキンバリーで、スポーツのことになるといつも泣きそうな顔をしてる子たちだ。わたしはあきれた顔をしてテレビを見ながら、くちびるの皮のめくれてかたくなったところをつまんでた。そしたらひりひりしてきて、やりすぎたかもと思って下を見たら、ひざの上に自分がつまんではがしたくちびるの皮がちらばってた。

その日なんだけど、玄関のドアをノックする音が聞こえて、わたしほんとにびっくりして、制服のすそをまくりあげてたのも忘れて立ちあがった。なぜって、うちのドアをノックする人なんていないから（エイボン化粧品の女の人だけはべつだったけど、あの人もお母さんが試供品にしか興味がないってわかるとずいぶんまえにあきらめて来なくなった）。それでそうっとはだしのまま玄関のほうへ行った。タイルの床にくっついた足をはがすたびに音がして、外のだれかに聞こえてなければいいけどとは思ってたけど、それよりテレビの音が聞こえてるかもって、途中で気がついた。ドアのこっち側でうーんとうなりながら、テレビを消しにもどろうかと思ったけど、あまりにもわざとらしいから、もどるのはやめてドアまで行った。ノックしたのがだれだとしても、ここの家族は空き巣よけに一日中ラジオをつけっぱなしにしてるんだと思ってくれたらいいなと思った。だれかがうちに用があって来たのだと思うと心臓がどきどきしてきた。だれかがドアをノックしたらどうしたらいいか、お母さんが決めたルールを思い出した。もしドアの外にいるのが、白人の男の人で、きちんとした白いシャツに黒いネクタイだったら、音を立てないようにして、いないフリをすること。でないと、さらわれて教会へ連れていかれるから。でないと、レイプされるかもしれないから。それから、エイボン化粧品の訪問販売の女の人だったら、音を立てないようにして、いないフリをすること。もし便利屋みたいな作業服の人だったら、音を立てないようにして、いないフリをすること。でもその人が行ってしまったら、無料の試供品を置いていっていないかたしかめて、あったらすぐにうちのなかに入れておくこと。でないと、近所に住んでるけちんぼの中国人にこっそりもっていかれてしまうから。わたしは息をころして、ドアののぞき穴に目を押しつけた。外にいたのはアジア系の女の人で、わたしすごく困ってしまった。どうしてって、ノックしたのがアジア系の人だったらどうしたらいいかなんて、お母さんの決めたルールになかったから。その女の人はおなじ建物に住んでるほかのアジア系のおばさんたちみたいに年をとっていなくて、歯医者さんにいる歯科助手の人みたいっていうか、若いけど大人で、たぶんジャンキーではなさそうだった。服装がきちんとしていて、用心深そうだったし、それにこの女の人は、縁がなくてもレンズが落ちないすごくハイテクな眼鏡をかけてたから。

　返事をしないでいたら、女の人がまたノックをして、わたしもうパニックだった。どうしてって、もしその人がほんとうに大事な用でうちへ来ていて、居留守を使うのが間違いだったとしたら？　でももし、わたしをだまして誘拐しようとしている人だったら？　女の人がまたノックをしたから、わたしびっくりしちゃって。口を手でおおって、つま先立ちであとずさりしてソファまでもどった。そうっと腰をおろすと、うちの親が七年前にくじで当てたソファにずっとかかったままのビニールのカバーに、体重がかかってキュッと音がした。わたしは両手で口をおおったままで、ぎゅっと目を閉じた。女の人の足音が通路の向こうのほうへ消えていくまでそうしてた。

その晩、へんな夢を見た。ひとつは暗い箱に閉じこめられている夢で、箱の外にいる人たちがぎゃーぎゃーさけぶ声が聞こえてた。わたしはどうしても外へ出たかったけど、外に出たら何が待っているかが怖くて、それでお母さんを呼ぼうとしたけどできなかった。どうしてかっていうと、くちびるの皮が全部むけてしまってたからなんだけど、鏡を見たら（どういうわけか小さな手鏡を持ってて、真っ暗だったけど、そこに映った自分の顔はよく見えた）、くちびるが真っ赤にはれてピエロの口みたいになってた。だから大声を出してお母さんを呼びたかったけど、口をひらいてもっと痛くなるのが怖かったから、わたし、皮がずるむけになってはれあがったくちびるを動かさないようにして泣いてた。その夢がなかなか終わらなくて、わたし腹が立って、悲しくて、いらいらして、もう死んじゃうんじゃないかと思うくらいで、夢の最後がどんなだったかも覚えてないんだけど、とにかくそれは終わった。バックストリート・ボーイズのニック・カーターが出てくる夢も見た。うちまで来て、わたしにガールフレンドになってほしいって言ってきたんだけど、わたしまだ子供だからデートできないって言ったの。でも、もしわたしが大きくなって、全教科百点満点で高校を卒業して、うちの親が認めてくれるまで待てるなら、って言ったら、彼、「もちろんさ。きみのためだったら、なんだって」って言ったの。それでわたし、この夢のなかでは、お母さんが切ってくれたマッシュルームカットじゃない、バービー人形みたいなさらさらロングの髪を指で払った。そしたらニック、ほんとにうっとりしてた。最後に見たのは、わたしが小さいサボテンになってる夢で、でもそれは三秒くらいで、そこで目が覚めた。

バスルームへ入ったとたん、わたしもうすこしでさけびそうになった。どうしてってって、夢じゃないわたしのくちびるが大きくはれて真っ赤になってたから。それで皮が全部めくれてなくなっちゃったんだって真剣に思った。でも、もっと近くで鏡を見ると、皮はまだあって、かわいてかさかさになってるだけだった。赤黒くなって全部かたくなって、口をひらくだけですごく痛かった。顔を洗ったら、水が顔に刺さるみたいにしみて、だからくちびるがかわいたときにどうしたらいいか、ひとつだけ知ってることをしたの。リップスマッカーのグレープの香りつきバームをひねり出して、色が変わってがさがさになった皮ふ全体にぬりこんだ。そのあとは、リップスマッカーをぬったあとのお約束なんだけど、ぬったところをなめて、グレープの味がするかたしかめた。朝食のとき、お母さんがわたしの顔を見て、「うわっ！　あんたそのくちびる、何したの？」って言ったから、わたしは肩をすくめた。どうしてって、わたしのせいじゃないじゃない？　そしたらお母さん、「またくちびるなめたの？　なめちゃだめでしょう！」って言って。それからだ液というのはどのくらい皮ふに悪いかって、お説教が始まって、わたしにも言いたいことはあったけど、でもできるだけ口を動かしたくなかったから、だまってフルーツループのシリアルを一個ずつお箸でつまんで食べてた。そしたら、お父さんが「仕事に行くよ、じゃあ」って言って、お母さんが「あのカンボジア料理のお店のランチはだめよ。あそこ行くとあなたいつもお腹こわすんだから」って言ったんだけど、わたしはふたりのどっちでもいいから、まえみたいに学校まで送ってくれたらいいのにと思ってた。わたしがもっと小さかったときは、そうやってわたしのお世話をするのが親の仕事だったから。

学校へ行ったら、友達のチャオがすぐにわたしのくちびるに気がついて、「わー！　いったいどうしちゃったの！」って言った。わたしは、どうして始まったのかはわからないけど、いまはくちびるをなめるのをやめられないんだって言った。どうしてって、かわいてるって感じたらもう、舌でなぞらないといけなくなってるから。だってそうしなかったら皮ふがひび割れて顔全体が割れちゃいそうだと思うから。チャオは、自分もピエロみたいなおっきなくちびるになったことがあるって言ってた。そのときは、母さんがびっくりしてお医者さまへ連れて行ってくれたんだって。それでストレスのせいだって言われたって。それでわたし、「いったいどうして、ストレスなんてあるわけ?」って言ったら、チャオは肩をすくめた。だからわたし、それって酒飲みのお父さんと関係あるんじゃないのかなって言った。チャオのお父さんがお酒を飲むようになったのは、P—E—S—Tだったか、P—T—S—Dだったかのせいで、ベトコンに耳を切り落とされたのをチャオのお母さんが縫ってもとにもどそうとしたけど、できなくて、また落っことしたことと関係あるみたい。チャオが言ってたけど、お父さんはお酒が大好きで、結婚式に出るといつもよっぱらってしまって、一度はひどくよっぱらって吐いたものを花嫁にかけてしまったことがあったんだって。それってなんかおかしいけど、チャオはその話をするときちっとも笑わない。まあ、とにかくチャオが言ったのは、たぶんあれはストレスのせいだったってこと。どうしてって、ストレスがたまるとくちびるがかわいて、舌でなめたら、だ液のせいで悪化するからだってこと。それでわたし、「うわ、うちのお母さんみたいなこと言うね」って言いかけたんだけど、でもそのときチャオが、リップバームをぬるといいんだよねって言ったから、お昼休みになるまでに、リップスマッカーをチューブの半分くらいしぼりだして、ピエロみたいになったくちびるにたっぷりぬって、舌をできるだけのばしてグレープ味がするかなめるのをくり返してたら、気持ち悪くなってしまった。

その日は学校から帰ったら、ミーゴレンを一本ずつ食べないといけなかった。くちびるの皮がかわいてかたくなって、口の両端のところでひび割れてしまって、なかからぐじゅっとした液体が出てきてた。そこに水とか食べ物が当たるとすっごく痛かったから。「パワーレンジャー」を見てたら、ピンクレンジャーがまだ体育の授業のことですっごい落ちこんでて、それでわたし「ほんと、この子泣き虫だよな」って言ったんだけど、ほんとはあの子になりたい気持ちもあった。どうしてって、ピンクのほうがアジア系のイエローレンジャーよりかわいいし、ピンクはわたしの好きな色だから。で、学校でパワーレンジャーごっこをするときは、いつも白人の子たちがわたしとチャオにイエローをやらせようとするんだけど、わたしたちはそれってひどいと思ってる。でもあの子たちがいっしょに遊ぼうって言ってくれるのがうれしいから、だからわたしとチャオはかわりばんこにイエローレンジャーになる。でも、あの子たちは全員ピンクレンジャーにならなくちゃいけなくて、どうしてピンクレンジャーが四人もいていいのにチャオとわたしはなれないのってきいたら、マディソン・ストーンが言ったの。「だってあんたたちふたりとも黄色いじゃん、ね」って。チャオが泣きそうになってるのがわかったから、わたしチャオの手をにぎって言ったの。「あの子たち、わたしたちが明るい《ブライト》って言っただけだよ！　ほら太陽みたいにって！　ハハ！　わたしたちのこと、かしこい《ブライト》って思ってるんだよ！　だってほんとのことだもん！」って。それで、なんとかその場をのり切ったってわけ。

　まあ、とにかくわたしはミーゴレンのお皿をはだけたお腹の上にのせて（その日も暑かったから、制服をまたまくりあげてた）、テレビを見ていた。そしたら誰かがドアをノックしたから、わたしびっくりして、ミーゴレンのお皿をソファの上にひっくり返してしまって。それでやっと、うちの親がビニールのカバーをかけたままにしてるのはこういうことだったのかとわかったわけ。つま先立ちでドアに駆け寄って、目をのぞき穴に押しつけて見たら、またあのアジア系の女の人が来てた。その前の日にも来た、きちんとした服装で、ハイテクの縁なし眼鏡の若い女の人だ。うちの玄関ののぞき穴はドーナツのあげ油で汚れてるけど、女の人が髪をきちんとポニーテールにまとめてるのはわかったし、シャツはアイロンのかかった襟付きで、会社勤めの女の人がはくようなベルト通しのついたパンツをはいてるのもわかった。それに、爪がてのひらに食いこむくらいに両手をしっかりにぎっているのも見えた。しばらくのあいだ、わたしは会社で働く女の人たちのことを想像していた。どうしてって、勉強をがんばって大学に行けば、いい会社に入れるって、いつもお母さんが言ってるから。そしたら、もうわたしはお母さんやお父さんみたいに苦労しなくていいんだって。お父さんは金属の板をつくる工場で働いてて、お母さんは飲茶《ヤムチャ》をワゴンで運んでる。お母さんは夜、脚の血管が、気持ち悪い紫色のクモの巣みたいになって浮きでてるのを見せて、いちばん盛りあがったところをわたしにさわらせて、こんなふうに言う。「ね？　お母さんがどのくらい苦労してるかわかるでしょう？　あなたは苦労しなくていいの。あなたの世代は。あなたは英語が上手に話せるんだからね」って。それでわたしが、「ねえ、何かわたしの知らないお話してよ」って言ったら、お母さんは首を振って、あんたみたいなごうまんな娘はいないって言うわけよ。でも、わたし考えてる。そうじゃなくて、真剣に、わたしが知らないことを話してほしい。たとえばほら、お母さんの世代の苦労はいつか終わることはないの？

そのきちんとした女の人がまたドアをノックした。このときは、あんまりびっくりしたもんだから、わたしうっかり顔をドアにぶつけてしまった。そしたら女の人が「こんにちは？　だれかいますか？」って言って。それで気がついたのは、その人の英語が完全なオーストラリアなまりだってことだった。わたしとおんなじだっていうことなんだけど、それってへんだなって思った。どうしてかって、わたしより年上の人はだいたいアジアの国から移住してきた人たちで、移民英語を話すから。うちの両親も近所の人たちも、基本的にカブラマッタの人はみんなそうだ。そのとき、急にトイレに行きたくなったんだけど、わたしいつも大きいほうは朝食のまえだから、すごくへんな感じがした。でもお腹が張って、なかに煉瓦が入ってるみたいにかたくなってきて。それでちゃんと考えることができなくなって、わたし言ったの。「はい？」って。そしたら、女の人が「あの、こちらはウーさんのお宅ですか？」って言ったから、落ち着いて考えもせずに、「そうですけど？」って答えてしまった。そしたら、「お父さんかお母さんはいらっしゃいますか？」ってきかれたから、わたし、「どうかな？」って言った。女の人がしばらく何も言わなかったから、もう一回のぞき穴をのぞいてみたら、その人、ノートに何かを書いてた。

「いつごろおもどりかわかりますか？」って女の人がきいてきた。

どうしてこの人、うちの両親が留守だってこと知ってるの？　わたし言ってないのに。でも、もしわたしがよけいなことまで言ってしまってたとしたら、どうなるんだろう？　この人がもし人さらいだったとしたらどうなる？　でもわたし、もうがまんできないくらいトイレに行きたくて、頭がほんとにまわってなくて、だから言ったの、「あとでいいですか？」って。そしたらその人「わかりました……」って言って、ちょっとのあいだだまって、それからわたしの名前はなんていうのかきいてきた。わたしもうちがもれそうだったから、大声で言ってた。「ルールー！」

「ルールー……ルシアね？」

「そうよ！」

「わかった。ルールー」女の人が言って、落ち着いたみたいだった。「明日また来てもいいかな？　あなたのご両親とお話がしたいの。それからあなたとも」

女の人がドアの下のすき間から、紙きれをさしこんできた。そのあと何か言われるまえに、わたしそれをさっと拾いあげて、トイレに駆けこんだ。「ねえ？　まだそこにいるの？」って、そのとき聞こえたような気がしたんだけど、でもお尻がトイレでばく発してしまって、恥ずかしいのと、ほっとするのとを同時に感じるしかできなかった。

あとでわかったのは、たぶん毎日ミーゴレンを食べてたのがいけなかったってこと。それからあのときもらった紙切れに、電話番号とポケベルの番号といっしょに書いてあったキー・チャンっていうのが、あの女の人の名前だっていうこと。その日の午後ののこりは、テレビを見ていてもぜんぜん集中できなくなってしまった。だからシャワーを浴びることにしたんだけど、でもくちびるがまだかわいていてひび割れができてたから、身体は洗ったけど、口の近くはぜったいにぬらさないように気をつけた。うっかり水しぶきが顔にかかってしまったときは、顔をゆがめて、こんな苦労しなくちゃいけないなんて、いったいわたしが何をしたっていうの、と思った。つくりものの青りんごみたいな香りをさせてシャワーからあがってきたんだけど、でもまだくちびるが、大きな赤黒いかたまりみたいになって、おまけに食べ物のくずがまざって、それにリップスマッカーの舌がとどかなくてかわいてしまったところがのこっていて、なんだかきらわれ者のピエロみたいな顔になってて、でもほかにどうしていいかわからなかった。だからリップスマッカーをもっとぬった。

その晩、お父さんとお母さんにキーって言う名前の女の人のことを話したかったんだけど、でもお父さんは、またあのカンボジア料理の店へ行ってお腹をくだして大変だったし、お母さんはこんな人と結婚するんじゃなかったって、わめき散らすのに忙しくてそれどころじゃなかった。人生でいちばん後悔してるって言ってた。もっと不細工な人を選んでたら、もっと大事にしてもらえたのにって。それでそのあとで、わたしのことを見もしないで言った。

「よく聞いておきなさい、ルールー、顔のいい男と結婚なんかしてはだめ。あなたの言うことなんて聞いてくれやしないんだから。ずっとその人のいいなりになるんだから。それに、だれだって年をとるからね。年をとって、どのみちみにくくなるんだよ。ほら、お父さんを見てごらん！　でも、中身は変わらないからね。あの人はまわりのことなんて全然見えてやしないけど、とりあえず頭は首の上についてるから見た目は普通に見えるんだ。それでだれかに言ったら、あなたの夫はちゃんとあるべき場所に頭がついてるのに、何が不満なのかって言われるんだよ。あれのどこがちゃんとした場所についてるんだって言ったたって、だれにもわかってもらえないんだからね！　結婚相手は不細工な男にすること、いい？　スムスムおばさんをごらんなさい。見た目のひどい男と結婚したでしょう。すごいデブで、鼻がこんなに大きくて、目はちんちくりんで小豆《あずき》みたいで。ほら、小豆、知ってるでしょう？　こんなちっちゃい。いちばん小さい豆だよ。まあ、それはそれはみにくくて。でもね、ほんとにやさしい人なんだ。何だってスムスムの言いなりなんだよ！　あの子が歩けと言えば、あの男は歩く。すわれと言えばすわる。お金の管理はこっちでするから稼ぎは全部よこして、買いたいものがあるときは許可をもらいにこいって言っても、あの男は言い返しもしないんだよ！　なんていい男なんだろうね。でもね、それだけいい人なのは、あの男が見た目が悪いからなんだ。言ってることわかるでしょう、ルールー？」

　お母さんはいつもこんな話ばっかりしていて、聞いているとなんだかだるくなってくる。でも、歯医者さんで、口のレントゲン写真をとるときに鉛のエプロンをかけられて、気持ちよく眠りにさそわれるみたいなけだるい感じじゃなくて、深く息が吸えなくなるみたいな重くて苦しい感じになる。だるくなるっていうのは、わたしよくあって、たとえばニュースを見てたら、ポーリン・ハンソンっていう女の人が出てきて、アジア人がオーストラリアに押し寄せ《スワンピング》てきているって言ったときもそう。それって本当じゃないけど、なぜって、スワンピングが何なのかもわたし知らないのに、どうやってスワンピングできるのかってことでしょ？　それとか、お父さんにどうしてわたしのおばあちゃんとおじいちゃんのことをおばさん、おじさんって呼ぶのかってきいたら、それは、子供が親に密着しすぎていると、悪いことが起きるかもしれないっていう迷信を信じてるからで、それで大人になってからは自分の親をお母さん、お父さんって呼ばせてもらえなくなったって言われたときとか。それでわたし、「でも、どっちみち悪いことは起こったんじゃないの？」って言った。ベトナム戦争が起きて、共産主義者にものを盗られて、お父さんは難民になってどうのこうのとかって。そしたらお父さんは、「それ以上悪いことが起こったらどうなってたか、想像できるか？」って言った。もちろん想像なんてできなくて、代わりにだるくなってきた。それとか、学校にいるときもそう。っていうと基本的に毎日なんだけど、豚の田麩《ポークフロス》のサンドイッチを食べてたら、ブリトニーやキンバリーたちが、「うわー、きもちわるーい、藁《わら》なんか食べるんだ！」なんてことを言いにくるとか、ミーゴレンを食べてたら、「そのお弁当、ひどいにおい！」とか言われるときとかもそう。それとか、最悪なのはほかのアジア系の子にまで何か言われるときで、おんなじ中国系ベトナム人の女子なのに、その子はきれいに髪を編んでいて、「お父さんが言ってたけど、しょうゆ味のサンドイッチなんて貧乏人しか食べないんだって」とか言いにきて、それでわたし「うちは貧乏じゃないもん！　忙しくてハムを買う時間がないだけだもん！」って言いたかったけど、でもなぜか言い返すだけの力が出なかった。チャオがよく言ってたのは、「あの子の言うことなんて真に受けちゃだめ。お父さんがお医者さまだからってお高くとまってるだけなんだから」ってこと。でも、わたし真に受けないとかできなくて、それに人間のピラミッドでは、キンバリーたちが頂点にいて、その下にユーゴスラビアから来たばかりで英語は下手くそだけど見た目がきれいだからみんながばかにしない女子たちがいて、その下がスポーツ万能のサモアの女子たちで、そのつぎはアジア系だけれどもお父さんがお医者さまの子たちがいて、それからもっと下へどんどん下りていったところにやっとしょうゆ味のサンドイッチを食べるアジア系の女子がいるんだってことを、わたしは学んでたから。このことはチャオには話さなかった。なぜって、もうだるすぎて、ことばを探すことができなかったから。

それで、その晩は誰もわたしのほうを見ていなかった。お父さんはトイレにこもったきり出てこなかったし、お母さんはOCクラス*のことを調べるのに忙しかったからなんだけど、OCクラスのことになると、お母さんはもう取り憑かれたみたいになってた。お母さんが言うには、もしわたしがOCクラスに入れたら、まわりはかしこい子たちばかりだから、そのなかにいたら、わたしがジャンキーとかギャングとか凶暴な人殺しになることはないと思うからなんだって。で、お母さんは数学とか一般知的能力とかOCクラスの選抜試験に受かるための勉強のリストを見ながら、終わったところをひとつずつつぶしはじめた。だからわたしは早くにベッドに入った。なぜってだれにも相手にしてもら

* ニューサウスウェールズ州が設立した、学力的に優れた五〜六年生を対象とする特別クラス。

えないなんて耐えられなかったから。目を閉じて、会社で働くってどんな感じだろうと想像してみた。ベルト通しのあるパンツをはいて、「おはようございます、ルールーさん。コーヒーでもいかがです?」なんて、毎朝出勤したらだれかが言ってくれる。そしたらわたしは「いいですね。コーヒーなしで一日は始まりませんもの!」なんて答える。それで考えているうちにどんどん眠くなって、毎晩眠るときはだいたいそんな感じで、コーヒーを飲んでる自分を想像してる。

その晩、またへんな夢を見た。わたしは暗い箱のなかにいて、箱の外でみんなが「ノー、ノー、ノー」とか「やめて、やめて、やめて!」とか言ってる声が聞こえて、そのあとお皿とか食器がたくさん割れる音がして、そこで目が覚めた。そしたらわたし、身体じゅうびしょぬれになってた。顔もぬれてたし、口もぬれてたし、太腿《ふともも》もぬれてたし、それでわたし「うわ、大変! どうしてわたし——」って声に出してた。

それで、ぬれたシーツをベッドからはがして、ほかの洗濯物といっしょに洗濯かごに入れた。そのあと身体を洗いにバスルームに入ったら、わたしほんとにさけびそうになった。どうしてって、鏡に映った自分の顔を見たら、くちびるから血が流れてて、皮がひび割れてて、それでちょっとでもくちびるをひっぱったら、ひび割れの下の赤っぽい肉の色が見えたから。バスルームのなかで、素っ裸で、くちびるはひび割れていて、ベッドもぬれてしまって、何をどうしたら元にもどるのか全然わからなくなってしまった。泣きたかった。それで、泣いた。これ以上は無理って思うくらいみにくい顔になってるときに泣くみたいに、静かに泣いた。音は立てないようにしてたけど、でも寂しくて、頭全体がものすごく痛くて、だからくちびるがひりひりちくちくしてものすごく痛かったのは忘れた。それから身体を洗って、きれいなパジャマを着て、そうっとベッドにもどった。シーツをはがしたベッドの上で、エビみたいに身体をまるめて、ぬれてるところに触れないように囲いこむようにして。まわりの全部がまた真っ暗になるまでそうしてた。

つぎの日は学校で避難訓練があった。ヒドソン先生がわたしたちといっしょにサッカーのグラウンドにすわっていた。先生はメキシコで買ってきた大きな麦わら帽子をかぶっていて、人気者の女子たちはみんな先生のまわりにすわって、おもしろくもない冗談を言い合っていた。ブリトニーやキンバリーたちがなんだか先生と友達みたいにしてるから、わたしも先生と友達になりたいなって思った。なぜって、先生と友達だったらだれもわたしのサンドイッチをばかにしたりしないだろうし、守ってもらえるだろうから。ほら、お母さんが働いてる飲茶レストランで、オーナーが毎月お金を払いますって言えば、カブラマッタのギャングがお店を守ってくれるみたいになるのかなと思うから。でもわたしはヒドソン先生には何も払わない。なぜって、先生とは本物の友達になるんだから。それでわたし、その子たちのいるほうへ、すわったままお尻を浮かさずにずるずる近づいていった。ブリトニーが何か言ってほかの子たちが笑ったから、わたしもハハハって笑って合わせた。わたし、ヒドソン先生は政治のこととか話したいんじゃないかなっていう気がしてた。だって、先生は大人だから、で、ポーリン・ハンソンはひどい人種差別主義者になったよね、なんてことをいっしょに話したりしたらどうかな、とか考えてた。そしたら、なんてこの子はかしこくて世間のことをよく知っているんだろうって先生が思ってくれるんじゃないかなって。わたしほんとにポーリン・ハンソンのことなんて何も知らないけど、でもあの女の人がアジア人を追い出したいと思ってるのは知ってた。なぜって、あの人のおしろいをぬった白い顔と明るいオレンジの髪の毛がテレビに映るたびに、お父さんが「この女はきらいだ！　死ぬほどきらいだ！」って言うんだもの。そしたらお母さんは、「この人アジア人がきらいなの！　星島日報で読んだもの！　この人、わたしたちが悪い人間だって思ってるのよ！」って言って、それでお父さんは、だいたいのときは真剣に話すことなんてほとんどないんだけど、頭に血が全部のぼったみたいに「きらいだ！　大きらいだ！」って言ってた。

それでわたし、ヒドソン先生に言ってみた。「先生、ポーリン・ハンソンはきらいですか？」って。そしたら、つやつやで白っぽい生の鶏胸肉みたいな先生の顔が、すっかり混乱していますって言ってるみたいな方向へ傾いた。

「どうしてきくんだい、ルシア？」

「どうしてって」わたしそう言って、また一生懸命くちびるをなめた。なぜって、十秒くらいなめるのをやめてたら、かゆくて耐えられなくなったから。それで「どうしてって、あの人はアジア人がきらいだから、わたしあの人がきらいなんです」って答えた。

ヒドソン先生はほかの女子たちのほうを見て、その子たちはみんな眉をひそめてて、それで先生がまたこっちを向いて、わたしの茶色いかさぶたのできたくちびるを見ながら言ったの。「だれかをきらいだとか言うのはよくないね、ルシア・ウー」。それで、そのことについての何かがわたしの顔の前に重いカーテンを下ろして、わたしは拒絶されて汚れてしまった気がしてた。そしたらブリトニー・ニコルズが、「まあ、ともかく……」って言った。それでわたしは、げんこつに体重をのせて身体を後ろへずらして、元いた場所へもどった。

その日の午後、テレビを見ていたら、ニュース速報が何度も入って、見ていたアニメが途切れ途切れになった。ニュースはジョージズ川で男の子の遺体が見つかった事件のことで、それはたぶんドラッグとギャングが関係しているんだろうとか、カブラマッタのこれやカブラマッタのあれやに関係があるんだろうとか言っていた。またポーリン・ハンソンが呼ばれて出てきて、何かのことについて何かを言って、わたしは大きな声でうなりながらソファのビニールカバーの上をずるっとすべり落ちて、それで床にひざをついて、ソファに顔を押しつけて、キュッと音をさせて、いつになったら「ラグラッツ」の放送にもどるのだろうって考えてた。だれかがドアをノックしたのはそのときだった。あのキーっていう名前の女の人がまた来るって言ったのを忘れてたわけじゃなかったけど、でももう来なければいいなって思ってた。たぶん信用できる人じゃないし、だってほら、うちの親だってバービー人形を買ってあげるとか、キャベツ畑人形を買ってあげるとかって約束するけど、ぜったいに買ってくれることなんてないから。それと、だからってうちの親のことを責めたりはしない。だって、人ってそういうものだから。

女の人はこの日も会社で働く人みたいな服を着ていた。襟付きのシャツをベルト通し穴の付いたズボンにたくしこんで、ドアの向こうから呼んだ。「ルールー？　ご両親はいらっしゃいますか？」って。わたしなんだかその人が、ちょっとくらいは知っている人みたいな気がして、だってもう三回もうちに来ていて、わたしとおんなじような英語をしゃべって（つまり移民英語じゃないってこと）、それにわたしその人の名前と電話番号を知ってるわけで。人さらいだったら、人に自分の電話番号を渡したりするほど間抜けなことはしないわけでしょう？　だから、わたしドアののぞき穴に目を押しつけて言ったの、「いいえ……」って。そしたら、その人床を見て、それってわたしは絶対にしないでおこうと思ってることなんだけど、どうしてって、うちの建物の廊下の床は古くて汚いから、考えただけで皮ふがかゆくなるからで、それでその人はまえもしてたみたいに、てのひらに爪がくいこむくらいにかたく手をにぎりしめて言ったの。「なかへ入れてもらえる？　あなたにいくつかききたいことがあるの」。それで「何のためにですか？」ってきいたら、「わたしの弟のことなんです」ってその人言って、それでわたし、その人が何の話をしてるのかわからなくて、でも知りたいなって思って、だからチェーンはかけたままでドアをあけた。そしたらその人が立ってたんだけど、近くで見ると縁なしの眼鏡は思ってたより上品でおしゃれでハイテクだってわかった。その人は、わたしのくちびるを見るなり、目を大きく見ひらいて、それで、友達みたいな笑顔になって、小さい声でこう言ったの。「こんにちは！　元気？　なかに入っていい？」って。それでわたし、その人のこと、上から下まで観察した。手には何も持ってなくて、爪を押しつけてたところに小さい半月形のあとがついていて、それでわたし言ったの。「わかりました。でもくつはぬいでくださいね」って。そしたらその人はうなずいて、もちろん、って言ったから、もっと好きになった。

すわっていいですか、ってきかれたから、わたし、ダイニング用の折りたたみ椅子を指さした。それで、うちの両親は仕事かって言うから、わたしはうなずいて、そしたら放課後はいつもひとりで家にいるのかってきくから、それにもうなずいたんだけど、知らない人を家に入れたってお母さん知ったら、どのくらい叱られるだろうって考えてた。でも絶対にお母さんに言わなければならないこともないし、たぶんこれは自分ひとりの秘密にしておけると思った。

女の人はテレビを指さして、「ラグラッツ」は自分もすごく好きだとかなんとかいう話をした。それでわたし、「ラグラッツ」を見るにはこの人ちょっと大人すぎるんじゃないかなと思った。なぜって、「ラグラッツ」はほら、赤ちゃんの話だから。それから、わたしの学校の制服を見て、いいね、みたいなことを言った。それから「あなた、何歳、ルールー？」ってきいてきたから、わたし十歳って答えた。そしたら、その人ほんとに大きく息を吸いこんでうつむいたの。何が起こるかさっぱりわからなかったし、ひょっとして、誘拐して闇市場で売るためにわたしのことを品定めしているのかどうかもわからなくて、だからわたしはただ、会社員の女にだまされるかもしれないって考えていたんだけど、そしたらその人が言ったの。「わたしにはデニーという名前の弟がいます。というか、弟がいました、って言うべきなのかな……」って。言いながらその人の目は泳いでて、とても悲しそうな顔になった。「彼は一週間ちょっとまえにラッキー8にいたの。ねえ、ご両親とラッキー8へ行ったこと覚えてる、ルールー？」

お母さんとお父さんは、学校で一番になったらキングクラブを食べに連れていってくれるって約束してた。その約束をしたのはわたしが二年生のときで、四学期連続で一番になったことはあったけど、そのときはみんな忙しいからって、キングクラブを食べに連れていってはくれなかった。みんなって言うけどほんとは、親たちが忙しいだけで、わたしはすっごいヒマだった。それで今年、三学期連続で成績が一番になったから、わたしキングクラブを食べたくてしょうがないし、宿題ばっかりするのはもうあきたし、勉強するのもあきたし、一番になってOCクラスに入るのも嫌になったんだって言ったら、お母さんが心配そうな顔になって、その心配な顔でお母さんがお父さんのほうを見たら、お父さんが言ったの。「オッケー、わかった」って。それで、ラッキー8に連れてってもらった。そのお店はキングクラブを出しているんだけど、好きなカニを水槽から選んで、料理してもらうことができるの。それでお母さんがウェイターに「身の詰まってるのを選んでちょうだい！　水でしゃばしゃばのカニでごまかそうなんてしないでちょうだいよ！　見てますからね！」って言ったのを覚えてる。それから――

「ルールー？」

「あ、はい」はっとして、油で汚れたうちのダイニングルームにいたことを思い出して答えた。「キングクラブを食べにいきました」

「ルールー」キーが名前を呼びながら、わたしの目をじっと見たから、わたし身体じゅうが自分の皮にしめつけられるみたいになって、目をそらしたくなった。「わたしの弟のデニーは、その晩に、殺されました。ラッキー8で」

キーはそこで間を置いた。たぶんいま言ったことばをよく理解しようとしたんだけど、でもどこにも何ひとつしみこんでこなくて、で、わたしの心臓がどうかしちゃったみたいで、なんか自分が人間というよりは心臓になってしまったみたいで身体じゅうのあらゆる場所が脈打ってるみたいになってた。

「警察があなたとご両親からお話をきいたそうだけど、でもあなたがたはみんな何も見ていないと言ったって言ってるの……」キーはまた話を途中でやめて、髪の毛を耳の後ろに流して、うつむいた。それからまた顔をあげてわたしを見て言った。「ねえ、ルールー、わたしは警察から来たんじゃないの。わたしはただのデニーの姉で。殺人事件のことは警察がまだ捜査しているけど、でも……わたしはただ何があったのか知らなきゃならなくて。これはわたしのためにしてることなの。あなたが見たことをわたしに話したからって、あなたが叱られることはないから。約束する」

わたし、なんだか急に恥ずかしくなって。こんなドーナツの油まみれのうちに人を入れてしまって、床のモップがけくらいしておいたらよかったかもと思ったんだけど、でもまあ、きれいにしたところで、また下のあげドーナツ屋さんからあがってくる油っぽい空気が窓から入ってきてすぐにべたべたしてくるんだけど、でも会社にお勤めしてる女の人に汚いうちだなとか思われたらいやだなと思った。でもまあこうして、わたしは油にまみれて、火星の表面みたいになったくちびるでここにいたの。

「ルールー？」キーがまた呼んだので、わたしははっとした。「ねえ、あの晩のことで、あなたが覚えていることを話してもらえる？　あなたがご両親とキングクラブを食べに出かけたときのことなんだけど？」

覚えていたのは、最初に出てきた料理がカインチュア（ベトナム南部の代表的な魚のスープ）だったこと。わたしの大好物のスープなんだけど、魚の頭がまるごとひとつ入ってて、まだくちびるが割れるまえだったから、わたしどんどん飲んで四杯とかおかわりして、そしたら、お腹が痛くなるからもっとゆっくり食べなさいって両親に言われた。つぎは炒飯《チャーハン》が出てきたんだけど、それを見てお母さんがシーフードをケチりすぎだって文句を言いだしたんだった。エビが三尾しかのっていなくて、どうしてこれがシーフード炒飯だなんて言えるのか、これじゃぼったくりじゃないか、ラッキー8になんてくるんじゃなかったって、お母さんはずっと言ってて、でもお父さんはだまって食べた。どうしてって、お父さんはお母さんを無視するのが得意だからで、わたしはどうしてそんないつも文句ばっかり言うのかって思ったから「うーん！」となってた。そのとき、びしょぬれのエプロンをつけた男の人が足を引きずりながら、すごい大きなお皿を運んできたの。いろいろなおいしそうなもののにおいがただよってきて、わたし舌がうずきだして、つばが出てきて、その大きなお皿の上にはつやつやで、湯気の立っている、あざやかなオレンジ色のキングクラブのガーリックソース煮がのってた。一瞬、お母さんの文句がぴたっと止んで、わたしたちみんな目をハート形にして見てた。ほら、マンガでよくあるみたいなやつね。で、すっごいいい気分になって、なんかわたしたちのお父さんたちが全員お医者さまなんだっていうくらい、成功した気分になってた。そのときだった。お茶碗がひとつ割れる音がして、もうひとつ割れる音がして、それでわたしたちのテーブルの向こう側の席のほうを見たら、大きな円いテーブルのまわりに黒い服を着た人が何人もすわってた。ひとりの男の人は髪が長くて、たぶんあれはやんちゃしてる人だと思った。どうしてかって、髪の長い男の人は悪い人だってお母さんが言ってたからなんだけど、とにかくそのやんちゃしてる髪の長い男の人が、やせた男の子を上から見下ろすみたいにして立ってた。そのやせた男の子は大きい丸テーブルの人たちの仲間には見えなかった。っていうのも、短くて、きちんとした髪型をしてたからそう思った。で、そんなきちんとした人がどうしてやんちゃしてる人たちの近くへ行ったのかわからなかったんだけど、でももしかしたら、いつもきちんとしてることにあきてきてしまって、悪くなりたかったのかもしれないし、もしかしたら、お母さんの飲茶レストランみたいに守ってもらうのにはいくら払わなきゃいけないのかをききにいってたのかもしれないし、それかもしかしたら、あの人たちにそんなやんちゃしないでもやり方を変えたらいいってアドバイスをして、もし髪の毛を短く切って、学校でいい子にしていて、問題を起こさずにいたら、いつか大成功できるかもしれないんだから、って言いにいってたのかもしれないと思った。で、現実の話だけど、そのきちんとした男の子が目をものすごく大きくひらいて、怖がってるみたいで、髪の長い男の人が男の子をつかんで、ものすごい力で押したから、わたし身体のなかがゆすられてるみたいになって、でも、その子が倒れて床につくまえに、わたし目の前が真っ暗になったの。わたしの頭はお母さんのひざの上にあって、その頭をお母さんがぎゅっと押さえてたから、ヘルメットをかぶってるみたいな感じになって、それでわたし、目をつぶってたから、真っ暗で何にも見えなくて、ただささけび声と、お皿の音と、それからさけぶ声と、そしてさけぶ声だけが聞こえてた。

「わかりません」って、わたしは言った。なぜって、急にだれかがわたしののどにダンベルを置いたみたいに重くなったから。それで、わたしが何を見たのか、その女の人の弟を見たのかどうかときいてきて、その弟はやせていて、髪の毛を真ん中分けにしていて、その人のとおなじような眼鏡をかけてて、ほんとの年より幼く見えるんだって言って、その子に何が起こったのか見なかったかどうか、それはどんなふうに起こったのか、そもそもどんなふうに始まったのかってきいてきたとき、わたし、あのわたしたちのテーブルに運ばれてきたつやつやのカニと、そのカニがすごく輝いていて、お母さんでさえニコニコ笑ってたことしか頭に浮かんでこなかった。だから、「何にも見てません」としか言えなかった。だってほんとのことだから。真っ暗になって、お母さんがわたしの頭を引き寄せて、背中をまるめて、お父さんがお母さんを引き寄せて、おんなじように背中をまるめて、それで家族三人がボールみたいにかたまってた。まわりの人たちのさけび声はそのうちに止まったけれど、お母さんはわたしの頭をはなさなかったから、わたしはずっと真っ暗で、それに、キングクラブに手をつけることもできなかった。そうだ、いま思い出したけれど、わたしたち、あのキングクラブにさわってもいなかったんだ。

「ルールー」キーが言った。目が真っ赤になっている。チャオが泣きそうになったときと、この人は似ている。それで、「お願いだから、わたしにうそは言わないで」ってキーが言ったから、わたしむっとして、「ほんとです！　わたしうそなんてついてません！」って言った。そしたら、キーのおでこがぴくっと動いて、声がふるえて、「どうして助けてくれないの？」って言った。それで、わたし、心のなかできいた。「何を？」って。でもわたし、のどが重たくて、ことばが出てこなくて、そしたらあの人、「わたしは警察ではないの、いい？　あの人たちとは違うの。わたしはあなたとおなじ。あなたとおなじなの。どうして、何を見たかも話してもらえないの？　それがどんなむずかしいことだっていうの？」そこまで言ったら、そのつぎに出てきそうになったことばをのみこんで、しゃがみこんで、目を閉じてしまったんだけど、まだおでこがふるえてて。そのあと眠りに落ちるまえにぴくってなるときみたいになってたんだけど、でもそのあとは、なんていうか、何かを祈ってるみたいだった。うちの両親がレストランで身体を寄せ合ってたときとおなじような感じだった。あのときお母さんは身体を前後にゆらしながら、わたしのことぎゅっと抱きしめるみたいにして、「求观音保佑我的家人（観音さま、わたしの家族をお守りください）」って何回もくり返してた。わたし「それ何て言ってるの？」ってきけばよかったけど、でもずっと頭を押さえられていなくちゃいけなかったから、きかなかった。

だいぶ長いこと経って、キーがやっと目をあけると、今度はわたしのほうへ身体をかたむけてきて謝った。「あんなこと、あなたが見なくちゃいけないことになって、ごめんね」キーは言った。わたし、だいじょうぶですって言ったけど、でもアジア系の女子が悲しんでいるのを見るのはものすごくいやだし、それにそのアジア系の女子が大人だったらもっといやな気持ちになる。でも、そのあとキーはこう言ったの。「ううん、だいじょうぶじゃない。あなたはあんなもの……まだ子供なのに。それにあなたが見たものは……それを見てしまうということがどんなことか、想像もできない。そうでしょう？」。それでわたし、「ほんとに、何にも見てないんです」って言いたかったけど、でも本気でどうかしちゃってて、だから何も言わなかった。そしたらあの人、「ほんとに、ほんとに、ごめんなさい、ルールー。あなたはこんなこと経験しなくていいはずなのに。あなたにたいして公平じゃないよね。だれにたいしても公平じゃない。ごめんなさい」って。

　キーがだまってしまったから、わたしは足元を見つめてつま先を曲げたんだけど、そのときわたしの足の親指ってE・Tの指みたいだなって気がついた。そのあとキーが、うちの両親はどこで働いているのかってきいてきたから、教えてあげた。あの人泣きだしそうで怖かったから。そしたらキーは小さいノートにメモして、それをじーっと見て、それからふん、ふん、って二回とも鼻のあなをひろげて、音を鳴らした。そのあと、時間をありがとう、じゃまして悪かったと言って、「心配いらな《ノーウォ》いからね《リーズ》」っていかにもオージーっぽい言い方で言った。そのあとは、うちの折りたたみの椅子から立ち上がって、しばらくそのまま立っていて、わたしの大きくひろがってかさかさに荒れたくちびるを見ながら「ワセリンがいいよ」って言った。それであの人が玄関を出ていくときにわたし「何のこと?」ってきいたら、「あなたのくちびる。わたしもまえにおんなじようになったことがあるから。くちびるの上からまわり全体にワセリンをたっぷりぬるといいよ」って、顔のところに手をやって言った。その人のことで、わたしがはっきり覚えてるのはそれだけ。その人の弟が死んだのをわたしは見ていない、わたしにごめんねって言った、会社にお勤めしてるみたいな女の人は、うちのアパートの部屋を出て、廊下を歩いていってしまったんだけど、しばらく顔をこっちに向けたままで、その人も荒れてピエロみたいになったくちびるがひび割れてしまったみたいに、顔にやった手を動かしてた。

4

目が覚めて、まだ視界がぼんやりとして焦点が合わないうちに、さっきキーを起こしにきた母はもう部屋を出ていった。ベッドのそばの時計を見ると午前八時だった。キーはベッドの上でごろんとうつ伏せになり、枕に顔を押しつけて、昨日訪れたルールー・ウーのアパートを思い返した。油汚れでべたついた床、調理したあとのにおいのこもった部屋の空気、置かれている家具や美観をまったく無視した室内の様子は、キーが両親と暮らした家と似たものを感じさせた。

「あのさ、ぼく、家を出たら、西洋ふう《ウエスタンスタイル》の部屋に住むんだ」わりと最近話したときに、デニーはそう言っていた。デニーがまもなく受験する州の統一《HSC》テストがうまくいくようにと、キーはメルボルンから電話をかけたのだった。志望校に進学するために、あの子が越えなくてはならない最後のハードルだったから。

「西部劇《ワイルドウエスト》みたいなってこと?」

「違うよ、白人みたいなってこと」

「白人の家に入ったことなんてあったの?」と、キーが訊いたのは純粋な好奇心からだった。

「『ベターホームズ』とか『ガーデン』とかいう番組、テレビでやってるのを見たんだ」デニーは言った。「母さんも見てたよ。でもぼくが思うに、母さんの場合は、白人にたいして優越感を持ちたいから見てるだけなんじゃないかな」

「へえ」

「母さんはさ、白人は実用的にものを考えないで、要りもしないごてごてしたガラクタにばっかり無駄にお金を使うとか思ってるんだよ」

「たとえば?」

「たとえば、ゆうべ見たのは、白いロープに結び目をつくったのを額に入れて、航海アートって呼んでるやつだった。母さん嫌そうだった」

「そうだね、間違いない」

「でも」デニーが続けた。「おんなじようにロープでいい感じのラグをつくったりもしてたんだよ。錨《いかり》の飾りをつけたりして。母さんはそれも気に入らなかったみたい。なんでわざわざ床に敷きものなんか敷くの、なんて言ってた。だから、あれは部屋の見た目をよくするためなんだってぼくは言ったんだけど、そしたら母さん、床の掃除がしにくくなるだけだって」

「間違ってはない」

「母さん、そんな感じで首を振って、くだらないって言いながら、毎週見てるんだ」デニーは言った。

「ま、どっちにしろ、ぼくは家を出たら自分の部屋にはラグを敷くし、ソファとリモコンのビニールのカバーははずして、クローゼットには本物の棚を買って入れる。それから――」

「それって、粉ミルクの空き缶でつくった棚じゃ嫌だってこと？」キーは、デニーが赤ちゃんだったときからとっておいた、ネスレＳ‐26の空き缶を脚に使った、母の手づくり棚を思いうかべた。

「母さんには言わないでよ。でもぼくは、あの粉ミルク缶の棚は見た目がよくないと思うんだ」

「まあ、そうだよね」

「それにあの棚が実用的かっていうと、それほどでもない。そもそも棚といえるかどうか」

「でも無料《タダ》なんだよね」キーは言った。

「ぼくは一人で暮らすなら、安っぽいのはごめんだな」

「なんか鼻持ちならない成金のアジア人みたいだよ、デニー」

「でもさ、家を出て、ちゃんとした仕事に就いて、稼ぐようになったら、母さんと父さんに本物のクローゼットを買ってあげられるって」

「そんなことしたら母さん、無駄遣いしてって怒るよ。タダでつくれる立派な棚があるんだからさ」

「もう」

身体の内側にぶわっとひろがるくすぐったいような温かさを感じながら、キーは笑い声を漏らした。

空白を埋める努力をしないでも気づまりせずにいられる誰かと話しているときに、キーがいつも感じていた温かさだ。それは、難民家庭の親の問題など解決しようがないことを知っていて、キーが親への不満を口にしたからといって、解決策を求めて相談しているのではないと理解できる誰かと話しているときに感じるものであり、キーが家族の一番うっとうしいと感じている部分が、家族が心配しているからこそそうなっていると理解できる部分とおなじだという矛盾を受けいれることのできる誰かと話しているときに感じるものだった。

以前はミニーとデニーがいた。ミニーがいなくなり、それからはデニーしかいなかった。そして今度はデニーまでもがいなくなってしまった。あまりの寂しさに、キーは子供時代から使っていたベッドから起き上がろうにも、なかなか身体を動かせない。ほんの少しのあいだだけでも身体から心を切り離せたらいいのに。

キーは足をひきずるように廊下を進み、デニーの部屋の前で止まった。デニーのベッドに横たわる、靴下を穿いた父の足が見える。両親は、ふたりとも家のなかをさまよう幽霊みたいになっていた。朝のうちは、壁の向こうでふたりが動く音が聞こえたし、キッチンカウンターの上に置かれたまだ温かい茶碗や、風呂場にのこった湯気から気配を感じることはできた。誰が誰を避けているのかは、キーにはわからなかった。キーの頭に浮かんだのは、自分がデニーを思い出させているのではという思いだった。自分がここにいることが、両親の喪失感をいっそう大きくしているのではないか。もしかして、両親は自分にたいして怒っているのではないかと思ったのだ。四年も家を離れて、ろくに電話もよこさず、たまに帰ってきても仕事のことばかり心配してすぐに出ていってしまうというのに、手遅れになってからいまさらのように帰ってくるなんて、と思われているのではないか。ふと頭をよぎったのは、両親が何か隠しているのではないかという疑問だった。両親が司法解剖を拒否したという事実が、巡査と話をして以来、キーの胸に重くのこっていた。それに、弟が生きていたときはあれほどあの子のことを訊いてきてばかりいたのに、死んでしまったらとたんに興味がなくなってしまったみたいに黙りこんでいるのはなぜなのか、両親を問い詰めたい気持ちもあった。キーは、通勤用の服を着てマットレスの上で枕を押さえつけるように抱えて横たわる父にもう一度目をやると、タイミングを見計らって話しかけた。

「父さん？」

キーの声を聞き、父はセットしていた目覚まし時計が鳴るのを聞いたみたいに、さっと身体を起こした。「今日は仕事に行くよ」父はそう言うと、キーのほうを見もせずに、乱れた髪をなでつけた。

「わかった」キーは言った。「訊いてないけど、でも――」

「ああ、そうだ」父は両手を膝に置いたまま言った。「母さんがおまえと寺に行きたいんだそうだ。もう外にいるよ」

「そうなんだ」

「それでおまえ……警察へは行ったのか？」

「うん」キーは答える。

父は身体ごと向きを変えてキーと向き合ったが、目は別のところを見ていた。視線の先にあるのは、ドレッサーか、ドアノブか、それともキーの頭上の空気なのか。キーが物心ついたときからずっと、移民家庭の父親だからというようにしても度を越して口数が少ない父とキーのあいだには、ある意味距離があった。ミニーのお父さんは、刑務所にいるときのほうが長いような人で、家にいたとしてもネグレクト状態だったから例外とすれば、キーは自分の父親ほど何にたいしても関心を示さない人をほかに知らなかった。父が関心を向けるものといえばふたつだけ。「パリス・バイ・ナイト」と父が子供のころに食べたフォーと近い味のフォーを出す店を探すことだけだった。

「父さんが昔住んでた村で、ハノイから来た料理人の男がつくったフォーが、いままで食べたなかでいちばん美味《うま》かったな」と父が言ったことがあった。キーが十一歳で、デニーが六歳のときだ。それは父が話を聞かせてくれた数少ない機会で、子供たちふたりは何かめずらしいことが起こっていると感じとり、手にしていたレゴブロックを投げだして、父の話に聴きいったのだった。

「ハノイの人は共産主義者《コミュニスト》なんじゃないの？」キーは言った。その年齢になるころには、もうベトナムについていろいろなことを母から聞かされていたから、自分の家族がどちらの側にいたのかくらいは理解していた。

「ハノイから来た人がみんな共産主義者ってわけじゃないんだ」キーの父は言った。「それに父さんたちだって、向こうの人を嫌っているわけじゃない。体制が憎いんだ」

キーは父から面と向かって嘘を言われたみたいな気がして、鼻にしわを寄せた。

「父さんは五歳のときにな、その料理人に味の秘密は何ですかと尋ねたんだ。そしたらその人が、うちのフォーは兵隊さんのヘルメットでつくってるのさって言ったんだよ」キーの父は前に身を乗りだして、自分の頭をぽんと叩いてそう言った。「人の汗の塩気が、スープのうまみを引き立ててくれるんだよってね」

「まさか《ノーウェイ》」とキーは言った。当時、家族のあいだではベトナム語だけで話すよう、父から厳しく言われていたけれど、英語が口をついて出た。自分たちはすでに故郷を失ったのだから、母国語までも失うわけにはいかないのだ、というのが父の言い分だった。

「本当さ！」

「すごーい」デニーが言った。

「やだ、そんなの！」キーは手で耳を覆った。

兵隊さんのヘルメットでつくったフォーの味を求めて、キーの父は自転車でカブラマッタにあるベトナム料理店をめぐっては、毎年一軒、子供のときに食べたあのフォーの味にいちばん近い味のフォーを出す店を選ぶのだった。そして父が選んだ店が、家族のいきつけの店になり、料理人が代わったり、レシピが変わったりして、フォーの味が落ちたと思えば、その店はやめにして、二番目にいい店に通うのだった。それ以外のことにかんしては、父はまったく頓着しなかった。

「それで警察は何か言ってたか?」その父がいま、デニーのベッドに腰かけたままでキーに尋ねた。

父は太い血管の浮き出た、痩せた手の甲をさすっている。すっかり老けこんで疲れ切ったその姿からは、かつてこの父が、家族の持ち物のなかにある白黒写真に写っていた青年だったとは、キーには想像することもできなかった。写真のなかの青年は、瞳に微笑みをたたえ、全身で笑いながら細い腕を母の肩にまわしていた。愛し合うふたりは何の重荷も背負っていないように見えた。キーは、司法解剖についての疑問がのどでむずむずしていたけれど、それを口に出すことはできなかった。父は弱々しく、かろうじてそこにいるような状態で、もしもいま司法解剖の話を持ちだしたりしたら、それに立ち向かうだけで父の身体が粉々に砕けてしまいそうなくらいに思えたのだ。

「ううん、とくには」キーは目を合わせなくてもいいように、しわの目立つ父の首のあたりに目をやりながら言った。

「そうか」

「警察はすでに父さんたちに話したと思うってだけ」

「そうか」

手の甲をさすっている父の顔に、疑いの気持ちが浮かんだとキーは思った。キーの両親は、たぶんキーが思っているよりも察しがいいし、打たれ強い、とミニーはよく言っていた。何といっても戦争を生きのびた人たちなのだ。だがキーは確信が持てなかった。ちょうどいまみたいに、両親にとって何がベストなのかをキーのほうが本人たちよりもわかっている気がするときというのがあって、それにオーストラリアとの橋渡し役として、この国の恐怖から両親を守る責任が自分にあるような気がするときがキーにはあった。自分が知っていることをいずれ父に話すにしても、全部がわかるまでは話すことはできない。答えよりも多くの疑問を投げかけてくるエドワーズ巡査のメモを、ただはい、と父にさしだすことはできない。

「警察は何て言ってた？」父が訊いた。

「まだ捜査中だってことだけだよ」キーは答えたが、声の震えを抑えきれない。嘘を言うと声が震えるのはキーの癖だが、父がそのことに気づくほど、娘のことを知らなければいいと願った。

部屋の入口に立ったまま、永遠のような時間が経ったあと、キーは寺へ行くと父に告げた。

「そうか」と、父が言うのを聞きながら、キーは立ち去ろうと向きを変えた。父の壊れそうな身体が、がっくりと沈んで見えた。


キーがシャワーを浴びて、通勤服だが喪服として着ているグレーのパンツと白いボタンダウンシャツに着替えたころには、母はすでに車で待っていた。ハンドルを握る手の指をいらだたしげに動かし、音を立てている。口は不機嫌そうに曲げている。

「シャツにしわが寄ってるじゃないか！」。キーが助手席に乗りこもうとするなり、母が言った。

「だいじょうぶだよ」キーは英語で答えた。

「メルボルンじゃそんな暮らしをしているのかい？　母さんが教えたことは全部忘れてしまったのかい？　おまえは身ぎれいにもできない人間みたいに生きてるのかい？　人が見たら、うわー何て娘だって思うよ」

「母さん！」キーは声を張りあげた。はりぼての大人の顔が剝《は》がれ落ちそうになっている。「そういうこと言わないでくれる？」

キーの母は首を振りながら、車をバックさせて道路へ出た。後部座席には、ワックスのかかったネクタリン一箱と、デニーのために用意した金銀紙が積まれている。遠目にはコーヒーテーブルに敷くドイリーに似た黄色いのが祈禱紙《きとう》で、それとあの世の紙幣、冥銭《めいせん》の束。キーは、ミニーとデニーといっしょにあれで遊んだことがあった。

「うわあ、見なよこれ、〝地獄銀行券〟なんて書いてるよ！」と言ったのはミニーだった。キーたちが十一歳のときのことだ。清明節、つまり母の説明によれば人々がご先祖さまを思い出す日だ。チャン家では家族で、キーの祖父母の供養のために燃やす金銀紙を折ってつくった着物や召使いの人形《ひとがた》や祈禱用のシートを準備していたのだった。

冥銭の箱をあけたのはミニーだった。ぱっと見はアメリカのドル紙幣といっても通りそうだけれど、中国語の文字と中央にはアジア人のおじいさんの顔が印刷され、英語で地獄銀行券《ヘルバンクノート》と書かれていた。

「それで遊んじゃいけないと思うよ」キーは言った。

ミニーは、キーが止めるのも聞かず、インクのにおいのする紙束でぱたぱたと自分をあおいだ。

「よしっ、じゃああたしたちゴールドラッシュの時代にいるってことにしよう。あたしはここの土地をみーんな持ってる地主なんだ。だからあたしの領地で金を採りたかったら、あたしに料金を払わなきゃいけないんだ」ミニーは言いながら、冥銭を自分とキーと六歳のデニーの前に分けて置いた。「キー、あんたは大陸の奥地《アウトバック》から来た働き者の男、それからデニーは、オーストラリアへやってきた最初の中国人だよ。それから……」ミニーは自分の分として取った紙束で、てのひらをぱんと叩いて続けた。「キーみたいな白人がきみのことを嫌っても、一所懸命働くんだ。それでそいつらよりずっと成功したらしたで、そのせいでまた嫌われるんだけどさ。だってきみはすごく賢くて、成功してるわけだけど、それだけじゃなくて、中国人だから――」

「ちょっとそれ、複雑すぎるよ」とキーは言ったのだった。

一八五一年のオーストラリアのゴールドラッシュのことを学校で習ったとき、先生が考えたゲームをした。生徒たちが一攫千金《いっかく》をねらってあつまってきた人々になって、ポンドやシリングと引き換えに、金を採取する権利を買うというゲームだ。背景となるストーリーはなく、ロールプレイというほどのものもなかった。単純に宝くじを買うみたいな遊びだ。生徒たちは大はしゃぎだった。

デニーは紙のお金を一枚ずつ折りたたんで、パステルカラーの自分のウエストポーチにしまった。そのあいだキーとミニーは、ミニーのやり方で遊ぶか（ミニー：「あたしは現実的なのをやりたいだけ、いい？」）、学校でやったやり方に倣うか（キー：「ルールがわかっているわけでしょう」。ミニー：「何のルールだよ？」）で言い争いをしていた。

三人とも誰にも叱られずに数日が過ぎたが、ある日、キーの母が洗濯をしようとしてデニーのウエストポーチをあけたときに、なかからきれいに折りたたまれた〝地獄銀行券〟が何十枚も出てきて、見つかってしまったのだった。

「誰、これする？」キーの母は英語で大声をあげ、羽根のはたきに手をのばし、柔らかい羽根の側をつかんで硬いプラスチックの柄を振りまわした。そして「罰あたり！」と言いながら居間に入ってきた。居間ではキーがデニーとコネクト4《フォー》で遊んでいて、姉は弟がじょうずについてくるのに驚いているところだった。

キーの母は、冥銭の束をつかんだ片方の手を姉弟の顔と顔のあいだにさしだして振り、ふたりが遊んでいたゲームをひっくり返した。

「母さん！」キーは叫び声をあげた。「何するの！」

「誰、これする？　え？」

母の手に握られているものが何かに気がついて、デニーもキーも目を見開いた。

「おまえたち、これ清明節のときのかい？」母のことばが母国語のベトナム語に切り替わった。「こんなことをしたのは誰？」

デニーの口が震えていた。弟のまんまるい顔がすがるような表情に変わるのをキーは見ていた。あの子にとって、頭の上からドリアンが降ってくることのつぎに怖いのは、誰かに叱られることだ。それはキーたち姉弟に共通する恐怖だった。権力にたいする恐怖。軌道《レール》からはずれることの恐怖。そして、キーたちが学校で、知らない人たちから、テレビから、周囲にある太陽で温められた空気から吸収し、姉弟共通して信じている、いい子にしていれば報われるという考え方からはみ出してしまうことの恐怖だ。違っていたのは、デニーはまだ母親を恐れていたが、キーはそうではないことだった。キーはもうどうにもできなかった。自分のほうに向かって怒鳴り散らす女の前にいると、聞き分けのない子供に戻ってしまうしかなかった。羽根のはたきを振りまわす母の姿を見ているあいだに、キーの頭のなかをいくつもの答えになりそうな考えが駆けめぐっていた。デニーを見捨ててさしだすとか、といってもそんなことはできやしないのはキーにもわかっていたけれど、そもそもあれはミニーが言いだしたことなのだからと、全部ミニーのせいにしてしまうとか、何も知らなかったふりをするとか、何かで読んだことがあるのだが、本当のところそれは幸運を呼ぶことなのだと、もっともらしい理由をつけて説明することまでも考えた。

キーの母ははたきの柄でリノリウムの床を叩きはじめた。誰かが自分がやったと言わなければ、つぎにあの柄で叩かれるのは手かお尻だ。

「か――」

「ごめんなさい、母さん」キーはデニーが言いかけたのをさえぎり、英語で言った。驚いたことに自分の口が震えているのがわかった。その理由さえ説明できないというのに。「わたしがやりました」

デニーの口があいたままになった。姉が身代わりになって責任を引き受けてくれたときにいつも見せるのとおなじ顔をしている。罪悪感と感謝の気持ちが入り混じった表情で、ほんとの気持ちを隠すことができない。

母はふたりの顔を見比べて、目玉をぐるりとまわして天井を見やり、ため息をついた。「馬鹿だよ。馬鹿な子供たちだ」母は言った。「さあ……」羽根のはたきの柄で、キーのほうを指した。「手を出しなさい」

キーは身体に近いところで両手をとどめたまま指をひらき、てのひらを上にした。はたきの柄で強く叩かれるのを想像して、しっかりと目をつぶって構えた。

母はキーの手を握り、母の手に汗がにじんでくるまでぎゅっと絞るようにしていた。長い沈黙のあと、キーは何がどうなっているのかたしかめたくて目をあけた。すると母ははたきの柄で軽くぽんぽんとキーのてのひらに触れ、叩きはせずにくすぐるように動かした。

「これで遊ぶのはものすごく罰当たりなんだよ」母は娘の手を放して言った。「これは生きている人間のものじゃないんだ。死んだ人たちのためだけにあるものなんだよ。不運をうちに招き入れるようなことはするんじゃないよ！」

母が嵐のように去っていったあと、キーは両手をこすりあわせながら、デニーのウエストポーチに三日間も入っていた冥銭が自分たちの人生にもたらす不運とはどれくらいのものだろうかと考えてみた。

「今度お寺へいったら仏さまに不運を取り消してくださいってお願いしたほうがいいよ」と、キーはデニーに言った。デニーは二度目のチャンスを与えられたかのように、うなずいていた。「わたしは神さまに誓うから」キーは文を終わらせずにそこでことばを切った。「わたしは神さまに誓うんだ」

母の運転する車で、キーと母は無言のまま、ミングユエ・レイ仏教寺院へ向かった。カブラマッタと隣接するボニーリッグ地区にある寺で、そこにデニーのお骨が納められている。このお寺はいつも目新しい感じがして、キーは好きだった。年に数回、家族でそこを訪れるときには、いつも必ず誰かが金銀紙でつくった衣類や馬や折り紙のボート、金銀、それに召使いの人形を燃やしているのを目にした。そしてここを訪れるたび、亡くなった家族の暮らしが、あの世で続いていると思い出せることが心地よかった。つぎに生まれ変わるまでひと休みして、あの世で贅沢《ぜいたく》に過ごしているのだという仏教の教え方が、天国か地獄かという、キーが少しだけ知っているキリスト教の考え方よりずっと寛容に思えるのだ。母は、仏さまは怖がるものではないと説明した。むしろ願いごとを叶《かな》えるためにいてくれるのだと母は言った。そしてキーとデニーに、線香を両てのひらで挟むようにして持ち、仏さまの前にひざまずいて、願いごとをするように教えたのだった。願いごとの内容は、いつも母が決めた。学校でいい成績が取れますように、親の言うことをよく聞く子になれますように、というふうに。

「今日は何をお願いすればいい？」キーがそう訊いたのは、一年前、清明節の寺参りに、キーがめずらしく参加したときのことだった。メルボルンへ引っ越してから、この寺に来たのはそれが初めてだった。

「どういう意味だい？」

「もう学校は卒業しちゃったから……今度は何かなって？」

母がキーのほうを見たとき、口がひきつるように動いたが、答えはなかった。

「じゃあさ、母さんは何をお願いするの？」キーは尋ねた。

「おまえと弟が学校でいい成績を取って、わたしの言うことをよく聞くようにだよ」

「そろそろアップデートとか考えない？」

「おまえの弟はまだ学生だからね」

「でもあの子が卒業したらどうするの？」

「まだまだ先だよ」

「来年卒業だよ」

「でも大学があるじゃないか」

「それで、その先は？」

「何がだい？」

「まあ、いいよ」

チャン家の仏教行事が目新しいものに見えたらしく、何年か続けて清明節の寺参りについてきたミニーは、キーの母の迷信と、そのころ放課後にテレビで見ていたドラマ「西遊記」のプロットとを結びつけて考えていた。

「いや、ほんとそうだよ」。お寺の駐車場へ入っていく車のなかでミニーがそう言ったのは、ふたりが十四歳のときだ。「キーのお母さん、テレビで見たこと言ってるんだよ」

「それか、もしかしたら」キーは言った。「テレビが実話をもとにしてるとか？」

あのとき、ミニーはキーのことを哀れむような目で見たのだった。

いま、あのときとおなじ角を曲がり、駐車場へ入っていく車のなかで、キーはこの先に待っているはてしない骨折り仕事のことを思った。これから話を聴くために人と会うたび、ルールー・ウーと会ったときとおなじように、何か悪いものでも食べたような気持ちにさせられるのだとしたら、続けられるかどうかもわからない。キーは逆に自分が遺族に話を聴きにいっているみたいな気持ちになっていた。キーは新米記者には不釣り合いなくらい頻繁に、交通事故や殺人事件や自然災害で最近亡くなった人の近親者を捜して、記事にするためのコメントを取ってくるという仕事をこなしていた。そういう仕事で遺族を訪ねていったあとには疲れがどっと襲ってくるもので、その終わりには、泣きたい気持ちでいっぱいになるのに、泣くこともできなかった。キーは遺族の邪魔をし、ときにうるさくつきまとうような人になるのが嫌だった。自分はその場を立ち去ることが許されている立場で、悲しみに暮れる人々を訪ねていくのが嫌だった。そんなことをするのは間違っているし、すごくいやなことだし、不必要だと感じることがよくあった。けれど、ジャーナリストであるかぎりは、嫌だと言っているわけにもいかず、キーは上司が期待するとおりの仕事をした。デニーの死の〝目撃者〟と思われる人たちを追いかけることで、その人たちに自分とおなじ苦痛を与えようとしているのではないだろうかと、キーは思った。これほどの不快感を自分に押しつけ、このうえない苦痛を伴うやり方で弟に起こったことの真相を無理やりに追及してまで自分は赦《ゆる》しを得たいのか？　いったい誰が自分に赦しを与えることができるかもよくわかっていないというのに？　だが、弟が死んだと知って以来ずっと息の詰まるような苦しさをもたらし続けている罪の意識から解放される手立てを、キーはほかに知らなかった。

寺に着くと、キーと母は、金箔《きんぱく》張りの大きな仏像が納められた本堂には寄らず、直接納骨堂へ向かった。キーとデニーとミニーが小さかったころは、お寺へ来ても入ることの許されなかった場所だ。子供たちが死者を驚かせてはいけないと、母が心配したからだった。「霊幻道士」というゴーストハンターが出てくる香港のコメディ映画を、キーたちは家族で見たことがあって、墓の近くで死者を驚かせたりすると、幽霊が家までついてきてしまう、というメッセージを映画から受け取った母は、それを警告として深刻にとらえていた。だから、清明節のお寺参りのときには、律儀に子供たちを納骨堂の外で待たせていたのだった。

いま、母のあとについて、狭い通路をお骨が納められている区画へと進みながら、両親がなぜ子供たちをここへ近づけなかったのかを、キーは理解できた気がした。笑っていない遺影に囲まれて、首と背中に触れる空気が冷たい。気持ちが重いのは弟を亡くした悲しみのせいだと思っていたが、それだけではなく、壁につくられた穴にひとつひとつ押しこまれてびっしりと並んだ死者の顔のせいでもあることに気づいた。なるべくそれらの遺影を見ないようにはしたけれど、目に入るのは仕方なかった。頭のなかでは、ミニーの声が、幽霊がみんな飛び起きてついてきてしまいそうな解説を始めた。

〝うわっ、これ赤ちゃんの写真だよ。赤ちゃん死んじゃったんだね、キー！　そりゃ悲しいよな。ねえ、こっちの女の人見て。すごく若いよ。きれいだし。なんてもったいない。それからこの男の人！　みすぼらしいよなあ！　なんでアジア人は写真を撮るとき笑わないんだろ？　はい、チーズって言えばいいだけなのになあ。ねえ、こっちの子はダウン症だったんだね。目を見てよ！〟

キーの母は棚になった最上段の区画を指さした。見ると、ひとつの区画に骨壺《こつつぼ》がふたつ置かれている。骨壺にもたせかけて置かれた額入りの遺影が誰のものかはすぐにわかった。キーの祖父母だ。

「長いことお金をためて、やっとこの小さなスペースを買ったんだよ。おまえのおばあさんとおじいさんが隣同士で休めるようにってね」母は、家の仏壇に置いてあるのとおなじモノクロの遺影を指さした。キーが毎日目にして育ったあの写真だ。その棚の四つ下の、目の高さにある区画がデニーのものになっていた。陶器の骨壺の前に置かれた遺影は、デニーが十二年生のときに撮った写真だ。カブラマッタ高校の制服を着て、高すぎる位置でネクタイを結んで、髪はきっちりと真ん中分けにしている。分厚くて光る眼鏡をかけて、満面の笑みを浮かべて写っている。遺影の両脇にはプラスチックの造花を一本ずつ挿した花瓶がひとつずつ置かれている。

「わたしらはとても運がよかったんだよ」キーの母が言った。「おまえの弟のために、おじいさん、おばあさんの近くの、この高さの場所が買えたんだからね」

〝とても運がよくなんてないじゃん〟声が言った。キーの頭には、ミニーが言いそうなことばがつぎつぎ浮かび、止まらなかった。〝それにさ、こんな狭苦しくてじめじめしたとこに押しこめられて、陰気な顔に囲まれてるのが運がいいだなんて、いったいどこの世界の話だよ？　古い線香のにおいが染みついてるし、それに、あの子が一日じゅう見てなくちゃいけない顔がどんなだか気づいてる？　不機嫌なばあさんが目の前にいるんだよ、見て！　デニーの向かいの女の人！　毛沢東の嫁みたいな顔してるじゃない。ほらあの意地の悪いほう。ねえ、ここから出してあげなよ！〟

キーの母は車から抱えて持ってきた金銀紙のお供えを、デニーの遺影のそばまで持ちあげた。まるでデニーが母のことを見ているみたいに、まるで母があの子のために何かいいものを持ってきたのを、あの子に知らせる必要があるみたいにそうしている。そして遺影を収めた写真立てに片方の手をやり、微笑む少年の頰を指で撫でおろした。

冥銭と、ドイリーみたいな祈禱紙は、納骨堂の外のごみ缶のなかで点けた火で、縁から黒くカールしながら燃えていった。キーは金色と銀色の紙を缶に投げいれながら、それらを炎が吞みこんでいく様子をくらくらしながら見ていた。その日も空気の乾いた十二月の日だった。空気の温かさのどのくらいが、燃えている火の熱によるもので、どれくらいがもともとの温かさなのかは、キーにはわからなかった。あの世にいる弟の姿を思い描いてみる。どんどんたまっていく金銀を前にして、どうしたものかと途方に暮れているだろうか？　あの世に商品取引所はあるだろうか？　仲介業者をたのまないといけない？　物々交換が必要？　金銀紙で折った召使いの人形を取りあげたところで、キーは手を止めた。この人形たちは燃やされたあとでデニーのもとに現れて、どこにいるときもあの子のお世話をするというものだ。

「そうだよね」キーは、紙人形を地面に戻しながら言った。「デニーは、召使いなんかいても喜ばないよね」

「何だって？」母が自分の顔の前に漂う濃い煙を払いながら、英語で言った。「どういう意味だい？」

「デニーは召使いなんてほしがらないよ」キーはあとから自分のことばを訳す手間を省くために、最初からベトナム語で言った。

「どうしていらないんだい？　召使いをほしがらない人なんていると思うの？」

「あの子は、変だと思うよ」

「どうして、あの子が変だと思うの？」

「どうしてって」キーは、自分がホテルに泊まったときに、清掃係に自分ががさつだと評価されるのが嫌で、部屋をきちんと整えてからチェックアウトするのを思いながら言った。「あの子は誰にたいしてもえらそうにしたがらない子だから」

母が顔をしかめた。身体にまとわりつく煙がうっとうしかったからだろうが、キーにたいする気持ちも混ざっていた。

「馬鹿なことを言うんじゃないよ」母は口をひらくとそう言って、煙のあたる風下から立つ位置をずらした。「召使いがいたら、誰だって助かるじゃないか。自分で料理をしなくていいし、掃除だってしなくていいんだよ。おまえは、弟が洗濯の仕方を知ってるとでも思ってるのかい？　あの子に料理ができるとでも？　おまえは、あの子があの世で、毎日インスタントのミーゴレンばっかり食べててもいいって言うのかい？　あの子が自分でつくれるのはそれだけなんだから、それでいいって言うのかい？」母は紙人形の召使いをつまみあげて、キーの目の前で揺らした。「あの子のためなんだよ」

母がここまでお供えの意味を、ことばどおりに考えていると知っていたなら、Kマートとターゲットの最新版の通販カタログを持ってくればよかった、とキーは思った。そして、あの世で弟が紙幣のベッドの上に寝そべり、召使いにおやつの包みピザを食べさせてもらっているところを想像した。もしもカタログを燃やして、それに載っている商品がどーんと全部あの子の部屋に現れたらどうだろう。ニンテンドー（任天堂製のテレビゲーム機を指す）、チューブソックス、一九九六年ベストヒットCDつきのプレイヤー、ローズチョコのお徳用ボックス、水に濡らすと色が変わるTシャツ、リップスマッカーのフレーバー全種類。メモ帳に棒人形の絵を描いたのもいっしょに燃やせばよかったと思った。「バック・トゥ・ザ・フューチャー」のデロリアンや「ビルとテッドの大冒険」の電話ボックスや「アラジン」の魔法のランプの絵もいっしょに燃やして、弟がいつでも好きなときに昔に戻れるようにしてやればよかったと思った。

「母さん」キーが言った。

「何だい？」母は答えたが顔をあげず、黒焦げになった紙をお寺の火かき棒でつついている。

「ミニーのこと考えることってある？」

母は顔をあげ、うっすらのこる煙の向こうからキーの顔をじっと見た。「どうしてそんなこと訊くんだい？」

「理由なんてないけど」キーは消えかけたのこり火の赤いところに視線を落とした。

〝嘘つき〟ミニーの声が、キーの頭のなかで聞こえている。自分の考えをコントロールできないのがもどかしい。〝言いなよ！　あたしのこと考えるのやめられないんだって。言ってよ、あたしがいままでいちばんの親友なんだって。言わなきゃ。カブラマッタに帰ってくるたびに、罪悪感にさいなまれてるんだって。それでもういまは、人間であるより罪悪感の固まりみたいになっちゃってるんだって。もし医者がいまあんたの頭のなかを顕微鏡で見たら、この子はほとんど罪悪感でできてますって言うくらいなんだよって。罪悪感と、あとはそうだな。餃子《ギョーザ》の肉くらい——〟

「あの子は不良になってしまったからね」キーの母が、顔から煙を払いながら言った。

「知ってる」キーは言った。

「昔のことだよ」

「わかってる」

「人生を無駄にして」

「そうだね」

「わたしは助けようとしたんだよ」

そのことは、キーは知らなかった。

「父さんとわたしは……」母は言いながら首を振った。

キーは母が続きを言うのを待った。が、言うのをやめたまま母が顔をゆがめたので、キーはせっついた。「母さん、父さんと何？」

「いい人になろうとしたんだよ、わかるかい？」母は言った。手はまだごみ缶のなかの燃えのこりをつついている。

「うん、それで？」

「あそこの家族とうちは共通点がひとつもなかった。わたしたちはみんな難民で、みんなおんなじ国から来たんだから、仲良くしなきゃってみんな思ってる。でも、ベトナムにいたころにあの人たちと友達だったことはないし、いまだって仲良くしたいなんて思わない。あの人たちは、わたしらとは違う。言ってることわかるかい？」

キーはうなずいた。おなじような話をまえにも聞いたことがあった。ミニーの家族のことで、母が文句を言うことはあったのだ。リー家の貧困、無駄遣い、将来への投資をしない態度に母はうんざりしている様子だった。よく言っていたのは、難民には二種類いるということだった。自助努力ができる難民と、できない難民。それにミニーの家族がほかの難民家庭をことごとく悪く言うというのも聞いたことがあった。

「うちだって貧しいよ」母が言った。「でもね、がつがつするなんてことはしない。言ってることわかるかい？」母は缶をつつく手を動かしている。小さな燃えかすが空中に舞いあがった。「貧乏してたって満たされた人間にはなれるけど、そうでなかったら貧乏でがつがつしただけの人間になる。あそこの家族はうちとは違うんだ」

キーが何も言わないでいると、母はさらに続けた。「でもね、ミニーが学校でおまえと遊んでるのを見たときには、ふたりともちっちゃかったけれども、あの子ほんとに痩せてて、汚れてて。悲しくなってね。だから、あの子の親がどんなかを知ったときは腹が立って仕方なかったんだ。あの子の父親は組合のある仕事をしてたんだよ、知ってたかい？　うちの父さんより稼ぎがよかったんだ。福利厚生がいいからね。仕事のない日だって給料が出てたんだよ！　わたしが仕事のない日に、何がもらえるか知ってる？　何にもないんだよ！　もうあの布地屋で十五年働いてるけど、一日だって休んだらそれでおしまい。月給から休んだ日の分を引かれるんだ。今日はこうして死んだ息子の弔いのために仕事を休んでる。それでも今日の分は払ってなんかもらえない。十五年働いててこうなんだよ！」

この話もキーは聞いたことがあった。母が職場の布地店の話をするときは、いつもおなじいくつかの不公平についての話だった。有給休暇も時間休もなければ、病欠の手当もなし、残業代もなし。けれど、いつものように、キーはすぐに言い返しはしなかった。母のことばをさえぎり、それは母さんが英語を身につけず、自分で選んだことなんだ、嫌ならほかの仕事をすればいいじゃないか、とは言わなかった。キーは自分のなかで何かが動くのを感じていた。母のことを許容する余裕ができた気がしたのだ。それはほんの小さな隙間にすぎないけれど、お寺に来たせいか、それともデニーのせいか、自分を育てた女性にたいして、キーがそれまでに持っていた以上の忍耐と理解が生まれた気がしたのだ。それは選択ではなかったのだ、とキーは初めて理解した。母に選ぶことなんてできなかった。それは罠《わな》であり、母はそこにはまったのだ。十五年間も、母はそこにはまったままでいたのだ。

「それにだよ、ミニーの父親が手にした給料と病欠にしてできた時間を何に使ってたか知ってるかい？」母は続けた。「ギャンブルだよ！　いまもやってるかどうかは知らないけどね。あのころはRSLクラブでスロットマシンに全部つぎこんでたんだよ。わたしだったら、出ていくか眠ってるあいだに殺してしまうかしてるところだけど、あの子の母親は何もしない。亭主が金をドブに捨てるのを黙って見てたんだよ！　それで、亭主はあり金を全部すったあとはどうしたかっていうと、奥さんが縫製で稼いだ金をせびって、またギャンブルに使うんだ。わたしの言ってること、わかるかい？　うちとは違うだろう?」

キーはそろそろもういいよと、止めようかと思った。いま聞いた話は知らなくても、どういうことかは知っていた。ミニーから話を聞いて、理解していたから。でもいま、母が涙ぐんでいる。

「かわいそうに思ってね。だから父さんとわたしで、放課後はミニーの面倒を見ますよって申し出たんだ。いや、申し出たのはわたしだよ。だってね、正直に言って、父さんがいつ何をしてくれたことがある? ミニーのご両親はいつも家にいなかったから、だからわたしたちはこんなふうに考えた。少なくとも、あの子に食事を与えて、かならず宿題だけはさせるようにして、ちゃんと風呂に入らせて、髪をとかしてやるくらいはできるだろうって。そしたらなんだい、ミニーの母親は厚かましくも、自分が被害者みたいなこと言いだしたんだよ。ミニーの母親は自分だって、何度も何度も言ってきてね、わたしに人の娘を盗む権利はないって言ってきた。まったくどうかしてたよ! もうひとり娘なんかいるもんか。こっちはおまえと弟で充分だっていうのに。わたしは他人の子をあつめて喜ぶような、人さらいじゃないんだよ。他人に食べさせるのはわたしが好きでやってるって? そりゃ、ミニーだもの。おまえの大好きなミニーだよ。おまえあの子に夢中だったじゃないか。だから、あの子の母親には、放課後の二、三時間あの子のことを見てるだけだって念を押したんだけれどね。でも、夕飯の時間までには娘を返すようにって言ってきた。馬鹿らしかったよ。だってね、あの子の両親のどっちも、夕飯の時間になんて帰ってきやしないんだから。それにミニーが食べるものだってないんだよ。だから、よく弁当箱にご飯を詰めて、あの子の家まで持っていってさ、きちんと戸締りをして、知らない人が来ても返事をしてはだめだよって言って帰ったもんだよ。一度、うちで夕飯を食べさせようとしたことがあったんだけどね、それに母親が気づいて、またカンカンになって、わたしが娘を盗もうとしてるって大騒ぎしたんだ。わたしはただ、充分に面倒を見てやれば、あの子はいい子に育つと思ってたんだ。あんなに頭のいい子だったんだからね」

キーは、自分の母親がミニーのことをこんなふうに言うのを聞くのも初めてだった。何か慈善めいたことが関係しているような気はたしかにしていた。ミニーは家での暮らしのことを話したがらなかったけれど、ときどきはヒントをのこしていくことがあったから。けれど年月が経つうちに、キーは母が放課後にミニーをうちに寄らせるのは、キーとデニーの相手をさせるためだと思いこむようになっていた。自分の目に見えていたものを母も見ていたとは思っていなかったし、自分が理解していることを母が理解しているとも思っておらず、自分がミニーにたいして抱いていたような同情や共感や大きな愛を、母も抱いていたとは思ってもいなかった。キーは、自分の母が感情を持っているとは認めていなかった。それを認めてしまえば、母親が、キー自身の目に見えるものを超えたところで、母自身の願望や夢を持つ人間であることを認めてしまうことになるからだった。母のことは戯画化して見るほうが楽だった。つまり、自分の子供が医者か弁護士（その両方ならさらに理想的）になることだけを望んでいて、子供たちのために料理洗濯をし、よりよい人間に育つように口うるさくすることだけしか、わが子にたいする愛情表現の方法を持たない、カブラマッタの移民家庭の親というキャラクターとして見るほうが簡単だった。そして、本心では母親からもっと多くを与えられたいと思い、ぬくもりと受け入れの気持ちからの愛情表現をしてほしいと思っているし、自分がどういう人間であるかを母親には知っていてほしいと思っているのに、そうした望みは母親の能力を超えたことであるうえに、単純にそうしたことはベトナムから渡ってきた人たちのやり方ではないのだと、キーは自分で自分に思いこませていたのだった。あの人たちは、自分に人生をくれた。でも、運任せにしていると思いこんでいたのだ。

「ミニーの親はろくでもないよ」母の話は続いていた。母は顔の下半分をゆがませ、苦虫を嚙みつぶしたような顔をしていた。「あの人たちが、あの子がどうしてあんなことをするのをほっといたのかがわからないんだ。もしおまえや弟が不良の真似をするなんてことがあったら、わたしだったら部屋の外から鍵をかけるね」母は、熱くなった火かき棒をキーに向けて振った。「窓には金属の棒をはめこんでさ。おまえたちのことは、縛りあげて、二度と外に出られないようにするけどね。わたしだったら――」

「わかったよ、母さん」

「わたしはただ……」母の声が震えていた。「ここんところが痛むんだ――」母は胸のあたりを叩きながら続けようとしている。「ただ……」

「別にミニーは本当の娘じゃないじゃない」キーは言った。そんなことを言えば意地悪で心が狭いと思われるのはわかっていたけれど、自分の母親が見せたミニーにたいする感情的な反応に、キーは嫉妬していた。母がこういう優しさを自分に向けてくれたことは、キーが覚えているかぎりたったの一度もなかった。

「本当の娘である必要はないんだよ！」母が英語で言った。興奮で声が割れていた。母はベトナム語に切り替えて、続きを言った。「わたしたちはね、毎日といっていいくらいいつもあの子のことは大事に思ってきたんだよ。一年生から十年生まで。あの子の背がこのくらいのときからだよ……」母はあいているほうの手を、とんとんと腰に当てて言った。「成長して一人前の女性になるときまでだよ。考えてもみてごらんよ。あんなふうにあの子を失うのは、どんな気持ちだと思う？」

〝キーのお母さんはさ、絶対キーよりあたしのほうが好きだったと思うんだ〟ミニーがにこにこしながら言う声が、キーの耳に響いた。二十二歳になったミニーが、本当にそんなことを言うかどうかなんて知りもしないけれど、記憶にのこる元親友の残像にいらだちをあおらせるままにした。

「自分の母親にそんな態度とるもんじゃないと思うな」と言ったのはミニーだった。高校生のころ、キーが母に口答えするのを見て言ったのだった。

「あなたは関係ないでしょ、ミニー」

「ないけどさ」ミニーは大白兎奶糖《ホワイトラビットキャンディ》からはがした包み紙を舌にのせた。

「その紙は食べちゃだめ。がんになるよ」キーは言った。

「お母さんにあんな態度とっちゃだめだよ。いい人じゃん」

「どうして母さんの味方するの？」

「どうしてって、客観的に見てさ、キーが駄々っ子になってるだけじゃん」

キーは何が発端になってその会話が始まったのかも覚えていなかったし、どうやって終わったのかも思い出せなかった。ただふたつのことだけが、はっきりと記憶にのこっていた。ひとつはミニーにあんなふうに批判されたときの気持ち。自分のいちばん醜い部分をとおして、心のなかまで覗《のぞ》かれる恥ずかしさだ。それはキーを抱きしめるように覆いかぶさり、知られているのだという気持ちにさせられる。キーはどうにかして、その気持ちからすり抜けたかった。

「まあ、母さんのほうがわたしに嫌な態度をとらなかったら――」キーは、そう答えるしかできないと思ったからではあったが、間違ったほうを強調するような答えをしてしまったのだった。

「あのさ、いいかげんにしなよ、キー！」ミニーはとうとうそう言って、真面目な話をするときにいつもするように姿勢を正した。「あんたさ、あんなお母さんがいて、ものすごく運がいいんだってわかってんの？」

「ミニーはいつも母さんの味方するよね――」

「アフリカには飢えた子供たちがいるんだよ！」

ミニーの口から思ってもみない台詞が出てきたので、キーは思わず笑ってしまった。「それがいったい何の関係があるの――」

言いかけてやめたのは、友達の表情が変わったのに気がついたからだった。ミニーの眉間にできたかすかなゆがみ、きゅっと引き結んだ唇、瞳にひらめく光は、彼女が目を潤ませた証拠だった。

それが、そのときの会話について、キーがはっきりと覚えているもうひとつのことだった。どんなふうに友達を傷つけたか。あのとき自分がどんなやり方をしたか。何度も何度も繰り返し、どんなやり方で友達を傷つけたか。


キーは怒りを抱えて帰りの車に乗っていた。身体の前で腕組みをして、母がキーにたいして怒っていたことに腹を立てていた。デニーが死んでしまったことにたいして腹を立てるべきときに、母にたいして腹を立てている自分に腹が立った。十代の自分に逆戻りして、母が黄信号でスピードを落としたり、「とまれ」の標識の前で長く待ちすぎたりするたびに、ため息をついた。

「運転したいのかい?」母がようやく口をひらき、ベトナム語で言った。「それとも、死にかけの動物みたいに、唸ってばかりいるつもりなのかい?」

キーはすわっている助手席の窓に顔を向け、下唇を噛んだ。

「だってね、ずっとそうやって嫌な音を立ててるつもりなら、ここで降りて、歩いて帰ったっていいんだよ」母は言った。目は道路を見据えている。「おまえは誰かに車を出してもらえて、どんなに運がいいかわかっちゃいないんだよ。何にもわかっちゃいない。おまえも、おまえたちの世代も運よく育って、することといったら文句を言うことだけなんだ。わたしらの世代がおまえたちとおなじだけの運をつかむのに、どれだけのことをしなくちゃいけなかったか知ってるのかい? ここで育って、何でも持ってて――」

キーは何度も感じたことのある熱が身体の内側からこみあげてくるのを感じた。十五歳の昔に戻ったみたいに、母はいとも簡単にキーをいらだたせ、逃げ場のないいらだちに火をつけてしまう。子供だったころのキーは、その気持ちを説明することばを持っていなかった。この気持ちはただ、赤々と熱く燃え盛り、少しでも触れたらきっとやけどをすることしかわかっていなかった。二十二歳になったいま、ことばは頭のなかにあふれ、入り乱れている。まだ熱すぎて、気持ちそのものに近づくことはできないけれど、ゆっくりと次第に意味をもつまとまりをなしてきた。もしもキーがいま時間と心に余裕を持って、いままで生きてきたあいだずっと避けてきたものにきちんと向き合ってみるなら、自分が母に言いたいのはこういうことだと気づくだろう。わかっていないのは母のほうだ。キーやキーのような人たちが、どれほど休息を必要としているか、母はわかっていない。完璧な英語を話し、オフィスワークに就き、オーストラリアで生まれることが、母たちの思っているようなことを少しも意味しないのだとわかっていない。狭い道筋を、みんなが期待するように、黙って賢く一所懸命頑張って、優等生を続けながら進んでいくことが、どんなにむずかしいかをわかっていない。その狭い道筋は、キーやキーのような人たちが、自分で決めたものでさえないのに。千の切り傷を負って、ゆっくり死んでいくのがどういう感じがするものかが、わかっていない。人々のことばに傷つき、人々の視線に傷つけられる。訪問先のドアをノックするとき、部屋に足を踏みいれるとき、飛行機に乗るとき、人々はキーを見るまえにキーの肌を見る。無駄口をきかず、感謝することを求められ、自分がジョークにされているのにジョークに笑うことを期待される。自分は恵まれ、満たされた人生を送ることができて、とても幸運だと感じているものと思われている。キー自身は、もう干からびて、縮んでしまったみたいにしか感じられないというのに。幸運だと言われるとおかしくなりそうだというのに、母は何も知らない。

「全部おまえたちのためにしてきたんだよ」母の話はまだ続いていた。

「じゃあ、どうしてデニーの司法解剖をしなかったの?」キーは言った。語気が強くなり、下唇の内側を強く嚙んでいたせいで、血がにじんできた。

信号が黄色に変わり、母がブレーキを強く踏んだ。まわりにほかの車はなく、キーたちだけだ。

「母親に怒鳴るのはやめなさい」

「怒鳴ってなんかないよ」キーは声を抑えず続けた。「母さんは全部わたしたちのためにしてきたって言うけど、いまだってデニーのために何ひとつしてないじゃない――」

「わたしはあの子があの世で必要なものを与えてるんだよ」

「正義はどうなるの？　あの子に何があったかを明らかにすることは？」

「あの子に何があったかなら、もう知ってるじゃないか」

「ねえ、いったいどうしちゃったの？」

「母親にそんな口をきくもんじゃないんだよ」母は繰り返した。手はハンドルを握ったままだ。

「でも、誰がやったか知りたくないの？　どうしてやったのかは？」

「知ってどうなるって言うんだい？」

「ねえ、ほんとに真面目に言ってる――」

母が、キーの顔の前で両手を叩き合わせた。あまりに大きな音がしたので、一瞬キーは自分がぶたれたと思った。「母親にそんな口をきくもんじゃないって言ってるんだよ！　親を敬いなさい！」

「わたし、こんなの信じられないよ。解剖すれば、何が起きたかわかったかもしれないのに。もしあの子が何かやってたんだとすれば――」

「わたしの息子はドラッグなんてやってないよ」

「でも、絶対にやってないって、どうして言えるの？　わたしたちのことだって母さん知りもしないのに！」

「どうしておまえは弟のことを、そんなにわかったつもりでいるんだい？　もうここに住んでもいないのに。おまえがメルボルンに行ってしまってから、何度わたしがあの子と顔を合わせてたと思うんだい？　ちょっと帰ってきただけで、わたしの息子がドラッグをやってたって責めていいとでも思ってるのかい？」

キーは爪がてのひらに食いこむくらいに両手を固く握りしめた。「そんなこと言ってないよ」罪悪感の波が押し寄せる。「わたしはただ――」

「で、だから何？　それで何が変わるって？　わたしは自分の息子を誰が殺したか知らないよ。どうしてかもね」母は言った。顔を赤くして、目に涙をいっぱいためている。「警察にあの子の身体を刻ませたって、あの子は帰ってきやしないんだよ」

「検視官がちゃんと司法解剖して――」

「どっちだってかまうもんか。誰にだって、わたしの息子を切り刻んでほしくなんかないんだよ。そんなことしたって、あの子は帰ってこないんだ。わたしにできるのはあの子があの世でいい暮らしができるようにしてやることだけなんだ」

キーはてのひらにぐっと爪を食いこませて、その痛みに神経を集中させた。そうやって、心の内で感じているあらゆることに向き合わずにすむように。

そこから先の道中は、ふたりとも黙ったままだった。母は落ち着き、ゆっくり着実な運転ができるように戻ったが、キーは気を紛らすために窓の外の家を数えていた。

「ああっ《ソィ》、大変《オィ》！」長屋の私道に入ったところで母が言った。「果物のこと、忘れてたよ！」

ネクタリンの箱が、後部座席に載ったままになっていた。お寺で清められて、デニーの墓前にお供えして、それからうちに持ち帰って食べるはずのものなのに。キーの母は、てのひらで自分のおでこをぺちぺちと叩いた。

「落ち着いて、母さん」キーは後部座席のネクタリンの箱に手をのばした。「明日持っていけばいいじゃない」

「いや、だめ、だめ」母は言った。「明日にはふやけてしまうよ。この暑さじゃね。無理」

キーは膝の上に置いた箱が落ちないようにバランスを取りながら、ネクタリンをひとつそっと押してみた。車内の熱ですでに柔らかくなりかけている。

「学校へ持っておいき」母が英語で言った。

「え?」

「おまえが学校へ持っていくんだよ」

「どこの学校? わたしもう卒業して――」

「デニーの先生たちにだよ。お葬式に来てくれただろう。お礼に持っていくんだよ」

母がすっと手で押したので、箱はもっとキーの身体に近づいて、話はこれで決まったみたいになった。「今日行くんだよ。果物が腐ってしまわないうちに。ディックスン先生と、ファックナ先生、バック先生に渡すんだよ」

「ディクスン先生でしょ」キーは訂正した。「フォークナー先生。たのむよ、母さん――」

「かまうもんかい」母は言い、車から降りるとバタンと音をさせてドアを閉め、膝に果物の箱を載せたキーをひとりのこして行ってしまった。

5

最初のインドシナ難民がオーストラリアに着いたころ、シャロン・フォークナーはシドニーのインナーウェスト地区に住む高校生だった。まだアジア人は、写真やニュースや、日本人が出っ歯のネズミとして描かれた第二次世界大戦中のプロパガンダポスターが載った教科書でしか見たことがなかった。
最初のインドシナ難民が、最低限の英語（ハロー、ハウ・アー・ユー？　ベリー・グッド、サンキュー、ホワット・イット・ミーン？）と、オートミールのお粥《ポリッジ》嫌いと、自分たちは牛乳の消化が苦手だという新たな知識だけを身に付けて、英連邦が設置したビラウッド、フェアリーメドウ、イーストヒルズ、メイフィールド、ダンダスの各地区の移住者一時滞在施設を出たころ、シャロン・フォークナーは、シドニーより北にあるニューカッスルの大学へ進学した。そこでアングロサクソン系プロテスタントの中流家庭出身の同級生ばかりの環境で、教育学を学んだ。

そして、最初のインドシナ難民がカブラマッタに定住し、最初のフォーの店を開き、米粉でできた乾麺や魚醤《ヌックマム》やつんと鼻にくる香辛料を売る最初のベトナム食料雑貨店ができたころ、シャロン・フォークナーは、大学を卒業してすぐに、シドニーから約七百二十五キロ離れた人口千三百人のヘイという町の高校で、最初の仕事に就いた。

ヘイは、シャロン・フォークナーが教職を務めるには快適な場所だった。ヘイのような町では、教師が生徒の親とファーストネームで呼び合うのが普通で、自分と生徒たちとのあいだにもそれほど大きな違いはなかった。たとえば、生徒たちも自分とおなじですぐに日焼けしてしまうし、ボクシングデイ（クリスマスの翌日の休日）にはクリケットの試合を見るし、友達《マイト》ということばを、穏やかないらだちの表現として使う（〝席に着いて、静かにしなさい、マイト〟）。

けれど、シャロンは根が都会っ子だった。ヘイの夏の焼けつくような日差しや、何百キロも先まで全方向にひろがる何もない土地にぐるりと取り囲まれた環境には向いていなかった。タンブルウィード（風に吹かれて転がる球状の枯草）を初めて見たときは、反射的に、パジャマのままサンダルをつっかけて家を飛びだし、どこへ行くのかたしかめにいった（となりの家の私道だった）。そんなものが現実に存在するとは思っていなかった。けれど、二回、三回、四回、五回とそれを見る機会が増え、家のすぐ近くや、教室の窓の外や、ヘイの静かな道路を一九八一年式のトヨタ・カローラのハッチバックで走るそばをそれが転がっていくのを見るうちに、遠く離れた故郷の街を思い出すばかりになっていた。ギリシャ系やイタリア系の住民が経営するミルクバーやブロンドの海にぽつぽつとこげ茶色の頭が浮かんで見えるカラフルで多様性のあるご近所。そして、「きみたち」と呼びかけるのに、「Ｙｏｕ《ユー》」と言えばいいのに、わざわざ「Ｙｏｕｓ《ユーズ》」なんてことばを使う黄褐色の肌の男たちが風景のなかにいる、街路樹の植えられた郊外の街が恋しくてたまらなくなってきたのだ。

ヘイには三年いた。首都圏の学校へ移れる最初のチャンスが訪れたとき、シャロンは迷わず転勤を希望した。勤務先は、イタリアの街を思わせる名前のついた郊外の街だ。

最初のインドシナ難民たちが、父や母を失い、シドニー南西部でおたがいを見つけ、自分たちが選んだ家族をつくり、一致団結して世界に抵抗していたころ、つまりそれは、学齢期の子供たちは教師の話すことばをひとつも理解できないまま学校に入り、幼子を抱えてきた親たちは、その子らにできるかぎりのことをして育てようと、古着で制服をそろえ、しっかり勉強して良い成績を取れと発破をかけ、自分たちが奪い取られた成功と安定を取り返そうとしていたときであり、十六歳の黒髪の少年がアルミ箔の切れ端から白い粉を吸いこみ、それを友達にまわし、その友達がそのまた友達にまわし、その友達がそのまた友達にまわしていたころであり、警察と政治家たちが、ある民族集団はオーストラリア人になるＤＮＡを持たないと決め、オーストラリアの首相が、ベトナム人の感傷的な物語を聞いても心を動かされないと言ったころであり、そして恐れと憎しみから生まれる摩擦が、イタリアふうの名前のついた四キロ四方の郊外の街で生まれはじめていたころだった。ヘイの町を出ることに決めた、日に焼けて色褪《いろあ》せたブロンドの髪のシャロン・フォークナーがカブラマッタにやってきたのは、ちょうどそのころだった。

デニー・チャンの死から一週間後、シャロンはカブラマッタ高校のカウンセリングルームの前に立っていた。長年にわたって問題を抱えた生徒をここへ送りこみつづけるあいだに、シャロンはこの場所が信じられなくなっていた。送りこんだ生徒が落ち着き、行儀よくなって帰ってくることはまれで、逆にまったく学校へ来なくなってしまうことがめずらしくないからだ。ここへ来たのは、最近授業中も元気がなく、廊下で生徒が走りまわっているのを見ても注意ひとつしなくなった彼女の様子を見かねた同僚たちに勧められたからだった。社会科の教科主任を務める五十代のバーバラ・ストーンからは、シャロンがゾンビみたいになったまま学年末を迎えることになってはいけないと言って車の鍵を取りあげられ、カウンセリングルームへ行ってこなければこれは返さないとまで言って詰め寄られた。

「スクールカウンセラーは子供たちのためにいるんです」と、シャロンは抵抗したが、はっきりと覇気のある声で言うことができなかった。

「子供たちをうまく扱える人なら、あなたのことだってうまく扱えますよ」バーバラはそう言って、取りあげた鍵を自分のハンドバッグにぽんと入れた。「ねえ、シャズ、それトラウマよ。あの場にいなかったわたしでさえ、傷を負った気がしてるんだもの。デニー・チャンはいい子だったし、それにわたしは心理学者じゃないけど、誰かと話さなきゃならないことくらいはわかりますよ」バーバラはハンドバッグを引き出しに入れ、わざとバタンと音をさせて閉めた。「車の鍵は、リーナ・ラオからあなたと話をしたと一筆書いたものをもらってきたら返してあげます」

カウンセリングルームはドアが半開きになっていたが、なかには誰もいないようだった。安物のパイン材のデスクの上には、キャンディーの包み紙がちらばり、飲み終えたテイクアウトのコーヒーカップがいくつも置きっぱなしになっている。デスクに一台置かれたコンピューターはスクリーンセーバーに切り替わり、暗くなった画面上をウィンドウズ95のロゴが前後に揺れている。事務用椅子の背もたれにはカーディガンが三枚、無造作に掛けられ、緑のカーペット敷きの床には、ぼろぼろになった茶色のソファが置かれて、大半が見えなくなっている。前任のカウンセラーがいたころの、きれいに片付いたデスクとプラスチック製の椅子二脚が整然と置かれ、ABBA《アバ》が一九九七年のコンサートツアーでシドニーに来たときのポスターが額に入れて飾られていた部屋とはまるで違う、豚小屋みたいな場所になっていた。ABBAのポスターは外されたようで、代わりに生徒が描いた絵や、休暇のグリーティングカード、それに新しく来たカウンセラーが自分の友達や家族と撮った写真が飾られていた。フレームに収められた写真の一枚のなかでは、リーナ・ラオがフェアフィールド高校の制服を着ている。若さいっぱいの顔をして、ピンクのハイライトを入れた髪で、両手両膝をついて、人間ピラミッドを最下段で支えている。シャロンはまだ三十代半ばで、ちらほら生えてきた白髪はあっても、まだ明るいブロンドで通せたし、陸上のトラック競技で十八年間鍛えた身体はまだまだ機敏に動くし、年を取ったと感じることはめったになかった。かつての自分の教え子たちと同年代の子たちが、成長して同僚のなかにいるというのは、どうしても変な感じがするものだった。シャロンはこの学校の職員室で自分が最年少であることに、やっと慣れたところだった。そして自分より若い人と出会うと、とたんに椅子のばねがはずれて、漫画みたいに空中へ飛ばされたみたいに感じるのだった。

「フォークナー先生！」

　数カ月続いている校庭の見まわり業務でこんがりと日に焼けた、小柄なリーナ・ラオが、紙の束と蓋のあいたバンドエイドの箱を手に駆けこんできた。驚いたことに、近くで見るとリーナ・ラオは、いま見た写真とそれほど変わらないくらいに若い。写真と違っているところといえば、長くのばしていた髪がすっきりとボブにカットされ、ピンクのハイライトがもう見当たらないことくらいだった。

「お待ちしてました」リーナ・ラオが言った。「ここにいらっしゃるかもって、ストーン先生から聞いてたんです。申しわけないです、いまちょっとちらかっていて。カフェテリアのそばで喧嘩してる子たちを止めにいかなくちゃいけなくて、それで——」リーナはデスクの上のものを寄せて、紙の束を置き、ものであふれかえっている引き出しの隙間にバンドエイドの箱を入れ、片方の足でドアを蹴って閉めた。「それで、えっと……」リーナはため息をついて、部屋の真ん中に立っていたシャロンを見た。椅子にどさっとすわったので、掛けていたカーディガンが一枚、はずみで床に落ちた。リーナはそれを拾いあげ、自分の後ろにまるめて置いた。「どうぞ、かけてください」

シャロンはソファに腰をおろした。思ったより深くまで身体が沈みこんだ。

「調子はどうですか?」リーナがそう尋ねながらじっと視線を向けてきたので、シャロンはどこにも隠れられない気がした。リーナは前にいたカウンセラーとは正反対のタイプだ。前任のハンフリーズ先生は、誰ともアイコンタクトが取れないような人だった。あまりに打ち解けないので、教師のあいだでもジョークにされていたくらいだった。生徒を失いたかったら、スクールカウンセラーのところにやればいい、というふうに。ハンフリーズ先生は、カウンセリングを途中でやめて生徒を帰らせてしまうことがたびたびあったし、来室者の記録忘れも多く、それにアジア系の生徒のことはよくごっちゃにして間違えていた。今年初めに彼女が退職して、みんなほっとしたのだった。その後二学期間はスクールカウンセラーが空席となっていたところに、大学を出てまだ二、三年目のリーナ・ラオがこの三学期に着任したのだった。

「だいじょうぶです」シャロンは答えた。

「だいじょうぶではないかもしれないと聞いています。とても恐ろしいものを目撃してしまったんですから」

「何も目撃なんかしていません」シャロンは手の震えを抑えながら言った。

「でも、見てるんですよね。それが起こったまさにそのときではないかもしれないけれど、そのあとで——」

「お願い、やめて」シャロンは言った。指が震えないように、こぶしをしっかりと握りしめる。「これじゃあまるで取り調べみたいじゃないの。そんなことのために来たんじゃないんです」

「わかりました」リーナは椅子の背にもたれかかり、続けた。「そんなつもりではなかったんです。ごめんなさい。わたしが言いたかったのは、あなたが現場にいたということです。そしてそれは簡単なことではなかったということです。なんといってもその生徒のことをよく知っていたわけですから」

シャロンは深呼吸した。泣きたくはなかった。ここは職場だし、このカウンセラーの前で泣くなんてごめんだと思っていた。「ねえ」シャロンは言った。「わたしほんとはここに来る必要なんてないんです」

「じゃあどうしてここにいるんですか?」リーナが尋ねる。まだシャロンのことをじっと見ている。その視線がとても優しく、同情的で、シャロンは余計に何も隠すことができない気がしてきた。

「バーバラ・ストーン先生がわたしの車の鍵を取りあげて、あなたと話してこなければ返さないって言ったから来ただけなんです」

「そうですか」

「悪く思わないでください」そんなことを言うと失礼だし、はねつけているみたいに聞こえるのはわかっていたけれども、正気を保っているだけで精一杯だという事実はどうすることもできなかった。ここのところシャロンはずっと寝ていなかった。母親から電話がかかってくれば、そのたびに嚙みついた。昼間目が覚めているときに夢を見た。そんなことができるとも知らなかった。

「だいじょうぶですよ。バーバラ・ストーン先生は、いっしょに考えるように仕向けてくれたんじゃないでしょうか」

「だから」シャロンは意識が現実から離れていかないように、歯の裏に舌を押しあてて、礼儀正しく、敬意をもってふるまおうと努めた。「わたしと話をしましたと一筆書いてくだされぱそれでいいんです。そうしたら車のキーを返してもらえますから」

「ええ、もちろん」リーナが言った。「お話がすんだら書きますね」

シャロンはいまのことばは自分が聞き間違えたのだろうかと眉をひそめた。すでにバーバラがリーナに相談していて、話はできあがっているのだろうかと訝《いぶか》った。目の前のカウンセラーは、さっきから変わらず、優しい、親切そうな顔をしている。

「では、デニーのことを話してください」

「何言ってるんですか」

「フォークナー先生、五時間目はわたしたちどちらも空き時間なんです。お話ししましょう」

「こんなの信じられません」言いながら、シャロンはいますぐ出ていこうかとドアに目をやった。けれど、ここで非協力的な態度をとったら、本当にどこか具合がわるいのだと同僚たちは思うだろう。そうなれば、彼らがもっと心配して何かと首をつっこんでくることになるはずだ。それに、どのみちあの日の出来事については、誰かに話す必要があった。といってもあまり詳しくは話せない。事実をまるごと全部話してしまうこともできない。警察に嘘をついた時点で、シャロンが自分でその可能性を否定したのだ。でも、だからといって周辺の事情まで話してはいけないわけではない。

リーナはシャロンのほうに椅子を引いて、膝と膝がぶつかりあうぎりぎりまで距離を詰めてきていた。

「わかりました」シャロンは言った。「デニー・チャンのことは知っていますか?」

「名前だけですが」リーナが言った。「彼のような生徒は、ふつうわたしのところへ送りこまれてくることはありません。前任校では、成績が並外れて優秀で、おたがい殺し合うくらいの勢いで競争しあう女子生徒が何人かいて、その子たちのあいだに入ることがあったんです。殺し合うっていうのはもちろんものたとえですけど。デニー・チャンはそういうのでもなかったですから」

「ええ、誰にでも優しい生徒でした」シャロンは言いながら、デニーのことを思い返した。分厚い眼鏡に真ん中分けの髪。シャロンの心の目はいま、デニーの家で、家族が額に入れてご先祖の仏壇に置いていたデニーの遺影を見ていた。それから、通夜で麺を取り分けてくれたキーの姿。葬儀に参列するのがよい考えだとは思っていなかった。なんとか平静を保っているだけでも精一杯だったし、それにいつデニーの家族から、答えにくい質問をされるか、嘘を見抜かれるか、心配で気が気でなかったのだから。それでも、デニーのために自分にできることといえば、葬儀と通夜に顔を出すことくらいしかなかった。たとえ遅すぎたとしてもだ。葬儀の日以来、シャロンは毎日、チャン家で見たいろいろなもののことばかり考えていた。デニーの写真、長屋の狭さ、ネズミの年のカレンダー、そしてキーの存在。「あの子のお姉さんはそんな感じでしたけどね」シャロンは言った。

「そんな感じって?」

「いまあなたがおっしゃったようなものすごく競争心の強い女子生徒でした。ものすごいがんばりやで。でも、そうやって頑張ることを少しも楽しんでるようには見えなかったんですよ」

「お姉さんも受け持ってたんですか?」

「ええ」シャロンは一九九〇年の十年生のクラスを思い返していた。地理になんてちっとも興味がないのに、仕方なく教室にすわっている、十五歳と十六歳のやる気のない生徒たちの顔ときたら。「十年生のときに」

「むずかしい学年ですよね」リーナが、思い出した何かに引っぱられそうになりながら続ける。「十二年生ほどじゃないにしても、いろいろな利害関係が目について、ほんとのところは友達がみんなライバルなんだって気づくころですよね」

「わたしは十年生くらいで、そんなふうに感じたことはなかったですけど」シャロンはただ快適に過ごした自分の学生時代を思い返した。密な友情と、大人へのあこがれで満たされた日々だった。

「そうですか」リーナが言った。「このへんの地域では、そうじゃないこともあるんです。全部ひとくくりに説明するのはよくないんですけど。でも、少数派《マイノリティー》の側に属していると、世界には自分がすわれるだけの席がないんじゃないだろうかっていう気持ちになるものなんです。もしもラッキーなら、もしかしたらひとつくらい空席がのこってるかもしれないって。だから、最後まで勝ち抜かなきゃならないんです。残念なことですが、経験から言ってそうなんです」

シャロンは話が呑みこめたかどうかは別として、ともかくうなずいた。自分では、同僚の教師たちよりも他者への共感力が強いことに誇りを感じていたし、生徒の競争心は親からのプレッシャーによるものだと考えていた。

「それに、親からの大きなプレッシャーもあります」。シャロンの心を読んだみたいにリーナが付け加えた。「でも、ある時点で、ゲームの本質に気づくものなんですよね」

リーナの声に辛辣さが混じって聞こえたが、若いカウンセラーは落ち着いていた。シャロンには彼女の気持ちをどう読み取ったらよいのかわからなかった。「皮肉なものですね」シャロンは言った。

リーナは肩をすくめた。「それがここの子たちが感じていることなんです。無視せず認識しておいたほうがいいことです」

「でも、そうとばかりも言えませんよ」シャロンは言った。自分の生徒たちが一所懸命に勉強して努力が報われ、ロースクールやメディカルスクールの試験に合格して、満額の奨学金を得て進学していくのを見てきたのだ。難民の子供たちだって、努力を怠らず、適切な態度で臨めば、彼らが望むどこへでも行けるのだと、シャロンは自分の生徒たちを通じて、オーストラリアが掲げる平等主義は信じてよいのだという認識を何度もあらたにしたものだった。

「大事なのはですね」リーナが言った。「多くの生徒にとってそれは簡単なことではないということなんです。賢くて勉強熱心な子たちにとってもそうなんです。だから、デニーのお姉さんが苦労したと聞いても驚きはしません」

「じつは、そのお姉さんのことをずっと考えているんです」シャロンは言った。

「どうしてですか?」

「週末に、お葬式に行ったんです。そしたら、そこにいて。落ち着かなくて」

「お葬式にいたのは当然でしょう」リーナが言った。「ほかのご家族とはお会いになったんですか?」

「会ったといえば会ったんですけど、ちゃんと会っていないというか、お姉さんひとりしか話さなかったんです」

「そうなんですね」

「わからないんですけど。わたし彼女を教えた年のことをずっと考えてるんです」

「その年のどんなことをですか?」

シャロンはしばらく考えていた。頭のなかで、一九九〇年から一九九六年へと線をのばし、そしてキーからデニーへ。自分がいた教室からラッキー8へ。

「わからない」シャロンは言った。「わたし……どうも全部のことがつながってるんじゃないかって、ずっと考えているんです」

「そうなんですか」

「おかしな話ですけど」

「もう少し聞かせてください」

「ええ、もしかしたら当時から何か兆しがあったのかもってずっと考えているんです。こんなこと言うのがおかしいっていうのもわかってるんです。証明するものだってありませんし。それにつながりを証明しようとしているわけでもないんです。ただ、どうしても考えが向かってしまって」

「お姉さんを教えていたのはいつですか?」

「一九九〇年です」

「それで、ご経験から、お姉さんとデニーには重なるところがたくさんあったと?」

「どういう意味ですか?」

「そうですねえ」リーナは椅子の背にさらに深くもたれて言った。「亡くなったのは弟のほうなのに、どうしてお姉さんのことばかり考えてるのかなと思って」

「わたし……」シャロンは動揺していた。神経が立っているといつもあらわれる発疹《はっしん》が胸のあたりに噴きでてくるのがわかった。「説明できないんですけど。ただ、どうしてもそこに戻ってしまって。彼女を教えていた年に。そのことを考えるのをやめられないの。ますけど。顔を見たから、頭がそういうふうに動いてしまってるだけなんじゃないでしょうかね。わからないですけど」

「その年に何があったんですか?」リーナはそう尋ね、ぴっと唇を引き結んだ。

「何がって」シャロンは深くため息をついた。「ずいぶんまえのことですよ。何もなかったのかもしれないし、何だってあったかもしれないし。どうだったか」


カブラマッタ高校での一年目、シャロンにとっては、生徒たちの名前がいちばんの難題というわけではなかった。ほかの教師たちとおなじで、よく混乱して呼び間違えたりはしたけれど、それでもNguyenはヌグウェンよりもヌウェンと発音するほうが正しくて、Ngocは基本的にノックとおなじ、Phucはフックというふうに、じきに覚えていった。それに毎朝、出席をとるために教室へ入るといつも教室いっぱいに並んでいる、一時間目が始まるまでのあいだにほんの少しでも睡眠をとろうとするベトナム、中国、カンボジア、ラオスなどアジア系の生徒たちの顔を見ることさえ慣れていった。

「あなたアンナみたいね！」。毎週末、母親に電話をかけていたシャロンが、今週も進歩がなかったとこぼすと、母は言った。

「誰みたいって？」

「ほら、『王様と私』のよ！」

「いやだ、お母さん」シャロンは、映画に出てきたシャム王の十五人の子供たちが、英国人の家庭教師がさしだした白い手袋をはめた手にキスをして挨拶する場面を思いうかべた。「そんなんじゃないんだから」

「でも、そうなんでしょう？　あなたはとても心のひろいおこないをしてるんだもの。みんな感謝してくれるといいわよね」

シドニー南西部に住んでおらず、ニュースで聞く以外にカブラマッタのことを知らない多くの人々とおなじように、シャロンの母親は、最初娘がこの町へ赴任するのが怖いと言っていた。けれどシャロン自身は、新聞の見出しで見るようなギャングになど会ったことがない。物盗りに襲われたり、脅されたり、薬の売人にねらわれたりしたこともなかった。そんなふうに幸運に恵まれた人もいる。そして「王様と私」という自分にとっていちばんしっくりくるたとえに行きついたとき、母は娘の新しい仕事についての見方を変えた。娘は基本的に子供たちを救うために紛争地帯に足を踏みいれたのだ、と思うことにしたのだ。シャロンはあきれ顔をして聞いていたが、その気持ちがくるくるしたコードを通して母に伝わればいいのにと思った。そこで、母親には、カブラマッタ高校で教えるうえでいちばんむずかしいのは、犯罪発生率とは無関係だと説明し、むずかしいのは、どうも自分は生徒に好かれていないということのほうなのだと言った。生徒たちはあからさまに敵意を見せるわけではないけれど、慕ってくれるわけでもなかった。

「何言ってるの」シャロンの母が言った。「いったいどこの誰があなたを好きになれないっていうの？　あなたはニューサウスウェールズでいちばんチャーミングで、輝いていて、人を喜ばせるのが上手な娘だというのに、それに――」

「それ、十五歳の子たちの前で言ってみてよ――」

「ねえ、それってたぶんみんながあなたのことを知らないからよ。あなただって、みんなのこと知らないでしょう」

　たしかに、シャロンの母は間違ってはいない。新学期が始まって最初の一週間、シャロンは生徒たちの名前を覚えるのに時間をついやした。名簿の余白に発音記号を書きこみまでして、Thao は h を読まずにタオと発音するとか、Minh はミニーと呼ばれるのを好むとか、Ky はカイでなくキーと読むとかいったことを覚えていった。席替えをしたときに混乱して呼び間違えないように、生徒たちの身体的特徴も名前と結びつけて覚えていった。ビクターは髪をジェルでつんつんに立てていて、頭がハリモグラみたいだ。ヒューはアジア系の生徒ではひとりだけぽっちゃり体形で、いつもジョークのたねを探している。ジェイソンはまっすぐな黒髪を耳のところでぱっつり切りそろえているが、ネズミの尻尾みたいに後ろの髪を一束だけ背中に届くほど長くのばしている。ミニーは、痛々しいほど痩せているが、ほかのどの子よりもまん丸い顔で、際立って暗い目をしている。そしてミニーのとなりには、いつもキーがいた。ミニーが陽ならキーは陰。忠犬のようにいつも親友のそばにいる、ひどく神経をぴりぴりさせて、あごにニキビのある、あらゆる感情を顔にのせた女子生徒だ。シャロンは片手で数えられる程度クラスにいる非アジア人の生徒たちのことも、おなじようにして覚えた。スピロはじきに生え際が後退していきそうなのがわかる。モーラは毎日グリーンのアイシャドウを塗って登校してくる。マイキーは見るからに大男。

　でも、シャロンは自分の生徒たちの一体何を知っていると言えるだろう？

「あなたのほうが自分のことを話さなきゃ！」シャロンの母はすごい名案を思いついたみたいに言っ

た。「あなたが心をひらけば、子供たちも心をひらいてくれるものよ。いい文化交流ができるはず。みんな自分が来た国のことをいろいろと話してくれるでしょうし、あなたの話にみんな聞き惚《ほ》れてしまうわよ」

話って何の？　シャロンは思った。自分はこの土地で生まれた。両親もそうだし、両親の両親も、そのまた親たちもおなじだ。それでも、ほかにできそうなことと言ってもクッキーやケーキを焼いていって買収するくらいしか思いつかないし、それに必死に見えるのも嫌だし、冷たい態度をとられているのに褒美を与えるみたいなのも嫌だった。そこで、つぎの一週間、地理の授業のはじめに、毎回アイスブレイクの時間をとった。クラス全員、シャロンも含めて、ひとりひとり質問に答えるというものだ。そのことを教室で発表すると、十年生のクラスの半分は、ペンをくるくるまわしたり、ペンケースに落書きを始めたり、あくびをしたりして、興味がないというサインを送ってきた。クラスののこり半分は、訝《いぶか》るような顔をした。ミニーとキーは、顔をしかめた。生徒たちは子供扱いされたと思っているのだと、シャロンは理解した。こういうのは、小学生のすることだと思っているのだろうと。でもとにかく決行した。

「今日の質問はこれです。あなたの故郷《ホーム》はどこですか？　さあ、誰から答えますか？」

教室じゅうにいる生徒のほとんどが目をそらした。〝わたしをあてないで〟を意味する世界共通のジェスチャーだ。ミニーとキーだけがこっちを見ている。ミニーは濃い眉を弓を描くように上げ、キーは考えこむみたいに顔をしかめている。

「キー、あなたからどう？」

当てたとたん、女子生徒の顔が、恐怖と困惑の表情に変わった。クラスメイトたちはくすくす笑っている。

「わかりました」キーが言った。のどの奥からどうにか絞りだすような声で話しはじめる。「わたしはベトナムで生まれました」

「もっと大きな声で！」教室の後ろのほうから大声で言ったのはコーラ。クラスに何人かいるギリシャ系オーストラリア人の女子だ。きついくせ毛を引っぱって、いつもポニーテールにしているとシャロンは記憶していた。仲間の生徒たちがどっと笑った。

「わたしはベトナムで生まれました」キーは大きな声を出してもう一度言った。

「ヴィエット・ナーム！」ヒューがベトナムふうの発音を強調するように言うと、今度はアジア系の生徒たちがくすくす笑いだした。

「はい、静かにして」シャロンが目を向けると、キーは顔を赤くしていた。「続けて」

「そのことについては何も覚えていません。でも……」キーが続けた。「わたしの家族は、マレーシアの難民キャンプで何年か過ごしました。そのときのこともほとんど覚えていません。以上です」

シャロンはうなずいた。「あなたはどうですか、ヒュー？　話したいことがたくさんありそうね」

おーっという声が教室じゅうからあがったので、ヒューは首を振って、急に恥ずかしそうに話しはじめた。

「ヴィエット・ナムです」

「キーとおなじですね！」

「彼女がヴィエット・ナムのどこから来たのかは知らないです、先生」ヒューが言った。シャロンが受け持つ生徒の多くと同じように、この子は英語を話すが、母国語がベトナム語やカンボジア語の話者に特徴的な歌うようなリズムで話す。シャロン自身は訛りを気にしないが、でもこの生徒たちがいつかオーストラリア生まれの英語話者のように話す日がくるのか、それとも話し方を理由に、いつまでもよそ者の烙印《らくいん》を押されたままになるのだろうかと、気になることはあった。ミニーやキーのように、ほとんど訛りのない英語を話す生徒もいるけれど、それでも癖はある。キーは文の終わりに「とか」や「けど」をつけて終わらせることが多い。たぶん直せるだろう。でも、強い訛りは直せるものなのかどうか、シャロンにはわからなかった。

「ベトナムでしょう」シャロンは言った。「キーはベトナムから来たって言ったんですよ」

ヒューは首を振りつづけ、まわりの子たちは笑っている。「先生、ヴィエット・ナムはすごく大きな国です。あの子がどこの出身かなんて誰にわかるんですか？」

「わたしは南ベトナムから来ました」キーが言った。

するとヒューが子供に言い聞かせるみたいにゆっくり言った。「おやまあこの子は、南ヴィエット・ナアムがどのくらいひろいのか知ってるのかねえ？」

クラスじゅうにどっと笑いが起きた。

「わかりました」シャロンはまだ、この学年が始まったばかりで、早い段階で生徒を叱ることに慣れていなかった。

「ミニー、あなたはどう？　あなたの故郷はどこですか？」

暗い目をした女子生徒は、シャロンをまっすぐに見据えた。シャロンは背筋に冷たいものを感じた。

「あなたの故郷はどこですか、先生？」

「わたし？」シャロンの計画では、自分のことは最後に話すつもりだった。百年以上にわたり、代々この土地に暮らしてきた自分の家族について話すつもりで、しっかりと準備はしていた。英国人の家系だけれど、祖母の父親は半分イタリア人の血が混ざっていて、青い目をしているんです。信じられますか？　というふうに。けれど、アイスブレイクを始めたばかりのこのタイミングで受けたミニーからの質問は、不意打ちだった。「わたしの故郷はここなんです」

ミニーがにやにやしている。「あたしもです」

「違うだろ」コーラが言った。

「もちろん、あんたもね」とミニーが返した。

「え？」

「そういうことだよ」

「ちょっと」シャロンは口をはさんだ。「コーラ、当てられるまで黙ってなさい。ミニー、あなたここで生まれたの？」

女子生徒はまたあきれたような顔をした。「それって重要なんですか？」

シャロンは大学時代、生徒どうしの喧嘩に割って入り、仲裁して、仲直りさせる方法を教える講座を受けたことがあった。別の講座では、態度が悪く、口答えをし、教師に怒りをぶつける生徒の扱い方を学んだ。いまシャロンの教室で起こっていることが何であれ、それは講座で学んだどちらでもなかった。それでも、全身の毛が立ち上がろうとしているのがわかった。

「そうね、重要というほどのことでもないわね」シャロンは言った。「でも質問は――」

「あたしたち、ここではみんなオージーです。ヒューでもです」

ぽっちゃりした男子は自分の名前が聞こえて、ぱっと顔を輝かせた。暗い目の女子に味方されたのか、けなされたのかがわかっていない様子だった。

「わたしはべつに――」

「あたしの故郷はここですよ、先生」ミニーは言った。そして、自分に話せるのはこれだけだ、とばかりに両てのひらをひろげ、閉じ、こぶしを握りしめた。

シャロン自身、認めたくはなかったが、リーナ・ラオと初めて話した四十分は、嫌な時間ではけっしてなかった。若いカウンセラーは、シャロンのために一筆書くが、つぎの授業の空き時間にもう一度来てほしいと言ってきた。正式なカウンセリングというより、同僚とおしゃべりをしにくるつもりで来てくれればいいということだった。シャロンは行けたら行くといい加減に答えたのだが、職員室の自席に戻ってみると、すぐに自分の時間割とカウンセラーの予定表を見比べていた。

「どうでした？」バーバラが言った。シャロンの前に立ち、両手を腰にあて、曲げた片手の人差し指にひっかけた車の鍵をぶらぶらさせている。

「よかったですよ」シャロンは言いながら、カウンセラーの予定表に自分の時間割を重ねて隠した。長く付き合っているうちに、シャロンは、この教科主任は相手がたとえ校長であっても自分が受け持つ七年生のように扱ってしまうだけなのだと理解して、バーバラのことはおおらかな気持ちで受けとめられるようになっていた。それでも、いまはうるさいからあっちへ行ってほしいと思っていた。

「彼女、優秀？」バーバラが訊いた。

「親切なかたですよ」

「親切な人がかならずしも優秀ってことでもないでしょう」バーバラが続ける。「じっさい、親切な人が優秀だってことはめったにないですからね」

「そうですね」シャロンは言った。「リーナ・ラオは親切で優秀だと思いますよ」

バーバラが何かを期待するような目をしている。シャロンが何か言うのを待っているのはわかったが、シャロンに話したい気持ちはなかったし、相手がバーバラ・ストーンとなればなおさらだった。それで、唇をきゅっと引き結んでにこりと微笑み、リーナからもらってきたサイン入りのメモ用紙をテーブルの上に置いて、すっとさしだした。

「よかったわ、それなら」バーバラは、唇をすぼめ、がっかりした顔をした。そして、シャロンの車の鍵をテーブルに置いて、トントンと叩いた。

車まで行く途中、シャロンは言うつもりのなかったことまで口にしなかったかをたしかめるため、カウンセラーとの会話を反芻《はんすう》した。リーナ・ラオは聞き上手で、詮索してくるようなところはなく、むしろ純粋な興味を示しながら相手の話を聴くタイプだった。初対面で話しはじめてそれほど経たないうちに、シャロンはただ自分の努力が間違っていなかったことを認めてほしい気持ちで、気がつけばこのカウンセラーの承認を求めていた。

「全員の名前の正しい読み方を覚えたのは素晴らしいことです」最初のセッションでリーナはそう言った。「生徒にとっては、毎回名前を間違って呼ばれるとがっかりしてしまうし、ほかの生徒とごっちゃにされるのはもっと嫌なんですよね。そういうのは間違いといっても害はないとか、たいしたことじゃないっていうことですまされてしまいがちだけど、生徒のほうからすれば、自分は相手から見えていないんだとか、個人として扱われてないんだってことが、はっきりしてしまうわけですから。わたしの経験ばかり言うのは嫌なんですけど、でもわたしの経験から言うと、そういうのって、まわりから自分がほかの何であるよりもまえに、人種で判断されてるんだって感じるものなんです」

「わたしは間違えませんよ」シャロンは、同僚たちに笑われながらも、出席簿の余白に生徒たちの身体的特徴をメモする習慣を続けてきたことに、静かな満足感を覚えた。

「お話を聞いていると、すごく大変な学年だったみたいですね」リーナが言った。

シャロンはうなずいた。一九九〇年の、十六歳のキーとミニーを教えていたころにいま運ばれていく気がする。社会科の職員室はいまと何も変わらない。

「あの子たち、ＥＳＬでいったい何を習ってるんでしょう?」そのころのバーバラが嘆いている。生徒たちがＥＳＬを終えるのが早すぎて、自分は社会科の教師なのに、歴史と地理の授業を受ける子たちひとりひとりの英語教師の役まで引き受けなくてはならないと、この日三回目の不満を口にしていた。

「あの子たちは、それが何の意味《ホワット・イット・ミーン》かわからないということを学んでるんですよ」と言ったのはグレッグ・コスタだった。彼も社会科の教師で、自分が言ったジョークに自分でウケている。

「あきれた。何の意味って、それどういう意味ですか、グレッグ？　あの子たちが何かを意味するってこと？　そもそも意味って何のことですか？」

「英語の先生たちの身にもなってみてくださいよ。あの子たちにマクベスを教えるんですよ、うーん」

シャロンは昼食に持ってきたツナとピクルスとレタスのサンドイッチを手に、バーバラとグレッグがコーヒー用のマグと採点中の宿題を置いてすわっている会議用のテーブルに移った。

「まあどうぞ」グレッグがひろげていた宿題をまとめてシャロンのために場所をあけた。「きみの生徒たちはそれが何を意味するかわかってるんですか？」

シャロンは肩をすくめた。英文法が弱い生徒はたしかにいて、ここでの仕事に就いて最初の一週間はそのことでシャロンも悩まされた。どれだけ大変だったか、考えただけでうめき声が漏れた。いまでもときどき、自分の生徒がオーストラリアの社会になじめるようになるのかどうか、気がかりなことはある。見た目とことばの両方がまわりと違っていることで、ひどい扱いを受けたりするのだろうか。結局は、やっぱり自分は受けいれられないのだと感じてしまうのだろうか、という具合に考えてしまうのだ。けれど、数週間が過ぎると、生徒たちの訛りや文法の間違いよりも、ひとりひとりの個性に目が行くことが多くなり、「ホワット・イット・ミーン？」と誰かが言うのを聞けば、クラスにいた冗談好きのぽっちゃりした男子生徒を思い出し、同級生にたいするその子の無礼さと、シャロンのことはいつも最後に〝先生〟をつけて呼ぶ、自分にたいする温かさと敬意が思いうかぶのだった。

バーバラ・ストーンがむっとした顔で、大げさな身振りで片手の中指を舐め、その指で生徒の課題をめくった。

「先生がた、ミン・リーを受け持ったことはありますか？」シャロンは尋ねた。

バーバラとグレッグはふたりとも動きを止め、バーバラは持っていた課題を下におろし、グレッグはコーヒーを飲みこんだ。

「問題児ね」バーバラが言った。「問題だらけですよ」

「そうですか？」

「あの生徒の態度ときたら」バーバラは首を振り、中断していた採点に戻った。「ほんとに感謝の気持ちがないんですよ」

「でも、とても頭のいい子のようですよ。小テストはいつも満点なんです」

「ただ？」

「ただ、態度がちょっと。何と言ったらいいかわからないですけど」

「去年教えましたよ」グレッグが言った。「その生徒とあのキーっていう女子生徒、いつもいっしょにいましたね。何をやっても成績はトップでした。キーのほうは絶対に規則違反をしない生徒でしたから、ぼくにかんしては何も問題なかったですけどね」

「キーはお手本みたいないい子ですよ」バーバラが付け加えた。「おとなしくて、真面目で。よくわかった生徒ですよ」

「キーのこと偉ぶってると言ってる生徒もいます。たしかに優秀かもしれないけれど、それをみんなにわからせようとするって言うんです。でもわたしは、キーは不安定なだけだと思うんです。何かを証明せねばならない優秀なティーンエイジャーですよ。ミニーにかんしては、何を証明しようとしているのか、わたしにはわかりません」

「ただ面倒を起こすだけの子供もいますからね」バーバラが言った。顔はあげない。「七年生のときは問題なかったんです。七年生ではどの子も問題ないんです。でも思春期は、怪物を生みだすんです」

シャロンは、入学したてのころの、もう少し幼かったミニーとキーを思いうかべてみた。ふたりとも髪をおさげにして、おさがりの通学バッグは漫画みたいに大きくて、手をつないで登校していたのだろう。あれほど違いだらけのふたりがどうしてそんな仲良しになったのかと、シャロンは不思議に思わずにはいられなかった。壁にとまったハエになって、あの子たちがふたりきりでいるところを覗いてみたい。ふたりの制服のシャツのポケットに入って、マイクになったハエの耳でふたりだけの秘密の会話を一言一句もらさず拾ってみたいと思った。

「続きませんよ」グレッグが言った。

「何が続かないんですか？」シャロンは訊いた。手はサンドイッチのパンの耳をちぎっている。

「友情ですよ」

シャロンはちぎりとったパンの切れ端を、同僚に見られているのにも気づかず指先でまるめている。本当は言いたいけれど、言うべきではないと思うことを頭に抱えているときに出てしまう彼女の癖だ。本当はグレッグに訊きたかった。いやむしろグレッグ以外のほかの教師たちにも訊きたかったことだが、どうしてそんなに自信満々に生徒のことを評価して決めてしまうことができるのか。この人たちが、シャロンの知らない何を知っているというのか？　まったく自分のことを何だと思ってるんだろうか？　心理学者？　けれどシャロンはそう訊くかわりに、こういった。「そうなの？」

「九年生か十年生になるとひとつくらい大喧嘩するんですよ。仲良しの女子生徒の一方が反抗的になって、もうひとりはそうでないときに。まあ見てればわかりますよ」

「思春期よ！」バーバラが今度は大きすぎる声で言った。「化け物になっちゃうのね！」

リーナとの最初のセッションで、シャロンはこのときのことは何も話さなかったが、その代わり学校がもっと生徒を理解しないことへの不満を口にした。「なんだかみんな、あの子たちのことを決めつけてるみたいな感じなんですよね」シャロンは、バーバラ・ストーンが何度も中指を舐めては答案用紙をめくるしぐさを思いながら言った。「それにわたし、ここへ来て最初の数年間はそういう文化に合わせていくのが大変だったんだと思うんです」

「へえ」リーナは片方の手にあごをのせて聞いている。「みんなどんなふうに生徒たちを決めつけてたんですか?」

「そうね」シャロンは慎重にことばを選んだ。「悪いところしかない生徒っていないと思うんです。いろいろな要素がはたらいているわけで。家庭で何かあったりもするでしょうし。ここにいる人たちは気にかけていないというか、少なくとも心配するのは自分の仕事だとは思っていないですよね」

「シャロン先生は、ご自分の仕事だと思ってらしたんですか?」

「ええ、もちろんです。でもわたし、ソーシャルワーカーではないんですよね。自分にできる範囲ではベストをつくしましたけれど。そう、そうしたと思います。もしかしたら、やりすぎたかもしれないくらい」

「それはどういう意味ですか?」

シャロンは顔がカッと熱くなるのを感じた。「わかりません」いま自分が言ったことは本当だという自覚はあったけれど、シャロンは嘘をついた。当時の出来事そのものは記憶のいくつもの層の下に埋もれていた。しかし、そのてっぺんの部分が姿を現しはじめていた。たぶん自分はやりすぎたのだ。

三日後、受け持ちの授業がない六時間目に、シャロンはふたたびリーナのカウンセリングルームの前に立っていた。

「シャロン!」リーナはぱっと顔を明るくして言った。そのあと、相手は大人だと思い出したみたいに、トーンを調整して、落ち着いた様子で事務用椅子にかけなおした。「また来てくださってうれしいです」

「あなたも空き時間のようだったから」シャロンは言った。「ちょっと職員室を出たくて、そのついでに寄らせてもらおうかなって――」

「職員室から息抜きに来ていただくのは歓迎ですよ」

リーナはいちばん上の引き出しをあけて、ずらりと並んだお菓子のなかから、チュッパチャプスを選んでシャロンにさしだした。「コーラ味がおすすめかな。チェリーライプは溶けちゃってるし、ウォンカ・ナードは賞味期限が切れている。生徒たちはスターバーストが好きだから、緊急事態に備えてストックしてるんです」

それまでカウンセリングというものを受けたことがなく、シャロンは、リーナから自分の母親のことや、子供のころや夢のことを訊かれるのだろうと思っていた。ところが、このカウンセラーは、どんなことでもシャロンが話したいように話すだけで、すっかり満足しているようで、それにテレビで見る精神科医のように黙って話を聴き、判断を下し、メモをとる、といったことはしなかった。リーナは躊躇《ちゅうちょ》せず自分の意見を挟み、学校のクロスカントリー大会についての意見（〝一年のうち三百六十四日は生徒をすわらせておいて、三百六十五日目にいきなり五キロ休憩なしで走らせるんですよ？〟）から、懲戒処分について（〝しゃべりすぎたことが理由で叱られるなんてまったく理解できないんです〟）や、学校でのパーティーに出される料理のこと（〝フェアリー・ブレッドって気持ち悪い〟）まで、思うところを話した。

「生徒たち、あなたのこと好きみたいですよね」リーナは、脚を組んで上に重ねたほうの脚をぶらぶらさせ、肘を膝についている。

シャロンは、予想していなかった話題の転換に、顔を赤くした。「そ、そうね、あのころは違ったの」シャロンは言った。

「謙遜する必要はないですよ。いろいろと聞いています。それから、これ、地理が好きな子はいないっていうのも。みんな、気圧帯のことなんて自分に関係ないと思ってますから」

「ああ」シャロンはがっかりした。

「でもそこが素晴らしいと思うんです。地理は刺激的な科目じゃないのに、生徒たちはあなたが好き。どんな秘密を持ってるんです？　コカインとか与えてる？」

「まさか！」

「もちろん冗談ですよ。公立校の教師の給料で、コカインなんか買えません。でも、ヘロインだと話が違ってきますよね」

「どっちの値段だって知ってるとは言えませんよ」シャロンは言いながら、しだいにリーナのそばにいる心地よさを感じていた。リーナといると、同僚のきわどいジョークに眉を上げて反応する社会科の職員室の息の詰まりそうな雰囲気とは正反対のものを感じるのだった。

「はっきり言っておきますけど、わたしはヘロインを買ったことも使ったこともありませんからね」リーナは身の潔白を宣言するかのように両手をあげて言った。「でも、安いっていうのは知ってるんです。それから、確実にアジア人割引もあります」

「何と言っていいものか」

「ええ、わたしもおなじです。とにかく。で、あなたの成功の秘訣《ひけつ》を聞かせてもらえますか」

「えっと」シャロンは、同僚はしないけれども、自分がしていた主だったことを思いながら言った。

「カブラマッタ高校へ来てから、はじめのころは授業のまえに毎回アイスブレイクの時間をとったの」

「それって、学年の最初とか、それか学期のはじめとかですか？」

「いいえ、毎回の授業ですよ」

「わあ」

「質問のリストを使いまわししたり、別のクラスでまたおなじ質問をしたりしましたけどね」

「それでも質問の数だけでもかなりになりますよね」

「やるだけの価値はあるんです。たいていは。おたがいのことがよくわかりますから」

「どんなだったかひとつ教えてもらえますか?」

シャロンは、最初の年、アイスブレイクをどう活用したかを話しはじめた。使った質問は、夢の休暇、好きな映画、短期の目標などだった。最初冷たいと思った生徒たちが興味を向けてくれるようになってきた。ミニーの部分は話さずにおいた。あの生徒はクラスの敵対心をあおる原因だった。そしてキーのことも。キーはミニーが邪魔をして、アイスブレイクをうまく受けとめることができなかった。ミニーとおなじくらい頭がよくて、その場にいるだけでほかの子たちに影響を与えることができる生徒だった。キーが教室にいると、みんなおとなしくなり、自意識が強くなる。シャロンにとって幸いしたのは、一学期が始まってそれほど経たないうちに、ミニーがあまり学校に来なくなったことだ。彼女の射貫《いぬ》くような視線がないところでなら、シャロンは生徒たちとのあいだに信頼関係を築けそうな気がしていた。「今日は何ですか、先生?」と生徒のほうから声がかかり、「好きな食べ物は何ですか?」と質問すれば、「マッカズ（オーストラリアで使われるマクドナルドの略語）です」、「ブンボーフエ（ベトナム中部の都市フエ名物の牛肉麵）」（シャロン「それは何ですか?」、ヒュー「ほんとに知らないんですか、先生?」）、「KFC」、「マッカズ」と答え、「いちばん怖いものは何ですか?」と訊けば、「高いところです」、「がん」、「タイの海賊」、「ドリアンのにおい（シャロン「ドリアンって何ですか?」、ヒュー「知らないってまじっすか?」）」、「うちの母さん」、「ジェイソンの母さん（みんなが爆笑）」といった具合に進んで答えてくれる段階に入ったころだった。

「デニーのお姉さんも興味を示してくれたんですか?」リーナが訊いた。

「誰ですって、キーのこと?」

「そうです。その年、先生のクラスにいたって言ってましたよね?　カブラ高校へ来て最初の年に、十年生のクラスでって」

「ええ、ああ。まあそうなんですけど、教えてたって言えるかどうか」

「どうしてですか?」

〝ミニー〟シャロンの頭にはその名前が浮かんでいたが、口には出さなかった。記憶の奥深くに埋もれている何かに近づいていく気がする。埋もれたままにしておきたい何かだ。

「あの子はそういうのはやってられないと思ってたんじゃないでしょうか」シャロンは言ったが、そのあとキーにたいして不公平だという痛烈な気持ちが追いかけてきた。キーの話が、等式からミニーを除いてしまったことで乱暴にゆがめられてしまったのではないかという気持ちだ。シャロンの記憶にあるかぎり、ミニーなしでキーの存在はなかった。キーなしでミニーの存在もなかった。いまだっておなじだと証明されたばかりでもあった。ほんの数日前、シャロンはキーを見た。デニーの葬儀のときだ。そしてミニーの姿も見ていた。一週間前、デニーが死んだときのことだ。シャロンはいちばん最近に見たミニーの姿を思い出さないように抑えた。ラッキー8で見た痩せこけた女の子。けれど、抑えこんでしまうことはできず、その姿は記憶に戻ってきた。たぶん、周辺の話をすればいいんだ。ミニーについて話さず、ミニーについて間接的に話ができれば、たぶんこの重圧もやわらぐことだろう。

「じつはね、あの子には友達がいたんですけど。手に負えない生徒で」頭のなかにあるものに危険なくらいに近づきながらシャロンは言った。「名前は言いたくありません。プライバシーの問題もありますからね。とても反抗的な生徒だったんです」

「その友達ですけど」リーナが髪を耳の後ろにやりながら言った。「その友達が何をしたんですか?」

「すぐにあきれた顔をして」シャロンは言った。「学校にもあまり出てこなくなって」

「もう少し聞かせてください」

「喧嘩腰でものを言ってくるんです」

生徒に正面からぶつかってこられた経験はほかにもあった。癇癪を起こされるとか、罵声を浴びせかけられるとか、ジュースの空箱を投げつけられるとかだ。そういう出来事があると動揺はしたけれど、どうにかしたくてやっている生徒たちの気持ちは見えるものだし、最後には謝罪と、あれはついカッとなって出た言動だったという理解が伴うものだった。けれど、ミニーとの対立にかんしては、シャロンはまだ乗り越えてはいなかった。一度、めずらしく登校してきたときに、シャロンはミニーを呼び出したことがあった。あのときもキーは、顔に心配を刻みこんで教室の外の廊下で待っていた。

「ねえ」シャロンは、できるかぎり穏やかな調子でミニーに問いかけた。「いろいろとだいじょうぶ？」

傷だらけの木の机の前にすわった位置から、だらけた姿勢で立っているミニーの顔を見上げる。目が充血している。シャロンはいつも思っていたが、この子は近寄りがたいくらいにきれいな顔立ちをしている。まわりの子たちがミニーに近づかず、かわりにこぞってキーをからかうのはそれが理由なのかもと思えた。けれど、三学期の時間が過ぎるあいだに、その子がいくつも年を取ったみたいに見えたのだった。以前はつやつやのストレートだった髪は、いまはよれてべとつき、色白の肌は灰色がかって見える。

「だいじょうぶです」ミニーが答えた。

「あなたの出席状況についてお話ししないといけません、ミニー」

「成績は落ちてないですよね？」ミニーはだんだんイライラして、かけていた体重を片方の脚からもう片方へ移した。「ここにいるバカな子たちのだいたいより、いい点取ってると思いますけど？」

「ちょっと！」シャロンは制した。「同級生を侮辱してはいけません」

だが、ミニーの言っていることは正しかった。たしかにこの子はクラスのほぼ全員よりもいい点を取っていた。けれど、ひとつだけシャロンの気に障るものがあったとすれば、それは傲慢な生徒だ。生意気で頭のいい生徒には、どう頑張っても勝てないのだ。

「ミニー、これはテストの点数だけの話ではないの。テストで点を取るだけならサルだってできる。あなたは、きちんと授業に出席する必要があるの。もう一回十年生をやり直すなんて嫌でしょう？」

「サル？」ミニーが突き刺すような瞳で見つめる。シャロンはミニーの瞳から発せられるレーザー光線に身を切られる思いがした。

「もののたとえですよ、ミニー」

「わかってます」ミニーがそう言って、あきれはてたような目を向けるので、シャロンは思わずひっぱたこうとする手が出そうになった。

「今学期ののこりも授業に出てこないなら、進級はさせません。十年生をもう一回やってもらいます」

それを聞いて女子生徒は頭にきたみたいに見えた。そして一瞬、シャロンはミニーの頭のなかが読めたような気がした。クラス一成績優秀な生徒が、授業に出たくないだけで落第させられるという屈辱と不公平。どっちみち、授業でやってることなんて、簡単すぎるというのに。飛び級させたっていいくらいなのに。

「あほらし。やってられるかよ、そんなの」

「ことばに気をつけなさい、ミン・リー」シャロンは、自分の声が大きくなっているのに気がついた。

「そんな言い方をするものではありませんよ」

「じゃあさ、あたしたちのことを野生児の集団みたいに言うのをやめたらいいんじゃないかな。動物園じゃないんだよ、いい？　サルを助けてるわけじゃないんだ。それにあたしがあんたみたいな保護者ぶった雌犬《ビッチ》になつく理由もないんだよ」

ひどい仕打ちだ、とシャロンは思った。ミニーが言ったことの意味もにわかには理解できなかった。自分は人を見下したりしていないとシャロンは思っていた。この子たちのことには全力を尽くしてきた。彼らのことを知り、彼らが経験してきたことが理解されていると感じてもらえるように、できることは全部してきたつもりだった。そのとき、シャロンの頭のなかの隙間から、母親の声が聞こえてきた。〝あなたはとても心のひろいおこないをしてるんだもの。みんな感謝してくれるといいわよね〟

呆然《ぼうぜん》としているシャロンを置き去りにして、ミニーが教室を出ていった。友達のあとを追いかけていく、キーの足音が廊下から聞こえる。そしてこう尋ねる小さな声がした。「何があったの?」それから遠くなる声が続いた。「うわっ、サイテー」

リーナのカウンセリングルームで、シャロンはいま語った思い出に腕の毛が逆立つのを感じて、話の続きはさぐりさぐり、もっとゆるやかに続けた。

「それで、あなたは何をしたんですか?」リーナが訊いた。

けれど、シャロンが答えるまえに、終業のベルが鳴りはじめたので、シャロンはさっと立ち上がり、早足で駐車場へ出ていった。


車の近くまできて、シャロンはどうしていつも終業のベルからたっぷり二十分は待ってから車を出すのかを思い出した。どっちを見ても生徒がいっぱいだった。正門のほうへゆっくり歩いていく女子生徒のグループや、たがいに押しあいながら流れていく男子生徒たち。毎日授業には出てこないで駐車場にいる子たちもいる。生徒たちはみんな、教師たちも学校を出ようとしているなんてことに気づきもしない。シャロンはカローラに乗りこんだが、かまどのように熱い車内に閉じこめられる恐怖からパニック発作が起きそうな気がして、すぐに外へ出た。カローラの横に立ち、愛車の屋根に手を置こうかと思ったのだが、あまりに熱いので、手はひっこめて脇に下ろした。小型のダイハツが一台、生徒の流れに逆らって駐車場に乗りいれようとしているのが見えた。初心者ドライバーなのか、発進したり止まったりを繰り返している。しばらくして、シャロンはその車のハンドルを握る人物が誰であるかに気がついた。キー・チャンだ。

「気ぃつけろよ、おばさん!」七年生の男子がダイハツのボンネットをバンと叩いて言った。

シャロンはキーがその子に謝るのをじっと見ていた。子供のほうはキーをにらみつけて首を振った。遠くから見ていても、駐車場に入れないキーのいらだちが伝わってくるようだった。右のウィンカーを点滅させた状態で、空いた駐車スペースに向けてほんの少し前進すると、さらにたくさんの生徒で車の前がふさがり、仕方なくブレーキを踏んでいる。シャロンは今学年の始まりに生徒たちが自分にくれた交通についてのアドバイスを思い出した。

「目をつぶって行っちゃえばいいんですよ、先生」と言ったのは、エディ・ホーだった。あの子はいつもデニーのとなりにすわっていた。

「それはちょっと危ないでしょう?」

「エディはベトナムのことを言っているんです」デニーが言った。

「そうだよ、ここじゃできないです、先生。事故を起こします。あたりまえでしょう。でもベトナムだと、車が途切れるのを待ってたりしたら、そんなのいつまで経ってもこないんです」

「じゃあ、みんなただ目をつぶって、おなじときに動いてるの?」

「基本的にはそうです」

「それでいいようには聞こえないんだけど」

「先生、エディの話なんて聞かないでいいですよ。こいつベトナムへ行ったこともないし、それに車の運転だって知らないんですから」デニーが言った。

「でもさ、うちの父さんは運転するよ！」エディが言った。「信じてください、先生、もしベトナムへ行って、道路を渡らなくちゃならないことがあったら、目をつぶって行くんです。それしか方法はないんです」


思い返しているうちに、なぜか笑いがこみあげてきた。それを呑みこもうとしたとき、キーの姿がもう一度目を引いた。キーは駐車スペースに無事車を停めて、シャロンのほうへ近づいてくる。手に持っているのは十キロほどもありそうなネクタリンの箱だ。

「こんにちは、先生」シャロンは姿勢を正して言った。

「こんにちは」シャロンの車のそばまで来たキーが言った。「ここまでおつかれさま――」シャロンは駐車場のほうを指した。まだ何十人もがそこにいる。

「運転は嫌いです」


卒業生が自分に会いに来ることは、いままで一度もなかったけれど、キーは自分に会いにきたのではないか、とシャロンは思った。シャロンは咳払いをして、言うべきことばを探した。

「あのこれ、どうぞ」キーは持ちあげた箱をさしだした。「母から、デニーの葬儀に参列してくださったお礼です」


シャロンは箱を両手で受け取った。熟れた果物のにおいで口のなかが反応を起こし、唾が出た。

「こんな気をつかっていただかなくてもいいんですよ」シャロンは言った。「でも、ありがとうございます。これは……職員室で分けますね」


シャロンは弱々しくキーに微笑みかけ、彼女が向きを変えて去っていくのを待った。

「いまから帰られるんですよね」車のそばに立ったままキーが言った。「でも少しだけお話しできますか？」

いいえ、それは無理、とシャロンは思った。すでに暑さで汗をかいていたけれど、もっと汗が出てきた。自分に嘘をつきとおすことができるのだろうか、それとも、キー・チャンと話すうちに、ぽろっと本当のことを言ってしまったりするだろうか。嘘をついてしまったのは、注意が足りず、慌ててしまったからではあった。もしも心が正常に働いている状態だったなら、つまり、お気に入りの生徒の身体がぐちゃぐちゃの血まみれになったのを見た直後でなかったら、シャロンはきっと嘘なんか言わなかった。けれど、してしまったことはしてしまったこと、仕方ないとシャロンは自分に言い聞かせた。証言の内容を変えたからといって、デニーが生き返るわけではない。嘘はつきとおさなければならない。

「あの、わたしいまから——」シャロンは言いながら、車のドアに手をのばした。

「お願いできますか?」キーが言った。

シャロンはノーと言いたかったけれど、あまりに残酷に思えてできなかった。自分は教師なのだ。嘘をついたのは、ただ生徒を守りたかったからで、誰かを傷つけるようなことは自分はしない。もちろんそうしないですむならば、だ。

「わかりました」シャロンは耳に響く自分の心臓の鼓動を感じながら言った。「職員室じゃまだみんな忙しくしてると思うんだけど」そう言って見上げると、晴れ渡った空では、太陽が容赦《ようしゃ》なく照りつけ、頬がもう赤く日焼けしてひりひりとしはじめていた。「教室なら空いてると思うわ」

「助かります」キーが言った。

ふたりは何も言わず、校舎へ入り、シャロンがデニーとキーとミニーを教えた教室へと向かった。ネクタリンの箱を持ったまま来たのが、なんだか馬鹿みたいに思えた。

教室は生徒もあまりおらず、机の列は乱れたままで、椅子もきちんとしまわれていない。この一週間、シャロンは下校のまえには椅子をきちんとしまって帰るようにと、生徒たちに言うのをやめていた。そして、彼女が気にするのをやめたから、八年生と九年生のクラスの生徒たちも気にしなくなったのだった。ネクタリンの箱をここがいいかなと自分の机に降ろし、教室のシーリングファンのスイッチを入れた。それから教室の前のほうの席にすわった。キーは教室の入口で凍りついたように固まっている。シャロンは椅子を引き、入ってきてすわるよう身振りでうながした。

「変な感じです」キーがいった。

「何がです?」

「戻ってきたことが」

「ふーむ」

「わたし、そこにすわってたんですよね」キーは窓際の机を指して言った。

「デニーの席はこっちだったんです」シャロンは教室の反対側の席を指した。

「生徒全員のこと覚えてるんですか?」

「えっと」シャロンは不意打ちを食らった気がした。「そうね……」

「どうなのかなと思っただけです」キーが言った。「何て言うか、それで先生のことを評価しようとか、そういうんじゃないんです」

「わかりました」シャロンは言った。「そうね、生徒によっては、ほかの生徒より覚えている子たちもいます。でも誰か特定の生徒のことを忘れてしまうなんてことはないつもりですよ」

「それはすばらしいです」

シャロンはキーをじっと見たが、キーは目を合わせようとしない。ふたりともそわそわとしていた。キーはてのひらに爪が食いこむくらいに握りしめ、シャロンは親指で小指をトントンと何度も叩いている。よく見ると、キーとデニーがものすごく似ていることにシャロンは驚いた。あらゆる表情が表現されるひろいおでこも、真っ黒な眉毛もそっくりだ。数日前、シャロンがデニーの通夜でチャン家を訪れたとき、仏壇の写真を見て気づいたが、キーとデニーの祖父母もひろいおでこが似ていた。シャロンはおでこの動きだけで会話をする家族を想像した。細かなしわの動きだけでどれだけのことが言えるのだろうか。

「あの晩、何が起こったのかをお尋ねしたいんです」キーは椅子に腰かけて、顔をあげずにようやく言った。

シャロンは大きく息をした。おとなしすぎて、いじめの対象になりやすく、誰かのいいなりになってしまいやすくて心配したかつての生徒が、そこから脱する道を見つけていたことをシャロンはうれしく思った。六年前、自分が教えていたキーは、授業中に手をあげて質問することもなかったし、こんなぞっとするような会話を自分から始めるなんてとても考えられなかった。けれど、できることならこの新しく見つけた気持ちの強さを何か別のことや別の人にたいして使ってほしいとも願った。

「それから、葬儀のとき、どうしてそのことをおっしゃらなかったのかも知りたいです」キーは言った。

シャロンは汗が背中を伝い落ちるのを感じた。シーリングファンをまわしたところで、シドニーの夏には役に立たない。

「訊かなかったから」シャロンは言った。本当のことだ。もし訊かれていたらデニーの家族に全部を話したかどうかはわからないが、でもいくらかはあきらめて話していただろう。

「では、わたしたちに話さなくてもだいじょうぶだと思っていたんですか？」

「待って」シャロンは驚いた。「わたしがうかがったときには、ご両親はもう知っていたはずですよ」

「どんなふうにですか？」

「だってあの晩に警察に事情を聴かれたんですから。だから警察からご両親にお話ししてるはずでしよう。違いますか？」

キーが歯を食いしばっている。

「警察は言いませんでした」キーはほんの少しあごを緩めてことばを出した。

「そうですか」

「あの晩、何があったんですか？」

「正直に言うとね、キー、わたし知らないのよ」シャロンは言った。本当のことでないわけではない。デニーが殺された夜、シャロンはお祝いの夕食会に出席していた。教え子のエディ・ホー、ケビン・トゥルン、それからそう、デニーといっしょにいた。トイレに立って、戻ってくると、デニーが死んでいた。少年に何が起こったかを説明することは、シャロンにはできない。誰がやったのかも知らない。なぜやったのかを推測することもできないのだった。

「でも、あなたは現場にいました」キーが言った。まだ歯を食いしばっている。まるで平静を失うのを止めるみたいに。「そもそもどうしてそこにいたんですか？」

「招待されたんです」シャロンは言った。あれはクラスの卒業パーティーで、男子生徒たちはサイズの合わないジャケットと長すぎるパンツという、見るからに父親から借りてきたスーツ姿で、女子生徒たちは、毎年卒業シーズンになると決まって目にする肩紐《かたひも》なしのサテンのドレスで参加する。卒業パーティーが八時半に終わると、生徒たちはそれぞれの二次会に散っていく。デニーとエディ、そしてケビンはカブラマッタにのこり、二回目の食事に出かけることにしたのだった。「高校の卒業パーティーでは、そう、基本的にその歴史の始まり以来、出される料理は火の通りすぎたチキンシュニッティとチップスなんです」シャロンは言った。「それで、弟さんと友達はパーティーが終わってからラッキー8へ行って食事をする計画を立てたんです」

「でもどうしてあの子たち、あなたを招待したんですか？」キーが尋ねた。

シャロンは怒らないように気をつけていたが、ほかの生徒のように自分を受けいれなかったキーとミニーへのわだかまった気持ちを思い出さずにはいられなかった。「信じようが信じまいがかまいませんが、キー、わたしのことをほんとに好きでいてくれる生徒もいるんですよ」

「わたしべつに――」キーは言いかけたが、キーの批判するような表情から本当にそういう意味で訊かれているのだとシャロンにはわかった。急に嫌な気持ちになってきた。自分は被害者の姉と話をしている教師なのだ。ふるまい方というものがあるというのに。

「でもわからないわね」シャロンは、話を元の軌道に戻してトーンをやわらげようとした。「もしかしたらあの子たち、気を悪くしてたかもしれないわね。わたしは魚をまるごと食べたことなんてなかったもんだから。わたしが魚の目玉を食べようとしないのを見て、本当に嫌になったかもしれないわね」

キーが自分の手をじっと見つめているので、シャロンはひとり話しつづけた。心のなかでは、この若い女性に満足してもらい、これ以上質問をしないで帰ってくれたらと願っていた。「それに、ここじゃあ十二年生で地理を選択する生徒はそんなに多くないから、どうしても関係の密なクラスになるんです」シャロンは言った。「みんないい子だったんですよ。卒業したばかりで。そこにわたしが加わっても害はないように思いましたよ」

「あなたは本当にトイレにいたんですか?」

「ええ」

「ほかのみんなもですか?」

違いますよ、とシャロンは思った。シャロンが男女共用トイレに入ったのとおなじとき、教え子のケビンもいて、それぞれに個室に入っていた。シャロンの個室はトイレットペーパーを切らしていたから、水洗用タンクの上にあった新しいのの、包装を解かなくてはならなかった。ゆっくり腰を落ち着け、微笑んで、用を足し、なんだかキャリアの転換点にいるのだという気になっていた。ついに教師として成功するとはこういう気持ちかと知ったというか、ご褒美をもらったような気持ちになったというか、卒業後も教師のことを覚えていてくれるのはこういう生徒たちなのだろうとシャロンは思った。将来大学を卒業したときや就職したとき、結婚して子供が生まれたときや何かに、学校をたずねて来てくれるのはこういう生徒たちなのだろう、などと考えていた。やがて、シャロンがトイレから戻ってくると、客席にいた人たちがみんな姿を消していて、レストランのなかはしんと静まりかえっていたのだった。そして、死体がひとつ、それが誰であるかはぶかぶかのスーツからしか識別できないくらいにぼこぼこにされた姿で床に横たわっていたのだった。部屋が回転しはじめ、自分の口からどうにか出した叫び声が聞こえた。そのあとの数分間はブラックホールだった。緊急連絡番号《ゼロ・ゼロ・ゼロ》に電話をしたことも、血まみれになりながら心肺蘇生を試みたことも、シャロンはまったく思い出せなかった。あとでその晩食べたものを全部、炒飯も、ジャンボ・シュリンプも、魚の目玉も、卒業パーティーで食べた火の通りすぎたチキンシュニッティも、何もかもカーペットの上に吐き出してしまったことも覚えていなかった。それから、シャロンとケビンがトイレに入っていたとき、自分もトイレにいたと警察に話してほしいとエディ・ホーに懇願されて、あのときあの子がそこにいなかったのは明らかなのに、エディの顔に浮かんだ、シャロンには理解できない深く麻痺《まひ》したような恐怖の表情を見て、シャロンは「わかった」と言ってしまった。そして、命にかけて警察にそう話すと約束してほしいとエディに念押しされて、シャロンは約束すると言ってしまった。ずっとあとになって、シャロン自身が警察に嘘をついたあと、頭のなかであの晩の出来事を再現し、考えつくかぎり様々な角度から分析したあとで、シャロンは自分が犯した間違いに気がついたのだった。

「ケビンはトイレにいました。それから、エディも」シャロンは言った。

「フォークナー先生」キーが言った。「ラッキー8のトイレは個室がふたつしかありません」

「わたしたちみんなおなじときに入ったの」シャロンは警察に話したとおりにキーに話した。「わたしは個室をひとつ使っていたから、ふたりのどちらかは待っていたはずね」

「待っていたのは誰ですか？」

「知らないの」頭のなかを駆けめぐる血流の音のせいで、考えることばもほとんど聞こえない。「覚えてないいんです」

「トイレで何か聞こえませんでしたか？」

「いいえ」シャロンは言った。これについては嘘を言わなくてよかったと思った。ラッキー8のトイレの個室の壁を隔てた向こうはキッチンで、換気扇のまわる音が響いていた。「ジェネレーターが動いているみたいな音がしてましたから」

敗北の表情がキーの顔にひろがった。息を吐くと同時に彼女の身体がしぼんでいくように見えた。

「あなたは何人かの人たちといっしょに、生前の弟の姿を最後に見てるんです」キーはいったんことばを切って、いま言ったことの意味を頭で処理しているかのように間を置いた。「あの子どんなでしたか？」

シャロンは、ぶかぶかのスーツを着た男子生徒たちを思いうかべた。彼らの満面の笑み、シャロンに箸で魚の目玉をくり抜いて、まわりのゼリー状のところを吸って食べるやり方を教えるときに彼らがまとっていた、勝ち誇ったような空気。中心の硬いところをじょうずに口から出すことができず、シャロンが目玉をまるごと全部飲みこんでしまったときの、デニーの笑いが止まらなくなった様子が思い出される。

「楽しそうでしたよ」シャロンは言った。「興奮して、楽観的で。あの晩はずっとにこにこしていました」

シャロンは目頭を熱くした。あの晩、自分の生徒がどれほど誇らしく思えたか。彼らが乗り越えたものにたいする誇りと、彼らとともに成し遂げた意義ある躍進にたいする誇りを感じていた。エディが課題をぎりぎりまでやらないのをやめさせたこと。ケビンが州外の大学に願書を出す決心を後押ししたこと。そして、デニーには、剽窃《ひょうせつ》がどういうことかと理解するのを助けたこと。もう二度と繰り返してしまわないように。あの子たちは、シャロンの言うことをよく聞き、シャロンが価値あるものを提供していると理解する生徒だった。あの子たちを思うと、身体の内側がじんわりと温かく感じられるのだった。シャロンは、もうみんな生徒ではないのだから、これからは先生でなくシャロンと呼んでいいと彼らに言ったが、でもやっぱり彼らは先生、と呼ぶのだった。

「すごく変な感じです」ラッキー8での食事中、デニーが言った。「病院の待合で、誰かにミスター・チャンって呼ばれるときみたいで。それだとほら、なんか父さんが呼ばれてるみたいに聞こえるんです」

「わたしが言ってるのは、みんなは基本的にもう大人だってことなんです」シャロンは言った。「だから、シャロンって呼んでいいの」

「シャッザはどうですか?」エディが言った。

「それでも返事しますよ、残念ながら」

頭を上げたキーの目にも涙が浮かんでいた。

「それで、そのまえはどうだったんですか、あの子?」キーが尋ねる。「どんな生徒だったんですか?」

「そうね、ご両親が額に入れて賞状を飾っていたでしょう」シャロンは言った。

「ええ」

「つまり、弟さんは理想の生徒だったんです。課題は期限内に提出するし、いつも満点だし、文句は言わないし、それに指摘されたことはちゃんと自分のものにする。学年のはじめに剽窃があったのを注意したあとは――」

「待って、いま何て言いました?」

「たいしたことじゃないんです。その、剽窃はたしかに大問題なんですけど、でも、どうしてそれが問題なのかを説明したあとは、デニーはそのことをしっかり心に留めて、本当に努力して――」

「デニーが剽窃がどういうことかを理解していなかったとおっしゃってるんですか?」キーが額にぎゅっとしわを寄せた。

「どんな賢い子だって助けが必要なことはあるんです」シャロンは言った。「おそらくデニーは、配られたサンプルの文章を借用することが悪いことだと思わなかっただけでしょう。でも本当に、デニーが素晴らしいのは、注意されたことをしっかりと受け止めて、それからは本当に――」

シャロンは言うのをやめた。キーが両手を頭に当てて、ぐりぐりと揉《も》みはじめたのだ。

「ねえ……だいじょうぶ?」シャロンは尋ねた。

「何回やったんですか、あの子?」

「どういう意味?」

「あの子、剽窃を何回したんですか?」

シャロンは耳の後ろを掻きながら考えた。「一回だけだと思いますよ。わたしがたまたま、何週間かまえに過去にHSCを受験した生徒のサンプルペーパーに目を通したところで、似ている気がして気づいたんです。でも、ほんとよ、キー、深く考えるほどのことでもないと思ってるの。おそらくは真面目にやった結果の間違いだっただけ」

キーは両手を頭に当てたままでいる。痛みを抱えているようだ。

「ほかに何か見ましたか?」キーがようやく頭を上げた。ポニーテールから数本髪の束が飛びだしている。「トイレに行くまえに、ほかにその場に誰かいませんでしたか?」

シャロンはまた嘘をつこうとしている自分が嫌だった。おびえる生徒をその嘘で守ろうとしているのでないことがもっと嫌だった。シャロンが守ろうとしているのは自分だ。「いいえ」シャロンは言った。「食べることに集中してたんですよ。ほかに誰かいたかどうかなんて気づいてなかった」

キーが目を閉じたまま、あまりに長いこと動かないでいるので、シャロンは咳払いをして、こんなことをするのはどちらにとっても拷問でしかないとキーに思い出させたい気持ちにとらわれた。

「ほかに何かお話しいただけることはありますか？」

「ないの、ごめんなさい」シャロンはどのくらい本気でそう言っているか、キーがわかってくれたらと願った。

「そうですか」キーがまた視線を両手に戻して言った。「それだけなんですね。話してくださってありがとうございました」

「もちろんよ」シャロンは言った。「それだけなの。ごめんなさいね」

だが、もちろんそれだけではなかった。シャロンは車で帰途についたのだが、ハンドルを強く握りすぎて手はしびれ、頭のなかでは誰にも話さなかったすべてのことが駆けめぐっていた。たとえば、デニーといっしょにすわっていたテーブルから、いくつか離れた席にいたレストランの客が全員よく見えていたわけではないけれど、シャロンがトイレから戻ってきたときにはもういなくなっていた客がいた。そのなかのひとりのことは、よく見えていた。もう少しで誰かわからないまま見過ごしてしまいそうだった。濃いアイライナーがにじんで、目のまわりに影ができたみたいになっていた。肌は血色がなく、肘は骨ばって、テーブルの禁煙の表示を無視してタバコを吸いつづけていた。

ミニーだ。

ミニーの姿はもう何年も見ていなかった。正式に退学したわけではなかったが、十年生の試験を欠席したことで、ミニーは進級しないことを自分で選んだのだ。あの子は再登録の手続きもしなかったし、十一年生に進級させてもらえるようたのみにもこなかった。シャロンが知るかぎり、二度とカブラマッタ高校に足を踏み入れることはなかった。

ミニーがデニーの死と何か関係していると確信を持って言うことは、シャロンにはとうていできない。自分は何も見ていない。エディは自分は何も見ていない、トイレにいたのだ、と誰にともなく繰り返すようになった。シャロンの記憶にのこっているあの晩の出来事は多くの部分がまだらに抜け落ちている。何が現実で、何が自分の想像によるものかを思い出すことができなくなっていた。痩せ細って見るからに体調の悪そうなあのミニーが、事件と関係しているなどとは信じる気にもなれなかった。なぜなら、もしミニーが関係しているとすれば、シャロンも何か関係があることになってしまうから。ことの始まりはシャロンなのだからだ。

車が私道に入ったとき、長いあいだ埋もれていた記憶が泡となって表面に浮きあがり、それを抑えようとする彼女の意志とは裏腹に、はじけて飛び散った。それは、あの年の最後の保護者会の夜の出来事だ。シャロンはこの日が来るのを待っていた。ミニーの両親と会って、あの子の生活に何が起きているのかをたしかめ、留年しないですむように、間もなく控えた十年生の学年末テストはかならず受けるように、この機会に伝えられるはずだった。その晩、キーの家族は全員でやってきた。父親は、サイズの大きすぎるスーツを着ていて、洗濯で縮んでしまったみたいに見えた。母親は、青いアイシャドウを塗った厚化粧で現れた。十一歳のデニーも来ていて、あのときはまだカブラマッタ小学校の制服を着ていた。チャン家の家族と話したことはシャロンも覚えていて、キーの両親には、彼女は素晴らしい生徒で、もしもっと頑張れることがあるとするなら、それはリラックスすることで、楽しみを持って、勉強と遊びのバランスが取れるようになればいい、と言ったのだった。キーの両親がぽかんとした顔で見ていたので、シャロンはキーのほうを見て、英語を訳してもらえるように期待した。

キーはためらっていた。それでも、彼女は自分の両親のためにベトナム語に通訳した。すると、両親の顔から混乱しているのが読み取れた。そしてミセス・チャンが叱りつけるような口調で娘に何か言った。それにキーが英語で答えた。「嘘なんか言ってない！」。シャロンは、ミセス・チャンの前腕をとんとんと軽く叩いて注意を自分のほうに引き、キーに向かって、（〝だいじょうぶよ〟と）親指を立てるしぐさをした。チャン家の人々は、哀れな道化師を見るみたいにシャロンのことを見て、それからキーのほかの教科担任との面談に立っていった。

ミニーの家族を待っていたときのことを、シャロンは思い返していた。きっと来てくれると期待していた。グレッグとバーバラからは、ミニーの両親だけでなくカブラマッタ高校の生徒の親の半分は、学校行事に一度として出席することがないのだと聞かされていたことも思い出していた。

「手紙は送ってるんですよ」その晩、帰り際にバーバラが言った。「それも五通や六通は送ってるんです」

「英語でですか？」

「ほかに何があるの？」

「ここの生徒の親たちは、大半が英語が母国語ではないかたたちですよね？」シャロンは、同僚たちにも、生徒たちにも、この学校そのものにも、もう限界かもしれないという気持ちで言った。

「あのね、英語はこの国の第一言語なんですけどね」バーバラはそう言い、ムッとした様子で顔をそむけた。

その翌日のことも、シャロンは思い出した。リー家への手紙を手に、シャロンは学校の事務室を訪ね、学校の翻訳者にその手紙をベトナム語に訳してもらえるよう依頼したのだった。それから受付担当の職員に、封筒は無地のものを使ってもらえるように頼んだ。学校名の入った封筒で送ると、生徒が隠してしまい、保護者まで届かないと聞いたことがあったからだ。ベトナム語に訳された手紙が、シャロンの依頼したとおりに発送されたと、事務局から連絡を受けたあとは、シャロンは、リー家の保護者から返事が来ていないかと、毎日確認していた。返事は来なかった。それ以降、ミニーの姿を見ることもなかった。


家に着き、シャロンは母親に電話をかけた。誰も出なかったので、今度はリーナ・ラオにかけた。

「こんな遅い時間にごめんなさい」

「どっちにしても、五時まではいますから」リーナが言った。受話器を通して聞く声が、遠く、甲高く響いた。「どうしましたか?」

「訊きたいことがあるんです」シャロンは言った。ものすごく危険なところまで核心に近い話をしようとしているのは自分でもわかっていた。けれど、その日の午後、キーと会ったあとでは、ほかのことを考えることはできず、どうしても答えが必要だった。「何の脈絡もないんだけど、ずっと悩まされてることがあって」

「言ってみてください」

「わたしがここ、つまりカブラマッタへ来て間もないころ、優秀な生徒がいたの。人を威嚇するような態度をとる子で、学校で習うことも世間のこともよく知っていたけれども、態度が独特で。でも、あるときからその生徒が授業に来なくなったんです。それでわたし、保護者に手紙を送ったんです。最初は英語で書いて、そのあとにベトナム語で――」

「それって、キーの友達ですか?」

「違いますよ」シャロンの頭のなかには、ほかならぬミニーとキーの姿がくっきりと浮かんではいたけれど、でも嘘をついた。

「そうですか」

「とにかく、その手紙を送るときは、無地の封筒で送るよう気をつけたんです。生徒が捨ててしまわないで、確実に保護者の手に届くようにと思って」

電話の向こうでリーナは何も言わない。

シャロンは続けた。「それ以前は、その子、たまに授業に出てくることはあったんです。わたしが手紙を送ったあとは、一度も姿を見ていません。正式に退学したわけではないんですが、でもそれからあとは一度も、どのクラスにも出席していません。わたし……」シャロンはてのひらの厚みのあるところをつまんで指のあいだでこすった。汗がとまらない。「わたしのしたことは正しかったのかどうか、ものすごく考えました。休みがちな生徒の家庭には、いまもかならず手紙を書いているんです。学校の方針にはしたがっていますし、それから、あのとき以来無地の封筒は使ってないんです。でも、たまに思うことがあるんです……」

シャロンは長いため息をついた。この先を言うまえに、リーナが何か言って、まだそこにいることをたしかめたい気持ちだった。

「何か違うことを試してみようと思う気遣いは良いことです」リーナがようやく言った。「でも、いまは正しい手続きにしたがっているというのも良いことです」

シャロンはうなずいた。もちろんリーナから見えないのはわかっている。「ただ、もしあの手紙が……もしあの手紙が、役に立つどころか逆効果だったとしたらって思うんです」

「そうですか」リーナは少しためてから言った。「その生徒がそれから一度も現れなかったのは、転校したからということも考えられますよね。めずらしいことじゃありません。どうしようもなくなって、お金を借りてでも子供を私立校にやる親御さんはたくさんいるんです。厳しいカトリックの教育を受けさせたいという理由で、バサーストのおじさんのところへひとりで女子生徒をやった家庭も知っています。効果はありませんでしたけど。その生徒は一年後にカブラマッタへ帰ってきて、街でプレーしてたんです」

「プレーしてた?」

「ここじゃそういう言い方をするんです。家に帰らず街で暮らすこと。街へ出ることを〝プレーする〟って言う。この学校じゃ、十歳でプレーしてる子だっているんです」

シャロンは〝やんちゃ〟ということばで説明される生徒のことなら聞いたことがあった。カブラマッタで、学校をさぼったり、問題を起こしたり、あるいはタバコを吸っていただけのことにも使われる婉曲《えんきょく》表現だ。けれど、〝プレーする〟はそれまで聞いたことがなかった。

「その子たち全員ドラッグをやってるの?」シャロンは尋ねた。

「まさか」リーナが言った。「そりゃもちろんそのリスクはありますよ、間違いなく。でも、何も薬物がきっかけでそうなるわけじゃないんです。絶対にそうじゃない」

「そうなんですね、それならいいんです」

「保護者が手紙を受け取ったあとで、生徒がこっぴどく叱られたということもありえます」

それについては、シャロンはたじろいだ。

「ひどい話だと思います。でも、家庭が貧困とPTSDを抱えていて地域社会からのサポートをまったく得られなかったら、どうなるか考えてもみてください」リーナは事実を淡々と語るように言った。

「あるいは、彼女が学校制度の枠から姿を消したことと、あなたの手紙はまったく無関係である可能性だってあります。もしそれ以前から出席状況が悪かったのなら、すでに何か深刻な問題を抱えていたのかもしれません。それか、もしかしたらいまさら戻っても遅いとか思って、恥じていたのかもしれないですし。あるいは……誰にわかるものでもないですよ。考えられる状況は無数にあります」

「でも」シャロンは言った。「あの子が本当に聡明《そうめい》なら、ほかの学校に入りなおして、それを誰にも話していないということも充分に考えられますよね?」

また長い間があいた。そのあいだ、シャロンはもしいま対面で話していたなら、リーナはどんな顔をしていただろうかと想像をめぐらした。

スクールカウンセラーがどんな温かみをにじませていたとしても、電話線を伝って伝わってはこない。

シャロンは続けた。「わたしはただ……生徒が中退してしまうと、なんとなくわたしがその子を失望させたような気がして、そのことに悩まされつづけてきたと思うんです」

「気にされるのはいいと思います」リーナが言った。「でも、ご自分のことを責めるべきではありません——」

「でも、どうしてもそんな気がしてしまって。わたし——」

「違うんです、最後まで聞いて。誰かひとりのせいでそうなることなんてないんです」受話器から聞こえるリーナの声が、歯切れよく、冷たく響いている。「生徒がひとり落ちこぼれるまでには、この世界全体がその子を失望させているんです」

シャロンは打ちつけてくる風を感じていた。

「わたしたちは、できるかぎりのことをするしかない」リーナが続ける。「でも、問題はわたしたちよりも大きいんです」

「わかりました」シャロンはなんとか相槌を打った。これ以上リーナと電話を続けたら、きっとしゃべりすぎてしまうだろうし、一度しゃべってしまったことは取り消せない。「ありがとう。それから、また面倒をおかけしてごめんなさい」

「いいえ、面倒だなんてとんでもないです」受話器から聞こえる声が柔らかくなっていく。「頑張ってくださいね」

シャロンはソファの上で膝をかかえて、その日の午後ののこりを過ごした。心が記憶のなかを駆け

6

めぐり、時をさかのぼって、何年もまえの教室へ押しもどされる。初めてデニーを教えた七年生の教室。十一年生のクラスでは、デニーとエディが鮮やかな緑のパンダンケーキを持ってきて、シャロンの誕生日を祝ってくれた。九年生の教室では、シャロンが〝フォー〟を正しい発音で言えるまで、授業を進めさせてもらえなかった。

沈みゆく夕日を見ているうちに、シャロンの頭のなかに、キーとミニーを教えた年の記憶が戻ってきた。あれは学年最初の週、まだ生徒たちの名前も覚えていないころのことだ。昼休みの見回り当番で校庭に出ていたとき、ほかのみんなから離れてふたりの女子生徒が仲良くすわっているのが目にとまった。ミニーはジュースの紙パックに吸いついていて、キーはサンドイッチをふたつにちぎり、片方をミニーに渡していた。見ていると、ふたりはキーのランチボックスから取り出した、リンゴとチーズクラッカーも分けあっている。シャロンは見落としのないように校庭全体を見まわしていたが、ふたりのことが目に入るたびに、微笑まずにはいられなくなった。風が吹き、シャロンはくしゃみをした。視線を戻したとき、キーと目が合った。が、一瞬ののち、キーが意識して、まごついた様子でさっと目をそらし地面を見た。そしてミニーを見ると、ガリガリに痩せた顔には表情がなく、挑むような視線をシャロンに向けてきた。シャロンは微笑もうとしたが、背筋に冷たいものが走った。こちらをじっと見据えるミニーの落ちくぼんだ暗い瞳が、シャロンの身体を貫き、魂まで突き刺してくるみたいに感じられた。シャロンが先に目をそらした。そんなふうに見られて、自分がもろく、逃げ場がないみたいに感じた。身体ごと向きを変えながら、シャロンはミニーがまだこっちを見ている気がしたが、あえて振り返ることはできなかった。

シャロン・フォークナーと会ったあと、家に戻ったキーは這うようにしてベッドにもぐりこんだ。もうへとへとだった。母との寺参りのあと、シャロンと会うまでのあいだに、キーはルールー・ウーの母親のホン・ウーに会いにいっていた。ほんの短い時間とはいえ、不快な対決の場になった。ホンが勤める飲茶の店を訪ねていくと、店の外まで出てきたホンは、どうやって自分を見つけたのかと知りたがった。キーが答えるのを拒むと、いやがらせで訴えると騒ぎだし、ウー家の人間に近づくなと、長い菜箸を振りまわして追い返そうとするのだった。そのあと、ホンの夫のガン・ウーにも会いにいった。夫のほうは、最初は妻と比べておとなしかった。ガンとは彼の職場のコマルコ・アルミニウムの工場の休憩室で会うことができたが、キーの来訪を喜んではいなかった。いきなり追い払おうとまではしないまでも、自分は何も見ていないと繰り返すばかりだった。警察に話したのとおなじ話だった。事件が起きたとき、自分たち家族は壁のほうを向いていた。耳をふさいで目をつぶっていた。休憩室を出ていくガンのあとを追いかけて作業場の端まで来たキーは、お願いだから本当のことを話してほしいと懇願した。するとガンのほうも、こっちは本当のことを話しているのだから、たのむから信じてほしいと返してきた。キーが聞きいれないのがわかると、彼は両手で耳を覆って、文字通りキーの前から走って逃げだした。一方で、デニーが殺されたとき、事件現場のレストランのトイレにいたとされる、デニーのクラスメイトのケビン・トゥルンは、都合のいいことに、ウェスタン・オーストラリア大学からの早期入学を認められて、パースへ引っ越したあとだった。しかもまだ一日が終わったわけでもない。巡査の聴き取りのために、五時に警察署へ行かなければならないのだ。

ベッドに横たわったまま、キーは胃のあたりをつかんだ。弟について聞かされたことのせいで気分が悪かった。デニーが学校の課題のために剽窃しただなんて、とても信じられなかった。あの子はいつだって、学校の勉強はよくできて、とても勤勉で、みんなの期待を裏切ることなど絶対にしなかった。ずるなんてする性格ではない。そう思うと同時に、あの子は剽窃が何か知らなかっただけだという、シャロン・フォークナーの理由の説明を一秒たりともキーは信じなかった。悪いことをしている自覚がなかったという説明だ。もちろん、あの子は知っていた。ルールにしたがうことにかんしては、キーもデニーも筋金入りなのだから。ふたりとも、いい子でいるためには、悪い子になるとはどういうことなのかを知っておかないわけにはいかないのだから。カンニングが何なのかはよくわかっているし、他人のものを盗むのがどういうことかも知っている。リスクをとるとはどういうことかも理解しているし、それに何よりも、自分たちのような人間には、そうしたことのひとつにも手を染める贅沢は許されないということをよく理解している。では、デニーはいったい何を考えていたのか？

キーは罪悪感でさらに気分が悪くなり、身体を小さくまるめた。自分がいないあいだに、弟は変わってしまった？　自分がいなかったから、弟は変わってしまった？　もしも自分が悪いのだとしたら何？　仮にシャロンが正しくて、デニーが一時的に判断力を失って、とつぜんにあの子の性格についてとやかく言うのは公平ではなくなるとしたらどうなのか？　キーは気持ちの両極端のあいだで揺れうごいていた。けれど、どちらの端にふれたとしても、結局はおなじひとつの答えにしか行きつかなかった。自分は弟のことを知らない。キーは、気持ちを抑えたいのに抑えきれなくなるのが嫌だった。まるで自分が他人を理解できないみたいに、人の行動を予測できないみたいに、みんな自分から離れていってしまうみたいに思うのが嫌だった。最後にキーをそんな気持ちにさせたのはミニーだった。ふたりそろって感じよくふるまって、先生のお気に入りになって、先生のことをファーストネームで呼ばせてもらえるチャンスはあったのに、ミニーがそれをぶちこわしにするたび、どれだけ腹が立ったかと思い出す。キーには人に好かれないままでいる理由がなかった。成績はオールAだったし、問題を起こしたことはなかったし、自分はいい子だったのだから。ただミニーが気持ちを落ち着けて、おなじ思いを共有できて、出会う先生全員に挑戦的な態度をとるのをやめてくれさえしたなら。「どうして先生たちの反感を買うようなことばっかりするの？」十四歳のとき、キーはそんなふうに訊いたことがあった。ミニーの態度に足を引っぱられるのではないかと、キーが初めて感じたときだ。それまで長いことずっと、自分の救い主だった友達が、ふたりとも乗っていなくてはならないレールから自分を脱線させようとする脅威になってしまったと初めて感じたときだ。

「そんなことしてないけどな」ミニーは古くなったマニキュアで、世界地図に色を塗りながら、気取った英国ふうのアクセントをまねて、そう言った。

「ううん、やってるよ。なんだかいっつも喧嘩できるチャンスを探してるみたいなんだもん」

「あいつらがそうさせるんだよ。ねえ、ニューカレドニアが完璧なうんちの形だって知ってた？」

「え、何の話？」

「ほら、見てよ」ミニーは塗っていた世界地図を持ちあげた。新聞の教育特集増刊号についていた付録だ。「ほら、これって、ウィータビックス（朝食用全粒小麦シリアル）食べたら、こんな形のうんち出るよね」

「汚いなあ」

「ねえ、体育の教師になるのにどれくらい賢くなくちゃいけないと思う？」ミニーがまた地図を塗りながら言った。

「さあ」キーは答えた。「そんなに頭よくなくてもいいんじゃない？」

「うーん、そうだね、あたしはそうは思ってなかったけど」

「どうして？」

「もしさ、うちの学校の先生全員が十四歳だったときに会ってたらさ……」

ミニーは地図を塗りつづけ、ときどき急に声をあげては、地理的に見てオーストラリアはヨーロッパの国であるよりもアジアの国と考えたほうが理にかなっているとか、ハワイがアメリカの一部である筋合いはない、などと口走った。キーにとってミニーは謎だった。幼いころはまったく気にしていなかった。ふたりは違っていた。ミニーは学校へお弁当を持ってきたことがなくて、髪もとかさず、編んでくることもなかった。蚊に刺されたあとがみみず腫れになってしまうキーと違って、ミニーがみみず腫れをつくってくるときは、黒くて、かさぶたができていて、人の手でつけられたものだった。それでも、おたがいが好きで、違いは埋め合わせることができた。キーはお弁当を分けてあげたし、上手ではなくても、ミニーの髪をおさげに編んであげたりもした。もちろん首の痣《あざ》が目立つときは、髪を下ろすようにするからと言った。ミニーとふたりなら、黙っていても気まずくなることはなかった。相手がおならをすれば笑うことができた。けれど、ティーンエイジャーになるとそれだけでは充分でなくなっていた。キーは、ミニーと自分はいつもおなじ側にいるという確証をほしがった。何を決めるにしてもまったくおなじ決断をすることで、ミニーに自分の決断を心から支持されることを求めた。キーはミニーにいつも自分とおなじようにしてほしいと思った。そうやって、いつもいっしょに成功し、人から好かれるように。そうやって、先生や警察官や店員さんやネームタグをつけた案内係やスーツ姿の人が、自分たちのほうを見るときにはいつも笑顔を向けてくれるように。ほら、ごらんよ、と言ってるみたいに、キーも自分を誇りに思えるような顔をして見てもらいたかった。そしてそれが実現できるのはキーがいい子だから、とてもいい子だから、いい子でいるのがむずかしいときでも、とてもとてもいい子だからなのだ、とキーは思っていた。でもミニーは、キーの望むようにふるまうのをずっと拒みつづけた。ミニーがそうしないことで、キーは拒絶されたと感じた。判定が下されたみたいに感じられた。キーが頑張って築いてきた安定を揺るがそうとしているみたいに思えた。

「ねえ、授業サボってる子たちが、授業サボってどこへ行ってるか知ってる?」。終業のベルが鳴ったあと、帰る用意をしているときにミニーが訊いてきたことがあった。八年生のときだ。

「知らない」

「授業出なかったらさ、あの子たちどんなおもしろいことができるんだと思う？」

「そんなこと、どうでもよくない？」キーはそう言って、切り捨てたのだった。ミニーが成功を拒絶しているみたいに感じていたのに加えて、十四歳のキーは、自分とミニーはもうまえみたいにおなじことに関心をもっていないという事実に不安をあおられはじめていた。ミニーの頭のなかは、どんどんキー以外の人がしていることでいっぱいになり、その人たちを動機づけるものは何か、彼らはどんなルールにしたがっていて、どんなふうにそのルールを破ることができるかばかりを考えるようになっていた。やがてミニーは男の子たちに興味を示しはじめ、そして実際のところその興味は男の子たちのことだけにとどまらず、そのうちに、校門の近くでたむろしている男の子たちのことばかりを延々と話すようになった。全身黒ずくめで、どう見ても学校を中退したか落第したとしか思えない男の子たちだ。なかでもティエンという名前の男の子のことを、ミニーはキーにしきりに話した。ふたりよりも年上で、白い車に乗っていて、耳のうしろにタバコをはさんだりして、まだ話したと言えるほど話したことはないけれど、彼のことばかり考えてしまうのだと。ミニーがその子のことを話しはじめるたびに、どうしてミニーほどの賢い人間が、おそらく大学に入ることもしなかったようなどこかの不良少年に、無駄にエネルギーを注ぎこめるのかがどうしてもわからないとキーは思うのだった。キーはミニーほど男の子に興味がなかったし、校門のところでぶらぶらしている子たちとなれば、なおさらだった。その子たちがどんなに背が高かろうが、どんなにかっこよかろうが、キーにはどうでもいいことだった。そんな子たちのことは、キーにとっては自分には関係のないぼんやりしたものでしかなかった。そんなことよりも、キーは自分のことに関心があった。どうやって同級生たちに差をつけるか、どうすれば自分は特別になれるのかといったことだ。そして、ミニーがおなじものを求めているように見えないことに不安をあおられ、孤独になった。

ミニーが肩からかばんをかけて、校門のほうへゆっくりと歩きだした。「でもさ、あたしたちが、ここで赤ちゃんみたいなことを習ってるあいだ、あの子たちがどんなことをしてるかとか、考えてみたことある？」

「数学と英語はけっこうむずかしいよ」

「そういうことじゃなくってさ」ミニーはその会話でとどめの一撃を食らったみたいに、大げさに天を仰いで言った。「あたしたちがやってることよりずっといい、どんないいことをやってるんだろって？　それにどうしてあの子たちが、ティエンとつるんだりできるようになったんだろって？」

「ねえ、できるようにな、る、っ、て何？　どういう意味？　その人女王さまかなんかみたいじゃない？」

「わかんないかな」

「わからないよ。どうしてその子のことがそんなに気になるのかが理解できない。あっちはミニーの名前も知らないのに」

ミニーが一瞬、傷ついたような顔をした。

「それにさ」キーは、自分のことばが友達に刺さるのを楽しむみたいに付け加えた。「お金くれるって言われたとしても、わたしはあの子とは出かけないな」

「何とでも」

「真剣に言ってるよ」キーは言った。「あの子たち不良じゃない。人生の無駄遣いをしてるんだよ」

「そんなことどうしてあんたにわかんのさ？」

「どうしてって、ほんとのことだからだよ。学校へ行ってないんだったら、それって不良になったからじゃない。それで不良になっちゃったんなら、ドラッグをやって、ギャングになって、まともな仕事に就くことなんてなくて、それでいつか、わたしたちがお金と力を手に入れるころになっても、その子たちはやっぱり不良のままなんだよ」

「あんたさ、何にも知らない人のこと、よくそこまで知ってるみたいに言うね」キーは立ち止まり、あきれたという顔をして友達の顔を見た。

「それってどういう意味で言ってる？」

ミニーは二、三歩前へ進んでキーと距離をあけ、言わなくったってわかってるだろ、とばかりに首をかしげた。キーが立ち止まったまま、目だけで〝それで？〟と言うと、ミニーは両手をあげて、すぐにその手をだらりとおろした。

「あたしはただ、自分以外の人間のしてることに少しでも興味はないのかって言ってるだけなんだけどな」

「あるよ、もちろん」キーは守りに入って嘘を言った。

「たとえば、誰のこと？」

「知らないよ！　困らせることばかり言わないでよ」

ミニーはため息をついた。

「もちろん、ティエンが何してるかなんて、わたしにはどうでもいいことだと思ってるよ」キーは身体の前で腕組みをして言った。「その子のことばっかり、もう聞き飽きたし。ねえ、何かほかの話しない？」

いま、子供時代の自分の部屋で、大人のキーは自分が興味のあることを思いつくかぎり頭のなかに書きだし、どんなふうに好奇心がはたらいているかをたしかめた。何を言ったところで、キーはジャーナリストだ。好奇心をはたらかせて行動するプロなのだ。仕事として与えられれば、何にだって興味を持って取り組むことができる。仕事以外の場でもやっぱり好奇心は旺盛だ。チャールズ皇太子とダイアナ妃とカミラ夫人の三角関係の行方には興味があるし、結合双生児のことも、ウィジャボードのことも知りたい。ほかにも、ヘア・エクステンションのこと、クローン技術を使って絶滅したタスマニアタイガーを復活させることができるかどうか、クリスマスのこと、クローン羊のドリーのこと、「パリス・バイ・ナイト」に出演するミュージシャンのギャラはいくらなのか、木星の衛星のこと、言い間違えの心理、それから出現するたび最悪に思えるアメリカの連続殺人鬼のこと。

キーはよくこんなふうにリストアップして考えることがあるが、それは自分を励ますためだった。そうやって自分は面白みのある人間で、好奇心も充分あって、誰かの友達でいる価値があるのだと、ときにそう確信するのがむずかしいときがあっても、自分に思い出させるためだった。なぜかというと、本当のところキーはミニーを失ったことからいまだに立ちなおってなどいなかったから。ミニーが授業に出なくなり、放課後キーの家に寄ることもなくなり、キーの進む道をまるごと拒絶し、残酷なことばをナイフのようにキーに突き刺してねじこんできたとき、キーは胸がつぶれる思いがした。暴力で空白を埋めようとするみたいに、ミニーと取っ組み合いの喧嘩をする場面を思い描いた。親友なしで過ごすことになった高校でののこりの二年間、いつも家に帰る道で、胸にぽっかり空いた穴が広がっていく気がした。新しくできた友達の前では、ミニーが去っていったときのように置き去りにされるのが怖くて、分厚い仮面をかぶり、本当の気持ちや心の底に抱いている卑しい考えを隠すことにも慣れていった。こんなんじゃ、面白みがあるなんていえない。まわりへの関心だって足りてない。こんなんじゃ、賢いなんて言えない。こんなんじゃ、いい子なんて言えない。全部ミニーから始まったことだ。

もう一度、エドワーズ巡査がくれた手書きのメモのコピーに目を通す。シャロン、ケビン・トゥルン、ウー家の人々の名前を消した。キーは部屋の時計に目をやった。五時十五分前だ。自分を哀れに思いながら無為に過ごしているといつも呑みこまれてしまいそうになる息の詰まるような感覚にうんざりしながら、キーは巡査のメモをバッグに戻し、そのバッグを肩からかけて、話を聴いてもらうために警察署へ向かった。

カブラマッタ警察署は、この日も混乱していた。待合スペースにはこのまえとは別の高校生のグループが制服を着たまますわっているし、警官たちに誘導されて留置場のほうへ向かっていく、ジーンズが膝までずり落ちた敵意まるだしの白人の男がいる。それに泣きながら腰のところにまとわりつく幼児を連れた母親たちが、いらだちを募らせた窓口担当の警官と自分たちのあいだに立ちはだかる言葉の壁をなんとかして乗り越えようと頑張っている。キーは三十分待ってようやく殺風景な部屋に通され、そこでエドワーズ巡査を待つことになった。巡査はつぎつぎとかかってくる電話にじゃまされて部屋に入っては出ていくのを繰り返していたのだが、ある時点でキーに何も書いていない紙を一枚渡して、目撃した内容をそこに書くよう言ったのだが、そのあとでキーが目撃者ではなかったことを思い出し、〝あとで〟必要になったときのために持っておくように言った。

巡査がキーのことを忘れているのがわかったとき、キーは亡くなった人の遺族のコメントを取りにいくときにいつも忘れてはいけないと思っている配慮のことを考えずにはおれなかった。「ご遺族には、きみがその人たちのことをいちばんに考えていると感じてもらわないといけないんだ」。キーがまだインターンだったころに、イアンから言われたことだ。「なぜならほんとのことだからなんだ。きみの生活に何が起こっていようが、家に子供がいようが、そんなことは関係ない。ご遺族の向かいにすわったその瞬間、その人たちがきみにとっていちばん大事な人になる」

キーはそのことばをしっかりと心に留めていた。社交辞令は得意なほうではないけれど、それでも相手に気持ちよく話をしてもらうために、それまでに身につけたあらゆる知識を総動員させて臨んだ。アイコンタクトをとり、ボディランゲージを使って、相手の話をさえぎらず、沈黙があってもよしとして、隙間は相手が埋めてくれるのを待ち、額をゆがめて寄せるしわで、どれほど深くこちらが悲しんでいるかが伝わるように願っている。

「そんなことするんじゃ、いくら払ってもらったって足りないよ」。インターンシップの最後の日、自動車事故で亡くなった女性の両親に、警察より先にインタビューを取りにいった直後に、インターンシップ仲間のペニー・トラウトマンがキーに言ったことばだ。

「まだ警察と話をしていないなんて知らなくて」キーはそのときの体験で動揺したまま言った。「事故のことは警察無線の情報で知った。それでまっすぐご家族のところへ行ったんだけど」

「で、何が普通じゃないかわかってる?」ペニーが誰にも言えないような内緒話をするみたいに、身を乗りだして言った。「イアンから見れば、いちばん乗りしてコメントを取ってきたあなたは正しいことをしたってことになってるわけ。ひどい話だよ」

キーはイアンのことも、遺族訪問についても弁護したい気持ちだった。でも、そのときは、訪問先で目にした、まだ悲しみのステージを早送りで体験しているような状態だった被害者の母親のもとに、パトロールカーがやってきて縁石のところで止まったときの光景に、キーの気持ちはまだ揺さぶられていたのだった。

「組織の法則がはたらくんだよね」ペニーがキーを小突きながら言う。

キーはうなずきながらも、ジャーナリズムを離れて入っていける世界などどこにもないことはわかっていた。もうじゅうぶん成功は収めたと思えて、ほかの誰にもできないことを自分はやり遂げたと思えるまでは無理なのだ。何に夢中になれるかは自分で決められることではないし、この職業が自分の性格に合っていないのは仕方がないと、人には話していた。何度もその話をしていたので、自分でも本当のことだと思いこむようになっていた。そうではないのに。本当はほかの多くのこととおなじで、ミニーが理由なのに。

何年もまえ、キーとミニーが九年生のとき、学校がアレンジした職業適性をはかるセミナーがあり、生徒たちは事前に性格にかんするアンケートに答えた。セミナー当日、子供番組の司会のおねえさんみたいな白人の女の人が、体育の授業のまえに来て、クラスの生徒たちに大きくなったら何になりたいかと訊いた。

「お医者さん！」

「弁護士！」

「お医者さん！」

「肉屋さん！」

「ハハハ！」

「なんだよ」ミニーがひそひそと言った。「カブラマッタにいったい何人医者がいるんだよ？」

「わたしは医者になりたいと思わないな」キーが小声で言った。

「知ってるよ」

「ミニーは？」

ミニーが目の端でキーを見ながら言った。「なんであたしが一日じゅう病人と付き合いたいと思うんだよ？」

「ほんとだね。じゃあ、弁護士は？　議論が得意だもん」

ミニーが口角をくっとあげた。「馬鹿みたいなカツラをかぶるのはやだな」

「カツラって？」

「テレビで見たことない？　ほら、法廷に立つ弁護士はこんな――」

「はい、みなさん！」子供番組のおねえさんの拡大された声が、体育館のスピーカーから遅れながら響いた。「みなさんのなかには、もう将来自分がしたいことがわかっている人もいて、素晴らしいことです。今日、わたしは、みなさんにはいろいろな選択肢があることをお伝えするためにここへ来ました。もしかしたら、考えてもみなかった仕事が自分に向いているということもあるかもしれません！　もしかしたら、大学へ行く代わりに、職業教育を受けたほうがいい、ということもあるかもしれません。オーストラリアは様々な仕事で働く人が必要です。医者や弁護士から、配管工や電気技師、工事現場で作業をする人、看護師――」

生徒ひとりひとりに配られた資料には、アンケートの診断結果として強みと関心が強調されていたのだが、項目が数学、理科、英語、体育と、あまりに基本的で、キーもミニーも信じられず横目でたがいを見た。

「何このひどい――」ミニーが言い終わるまえに、子供番組のおねえさんの声がまた体育館に響いた。

「診断結果の裏側には、みなさんの強みと関心に沿った、おすすめの職業が書いてあります。さあ、いまからはグループになって――」

キーは、おすすめの職業として円のなかに書かれている職業のリストを見た。その診断シートによれば、大きな円で示されたいちばん向いている職業は、中等教育までの学校の先生で、担当教科はこれから決めるとよい、とあった。それより小さい円には、品質管理技師とある。さらにその下のもっと小さな円には、パラリーガルとあった。怒りがこみあげてきた。こんなのはキー自身ができると信じているものにふさわしい魅力的なキャリアでもなんでもないではないか。自分が世界一賢い人間でないことくらい、キーにだってわかっている。でも自分はいつだって、真面目に勉強してきたし、学校の先生よりもっと印象的な職業に向いているはずだ。だって、キーはそう教えられてきたのだから。オーストラリアで育ち、親たちの世代が持てなかった機会を全部手にすることができたなら、妥協する必要はないし、もっとできたはずだったと感じることもないし、ひとりの人間に叶えられるかぎりの最良の人生を生きていないと感じなくていいと言われてきたのだから。それに、キーの知っている人で、学校の先生やパラリーガルや品質管理技師が、刺激的で自慢できる職業だと言う人はひとりもいなかった。誰かが学校の先生をしていると聞いて、「わあ、すごいね！」とか「かっこいい！」なんて言った人は知らない。何かが本当に得意な人なら、弁護士や判事ではない法律の仕事に就くのが夢だなんて言うわけがない。品質管理技師にいたっては、それが何をする人なのか理解している人もいない。それに言ってしまえば、自慢できないような仕事に就いて、いったい何の意味がある？　アンケートの診断結果は、思いもよらないやり方で、キーの心を突き刺した。

「なんか全然一貫性もないし」キーは診断結果をミニーに見せながら言った。

ミニーは自分の資料を真剣に読んでいた。彼女が真剣に何かをしたり、そうでなくてもあんなに集中しているのを見るのは、それまでの数カ月間で初めてのことだった。

「ねえ、何て書いてる？」キーは、友達の肩越しに覗きながら尋ねた。

いちばん小さな円には保険数理士《アクチュアリー》の文字があった。もう少し大きな円のなかは弁護士だ。そして、そのふたつの円の上に浮かんだ場所に、特大の文字で書かれていたのがジャーナリストだった。

「へえ」ミニーが言った。

キーは胸のなかで火がついたような感覚を覚えたが、息を呑みこんだ。

その日の午後、キーの母がつくっておいてくれたバインクオン（ベトナムの蒸し春巻き）を食べていたとき、キーは自我《エゴ》を掻きむしって心にできたかさぶたをつまんでは剥がしつづけていた。「わたし、子供が好きでさえないのに！」キーは言った。

「ぼくのこと好きだよ」デニーがそう言い、自分が何かおもしろいことを言ったと肯定してほしいみたいに、ミニーの顔を見た。ミニーはウィンクで答えた。

「でも、それは違うんだよ」キーはフラストレーションを感じ、椅子の上ですわる位置をずらした。なんだか急に、着ている服がきつくなったみたいな気がして、それに誰も自分の言うことを理解してくれないような気がしていた。「デニーのことは好きじゃなきゃいけないの。わたしの弟だからね」

「あれはただ、おすすめってだけだよ」ミニーが飲みこみながら言った。「将来を占う水晶玉とかそんなんではない」

「でもさ、めちゃめちゃだったじゃない。それに……」キーは口をついて出そうになったことばに、皮膚がちくちくするのを感じた。「どうして、あんなナンセンスなおすすめをするのかな？　ていうか、どうしてミニーがジャーナリストなの？　アジア人はテレビにでないのに」

　ミニーが固まっているのがわかった。友達は両眉を上げてから、皿の料理ののこりを食べはじめた。

「リー・リン・チン*はどうなの？」デニーが言った。

「リー・リン・チンは、数に入らないの」キーは言った。「SBS（オーストラリアの公共放送局）なんて誰も見てないんだから。本物のチャンネルでアジア人が出てるの見たことある？」

「そうなんだけどさ」ミニーが箸で皿を叩きながら言った。「あたしんとこのグループで、あの女の人が言ったんだけど、ジャーナリストは出版物やラジオでも仕事ができるんだって。新聞や雑誌に書くんだったらあたしできるよ」

「でも、やりたいと思ってるの？」

　ミニーは肩をすくめた。「いいんじゃない？　かっこいいと思うけどな。あの女の人、ジャーナリストは権力に真実をつきつけて、汚職や不公平を暴くんだって言ってた。ジャーナリストはあちこち旅して、世界を見るんだっていうことも言ってたな。記事が出るたびにそこに自分の名前が載って、自分の書いた記事を何百万の人に読んでもらえて、それから――」

「でもあれって、正確なのかな？」キーはミニーをさえぎった。「なんかさ、ボートから降りたての移民が、本当に《アクチュアリー》っていおうとしてるみたいな？　それってあれ？　移民向けの仕事ってこと？　ああ、保険数理士《アクチュアリー》ね、これは移民用の仕事ですから、ボートでついたばかりでないなら、あなたを雇うことはできないんですよ、みたいな」

キーは自分が熱くなりすぎているのはわかっていた。目の端で、デニーがキーを見たりミニーを見たりしているのが見えた。あの子はいつも敏感にまわりの人の気分を察して、何かがおかしいときはすぐに感づく。でもまだ幼すぎて、問題の根幹が何なのかは理解していなかった。

ミニーはデニーのほうに向きなおり、あの子がおかしいのではない、と伝えていた。「そう、お姉ちゃんが嫌なことを言ってると思ってもそれはあの子が感じ取ることは全部正しくて、じつは《アクチュアリー》さ、あの女の人が言ったんだ。保険数理士《アクチュアリー》っていうのは、スーパー会計士みたいなんだって。リスクとかそういうものをうまく見つけだす人たちだって言ってたよ」

「それをミニーができるみたいに言ったんだ！」

ミニーは食べていたバインクオンから、フライドオニオンとエシャロットをつまみだしている。

「もちろん、あたしできるよ」

「うそ、できないよ。いっつもリスクのあることばっかやってるじゃん」

「そのとおり。あたし、リスクを見つけだすのが得意なんだ。だからって、それを避けなくちゃならないってことではない。わかったかな、デニー？」

米粉の生地の切れ端が、デニーの口から垂れていた。デニーは、自分には正しい答えはわからないと言うみたいに、半分肩をすくめてミニーに示した。

「ほんとばっかみたい！」キーはそう言い、持っていた箸を皿の上に投げだしたので、はねた魚醤が制服に飛び散った。

「じゃあ、そんなに深刻にとらえなきゃいいじゃん」ミニーは自分の箸をキーの皿にのばし、のこっているエシャロットをつまみとった。「あたし保険数理士になんてならないよ。退屈そうじゃん。あ

＊　インドネシア生まれのオーストラリアのキャスター、ジャーナリスト。

のおすすめだってたぶん間違ってるよ」

「深刻になりすぎてなんかないよ」

「なってるよ」

「なってない！」

「わかったよ、なってないでいいよ」

「ありがとう」キーはそう言い、主を讃《たた》えるポーズをとるみたいに、てのひらを上にして両手をあげた。

「深刻になりすぎてること以外はね」ミニーは言った。口元は歯を見せて笑ってはいたけれど、瞳は冷たく、表情を失っていた。


　ひとつの人生を総括するとしたら、あなたならどんなふうに説明するだろうか？　ある人がどんな人間だったかを、あなたならどんなふうにとらえるだろう？　その人があなたにとって何を意味し、その人が誰になりえたか、だろうか？　エドワーズ巡査がようやく、メモ帳を手にキーの向かいに腰を下ろしたとき、キーはどこから始めてよいかがわからなかった。デニーについてのリストをつぶすように、まず学校生活にかんすることから話していった。キーが知っている範囲での成績、弟がもらった賞、休憩時間やお昼休みにしていた課外活動。デニーの友達についても話した。エディ・ホーとどれほど仲良しだったか。キーが思い出せるかぎりずっと昔から、いつもふたりでボードゲームで遊び、テレビアニメをいっしょに見ていたこと。ふたりとも愛らしくて純粋でおかしかった。一般的によく使われる決まり文句のようなことばで表現した。いい子だった。いい弟だった。ハエも殺さないような子だった。

　巡査が部屋の外の騒音に気を取られながら、キーの顔を見ることなくまばらにメモを取る様子を見ながら、この警官はもう少し配慮しているフリだけでもしたらどうなのかと、キーは思った。キーが世界一の重要人物だとは思わなくても、少なくともこの人にとってまったく見えていないみたいには扱わないくらいの気遣いがほしかった。なぜなら、もし巡査がキーのほうを見て、この人はまだ傷ついている人なのだと認識していると示すだけでもしてくれていたなら、きっとキーはもっと多くのことを、もっと詳しく話していただろうから。だいたいの人はあの子のことを無口であまり言いたいこともない子だと言うだろうが、でも本当はいろんなことに意見を持っている子だった。ただ誰にでもそれを話さなかっただけだ。デニーはキーが知っているなかでいちばん繊細で敏感な人間で、どう言ったりしたりするのが正しいのかがよくわかっていなくても、何かが間違っているときにはすぐに気がつく子だった。それにあれだけ不器用で、それはないだろうと思えることばを口にすることはたびたびあったとはいえ、キーのことを深く理解しているのがわかることがたまにあって、キーは驚かされたものだとかいうことも、きっと話していただろうから。

「わたしさ、いつまでたっても変わらないんじゃないかってことが、心配なだけなんだよね」このまえ帰省したときに、キーはデニーにそう言った。そのときもまた、母娘の衝突をやらかしてしまい、そのあとで言ったのだった。「カブラから離れてるとね、わたし自分の古い皮はもう脱ぎ捨ててきた気になってる。でも、ここへ帰ってくるたびにさ……」キーは自分のまわりを指す身振りをした。弟とふたり、レッドリーのチキンチップスを買いに街へ出たときのことだ。「何にも脱いでなかったみたいに戻るんだよ。ぱちっとスイッチが切り替わるっていうか、わかるかな？　で、もとどおり、古いわたしがここにいる」

「休眠状態ってやつだ」デニーが言った。手はひげの生えていないあごを撫でている。

「そう、それ！　って……そうなのかな。昔の自分がどこまでもついてくるって怖いよ。それにそれが休眠状態でいて、しかもスイッチひとつで起きてくるんだよ。それだけで駄目な自分に逆戻りするんだよ？」

「そこまで自分のこと振り返って見られるんだからさ、姉ちゃん、変わったんだと思うよ」デニーは言った。

「そうだね」

「みんな、好むと好まざるとにかかわらず、変わってくんだ」

キーはデニーの顔を眺めながら、この子は少年の仮面の後ろに、しわくちゃのおじいさんの顔を隠してるんじゃないかと思った。

「きみは変わんないいんだよな」キーは言った。

デニーは足元を見つめながら歩いている。

「ねえ、自分では変わったと思ってる？」ひと呼吸置いて、キーが訊いた。

デニーは肩をすくめた。

「たぶん。そう思ってる」と、ようやく答える。

「どんなふうに？」

「さあね」

「医者になるのはやめにして、弁護士になりたくなったとか？」キーは弟の肋骨《ろっこつ》のあたりを小突きながら、にやっと笑って言った。

つらそうな表情がデニーの顔をよぎった。そのときは、たぶん弟はどの大学で、何を専攻するかで悩んでいるのだろうくらいに、キーは考えていた。大半の同級生たちとは違って、デニーにはどちらでも選べるという贅沢な悩みがあったはずだったから。

「そっか」キーは弟の気分をとりなそうとして言った。「わたしはラッキーだったんだな。自分のしたいことがはっきりしてたし、何を専攻すればいいかもわかってた。でも誰もがすぐに決められることじゃないもんね」

「うん……」デニーはあちこちに目をやっているが、キーの顔は見ない。

「ねえ、相談に乗ろうか？」

デニーの顔がぱっと明るくなったように見えた。

「ニューサウスウェールズ大学《UNSW》の医学部はとてもいいと思うけど、でも法律をやりたいんなら、三大学どこでもそんなに変わらないと思うよ」キーは言った。「訊いてほしかったらほかの人にも訊いてみてあげるけど？」

デニーは興味がなくなったみたいにまた肩をすくめたのだった。

「弟さんは何か言ってませんでしたか？」エドワーズ巡査の声が、キーを現実に引きもどした。「プレッシャーとかストレスに対処するために」

「どういう意味ですか？」

「このごろの子は、そういうものを使ってることが多くて。ゲートウェイドラッグに手を出すようになったら、その先どこに行きつくかなんてわかりません。弟さんは課題をこなすのに刺激薬を使っていたりはしませんでしたか？　徹夜してもだいじょうぶな薬物とかは？　あるいは、大麻の力を借りてプレッシャーを和らげるとか——」

「何のプレッシャーですか？　いったい何の話をしてるんですか？」

エドワーズ巡査がノートパッドからようやく顔をあげ、キーを見た。そして両方の眉をあげて言った。「いいですか、あなたのお話からすると、デニーはかなりのプレッシャーを抱えていたと思われます。四年連続で全教科一番の成績？　無口で、勤勉で、将来は医者になる？　本当のことにしてはできすぎですよ」

「本当のことです」

「いいですか、ミス・チャン」巡査が、ふたりを隔てるテーブルの上で両手を休めて言った。「弟さんに汚名を着せようとしているわけではないんです。ただ……」エドワーズ巡査は片方だけ肩をすくめるしぐさをした。「お話を総合するとそうなるんです」

「弟はジャンキーなんかじゃありません」キーはそう言ったものの、巡査といる時間が経つにつれ、デニーについての自信はだんだん薄れていくのだった。「あの子、どこでドラッグが買えるかも知らないのに、ましてや――」

「ミス・チャン、あなたの弟さんはカブラマッタに住んでいたんですよ」

「だから何ですか？」キーは守りに入るように言った。巡査の言うことにもたしかに一理ある。カブラマッタが、オーストラリアのヘロインの都と言われるには理由があるのだ。けれど、よそ者に、つまり自分はシドニー南西部の出身ではないと示すようにやけに引きのばした話し方で話す、そばかす顔のブロンドの人間に、自分の地元をそこに住む人々全員が、平面的で、希望がなくて、みんなおなじに見えてしまうような、印象のよくない一色の絵の具で塗りつぶされてしまうことに、キーは腹が立ったのだった。なぜなら、ドラッグの売人が、エイボン化粧品の販売員のように、一軒一軒家を訪ねてまわるわけではないのだから。ウールワースやレッドリー・チキンにキーが買い物にいく途中で、ヘロインの山につまずいたりするわけでもない。それに、そこに住む全員の生活が、ドラッグとギャングと犯罪を中心にまわっているわけでもない。カブラマッタにはそれ以上のものがあるのだ。巡査が口をひらくたび、キーは自分の弟や家族やまわりのみんなが、どんどんぺしゃんこにつぶされていく気がした。

「わかりました」エドワーズ巡査が、ぱたんとメモ帳を閉じて言った。「必要なことはお聞きしたと思います」

「もう終わりですか？」キーは言った。腕時計を見ると、話しはじめてから十五分も経っていない。

巡査はすでに立っている。「ほかに話すことがないなら、これで終わりです」

巡査は戸口で立ち止まり、キーの反応を待った。キーが何も言わなかったので、巡査は出ていった。ひとりのこされたキーは、膝に置いた手を、てのひらに爪が食いこむまでぎゅっと握りしめた。


キーは罪悪感がぬぐえなかった。頭のなかでデニーとの会話をリプレイし、新しい角度からたしかめてみる。このまえ帰省中に会ったとき、うまくいかないとかであの子はそんなに落ちこんでいただろうか？　自分があまりに無関心だったから気づきもせず、頭が固すぎて話を聴いてもいなかった？　自分の見たいものだけを見て、あの子をがっかりさせてしまった？　それこそキーが誰かにされたら嫌なことだというのに？　デニーについて巡査が言ったことが耐え難いと感じるのとおなじくらいに、本当に彼の言ったことに真実はなかったのだろうかと、キーはどうしても考えてしまうのだった。キーがデニーに大きなプレッシャーを与えていた。キーが弟に期待していたことは非現実的で不公平だった。売人の少年はたぶんおなじ学校のおなじ学年の子で、神経を落ち着かせるために何か売ってもらえないかと訊いている。キーは弟がカブラマッタ鉄道駅のそばをぶらつきながら、十代の売人に声をかける姿を想像した。弟がどんどん深みにはまり、おそらくは両親の財布から現金をくすね、代金はかならず払う、今度倍にして払うから、と売人に約束している姿まで、キーは思いうかべた。そして、自分がいなかったことが弟の人生に連鎖的に与えてしまったかもしれない影響を思った。

実家の長屋に着くと、聞こえてくる音で両親がふたりとも家のなかにいるのがわかった。台所から母が動きまわる音がするし、両親の寝室からはもの悲しい音楽が聞こえてくる。この数日間、父が夜に「パリス・バイ・ナイト」のビデオを見るのを休んでいた。だが、あのメランコリックな音楽がふたたび流れ、なぜかまえよりもいっそう悲しく響くのだった。

「もしあたしが鬱《うつ》になって、あんたを殺すようなことがあったら、この音楽のせいだからね！」。戦争による荒廃とサイゴン陥落を歌った、番組のテーマソングを父が流すたびに、母はそう言って脅かしたのだった。「あんたがかけるその惨めったらしい曲で、みんなが悲しくなるんだよ！　もうやめて！」

「でも、母さんだってベトナムに住んでたころは、『パリス・バイ・ナイト』を見てたんじゃなかったの？」デニーが以前、母が主張を通すために羽根つきのはたきでテレビの上を叩きはじめたときに言ったことがあった。

「なんとまあ《ゾイ・オイ》、馬鹿な息子だよ！」キーの母は、はたきの柄で自分の頭をコツンと叩いて言った。「『パリス・バイ・ナイト』はベトナムを出ていった人たちがつくったんだよ。戦争のあとでね。見てごらん……」母ははたきをテレビの画面に向けて振り、みんなの視界をさえぎって言った。「これがベトナムで撮ったものだと思うのかい？　オレンジ郡で撮影してるの。これはアメリカなの！　ベトナムを懐かしむ人たちのために、わざわざこんな気の滅入るくず番組をつくってるんだよ」

「母さんはベトナムが懐かしくないの？」キーは英語で尋ねた。「あんなにベトナムの話ばっかりしてるのに。ベトナムではこうだった、ベトナムではああだった、ベトナムでは――」

「過去は過去！」キーの母が英語で返した。「わたしは前を向いていく。おまえの父さんは後ろ向いて行くんだ。こんな悲しい音楽、聴いてるとおかしくなるよ。わたしあの人殺すよ！」

　そこまで母が言ったところで、父がボリュームを下げた。

　線香の残り香の漂う長屋で、幽霊のような足音を聞きながら、両親ときちんと向き合うことのできないキーは、家のなかへ入るのはやめにして、表の私道に立っていた。ただぼんやりと、時間の感覚が失われていく。これほどの疲れを感じたことはいままで一度もなかった。新聞記者として多忙を極めているときでも、今日ほどの人数を相手に話を聴きにいくことはたしかにまれだ。けれど、疲労とともに、キーは奇妙な感覚にもとらわれていた。巡査のメモをバッグから取り出し、もう一度そこに書かれた名前に目を通す。ほとんどがラッキー8の従業員だ。これ以上、さらに別の人と話す気にはとてもなれない。けれど、もしかしたらその人たちが答えを持っているかもしれないという思いがあった。デニーが殺された理由はじつはドラッグの売買がうまくいかなかった結果だったのかどうかとか、あの晩あの子が何かをやっていたように見えたかどうかとか、本当に全部キーのせいなのかどうかとか、もしかしたら話してくれるかもしれないと、思わずにはいられなかった。

キーは深く息を吸いこみ、くるりと向きを変えると、白い小型車にもう一度乗りこんだ。

7

ステージの上では、光沢のある緑色のアオザイに身を包み、髪をビーハイブスタイルに結いあげたフローラ・フインが、新郎新婦のために情感たっぷりに歌っている。バラ色の頬紅《ほおべに》をさし、キャットアイふうのアイラインを引いて、胃では精神安定剤が溶けていく。二週間近くまえの事件の日以来、ラッキー8で初めておこなわれる結婚披露パーティーだ。新婦はカップケーキみたいなドレスを着ている。新郎は借りもののタキシード姿で、新婦を抱き寄せようとしたのだが、ドレスのふくらみが邪魔をしてうまくいかない。なんとかウエストのところで引っぱり寄せて、新婦の足が浮きあがってしまった。フローラはエルヴィス・プレスリーの「ラブ・ミー・テンダー」を歌っていたのだが、曲の真ん中あたりで英語からベトナム語のカバー・バージョンに切り替えると、酔いのまわった聴衆から歓声があがった。新郎新婦の友人たちや家族がダンスフロアに出てきて、赤い顔で身体を揺すりはじめたころ、フローラは思考をさまよわせはじめる。行き先は、いまこの場所でなければどこでもいい。

歌声が自動操縦モードに入ると、彼女の意識は時をさかのぼり、ずっと過去へ、子供だった昔、記憶にあるかぎりいちばん最初の旧正月へと戻っていった。はっと目が覚めるような新しい服と、新しい靴の音。フローラの母はいつも口紅を忘れない美しい女性だった。フローラも母に連れられ、親戚が営むサロンで絹のように流れる髪を結ってもらった。母と娘でおそろいのアオザイを着て、スプレーで固めたアップの髪で、お祝いムードでにぎわうサイゴンの街を腰を左右に揺らしながら歩いた。

曲が終わり、フローラは一瞬、現在へ引きもどされる。後ろを振り返って眠そうなバンドのメンバーたちと視線を交わす。つぎの曲はライチャス・ブラザーズ・バージョンの「アンチェインド・メロディ」だ。最初のいくつかのフレーズを英語で歌い、ベトナム語に切り替える。ダンスフロアは、ラッキー8で皿洗いをしているジミー・カーターが汚れをこすり落として、すっかりきれいになっていた。フローラは無意識に胃のあたりに手をやり、ぴったりと身体に沿ったアオザイの上からぎゅっとつかんで押さえた。

フローラは目を閉じ、ふたたび意識をさまよわせる。目に浮かぶのは若かったころの兄のバオの顔だ。赤みがかった吹き出ものができ、脂ぎった皮膚に乾燥した斑点がぽつぽつとできていた、十三歳のころの兄。ベトナムで暮らした子供時代、フローラとバオの母は、バオがニキビをつぶそうと顔に手をやると、その手を叩《たた》いてやめさせた。そんなことをしたらでこぼこに痕がのこって、頰っぺたの表面が汚れのこびりついた茶碗《ちゃわん》みたいになってしまうと母は言った。そしてこういうものは、縫い針とロウソクで手当てをするものだと言って、フローラにやり方を教えた。針をロウソクの炎に通して滅菌し、その針先を皮膚に突き刺して吹き出ものの芯を出す。

「身体から毒を逃がしてやらなきゃいけない」と、フローラの母は、針で刺した自分の吹き出ものから黄色い膿《うみ》と血が出てくるのを見ながら言ったのだった。

当のバオはというと、縫い針を手にした母を絶対に寄せつけず、ニキビだらけのおでこを前髪で隠し、あごを両手で覆って逃げた。けれど顔を触れば触るほど炎症がひどくなり、やがて顔の皮膚が宣戦布告をする日がやってきて、それ以前の兄の顔がどんなだったか、フローラにも思い出せなくなってしまった。

　フローラはよく覚えているが、まるく腫れた吹き出ものがひとつ破裂するたび、妹思いだった兄からやさしさが失われていった。吹き出ものが増えるたび、兄はどんどん不機嫌になり、六歳下のフローラを自転車のハンドルバーに乗せるのも、彼女の人形遊びに付き合って人形の声や効果音を出してやることも、ラジオから流れるビートルズの曲に合わせて歌うことも、全部やめてしまった。バオが十四歳になったころには、フローラを喜ばせることへの興味はまったくなくなっていた。人形に声を当てて遊んでやる代わりに、戦争が起きているというのに、まだそんな遊びをしているのかと言いにきた。共産主義者たちがすぐそこまで来ているというのに、自分たち家族のむごたらしい死の危険がすぐそこに迫っているというのに、よくそんなことをしていられるものだと兄は言った。十五歳になるころには、バオは家のなかの他人だった。目覚めているよりも長い時間を寝て過ごし、取り憑《つ》かれたようにラジオにかじりついては、その日一日の死者数の発表を聴いていた。死者が出たのが遠く離れた場所であってもそうしていた。そのころはまだ、気分障害という概念も、その原因といわれる化学的不均衡ということばも家族の誰ひとり聞いたことがなく、戦争がもたらす潜行性のトラウマについても理解されていなかった。このころはまだ、人間の問題は仏の力で清められ、解決されるものと、人々は考えていたのだった。

　そして、バオが十六歳のとき、母親くらいの年齢の農家の女が、おくるみにくるまれた赤ん坊を抱いてフイン家を訪ねてきた。赤ん坊は生まれたばかりのようでまだ胎盤がついていてべとべとしていた。女は着ているものはぼろぼろで、ありえないくらいにごわごわに乾燥した手をしていたが、フイン家の父親のおろしたてのスーツにも、母親の完璧に紅を引いた唇にも、フローラが手にしていた新しい人形にも、まったくひるんではいなかった。女は棒のように背筋をのばし、あごは糸で空中に引っぱられているかのように、しっかりと前に出していた。そして、生まれたての赤ん坊をフローラの母の腕に押しつけると、フイン家の人々に向かって、この赤ん坊はバオの子だ、この子がいて自分たちは困っていると言った。フローラの父は赤ん坊を受けいれることを拒み、女を怒鳴りつけ、バオは役立たずの息子だが、私生児を生ませるようなことはしないと言った。けれど、バオが何も言わず、したがってそれが自分のしたことを認めたも同然だとわかると、母は腕に赤ん坊を抱いたままでその場にへたりこみ、目を泳がせていた。

女は、フイン家の人々がこの子をほしいかどうかなど知ったことではないと言い、とにかくこの子は彼らのものだと主張した。しわだらけの顔で黒ずんだ歯を見せながら、女はフイン家の人間には、女の家の名前を汚《けが》したことを知ってもらわねばならないと言った。バオが彼らの純真無垢《むく》な十代の娘をたぶらかしたということと、望まれない妊娠という汚辱は、すなわち一家がもっと南の田舎へ移ってやりなおさねばならないことを意味するというのも、知ってもらわねばならないと言った。

「あんたのとこの娘がだらしないのを、うちのせいにしてもらっちゃ困るんだ！」。フローラの父は、女が言い終わるとすぐに言った。

「おたくの息子がろくでなしなんだがね！」女が怒鳴り声で返した。

「うちはこんな馬鹿な赤ん坊はいらないんだ。街を出ていくんなら、いっしょに連れてってやればいいじゃないか！　とにかくうちはいらないんだ！」

「おたくの息子は、わたしの娘の人生をめちゃめちゃにしてくれたんだよ！」

「あんたの娘はフイン家の人間とやれてラッキーだったんだよ！」

「地獄へ落ちてしまえ！」

「嫌だね。地獄行きはあんたらだ。このくそばばあ」

「あんたらみんな呪われてしまえばいい！　百万年先まで不運を連れていきやがれ！　あんたも、あんたの母親もくそくらえだ！」

　そんなふうにして、ティエンはやってきたのだった。ティエンはよく泣く子で、ほんのたまに泣くのをやめたかと思うと、不快そうに顔をゆがめ、布おむつを汚したときは、フローラはほかでは知らない嫌なにおいがした。フローラの父はバオが百姓の娘に手を出したと人に知られるのは恥だと思い、乳母を雇わなかったので、一家は値段の高い牛乳の粉を買った。高い粉ミルクを与えてもティエンが泣きやまないとなると、フローラの父はさらに腹を立てた。そして怒りの矛先をバオに向け、どうしてこんな出来の悪い子をつくったのかと詰め寄った。ティエンが牛乳アレルギーを持っているとわかったのは、数年後、一家がオーストラリアへ渡ってからのことだった。

　ティエンが泣くたびに、フローラの父は、そんな子供は川へ捨ててしまえと言った。母が、子供の面倒は自分が見るからと言ってとりなしたあとでさえ、父は一家に着せられた汚名はなんとしても拭い去らねばならないと言いつづけた。ひどいときには、バオとティエンは悪魔だとほのめかし、ふたりとも溺れさせられ、焼かれ、生き埋めにされてしまわねばならないとまで言いだした。

「やめてちょうだい、ロン」フローラの母は言ったが、その声は弱く、ことばを吐き出すだけの空気を肺からあつめてくることもできないみたいに思われた。「わたしたちの孫ですよ」

「あんなのを孫にするくらいなら、共産主義者と寝たほうがましだ！」

　フローラは、ほかの何よりも両親を敬うよう躾《しつ》けられてはいたけれど、自分の父親がバオかティエンの話をするのを聞くといつもたじろいだ。だからといって、部屋を出ていけば失礼だとか、敬意を欠いているとか思われるのが怖くて、出ていくことができない。だから、父のことばに揺さぶられても、昔の兄のやさしさが忘れられず、兄をかばいたいと思っても、ことばを呑みこみ、平静を装ってその場にいた。

ラッキー8では、結婚披露パーティーが続いていて、人々はフローラの歌に合わせてスローなダンスを踊っている。けれどフローラの心は前日へと飛んでいった。本当は今日歌う予定ではなかった。じつは、自分がまたステージに立って歌うことができるかどうか、たしかめるためにちょっと寄ってみただけだった。ワックスで磨かれたダンスフロアを見たとき、肌に悪寒が走り、息が浅くなった。心拍数もきっと増加していたことだろう。

「いいですか、ミス・フローラ、そんなに早く仕事に復帰してもらえるとは、みんな思ってませんから」お茶を運んできてくれたジミー・カーターが、ベトナム語でそう言った。ジミーはフローラよりも五歳上で、背中が少し曲がり、海賊に襲われたせいで足を引きずっている。それに手は革のように硬い。でも、顔つきは穏やかで、あけっぴろげで、気持ちは読み取りやすい。「ぼくたちの誰も、そうすぐに仕事に戻れるとは誰も思ってないんです」

「じゃあ、どうしてあなたは戻ってきたの？」

「それは、忘れるには、忙しくしてるのがいちばんだから」

「そう、じゃあわたしもおなじね」フローラは言った。

「震えてるじゃないですか」

「いいえ、わたし……」フローラは言いかけたが、手はたしかに震えていたし、口は渇いていた。チカチカと目の前に星が見える。フローラは客席にすわった。ラッキー8には、大きな円卓がいくつもあり、ひとつひとつに白いテーブルクロスがかけられ、白鳥の形に折ったナプキンで飾りつけされている。

「ミス・フローラ」ジミーが言った。「もっと休みが必要なら、タン店長に言えばわかってくれますよ。明日のことなら、別のウェディングシンガーを手配することもできますし――」

「いいえ、わたしはだいじょうぶ」フローラは言った。自分を落ち着かせるための説明を考え、心にとめる。「明日は仕事に戻れます。だいじょうぶです」

いま、彼女は歌いながら、キッチンから出てきたジミーの姿に目をとめる。彼のエプロンが、キッチンの洗いもので汚れた水で濡《ぬ》れている。彼が店内をさっと見渡し、ステージを確認する。そして、フローラを見てほっとした表情を浮かべる。彼女がそこにいるのをたしかめ、安心したようだ。あるいは、もしかしたら、それが彼女の望みだったかもしれない。生バンドがフランク・シナトラ・バージョンの「フライ・ミー・トゥー・ザ・ムーン」を演奏している。フローラの意識はまた身体を離れていく。いま向かっていくのは、数カ月前のリバプール病院の透析病棟だ。そこに、肝斑《かんぱん》ができ、しだいに耄碌《もうろく》していく父がすわり、機械で血液をきれいにしている。「ベトナムじゃみんな、おまえみたいなのを何て呼ぶか知ってるか？」父がすわっている椅子から、ほかのベトナム人の患者に聞こえるように大きな声で言う。「おまえみたいなのを呼ぶことばは、ベトナムにはないんだよ！　女だぞ！　三十五歳！　年が行きすぎだ！　夫がいない！　おまえは何とも呼ばれないんだ！　恥ずかしすぎる！　ことばがない、全然ない！」

だが、彼女の父が並べたてたなかで、正しいのはひとつだけだった。フローラは三十四歳だ。それに彼女には求婚者がいる。彼女に問題をもたらすのではなく、忘れることを助けてくれる、めったに出会うことのできないまれなひとりだ。その人は彼女に今日はどんな日だったかと尋ね、彼女が言わねばならないことにたいして、本当の気づかいをしてくれる男だ。彼女の夢と目標を知りたいと思い、彼女がそれらを追い求めることを応援してくれる男。職場の同僚であり、彼女にお茶を運び、皿洗いの汚れたエプロン姿でフロアから、彼女が歌う姿を見ている。けれど最近になって、ジミーが北ベトナム出身であることを、フローラは知った。つまりそれは、父によれば良くて共産主義者のシンパであり、悪ければ共産主義者だということを意味する。どちらでも駄目だ。フローラはまだノーを伝えていない。

フローラの父は、娘の状況をなんとかしてやろうと手を尽くしていた。見合いの相手を探してきては、写真を交換してたがいを引き合わせようとした。四十代から五十代のベトナム人男性なら彼女と会おうとは言ってくれたが、みんな、どうしてこんな色白で器量の悪くない女性がこんな年まで独身でいるのかと不思議がった。

「みんなおまえのことは悪くないと言うんだ」フローラの父は、糖尿病の足にできた胼胝《たこ》をやすりで削るのをフローラが手伝っているときに、自分に相槌《あいづち》を打つみたいに言った。「見た目はまあまあだし、太ってないのもいいと言うんだがな……」そこまで言ったところで、父は数十年、容赦《ようしゃ》ないストレスにさらされた（ベトナムの新経済区での十二カ月、マレーシアの難民キャンプでの二年、再定住が認められる直前の妻の死、精神を病んでしまった息子、歓迎したくない孫、嫁に行かない娘）せいで、年齢以上にしわが増え、プルーンみたいになった顔を同情するような表情にゆがめて言った。

「みんなおまえが、ああいう仕事をしてるから、きちんとした娘じゃないんじゃないかと心配するんだ。ウェディングシンガーなんて言うと身持ちが悪そうに聞こえるんだなあ」

　転職を考えたことはあった。けれど、フローラは高校卒業資格を持っていなかったし、英語はブロークンなままだ。彼女が応募できる仕事はどれも賃金が安すぎる。それだけではなく、本人はステージで歌っているときが好きなのだ。歌うことが好きだったし、歌いながら心が自由になってさまよいだすあの感じ、いまこの場所を離れて、記憶のひだのあいだに隠れたお気に入りの場所に潜りこめる、あの感覚が好きなのだ。本当に好きだったから、ラッキー8に結婚披露パーティーがない日も、彼女は店で歌った。レストランのオーナーは、平日の夜はバンドの生演奏がない代わりに録音の伴奏を流して、ディスカウント料金で歌わせてくれた。

　フローラの父は娘の結婚をあきらめてはいなかった。だから、まだ独身でいることを叱責しない日には、どんどん話を進めようとした。「今度のは違うぞ！」父は透析中の椅子から言った。ある春の日のことだ。「今度のはおまえにぴったりだ。ポーキーの甥《おい》っ子だよ」

　フローラはポーキーの名前を聞くのは初めてだったが、その人も父と同様、週に二回リバプール病院で透析を受けている患者らしかった。豚肉《ポーキー》みたいと呼ばれているのはどうやら身体の特徴かららしい。「ベトナムではな」父はこんなふうに言うのが好きだった。「ああいう見た目になるのは、すごい金持ちだけなんだ」。フローラの目はポーキーの指ばかりを見てしまう。ソーセージそっくりだ。

「わかりましたよ」フローラは、透析の機器が音を立てるそばで、椅子を引いて父に近づいた。

「今度のは違うぞ！」父は針を刺していないほうの手でフローラの手首をつかんだ。「ポーキー、娘に言ってやってくれないか」

　透析用の椅子でうとうとしていたポーキーが、はっと目を覚ました。

「こんにちは、ポーキーおじさん」フローラは言いながら、その男の腕から、まるまる太った手の先と、その下のぽっこり出た腹に視線を走らせた。

「何だ？　誰か呼んだか？　おや、美人さんがいるじゃないか」

「ポーキー」フローラの父が言いながら、ふたりとも機械につながれて動けないのに、あいているほうの手で自分の近くへ呼び寄せるような身振りをした。「あんたんとこの甥っ子のことだよ。話してやってくれないか」

　フローラは、ハンドバッグからオレンジをひとつ取り出し、皮を剝《む》きはじめた。

「ああ、うちの甥のことか。あれはいい子だ。学生だったな、たしか。写真がある。わしの財布を取ってくれますかね？」

　ポーキーは自分の側の木製テーブルに載っている革の剝げた財布を指した。

「わたし手がべとべとで」フローラは言った。

「なら、ことばどおりに取ってくれたらいい。ハンサムボーイだぞ。とってもいいやつだ。きっとあなたも好きになる。いい旦那になるぞ」

「ポーキーとも似てないしな！」フローラの父が言った。「痩せてるんだ！」

ポーキーは肩をすくめた。

「で、ほかに何がある、ポーキー？　こいつに話してやってくださいよ」

「もちろん。あなたのことを甥に話しましたよ。結婚相手を探しているそうだが、そう簡単にはー
ー」

フローラは椅子の上ですわる位置をずらした。その場にいるのが、ベトナム語のわからない、中国語を話すいつもの患者と、ギリシャ系の高齢女性ひとりだけでよかったと思った。

「誰のことも期待させすぎちゃいけないと思いましてね、わかるでしょう？　だから、甥には全部話したんですよ。あなたが三十六歳で――」

「三十五歳です」フローラの父が訂正した。

「わたし三十四歳です」

「そうか、それならあいつにはうれしい驚きですな。とにかく、甥にはあなたが三十六歳だと言ったんです。太ってなくて、とても色が白くて、お父さんの世話をよく見ていて、料理ができて、結婚式で歌っていると。でも、とてもいい娘さんだと、あいつには念を押しておきましたよ」

ポーキーの甥とのデートの日、たしかにその人は痩せていて、見る角度によってはハンサムと言えるかもしれないとフローラは思ったが、彼には歯がなかった。口をひらくと、歯茎の上に大臼歯が数本のこっているだけで、口が暗い穴みたいに見えるし、話すたびに上下の唇がぶつかりあって音がした。それに、この男が彼女の職業を気にしないのは、オーストラリアには短期ビザで滞在中で、永住権を得るために配偶者を探していたからだということも判明した。フローラが何を生業にしているかとか、どんな人であるかとか、人生に何を求めているかとかは、何も関係なかった。フローラはオー

ストラリア市民権保持者であり、つまりそれはフローラがポーキーの甥にとってこの国にいつづけるためのチケットだというだけのことだった。

フローラは考えさせてほしいと言った。父をがっかりさせたくはなかった。けれど、家族のために何もかもあきらめてきたあとで、さらに妥協をしなくてはならないのだと思うと、これでよいのだろうかという思いが頭をもたげてくるのだった。こんな不運ばかりの人生が、運命なのだろうか？　いつかもっと明るい光が射す日がくるという希望はないのだろうか？

フローラが考えている期間があまりに長くなったので、そのあいだにポーキーの甥はほかの誰かと結婚してしまった。フローラの父は、せっかく手にしたチャンスを無駄にしたと彼女を責めた。けれど、フローラは心の内でこれほど安堵《あんど》したことはなかった。もしかしたら希望はあるのかもしれない。

ステージに意識が戻ると、マイクを握る手にべとつきを感じながらフローラは歌いつづけた。ダンスフロアではパーティーの客が踊っている。彼女の心は歯のない男の記憶から、今度はサイゴンでの怠惰な一日へとさまよっていった。あの日彼女がコオロギをつぶそうとするのを、バオが止めた。「こいつらは、友達なんだ！」当時十歳のバオは、フローラと虫のあいだに割って入り、うっかり踏みつぶしてしまいそうになりながら「見てごらん」と言った。そして触角を触るとコオロギが跳ぶのを見せながら、コオロギはゴキブリとは違うのだとフローラに説明した。ゴキブリは汚い虫で、汚れた家に引き寄せられる。コオロギは仲良しの隣人みたいな虫で、清潔にしている家にしか寄りつかないのだと言ったのだった。

フローラは歌った。そして彼女はいま、よちよち歩きをしはじめたころのティエンを見ていた。ティエンとはそんなに年が離れているわけではない。彼女もまだ子供だった。けれど、ティエンが自分のことを、もっと大きくて、もっと年上で、もっと賢い人だと思ってるみたいに、小さな両手をのばしてくる姿を忘れることはなかった。ティエンの顔にひろがるはちきれんばかりの喜びを、彼女は覚えていた。彼女の指をぎゅっと握り、それからその手を放し、綱渡りするみたいに歩きだすあの子の、くすくす、キャッキャと笑う声を彼女は覚えていた。

彼女は歌った。そして今度はオーストラリアにいた。バオが初めて刑務所に入り、まだ十二歳だったティエンが、彼女の財布からお金を盗んだ。彼女は現場を押さえたが、ティエンは嘘《うそ》をついた。問い詰めると、二十ドル札はズボンのポケットのなかにあり、ティエンは股間をさすって見せながら、いまこれがほしいのかとフローラに言い返した。

彼女は歌った。クッキーの缶に入れ、ベッドの下に隠してあったまる一年分の貯金が消えていた。大切に、小袋に収めて箱に入れ、おなじ缶に入れてあった母の形見の金の指輪も無くなっていた。家賃や光燃費の支払いに必要な小切手帳もなくなっていた。ティエンが弟のウィリアムといっしょに使っている部屋を調べたが、ティエンはいなくなっていた。

彼女は歌った。そしてティエンの姿を思い出す。夏のあいだにぐんと背がのび、上から見下ろすように立つティエンが、彼女を壁に押しつけた。長屋の前に停めている、高さのあるリアスポイラーのついた白いホンダ車のことで口論になったときのことだ。あの車は自分で買ったのか、そんな金があったのか、盗んできたのではないのか、と彼女はティエンを問い詰めた。ティエンの目から光が消えた。まるでスイッチを切ったみたいに暗くなり、もう家には誰もいないみたいに、若者はわがもの顔でふるまった。この子に殺されるかもしれない、とフローラは思った。なぜこんなにも確信を持ってそんなことが言えるのかは説明できなかったが、でもフローラにはわかった。あのときあわててトイレに駆けこみ、なかから鍵をかけていなければ、あの子は自分を殺していたかもしれない。手の施しようがなくなるところまで、きっとやめなかったはずだと、フローラにはわかった。

彼女は歌った。そして自分たちの家族の姿を見ていた。フイン一家がマレーシアの難民キャンプでテント暮らしをしている。母はがんを患い骨と皮ばかりになっていた。母の肺に見つかったがんは、卵巣に、背骨に転移していた。最期の喘《あえ》ぎ。無駄に終わった母の最後の一息。そして、妻が逝ってしまったと気づいた瞬間に、フローラの父が爆発させた暴力を、フローラは忘れない。何度も何度も、父はバオを蹴りつけた。バオはやり返すことなく、身を隠そうともしなかった。暴行を受けたあとは何日も、バオは血尿を出していた。十歳にもならないティエンが見ていたことを、フローラは忘れない。フローラが見ている様子を、ティエンがどんなふうに見ていたか。ティエンと目が合い、世界が彼らを失望させるやり方に、彼らがたがいを失望させるやり方に、彼らの心が傷ついた。

　彼女は歌った。そしていま、目に浮かぶのは男の口の黒い穴だ。プロポーズをされて、身体の芯が冷たくなった。

　彼女は歌った。そして、ジミー・カーターとの語らいを思い出す。ふたりで飲むお茶。職業訓練《TAF》学校《E》へいっしょに行こうとジミーが言う。英語も上達するし、修了証を取得すれば、彼女は音楽を教えられるし、彼は配管工として働ける。何だってひとりでやるのは大変だけど、分かち合える誰かがいれば楽になるよと励ましてくれたとき、フローラを見ていた彼の瞳。

　彼女は歌った。ワックスで磨かれたダンスフロア。少年の死体。ごぼごぼという音。直視できない記憶をすり抜け、記憶のひだをたぐり、隠れ場所を探す。

　彼女は歌った。そして現れたのは何人もの男たち。デートをしても、疑り深く、無関心で、彼女が自分を見ていないと思うと顔をしかめる男たち。そしてまた、歯のないあの男が現れる。その顔が形を変えて、歯のある男の顔になる。ジミーだ。皮膚が乾燥して分厚く、脚を引きずって歩く男。見た目があまりに平凡で、だから彼女は落ち着くと思う。彼女のことが好き、いや彼女を愛している男。けれど、その人から彼女は離れていかねばならない。なぜなら家族が絶対に受けいれない相手だから。

　彼女は歌った。そして、あれはティエンだったのか？　友達といっしょで、あの子の父親とおなじくらいに髪を長くのばし、頭のてっぺんから足の先まで黒ずくめで、腕を痩せた若い女の肩にまわしているのがティエン？　彼はもう大人の男だ。最後に彼の姿を見たのは、何度もしているように家に押し入ってきたときだったが、このときはいつもと逆で、分厚い札束をウィリアムにと、金を持ち出すのではなく置いていった。出ていくティエンを外まで追いかけ、見えたのは後ろ姿だけだったが、もしや彼女の若い甥に何かをしようとしているのではないか、彼らの子供部屋から若者をギャングに引きこもうとやってきたのではないかと、フローラは心配した。ラッキー8にいたあの男がティエンだとしたら、彼女の記憶にあるよりも、ティエンの顔の窪《くぼ》みは深くなり、目はもっと曇って焦点を失い、頬が痩せこけ頬骨の高さが強調されていた。あれはあの子だったのか？　彼女の記憶は正しいのだろうか？　彼女はそのとき歌っていた。ちょうどいまとおなじように歌っていた。バックバンドの演奏を聴きながら、スツールに腰かけて、ティエンが友人たちと騒々しく、うるさく注文をつけながら、入ってくるのを見ていた。彼らが注文するのを見ていた。彼が痩せた女の肩にまだ腕をまわそうとしているのを見ていた。女は彼を押し返し、何かことばを吐いたが聞こえない。女は腕組みをして、彼に背を向ける。フローラが見ているうちに、ティエンも彼女のほうを見た。そのとき、彼の目つきが変わった。フローラだと気づいた？　彼は彼女のことを見た？　彼はフローラがラッキー8で働いていると知っていた？　彼女は歌いつづけた。いま歌っているのとおなじように。フローラの目は甥を見ていた。甥の前髪がカーテンのように顔にかかる。ウィリアムの顔にかかるのとおなじように。バオの顔にかかるのとおなじように、そして彼女はどうして自分は、最近もずっと昔の記憶をたどってみても、ひとかけらのやさしさも見せてくれない人たちを守ろうとする自分自身の本能から離れられないのだろうと思った。

　フローラがさらに時をさかのぼっていこうとしたころ、お祝いのスピーチの時間がきて、バンドの演奏が徐々に止み、人々が席に戻っていった。そして、宴会場の後ろのほう、花のアーチのすぐそばに、若い女の姿が目に入った。数日前、警察署で会った、縁なし眼鏡をかけたあの女だ。

フローラは歌を終えた。聴衆が拍手を送る。彼女の耳の内側では、ぼろぼろになった彼女の心臓の鼓動だけが響いていた。

三日前、フローラは警察署にいた。手は震え、胃はひっくり返り、吹き出す汗で髪はべとついていた。

「わたしの甥です」。十代の少年たちのグループと壁際にすわっていた十三歳の少年を指さして、彼女は言った。「ウィリアムは絶対に悪いことしない。ウィリアムはいい子。あの子が何をする?」

この日はもう一日じゅう汗をかいていたが、警察署のなかはひどく蒸し暑く、人々の体臭で気分が悪くなってきた。彼女は腹の柔らかいところに手を当ててつかみ、吐きそうになるのをこらえた。

カウンターの後ろにいる愛想のない女性警官がフローラの目の下のくまのあたりをじろじろと見て、何か言ったがフローラはよくわからない。

「宝くじ《ロッタリー》って言ったの?」フローラは甥に訳してもらおうと振り返った。少年は顔をあげず、額と頬で炎症を起こしているニキビの上に、長い髪がかかったままだ。

「徘・徊《ロイターリング》です」警官が言った。フローラは何度も感じたことのあるフラストレーションを感じた。世界が彼女をからかっているような感じとでもいうのか、ご丁寧に音節を切ってゆっくり発音してくれる余裕があるのなら、最初から意味を説明してくれればいいのではないか?

「おばさん」。いつからそこにいたのか、縁なしの眼鏡をかけた若い女がベトナム語で声をかけてきた。「徘徊《はいかい》っていうのは――」

「じゃあ、この子はドラッグを売ってて捕まったわけではないのね?」フローラは尋ねた。母国語でなら言いたいことが言えて、尊厳が保たれる。

警察署の通訳官らしきその若い女は、混乱気味な様子で答えた。「わかりません」そして、フローラが手に持っていた、ウィリアムを連れて帰るまえにサインをしなくてはならない書類を見ながら言った。「そこには、徘徊とだけ書いていますね」

フローラは目を固く閉じた。シャツの腋《わき》の下に汗がにじんでいくのがわかる。ラッキー8のワックスで磨かれたダンスフロアの光景が、瞼《まぶた》の裏によみがえる。レストランの客たちが静かになり、スピーカーから流れる音楽と、苦しそうな、ごぼごぼと音を立てる少年の息だけが聞こえるなかで、自分ののど元にあがってきた長すぎるげっぷを思い出す。

フローラが目をあけると、若い女が彼女を見ていた。フローラも見つめ返すが、女の目がぼやけて見えるのが、分厚い眼鏡のせいなのか、それとも自分の目の焦点が合わないからなのかがわからない。女の眼鏡をはずしたい。顔をつかんでもっと引き寄せ、フローラがこれからすることをもっとよく見てもらいたい。自分は赤の他人におばさんよばわりされるほど年を取ってはいないし、もしも年齢よりも老けて見えるとしたら、それは背負っている荷の重さのせいだと説明したかったが、こんな瓶底眼鏡をかけた若い女に説明したところでわかるのか？　疲れることばかりの毎日の目覚めているあいだのすべての時間に、彼女の肩に載っているものが、はたしてこの女に見えるだろうか？　けれどフローラは何か言う代わりに、口だけで浅い息を吸い、ウィリアムを連れて帰るためのサインをした。理解しましたと示すためのボックスにチェックを入れ、のこりは通訳官に助けてもらえるよう頼んだ。

建物の外に出ると、フローラは膝に両手をついて、脚のあいだに頭をうずめた。

「おばさん」ウィリアムが指一本でフローラの肩をつつきながら、英語で言った。「だいじょうぶ？」

フローラは目を閉じていた。瞼の裏にはワックスで磨かれたダンスフロアが浮かんでいた。耳にはごぼごぼという音の混じった呼吸の音が聞こえている。彼女は片手をあげて、もう少しだけ待って、とウィリアムに伝えた。

ふたりで歩きだしたとき、フローラは甥に、おじいさんには警察署のことを一言も言わないように釘《くぎ》をさした。「おじいさんは肝臓の病気もあるし、血糖値の問題もあるの。もし話したりしたら、きっと心臓発作を起こしてしまうでしょうよ。わかった？」

ウィリアムはうなずいたが、目はこすって傷のついた黒い靴を見ていた。

たぶん、ウィリアムがいい子だと言ったのは嘘ではない。フローラが知るかぎり、この子はドラッグを使っても売ってもいない。ギャングに加わってもいない。人を殺してもいない。けれど、彼も正しいことをするのが困難な男たちの系統だ。暴力と抑制のきかない怒りを空気のようにあたりまえにまとっている男たちの家系に生まれた子だ。フローラは自分の甥が、父親のバオのように、あるいはもっとひどければ兄のティエンのようになってしまうのではないかと心配していた。家の一区画手前で、フローラは立ち止まり、甥に向き合った。そして目に涙をためて、こう訊いた。「ドラッグを売ってるの？」

ウィリアムはようやく顔を上げたが、その顔には怒りと敵意が表れていた。以前はすべすべで梨の実のように色つやのよかった彼の肌は、この六カ月のあいだに赤く炎症を起こし、でこぼこになり、バオとおなじようになっていた。

カブラマッタの通りでウィリアムと向き合い、フローラはウィリアムの目に、彼の頬骨の形に、くっきりとした上唇のしわに、バオとティエンの姿を見ていた。

「どうしてみんなおれがドラッグを売ってるって思うんだよ？」ウィリアムが言った。震える声は、まぎれもなく彼のものだ。「売っててほしいわけ？」

「じゃあ、どうして宝くじ《ロッタリー》する？」

「徘徊《ロイターリング》だよ！」

「何だっていいの！」

「おばさんはおれがティエンみたいになってほしいの？」

フローラは心臓がのどまで上がってきた気がした。ウィリアムは自分の兄がしたことを知っているのだろうか？　ドラッグだけじゃない。ギャングだけじゃない。フローラは自分が見たことを誰にも話していなかった。あの高校生が殺された夜、ラッキー8へ警察が来て事情を聴かれたときでさえ、彼女は嘘をついた。自分は控室にいて、何も見ていないと言った。いまでも目を閉じれば瞼の裏に浮かぶのは、あのときの光景ばかりだというのに。ワックスで磨かれたダンスフロア、少年の身体、あふれる血を通って出ようとする息の音、ラッキー8のスピーカーシステムから流れ出る騒々しい音楽。

「ティエンみたいになってほしいからじゃないのかよ」ウィリアムの言い分は続いていた。「ドラッグを売ってましたって言わなかったら、おばさん、うれしくないみたいじゃないかよ」

「もしあなたがドラッグを売ってたりしたら、わたしうれしくない――」

「じゃあ、どうして何回も訊くんだよ？　やってないって言ってんだろ！」

「じゃあどうして宝くじ《ロッタリー》――」

「おれたちちょっと街でぶらぶらしてただけだよ、いい？　ほかに行くとこなんてどこにある？　ここらへんじゃべつにすることもないし、どこへ行くこともできないんだよ。だから友達とカブラ駅の近くをぶらぶらしてて、そしたら警察が来て連れてかれただけなんだ。ひどい兄ちゃん《アン・ハイ》だよ。どんなだかわかるだろ！」

フローラは肩をすくめた。おなじ言い訳をバオとティエンから何度聞いただろう。彼らが仕事を首になったときも、警察に逮捕されたときも、彼らが非を認めることは決してない。いつだって悪いのはひどい兄ちゃん《アン・ハイ》だよ、どんなだかわかるだろ。

「じゃあ、兄さんが刑務所へ入ったのはアン・ハイのせいなの？」フローラは何年もまえにバオに訊いたことがあった。セキュリティレベルの低い刑務所に、二度目に収監されたあとのことだ。「他人《ひと》さまの車をこじあけて捕まったのは、アン・ハイのせいなの？」

「あの車はドアがロックされてなかったんだ」バオが言った。「こじあけてなんかいないんだ。罪状はもっと軽くていいはずなのに、ひどいアン・ハイだよ、どんなだかわかるだろ」

「どっちにしたって、どうして他人さまの車を荒らしたりしたの?!」

「ヘロインは金がかかんだよ！」

「それで、それもアン・ハイのせいってこと？」

その会話をしていたとき、バオはフローラのソファに寝ていた。血色が悪く、髪は脂ぎって、頭皮に貼りつけたみたいに見えた。フローラが話しているあいだ、兄はこめかみをぼりぼり掻《か》いて、放っておくと皮膚を掻き破るのではないかと思えた。

「やめなさいよ」フローラは言い、母が昔していたように、兄の手を叩いて顔から離させた。自分より年上の兄には、もっとしっかりしてほしいのに、そうでないことが腹立たしかった。ティーンエイジャーになったときに彼を支配した苦悩が、ただ彼を食いつくし、自分の殻に閉じこもらせてしまったことが腹立たしかった。そしてもう自分が彼の妹のように感じられないことが腹立たしかった。

「いまはもっとひどい」バオが言った。

「知ってる」

「おれが何の話をしてるかわかってんのかよ」

「じゃあ言ってよ」

「言ったってわからんよ」

「ウィリアムに兄さんのこと訊かれたよ」フローラは、兄に自己憐憫《れんびん》から抜けだしてくれることを期待してそう言った。どんなに気持ちが荒れていようが、兄にはまだ自分がそこにいなければならない責任があることを思い出してほしいと彼女は願っていた。彼女自身が、気が進まないときも、苦痛を感じるときでも、自分の望む人生を犠牲にしなくてはならないときも、家族のためにしてきたのとおなじように、兄にも出てきてほしかった。ベトナムで農家の娘に産ませたティエンのほかに、バオにはオーストラリアへ移住して間もなくソフィアという女とのあいだにできた子がいて、それがウィリアムだ。ソフィアはバオにヘロインを教えたが、親になることには興味がなく、出産から数カ月後には彼らの前から姿を消した。それ以来、ウィリアムの世話はフローラがしてきた。

「わたしもう疲れたよ、兄さん」フローラは、バオが自分と世界を隔てる幕を下ろすみたいに髪を顔の前に下ろしたときにそう言った。

「すまない」

バオがソファの上で身体を前後に揺らしはじめる。

「もう出所したんだから。兄さんは自由なの。仕事だってできる。ウィリアムの父親だってできる。遅すぎてなんかいないよ」

バオは身体を揺らしつづけていた。数週間後、バオはドラッグと暴行の罪でまた刑務所に入った。

ウィリアムと公営住宅の自宅へ戻り、部屋の黴臭《かびくさ》さにフローラは顔をしかめる。ソファでは、父親が骨と筋ばかりになった身体を沈みこませ、口を半開きにして眠っている。上の入れ歯が歯茎からはずれて、口のなかで浮いているように見える。

「じいちゃん、死んでる？」ウィリアムが言った。

「お父さん！」フローラはベトナム語で呼びかけた。父が聞いて理解するただひとつの言語だ。

フローラの父は咳《せ》きこみながら起き上がったので、入れ歯が外に押し出され、唇にひっかかり、それを指で押しもどした。

「おお、帰ってきたか！」父はウィリアムに手招きして、そばにすわれとうながした。

十代の孫は、気が進まなさそうにソファにすわった。フローラの父は、ウィリアムの膝をパチンと叩くと、元気にやっているか、もう大学へは行ったのか、マイホームの頭金は貯めているのかと訊いた。

「まだ八年生だよ」ウィリアムが英語で答えた。

「ベトナム語で言って」フローラはそう言って、台所へ立った。

ウィリアムは祖父との会話に苦労しているようだった。彼のベトナム語は、ひとつひとつ考えながら単語を置いているようで、ときどき語順が違ったり、抑揚を間違えたりしながら話している。以前はフローラがいちいち訂正していたけれど、彼女が頑張ったところで、返ってくるのはうめき声だったり、何でもいいと言い返されるのでやめてしまった。

「ちゃんとしたベトナム語を覚えるのは大事なの！」フローラは、ウィリアムが初めて言い返してきたときに言った。

「でもどうして?」ウィリアムは英語で訊き返してきた。九歳のときだ。「おれらみんなオージーじゃないか。みんな英語をしゃべるんだよ」

フローラは、早口のベトナム語で言った。「あんたたちはオーストラリア人かもしれないけど、わたしは違うの」

幼い少年は、戸惑いの目つきで彼女を見た。「おばさんだってオーストラリアに住んでるじゃないか。オーストラリア人だよ。おれとおなじ」

フローラはことばが見つからなかった。オーストラリア市民になって何年も経つし、すでにしっかりとカブラマッタに根づいた生活をしている。けれど、自分のことをオーストラリア人とは思っていない。それを説明できることばが、どの言語でも見つけられなかった。漠然とではあるけれど、ときどき、だいたいは洗い物を片づけているとか、胼胝をやすりで削っているとか無心でなにかをしているときに、ふと輪郭がつかめたような気がするのは、こういうことだ。オーストラリア人になるということは、オーストラリアに属しているということではないのだろうか？　そして、属するということは、こんな状態よりもっといい感じがするものではなかったか？

「あなたは自分のルーツを忘れてはいけないの！」フローラはまだ小さいウィリアムに向かって言った。

「何でもいいや」

それから一年も経たないうちに、ウィリアムのベトナム語はもっとひどくなり、完全な文章で答えを返してもらおうとするなら英語で問いかけねばならなくなった。

ウィリアムは彼女の父といっしょにソファに沈みこんでいる。父はテレビのチャンネルを切り替え、クイズ番組の「ザ・プライス・イズ・ライト」で手を止めた。フローラはダッフルバッグを持ち上げて揺らし、年若い甥の注意を引いた。彼女の頭のなかでは完璧なベトナム語で、ウィリアムに夕飯は冷蔵庫にあると言い、彼女はとても疲れていて休まなくてはいけないから、今夜は家でおとなしくして、友達を泊めたりもしないようにと注意した。家族のために嘘をついたことに大きな罪悪感を抱いていたし、もうこれ以上嘘は言いたくなかった。人間の魂が、崩れないで背負える重さは限られている。

英語にすると、フローラのことばはこうなった。「ご飯冷蔵庫に入れた。あなたどこへも行かない、いいね？」

フローラがステージから降り、バンドが生演奏を終えて「パリス・バイ・ナイト」のCDを流して、パーティーのお開きの時間を知らせるころには、その若い女はフローラの控室の外で彼女を待っていた。フローラはその女に見覚えがあった。たしか数日前も、おなじボタンダウンのシャツを着て、おなじグレーのズボンを穿《は》いていた。そして、不必要に年を取って見える縁なしの眼鏡のことも思い出した。だが、女のほうは、濃い化粧でフローラのことに気がついていないようだ。

「警察のかたですか？」フローラはベトナム語で尋ねた。脈が速くなっている。医者の話では、あの精神安定剤の効き目は六時間続くということだった。まだ四時間しか経っていない。

「あ、いえ、違います」女はキー・チャンという者だと自己紹介した。

「でも、わたし月曜日にお見かけしましたよ。警察署にいたでしょう」

キーは混乱した様子でフローラを見た。

「ロッ・ター・リー」フローラは英語で言った。

それで思い出したキーの顔が明るくなった。「ああ、あのときの！　まえにどこかでお会いした気がするのも当然ですね。わたし全然気がつきませんでした、あなたの——」キーは自分の手を頭と顔へやり、フローラのビーハイブスタイルの髪とメイクをした顔のことだと伝えた。フローラは唇を引き結んだ。訊いてもいないコメントをもらうことや、顔色が悪いが気分がすぐれないのか、といったおせっかいな質問をされることがよくあるのだ。ジミー・カーターだけは別で、彼だけは一キロ離れたところからでも、メイクをしていようがしていまいが、彼女がいれば見つけられるという人だ。「あなたの美しさの輝きは、どんなものも突き抜ける」なんてことを言うので、フローラは彼の腕をぱしっと叩いて適当なことを言わないでと言うのだが、彼のほうは本当だと言って引かないのだった。

フローラは何と返してよいかわからず、ただうなずいた。

「おばさん、わたしは警察の仕事をしてるんじゃないんです。月曜日は情報をもらいに警察署へ行ったんですけど、そこでお手伝いすることになって——」

キーがベトナム語のさびついた人が話すときのように重たいしゃべり方をするのに、フローラは気づいた。ウィリアムほどひどくはないが、それでもこの若い女の知力から単語のひとつひとつが抜けていくみたいに聞こえた。

「わたしから何を聞きたいの？」フローラは、キーの横を通りすぎ、レストランが使う醬油《しょうゆ》やごま油のストックも置かれた狭苦しい控室へ入った。

「レストランのほかの従業員のかたたちと話してきたところなんです」キーが言いながら、あとについて控室へ入ってきた。部屋のなかを見まわしているが、まわりのものにぶつからないよう気をつけているのか、両腕をぴったり身体の横につけている。「料理人と皿洗いのかたです。ふたりとも、キッチンにいたので何も見ていないと言っていました」

「よくわからないんですが」

「その、わたしの弟が――」キーは言いかけた文を途中で忘れたみたいにことばを止めた。

「ミス・フローラ」ジミーが、フローラの控室の戸口に立っていた。お茶と茶碗がふたつ載ったトレーを持っている。彼女のほかに客がいることに驚いた様子だった。

「ありがとう」フローラは言った。

ジミーは戸口でしばらく立ったまま、キーを見ていた。「ミス・フローラ」ジミーがベトナム語で話しかける。「だいじょうぶですか？　こちらの女性にはあなたを困らせないように言いましたが。ここの誰も何も見ていないともうお伝えしてあるんです――」

「わたしは面倒を起こすために来たんじゃありません」キーの表情に陰りが見え、フローラにはそれが恐怖のように読み取れた。ふたりの会話が始まるまえに終わってしまうことの恐怖であり、彼女がフローラを失うことの恐怖だ。「ただ、ここで殺された男の子がいて、わたしの弟だから」

フローラは胃がぐらりと揺れるのを感じた。さっきもしていたように、腹の柔らかいところをぎゅっとつかむ。

「わたしは警察の者じゃありません。ただ、何があったのか、あなたがたが何を見たのかをはっきりさせようとしているだけなんです」

「わたしどもは何も見ていません」ジミーが今度は大きな声で言った。「お話ししたとおりですけど、トゥは料理人で、シフトのあいだ一度もキッチンを離れません。わたしは皿洗いですから、シンクの前にずっといます」

「でも、ウェイターのことは説明できなかった——」

「もうお話ししましたけど、あのウェイターはシフトのあいだも店の裏でタバコ休憩ばかり取って、ろくに働かない役立たずです」ジミーは同意を求めてフローラを見た。「だからうちのサービスは遅くて、誰もまともに働いてなんていないんです」

フローラは小さくうなずき、同意を示した。鏡に映った自分の顔を見ると、メイクが乾いてしわのなかに落ちこんでいる。

「それから、ミス・フローラは」ジミーが続けた。「彼女はここにいました——」

「だいじょうぶ」フローラはようやく口をひらいた。この二週間、彼女はあの晩の記憶をできるかぎり遠くへ押しやっていた。自分が見たもの、あるいはそれが何を意味するか、甥をかばうためにどれほど馬鹿なおこないをしたかを、頭のなかで処理することすらまだ始めてもいなかった。控室にやってきた女は、彼女の秘密を明らかにすると脅してきているわけだが、フローラ自身、じつは本当のことを話すほうへと向かっている気がしていた。だが、頭のなかの声が、彼女を引き止めようとしていた。「こちらのかたとは、ちょっとお話しするところなの」

キーの顔が明るくなった。「二、三、質問があるだけなんです。そんなにお時間は取らせません」

ジミーが目を細くしてキーをじっと見ている。そしてフローラに視線を戻し、もう一度うなずいて、「わかりました、それなら」と言い、お茶のトレーをフローラに渡した。目をふたりの女性に向けたまま、ゆっくりと控室を出ていく遅い動きが、脚の悪さを強調していた。

フローラは身振りでキーにすわるよううながした。ふたりで折りたたみ椅子に腰を下ろしながら、フローラは頭のなかでキーが身に着けているものをひとつひとつチェックした。何でもいいから、これから始まる会話の行き着く先への不安から目をそらすものがほしかったのだ。かっちりしたデザインのハンドバッグは、実用的だが高価なものではなさそうだ。髪はおとなしめに低い位置でポニーテールにしている。あごにうっすらとニキビの痕がのこっている。バオのニキビ痕はもっとひどく、顔にのこる深いクレーターのような痕がバオの自信を打ち砕いた。

「おれ、父親になんてなれない」バオが出所中、フローラと最後に会ったとき、そう言ったのだった。最後に薬が抜けていたとき、最後にフローラが、責任を持ってウィリアムの面倒を見るようにと兄にうながしたときだ。「おれを見てみろ」バオは自分の顔を指さして言った。「こんな見た目の父親がほしいやつがいると思うか？」

「あなたの子は兄さんがどんな見た目かなんて気にしてないの！」フローラは言った。「あの子には父親が必要なだけ。わたしじゃない誰かがあの子には必要なの！」

「頭んなかがルーレットみたいなんだ」

「え？」

「夜起きてると、頭んなかでルーレットがまわりはじめて眠れなくなるんだ。いっつも、おれが誰かをがっかりさせた記憶でルーレットは止まる。それを何度も何度も追体験するんだ。その記憶がおれを呑みこんで、それから吐き出す。そのあとまたルーレットがまわりはじめて、何ていうのか、悲しいというか恥ずかしい気持ちに溺れてしまう。止められないんだ」

「バオ、お医者さまに診てもらわなきゃ」

「医者ならいるよ」

「薬の売人はお医者さまじゃないの！」

「おれは父親にはなれないんだ。悪いな」

「バオ、わたしは自分の人生を取りもどしたいの」

「すまない」

「わたし十歳のときから兄さんの子供の面倒を見てるのよ」

「すまない」

「不公平だよ、兄さん」

「すまない」

「わたしもう、自分が何をほしいのかもわからない」フローラはそう言って、めったに泣くことはないが、このときは涙を見せた。ほっとできる瞬間がほしくてほしくてたまらなかった。誰かに話を聴いてもらいたくて、いまにも叫びだしそうだった。けれど、そうする代わりにフローラはすすり泣き、ほかにどうすればよいかを知らなかったから、兄がしっかりして自分を助けてほしいと懇願するばかりだった。「わたし息ができない気がするの。ちょっとうまくいったかと思ったら、それがジョークだったってすぐにわかる。自分がもっと大きなジョークのねたにされてたんだって。そこで行き詰まる。どうしてほかのみんなはオーストラリアで二度目のチャンスがあるのに、わたしだけないの？どうして兄さんはわたしを助けてくれないの？」

「すまない」

「すまないって、それぱっかりやめてよ！　ほんとにすまないと思ってるんなら、兄さんから歩み寄って息子の世話をして、父さんの面倒を見て、わたしが望むように生きられるチャンスを少しでももちようだいよ！」

「すまない」

「すまないなんて、ちっとも思ってないじゃない！」

「おれは生まれてこなけりゃよかったんだ」

「そんなことは言わないで」

「すまない」

三週間後、バオは薬物所持の一斉摘発で逮捕され、刑務所に入った。

「おばさん」キーの声が、フローラの意識を小さな控室に引きもどした。「わたしの弟、デニーはこのラッキー8で殺されました。あなたは見なかったとおっしゃったそうですが――」

「わたし何にも見てないんです」フローラは言ったが、あまりの説得力のなさに自分でも驚いた。あれだけはっきりと見たというのに、どうしてそんな嘘がつけるのか。あの少年は、守りの体勢をつくる暇もなく殴り倒された。倒れた身体は映画みたいにすぐに立ち上がってはこなかった。ワックスで磨かれたダンスフロア。フローラが歌うのをやめてもしばらく続いていたバックバンドの楽器の音。あの少年が流した血が床を黒く染めていく。上がってきたげっぷ。彼女が握るマイクが音を拾い、宴会場いっぱいに鳴り響いた。

キーはことばを切って、フローラの目を見た。「おばさん」キーがもう一度話しかける。

フローラは瞬きして、また涙が出ているのに気がついた。自分の顔を見るのが怖いから、鏡は見ないようにと、心に留めておく。

「最悪なのは」キーが言いかけたが、ウィリアムがいつもベトナム語で話す限界が来たときにするように、文の途中で休みを入れながら話す。「最悪なのは、わたしがあの子をがっかりさせたことだと思うんです。それに、わたしがあの子をがっかりさせたと確信をもって言えないこと自体が、わたしがあの子をがっかりさせたのだと証明していると思うんです」

フローラは顔をあげた。視線がまたキーのニキビ痕で止まる。そして自分の兄を思いうかべながら言った。「よくわからないのですが」

「弟は本当にいい人間でした」キーは言った。「誰に似たのかは知りません。わたしではないです。

わたしはケチで嫉妬深くて変な人です。弟が小さいとき、あんまり泣かない子で、だから嫌いだったんです。弟は完璧でした。とても妬ましかった。でも、嫉妬したって意味がないことに気づいたんです。弟によいところがあれば、それだけあの子はいい弟になるんですよね。ごめんなさい、わたしのベトナム語が下手だから、うまく言えなくて。でも……弟にいいところがあるのは、わたしにとっていいことだったんです。理解していただけるかわかりませんが」

フローラは自分の悲しみの重さを感じた。キーがうらやましく思えた。自分の兄がキーの弟の半分でもできがよかったなら。

「でも、終わりがよくなかったらどうなんでしょう?」キーは言った。泣くまいとこらえている。

「わたし、弟のことは知っているつもりでしたけど、もしそうじゃなかったら? 長いことここを離れてほったらかしにしてたから、あの子は変わってしまっていたのに、わたしの気遣いも注意も足りなかったとしたら? それに……わたしにできることがあったのにしなかったのだったら?」

「ねえ、あなたは弟さんがギャングの仲間に入っていたと思ってるの?」フローラは髪を真ん中分けにした痩せた少年の姿を思い返した。ネクタイをきちんと締めて、顔の色つやもよかった。ティエンとは全然違う。ティエンとつるんでいる子たちとはまったく似ていなかった。その子たちの世界と、衝突なんてするはずがなかった。

「わかりません」キーは握りしめたこぶしで涙を拭い、続けた。「それにそんなこと言うのも嫌なんです。一週間前なら、そんなことありえないとしか言ってないです。デニーは完璧な子で、そんなことは絶対にしないと。でも、いまはわたし本当にわからないんです。どんな姉だったらわかるんでしょうか?」

フローラは胃のなかがごろごろしてきたのを感じた。自分はいつも知りすぎていたくらいだった。バオが何をしたか、ティエンが何をしたか、父が何をしたか。彼らがたがいにふるった暴力。彼らがよその人たちに与えた痛み。フローラは何度も見て見ぬふりをした。嘘をつかねばならないときには嘘をついた。塀のなかで自分よりもいい暮らしをしているのに保釈金を払った。彼らがおなじだけのことをしてくれないのがわかっているのに彼らの世話をした。全部家の名前のためにしたことだ。

「わたしの家族は、弟に何があったかを知りません」キーが続ける。「警察は弟に何があったかを知りません。わたしの家では誰も眠れません。父はいつ見てもデニーのベッドにいるし、母は毎日お寺へ参っているから仕事に行っていません。そしてわたしは、自分のせいなんじゃないかと思っています。わたしがあの子をがっかりさせたから――」

フローラは本能的に腹の柔らかいところをつかんだ。良い家族に恵まれるとはどんなふうなのだろうか、と思いをめぐらす。きょうだいが互いに思い合い、誰かひとりが孤立していない。自分が家族のために正しいことをしようとしたことが、どうしてこんなふうに他人にひどいことをしてしまう結果になったのか。これまでの自分のおこないに、自己犠牲や妥協、何度も払ってきた高い代償のどれかひとつにでも、してきただけの価値があっただろうか。

「それと……わたしがただ、知る必要があるんです。弟に何があったか、わたしが知らなきゃいけないんです。たとえ、あの子自身の責任だとしても。あの子が殺されるような何かをしたのだとしてもです。わたしは知らなきゃならないんです。もうあの子が完璧でなくてもいいんです。わたしはただ……ほかに何て言っていいのか。警察の捜査は進んでいません。でも誰かが何かを見ているのは知っています。わたしはただ何があったかが知りたいだけなんです」

フローラはお茶のトレーを自分のほうに引き寄せ、ふたつの茶碗に茶を注いだ。それから、急に力が抜けてしびれてしまう手に気をつけて、ひとつをキーに渡した。

「わたしにもひとり、男兄弟がいました」フローラは言った。

キーはお茶に息を吹きかけさましている。フローラの心の目はバオの姿を見ていた。最後にシルバーウォーターの刑務所を訪ねたときに見たときの顔色の悪さ、震えと汗と、吐き気と、下痢について兄がどんなふうに説明をしたか。バオはいまもフローラの兄だ。けれど、彼女はもうずっとまえに、兄を失っていた。

「ごめんなさい」キーが言った。「会いたいでしょうね」

「ええ、毎日」フローラは言った。

「どのくらいまえですか?」

　フローラは目を閉じた。バオの瞳が光を放っていた最後の年はいつだったかと思い起こす。あれはバオが十五歳のときで、フローラは九歳だった。すでにフローラを喜ばせようとする気持ちは失って、一日の大半を寝て過ごすことも多くなってはいたけれど、まだ心の温かさは充分にのこっていて、チョロンの中華街へ行くときにいっしょに行きたがるフローラを連れていくことがあり、あるときは棒にさしたフルーツの飴《あめ》がけを買ってくれた。ふたりで横に並んですわり、背中をまるめてリンゴに似たサンザシの実にかかった飴を舐《な》めていたとき、風が吹いて、ふたりとも長くのばしていたなめらかな髪が顔にかかった。フローラが髪を一束自分の耳にかけると、バオの頭が引き寄せられた。バオが飴についた自分の髪をはがそうとして引っぱると、フローラの頭皮が引っぱられた。そのときまた風が吹き、ふたりの髪が絡まり、飛んできた砂が顔にかかってフローラは泣きそうだったけれど、なぜか笑いが止まらなくなり、そして風に吹かれた髪が顔を叩き、飴がついてふたりの頭がべとべとの鳥の巣みたいになっていくのがおかしくて、となりでクスクス笑っているバオの身体の振動が伝わってくるのだった。

「戦争が終わるまえのことです」フローラは言った。

「何があったんですか?」

「わたしが知りたいくらいです」

「じゃあ、あなたはわたしの気持ちがわかりますね」

フローラはお茶を一口飲んだ。知りたいのはバオに何があったかということ。けれどそれだけではなく、キーの期待に満ちた表情を見ながら思った。それで何が変わるの？

「おなじではないんです」フローラは言った。

「わたしがデニーの何について、いちばん寂しいと思っているかわかりますか？」キーはフローラを遮るように、自分の言ったことのあいまいな部分を正当化するように説明した。「わたしは、まだ起こってさえいないことが、なくなって寂しいんです。わたしは、わたしがいましていることをあの子に伝えられない、未来の時間がなくなってしまったことが寂しいんです」

「知って何が変わるの？」

「あなたが本当のことを話すのを止めてるのは何なんでしょうか？」キーが言った。キーがもう必死の思いで話しているのでないことは、フローラにはわかった。怒っているのだ。

フローラの頭の真ん中には、自分の家族の姿が浮かんでいた。かつては一点の曇りもなく、しっかりと根を張っていた。いまはそのイメージが揺らいでいる。若かったバオのニキビだらけの顔が消え、赤ん坊のティエンが色褪《いろあ》せていく。父親はしわだらけで弱々しく、識別できないくらいにぼんやりとかすんでいる。

「何もない」フローラは言い、茶碗を下ろした。「わたしを止めるものは何もないわ」

フローラは、デニーが殺された晩、ラッキー8では大人数のグループが食事をしていたとキーに話した。フローラの甥のティエンもそのグループの一員で、ティエンがギャングの一員でもあることも話した。そのギャングというのは5T《ファイブティー》かもしれないが、たしかなことはわからない。なぜならどのギャングも5Tの真似をしているみたいに見えるからだと説明した。フローラはキーに、デニーがそのグループのテーブルに近づいていったと話した。それでフローラは驚いた。というのも、着ているものから、近づいていくその少年が分別をわきまえているように見えたから。ステージから見ても、ティエンと仲間たちとはまったく違って見えたのだ。デニーの動きは普通ではない感じがしたが、どうしてなのかはわからなかった。見ていると、デニーは自分のテーブルを離れて、ティエンのテーブルのほうへ近づいていこうとしたけれど、すぐに自分のテーブルに戻りすわった。そのあとまた立ち上がり、今度はティエンの近くまでうろうろと寄っていって、そして、ティエンがそばにいたタトゥーを入れた痩せた女と激しい口論を始めたとき、デニーが写真を撮って、何かを言った。その女というのは、ティエンに何人もいる薬物常習者のガールフレンドのひとりだろうと、フローラは思った。バオが薬を抜いて元の生活に戻るたびに現れては薬物の世界に引きもどす、薬物依存の女たちとおなじだと思ったと、フローラは言った。デニーが何と言ったのかはフローラにはわからなかった。それからしばらくして、デニーは床に倒れていた。彼は死んでいた。フローラはキーに、なぜ誰が、キーの弟を傷つけようとしたのかはわからないと言った。説明がつかないし、それは不運としか言いようがないと言った。

フローラはキーに、それをやったのはティエンだとは言わなかった。彼女はキーに、自分はすわりこんで見ていたとは言わなかった。動くことができず、助けることができなかったことは言わなかった。彼女はキーに、あのとき命の危険を感じたことは言わなかった。それは自分の命かもしれないし、誰か他人の命だったかもしれないが、ティエンの瞳から光が消えたのを見たとき、彼の身体と魂が離れ、バオの悪魔とフローラの父親の悪魔が望まれない子のなかでひとつになって、あの子に勝ち目はないと思ったのだ。彼女はキーに、ティエンはいつ誰かを傷つけてもおかしくないと思っていたとは言わなかった。それはあの子の遺伝子によるものであるばかりでなく、あの子自身が扱われ、拒絶され、望まれずに来たやりかただから。そして自分がついた嘘が、払った保釈金が、自分がした言い訳が、ティエンを動かすことにつながったとは言わなかった。いまだって、自分の甥が危険だと知っているから、フローラはそのことばを口に出せない。あの子がやった。あの子がやった。幼いころ自分をたより、手をさしだしてきたあの子がやった。彼女の肉親であるあの子がやった。彼女はキーに、いますぐ吐き出してしまいたいとは言わなかった。なぜならいま、フローラの身体は彼女自身にたいして反乱を起こしていたから。この期におよんでまだ殺人者をかばおうとする彼女のことを彼女自身の身体が恥じているから。彼の名前をすでに口にしたというのに。彼女からの情報があれば、警察が簡単にあの子を見つけ出すのはわかっているのに――。

「やったのは誰なんですか？」キーは尋ねた。顔が真っ赤になっている。

「知りません」フローラは癖になっているみたいに嘘を言った。

「おばさん――」

「知らないんです」フローラは言った。ワックスで磨かれたダンスフロア、暴力、気分が悪い、めまいがする。

キーは折りたたみ椅子の上ですわりなおした。「では、甥御さんは、どうしてそんなことが起きたか、お話しされましたか？　デニーが彼に何を言ったんですか？　女性がどんなふうだったか説明してもらえますか？　あるいはタトゥーのひとつでも覚えていませんか？　もし甥御さんがそのグループの一員だったのなら――」

「あの子とはもう連絡を取っていないんです」フローラは言った。本当のことだった。どこに行けばティエンを見つけだせるのか、彼女は知らない。初めての家出をしたときから、いつもティエンのほうが先に彼女を見つけた。たいていは家に帰ってきたときに。たいていは押し入ってきたときに。

「では、女の子のほうはどうですか？」

「知りません」フローラは言った。

「おばさん――」

「タトゥーを入れた、痩せた女の子だということしかわかりません。よく見てないんです」

「ほかに何か見ましたか？　ほかに――」キーはためらった。繰りだすことばがゆっくりになる。「弟は即死だったんでしょうか？　即死でなくても、長く苦しまずに死んだんでしょうか？」

フローラは両手に顔をうずめていた。メイクがもっと崩れることなどかまっていられなかった。少年の死は緩慢ではなかった。でも、その瞬間にいたるまでの恐怖、近づいてくるのを見ていた時間、そして抵抗していたあいだに充分すぎる体験をしただろう。いま、フローラの目には、血まみれになった彼の首が見える。そして、とどめの一撃。彼女は胃のなかがひっくり返るのを感じた。腹が動いたかと思うと、ほかに何かできる間もなく、昼食と夕方のお茶の時間に食べたものを控室のテーブルの上に吐き出していた。

キーは驚いて、口をぽかんとあけていた。フローラは自分が吐いたもののにおいでえずきはじめた。

「ごめんなさい」彼女は手の甲で口を拭いながら謝った。

「いえ、こちらこそごめんなさい」キーは立ち上がり、フローラの背中をさすった。「お掃除、手伝います――」

「いいえ」フローラは両膝のあいだに顔をうずめ、涙でその顔を濡らし、鼻を詰まらせていた。「お願い、黙っておひきとりください。もう全部話しました」

「でも、おばさん――」

「おひきとりください。お願い。もう話すことは何もないの」

フローラは目をつぶった。あんまり強く目を閉じたので、瞼の裏に白い斑点が浮かんだ。けれど、それすら見えるまえに、またあの光景がよみがえるのがわかった。ワックスで磨かれたダンスフロア、髪をきっちりと真ん中分けにした少年、フローラの父親に似たバオに似たティエン。そのとき、彼女の目には自分自身が見えた。彼女と世界を隔てる幕が、いま目の前で降りていく。自分とよく似た父親に似たバオに似たティエン。頭を下げたまま、どのくらいの時間がすぎただろうか。よくわからないまま、ようやくフローラが目をあけたとき、キー・チャンはもういなかった。宴会場の照明は消え、ジミーが戸口に立っていた。胼胝のできた手に、湯気の立ちのぼる茶碗を包みこむようにして持っている。フローラは彼がいてくれたことが心からうれしく、安堵している自分の気持ちに驚いた。もうこれ以上、ひとりきりでいることには耐えられないと思った。

8

フローラ・フインのもとを去ったキーは、すぐに警察署に電話をし、メッセージをのこした。翌朝、もう一度電話をかけた。「昨晩メッセージをのこしたのですが、エドワーズ巡査には伝わっていますでしょうか？」

「午後出勤だからまだだね」電話に出た警察官が言った。

「かならず伝えていただくようにお願いできますか？」

受話器の向こうでばさばさと紙を繰る音がする。

「どういったメッセージでしたか？」

キーはティエンの名前をスペルで伝え、その人物がデニー殺害とかかわっていると思うこと、実行犯でなくても、誰がやったかは知っているはずだと伝えた。

「待って、Thee-en《シー・エン》と言いましたか？」警察官が訊き返す。

「違います。h《エイチ》は読まないんです」

「T《ティー》・i《アイ》・e《イー》・n《エヌ》――」

「そうじゃなくて、hはつづりには入っていますけど、発音しないんです」

「わかりました。それで姓は何でしたか？　H《エイチ》・o《オー》・o《オー》――？」

「わたし、その人のこと知ってると思います」キーはティエンの姓のつづりを伝えたあとで、そう言った。

「そうなんですか？」電話の向こうの警察官は言った。

「ええ」。ティエンはよくあるベトナム人の名前だ。フインはさらによくあるベトナム人の姓だ。でも、カブラマッタに住む何人のティエン・フインがギャングに入っているだろう？　キーが思いうかべるのは、白いホンダに乗っていたティエン・フインだ。高校を中退したティエン・フイン。ミニーがキーを捨てて選んだティエン・フイン。キーはふつふつと沸く怒りを感じた。昨日の出来事のように生々しく脳裏に焼きついたままの、ティエンと逃げた親友の記憶にたいする怒りだ。

「あんなやつ一カ月もしたら、ミニーのことなんか捨てて、ほかの安っぽい女のとこへ行っちゃうよ」。ミニーが放課後にこっそりティエンと会っていると知ったとき、キーはそんなことを言ったのだった。

「どういう意味だよ、ほかの安っぽい女って？」

「わかるでしょ？」

「何なの、じゃあ、あたしじゃなんか足りないって思ってるわけ？　あたしなんか、利用されるだけの価値しかないと思ってるわけ？」あのときミニーは言った。キーにもめったに涙を見せたことのないあの子が泣きそうになっていた、数少ない出来事だった。

「違うよ！　そんな意味じゃない。ただ、あの人は問題児だし、遊び人だと思うから、きっとガールフレンドだって五人くらいはいて、誰かひとりを本気で大事にするとは思えないって言ってるだけ」

「あいつのこと、知りもしないくせに」

「充分知ってるよ」

「そんなことないよ。あいつと話したこともないのに。あんたは何にも知らないんだよ」

ふたりのティエンが同一人物かどうか、たしかなことはわからなかった。それでも、キーは受話器を通して言った。「ギャングの一員だと思います」

電話の向こうの警察官は、聞こえるか聞こえないかの音を立てた。「ほんとかよ」と言ったように聞こえた。

「わかりました。それだけですか？」ようやくはっきりとした声が聞こえた。

やっぱりそうだった、とキーは思った。何年も経ったいま、やはり自分が正しかったことが証明されたのだ。もしこれがあのティエンだとすれば、やっぱりミニーを捨ててどこかのタトゥー女を取ったのだ。いや、ミニーはもうずっとまえに捨てられていたのかもしれない。キーが正しかったのだ。

ミニーはあんな男じゃなくて、キーといっしょにいるべきだったのだ。

「もしもし、まだつながっていますか？」警察官が言った。

「あ、はい」キーは言った。「以上です」

電話を切ったときには、ミニーにたいして抱いたままのどんな偏狭な思いも、デニーに何が起こったのかという、いま心の中心を占める問題に取って代わられていた。

〝近づいてきてるんじゃん〟ここにはいないミニーの声が言い、彼女の存在がキーの子供時代の部屋を満たした。

そんな気はしないけど、とキーは思った。

〝事件の話じゃなくってさ〟

じゃあ、いったい何の話？

〝あんたほんと鈍いね〟

馬鹿にするのはやめて。

〝自分で自分を馬鹿にしてるだけだろ？〟

ねえ、もう黙ってて。

〝考えてみなよ、ね〟

あなたこそ考えて、デニーにいったい何があったのか理解できるように助けてくれたらどうなの？

〝キー、あたしはさ、あんたが知ってることしか知らないんだよ〟

じゃあ、どうして話しかけてくるの？

〝それは自分に訊いてみるといい〟

フローラが言った、デニーの動きが普通と違ったって、どういう意味だったの？

〝ひとりの女の普通と違うは、ほかの女の普通だってことだよ〟

そういうことじゃなくて。

〝つまりさ――〟

つまり？

〝キーはもうわかりかけてるってこと〟

うーん、たとえばどんなふうに？

〝たとえば、キーの言う、あの馬鹿みたいな、静かにおとなしく通らなきゃいけない細い道が……〟

もうそれはいいでしょう――

〝……どこへも通じてなかったら？〟

キーは両手を耳にあて、ミニーの声を遮断した。そしてデニーの部屋に入った。葬儀からの五日間、キーは弟の部屋に足を踏みいれることができず、ただ戸口から弟のベッドに横たわる父の姿を眺めるばかりだった。気持ちのどこかでは、弟がのこしていったものを乱すのが怖かったし、何を見つけてしまうことになるのかも怖かった。けれど、この数日のあいだに何かが変わった。キーのなかで、決着をつけなければと思う気持ちが、真実を知ることの恐怖に勝ったのだ。それに、たとえ何が待ち受けていても、つまりキーが何を見つけることになったとしても、罪悪感にさいなまれながら宙ぶらりんのままにしておくよりはいいはずだし、弟が本当はどんな人間だったのだろうと疑問を持ったままでいるよりはましなはずだったのだ。

　一歩部屋に入ると同時に、キーはタイムカプセルのなかにいた。両親がデニーのこまごました持ち物のまわりの埃《ほこり》を払い、掃除機をかけ、モップがけしている。机の上には科目ごとのラベルを貼ったフォルダーがきちんと積み重ねられ、ケンタッキーフライドチキンで全種類あつめたルーニー・テューンズのマグカップには、それぞれ鉛筆とペンが立ててある。フレームに入れて飾られた写真には、デニーが友達六人と写っている。みんなきちんと制服を着て、指でWの文字をつくっている。キーとミニーも高校のころにやった見覚えのあるWのサイン。Wはウェストサイドの頭文字で、シドニー南西部のことであり、カブラマッタのこととだいたいおなじ。

「西海岸《ウエストコースト》のWでもある」。最後にシドニーへ行ったとき、食事をしながらキーはデニーからそう聞いたのだった。「2PAC《トゥパック》がウェストコーストでビギーが東海岸《イーストコースト》って言うからさ」

「ほんとにそんなこと知ってるの?」。自分の弟がアメリカのヒップホップ界の複雑な内情や勢力抗争に精通しているとは、にわかには信じられず、キーは訊き返したのだった。だって、あの子の好きな歌手は、マライア・キャリーだったのだから。

「エディが言ってたんだ」

「じゃあ、エディはどうして知ってるの?」

「あいつ、物知りなんだよな」デニーはそう言っていた。

弟の机の前にすわり、フォルダーをぱらぱらとめくる。弟の文字は子供がアルファベットの書き方を習うときのお手本みたいだ。

その日の午前中、キーはフォルダーを一冊一冊手に取り、弟が授業中にびっしりと書きこんだノートや余白に落書きした棒人形の絵を眺めて過ごした。出願済みの大学の学校案内を挟んだフォルダーをひらくと、メルボルンの大学が二校あった。地方紙の記事の切り抜きをあつめたフォルダーもあった。そのなかには八年生で出場した地区の弁論大会でデニーのチームが優勝したときの、べた褒めのトーンで書かれた記事もあった。記事の写真には、学校から借りたぶかぶかのブレザーを着て、プラスチックのトロフィーを手にしたデニーが写っている。デニーはいつだって四番目のスピーカーで、つまり実際には発言の機会は一度もなかった。

「ぼくはカリスマ性がないんだ」。どうしてほかの子たちばかりにしゃべらせるのかと、キーが訊くと、デニーはそう答えた。

「ちょっと、真面目に答えてよ」

「大真面目だよ。ディクスン先生でさえそう言ってるんだから」

「ひどいこと言うんだね」

「先生は親切で言ってくれたんだよ。ほんとのことだもん。ぼくは人に話を聞いてもらえるタイプの人間じゃないんだ」デニーはこともなげに言ったのだった。

スクラップされた数年分の記事のうち、少なくとも六つにはデニーのことが載っていた。ほとんどは、何かの授賞式や生徒が描いた壁画や学校でのチャリティー抽選会といった紙面の隙間を埋めるために書かれたような記事だ。年月の経過で黄ばみの目立つひとつの記事の切り抜きに、キーはふと目をとめた。見出しを見ると、カブラマッタ公立図書館の壁に展示された生徒の絵画についての記事のようだ。写真には制服姿の四人の生徒が写っていて、壁に展示された緑の風景画とボウルに入った果物を描いた静物画を指さしている。キャプションには《カブラマッタ・ハイスクール七年生の生徒たちが制作した絵画を鑑賞。左から、ミン・リー、キー・チャン、ホリー・ヌウェン、シド・ドキッチ》とあった。

そういえば、新聞社が来てこの写真撮影をしたとき、ホリー・ヌウェンとシド・ドキッチの母親が来ていたんだったと、キーは思い出した。自分の母親は説得できず、来てもらえなかった。

「賞をもらったの？」母が言った。母はそのころにはもうカブラマッタの布地屋でフルタイムで働いていて、放課後デニーの迎えができず、キーとミニーが代わりに行っていた。

「ううん、でも図書館に飾るのに、わたしたちの絵が選ばれたんだ」キーは言った。「それで『フェアフィールド・シティ・チャンピオン』が取材に来て、わたしたちの写真を撮ってくれるんだって」

「おまえたちの写真を撮るのに、どうして母さんが行かなきゃならないんだい？」母は言った。「その新聞が出たらとっとくよ」

「でもホリーのお母さんは来るんだって！」

「あのね」母は洗っていた皿を置き、蛇口を閉めてこう言ったのだった。「ホリーのお母さんは仕事をしてないの。どうしてって、ホリーのお母さんは働かなくていいからなの。ホリーのお父さんは大学を出ているからね。ホリーのお父さんはお医者さまだから。おまえは医者の父親と仕事をしてない母親がほしいのかい？　だったらホリーの家の娘にしてもらったらいいんだよ」

自分以外のみんなが持っていると思うものをほしがっただけで、母に嫌な気持ちにさせられたことにキーは腹がたった。図書館へ行って絵を見るだけで、お金がかかるわけでもないのに。図書館だから、全部無料《タダ》なのに。そして、時間はお金であり、仕事に行かないのはお金がかかるのとおなじなのだと母が説明しようとしたときには、キーはもう台所を飛びだし、自分の部屋に駆けこんでいた。部屋にはミニーがいて、Ｋマートのカタログをひらいていた。

「マジでこれだもんな」キーは言いながら、ベッドに倒れこんだ。

「てことはノー？」

「賞をもらったんじゃないから来ないんだって」

ミニーはうつむいたままで、カタログを閉じたときに垂れ下がるようにページを縁に沿ってぴりぴりと破いている。「うちの親も来ないよ」

「でも、来るかどうかも訊いてないからじゃない」キーは言った。「絶対さ、もし親が白人だったら、わたしたち完璧な子供だったよね。ねえ、考えたことある？　白人の親は何にだって顔を出すし、自分の子をすごく誇りにしてるよね。すっごい馬鹿でもさ？」

ミニーはあくびをして、カタログを投げだすと、前のめりの姿勢でつま先をいじりはじめた。「思うんだけどさ」ミニーが身体をふたつ折りにして、膝に顔をくっつけて言った。「あいつらが越えなきゃいけないハードルって低いんだよ」

「公平じゃないよ」

「わかってる」

「でも、最後に笑うのはこっちなんだからね」キーは言った。

ミニーが肘を後ろについて身体を起こし、言った。「どんなふうに？」

「いい成績を取って、大学へ行って、超リッチになって、権力も手に入れて、それで白人はわたしたちのために働かなきゃならなくて、それで――」

「ベトナムを買収したらどうだろう？」ミニーは身体を後ろへ倒し、目を閉じている。

「え？」

「第三世界の国だもん。まるごと買い占めて自分たちのものにできるんじゃないかなって」

「ミニー、真面目に話してよ」

「何について？」

「何にって――」。ミニーに何を真面目に話してほしいと思ったのか、急にわからなくなった。「わからないけど」

「あたしは、あたしのために白人に働いてほしくなんかないな」ミニーが言った。

「どうして？」

「どうしてって、そいつらに給料払わなきゃいけないじゃん。やってらんないよ。あたしはリッチになって、力も手に入れたら、ひとりにしてほしい」

「でも、自分の敵に偉そうにしてやりたくないの？」キーは言った。

ミニーはため息をついてもう一度身体を起こし、さあね、と言うみたいに両手をあげて、下ろした。

デニーのスクラップ記事のフォルダーにふたたび戻ると、キーは弟がカブラマッタに言及した記事をあつめていたことに気がついた。一九九四年九月のシドニー・モーニング・ヘラルド紙からの切り抜きは、カブラマッタ選出の州議会議員だったジョン・ニューマンが暗殺されたときの記事だった。この議員がカブラマッタの自宅前の私道で殺害されたという出来事は、オーストラリア始まって以来初めての政治的暗殺事件となった。そのニュースを聞いたときの、興奮と戸惑いの入り混じった気持ちを思い出す。ようやく地元に人々の注目があつまったと思うとぞくぞくしたが、同時に人々の注目をあつめたのがよりによってこれでなくてはならなかったという事実が恐ろしかった。

「みんなギャングの仕業だと思ってるよな」ニューマン議員の死がニュースになった日の翌日、電話でデニーがキーに言った。

「怖い？」キーは尋ねた。「ギャングは十五歳をねらって勧誘するって聞いたよ」

「この十五歳ではないよ」デニーは言った。「それに、あいつらはうちの家族はねらわない」

「どうして？」

「新聞で読んだんだけど、ギャングは金のある家をねらうんだって。鉈《なた》を持って家に押し入って、住人を縛りあげて、金庫はどこかって訊くんだ。それからその家のアルバムのなかを見て親戚縁者全員の顔を確認して、もし警察に通報したら、子供もみんな殺すって脅すんだって」

「ひどいな、デニー」

「だよね、でも、うちはお金がないし、金庫なんて置いてもない。それに母さんが言ってたけど、ギャングを引き寄せる人っていうのは特徴があるんだって。で、ぼくたちは気が小さすぎるし、お金もないから、ギャングのレーダーに引っかかることもないんだって」

「でも、心配することはないの？」キーは受話器を肩と耳のあいだに挟んで訊いた。「ギャングの抗争に巻きこまれたらどうしようとかって？」

「まさか」デニーは、暴力とは無差別に起こるもので、放たれた弾丸はかならずしもねらった場所には当たらないだなんて、考えたこともないみたいに言った。

「もしギャングが住所を間違えたら？　どこかの金持ちの家に押し入るつもりで、間違えてうちに入ったら？　そういうこと考えたことってないの？」

「でも、そんなこと起こらないよ」デニーは言った。

「それはどうして？」

「どうしてって、エネルギーは思考に沿って流れるんだから」

「何それ？」

「体育の先生が言ってたんだ。エネルギーは思考に沿って流れる。ボールが顔に当たるって考えてたら、ボールがほんとに顔に当たる。だから、ボールが顔に当たるとか考えないようにするんだ」

キーは笑った。「で、それでうまくいってるの？」

「それほどでもないかな」

「それは残念だね」

　フォルダーの最後のポケットにはシドニー近郊にあるベトナム料理店のランキング記事が入っていた。バンクスタウンの二軒が一位と二位を占めている。カブラマッタのレストランは三位だ。キーは苦笑いした。デニーもおなじ気持ちだったらしく、記事の余白にブーイングの落書きがあった。親指と人差し指で記事の入ったポケットをつまんだとき、妙に分厚く、記事のあいだに何か挟まっているような感じがした。キーはポケットに指をつっこみ、中身を引っぱりだした。

　挟まっていたのは小冊子になった十二年生の数学のテストの答案で、デニーは満点を取っていた。先生の文字で得点が記入されたそばに、スマイルマークのイラストが添えられている。もう一冊、おなじテストの答案だが、こちらはコピーしたもので、一年前の日付が入っている。おなじように満点だったが、生徒の名前がデニーではなかった。キーは瞬きをして、ふたつの答案を手に持ち、見比べた。ページをめくって見ていくと、問題と答えが全部おなじだ。教師が前年の問題を使いまわしするのはめずらしいことではないし、過去問を手に入れてカンニングをする生徒がいたと聞いたことはあった。けれど、キーはそんなことはしないし、彼女が知っている生徒の誰ひとり、そんなことをしたとは聞かなかった。

　キーはのどが渇き、てのひらに汗がにじんでくるのを感じた。剽窃《ひょうせつ》。ギャングの接近。普通でない動き。不正行為。自分がいないあいだに弟はどんな人間になってしまったのか?

　もう一度答案を見る。そして、デニーが友達と写った写真を見る。デニーのとなりにいるのはエディ・ホーだ。キーはその写真に触れた。エディ・ホーに話を聴くのは後まわしにしていた。聴きにいく必要がなくなればいいと思っていた。話を聴く相手との関係が近ければ近いほど、問い詰めるのはむずかしい。自分の家族よりも他人とのほうが、キー自身もより多くを話し、より多くのことを見せ、より多くを期待するこの感じを、ほかにどう説明のしようがあるだろうか？　エディはキーともデニーともいっしょに育った弟も同然の子だ。エディに話を聴き、問い詰め、無理やりに答えを引き出すことを思うと、キーは逃げだしたくなった。けれどいまキーにのこされた選択肢は、エディに会いにいくか、みずから袋小路に入っていくかのどちらかだ。やらなければならない。デニーのために。自分自身のために。キーはやらなければならない。

日中、地元の商店が店をあけ、通りには買い物客が行き交い、暖かい日の光の降り注ぐフリーダム広場の赤くて長いベンチに子供たちやお年寄りが集い、プラスチックのサンバイザーを着けた女たちが食料雑貨を載せたカートを押して街の中心部を歩いているあいだは、おなじ街の露店でヘロインが売られ、薬物常習者が薬局の外をうろつき、白人の警察官が鉄道駅のそばで通行人を引き留めて所持品を調べていても、見て見ぬふりをして過ごすのはむずかしくなかった。

キーは自分が引き留められて持ち物を調べられる心配などしたことがなかった。何年かまえ、母はキーとデニーに見た目で警察に疑われるようなことはするなと注意したことがあった。キーは最初それを親しみやすくしていればいいと受け取っていた。けれど、母の話には続きがあった。「おまえたちは、人の言いなりになりそうに見えるし、ぼんやりしていて絶対に喧嘩《けんか》なんかしなさそうだし、簡単に騙《だま》されそうだし、そんなんじゃ誰かに騙されてお金なんて全部取られてしまうだろうし、簡単に目をつけられそうだ。おまえたちを見てると、難民キャンプにいたら生きのこれそうにない人たちみたいだし、それに――」。けれど、自分が不当に逮捕されることを心配していないからといって、ほかのいろいろなことを心配していないわけではなかった。たとえば、路上強盗に遭うとか、使用済みの注射器を踏むとか、そしてデニーが死んでからはギャングに出くわすとかいうことだ。キーはカブラマッタの街が怖いと思っていなかったころのことを思い返した。まだミニーと仲良しだったあのころは、ふたりともダットン・レーンの近くにあるピンク色の壁の公衆トイレに入るのに躊躇《ちゅうちょ》することはなかった。いまと違って、個室のなかでいつも誰かが薬物を過剰摂取しているなどということはなかったからだ。あのころ、ふたりの人生にとっての最大の脅威は流砂で、それは世界で起きている自然現象のなかでもいちばん怖いものだと思っていた。それから学校で歌っていた大ヘビ《ボアコンストリクター》も怖かった（「びっくりしたな、あたしつま先、かじられたんだよ」、「うへ、膝のところまであがってきたよ」）。

　線路を渡り反対側へ出ると、庭草ののびた一戸建ての家が並ぶ道路沿いに、薄赤色の煉瓦造りの家がある。キーが目をとめたその家は、キー自身もまだ子供だったころに数えきれないほど何度もデニーを送り迎えにいった家だ。黒い屋根のついた平屋建てで、玄関前の小さなポーチの両端に、チャウチャウ犬くらいの大きさの白い石のライオンがすわっている。キーが網戸のサッシを叩くと、サッシの金属がノックとは思えない音を立てた。誰も返事をしないので、キーは腕をのばし、家の正面側の窓をノックした。ブラインドが下りていたが、ちらっと何かが覗《のぞ》いたのがわかった。ブラインドを下に押す指が見え、隙間から見ている目がひとつ、見えたと思うとすぐに引っこんだ。キーはもう一度ノックした。

「エディ、見えてたんだけど」呼んでみたが、返事がない。

　何をしているのかはキーにもよくわかる。デニーとミニーと家で遊んでいるとき、エイボン化粧品の訪問販売員が来たときに、自分もよくやっていた。

「居留守を使いなさい」母はキーに言ったものだ「あの女はうちのお金を盗もうとしてるんだよ」

「お金と引き換えにものを置いていくんなら、盗むのとはちょっと違うんだけどなあ」ミニーが言った。でもそれは、エイボン化粧品の訪問販売員をかばおうとしたからではなく、単純に正しくないと思うことを放っておけない十二歳の気持ちからだった。

「ねえ、口紅一本いくらするか知ってる?」

「買わなくてもいいんだよ、おばさん」

「買いやしないよ! お金なんて払ったら泥棒の勝ちだからね!」

それ以来、エイボン化粧品の訪問販売員がドアをノックすると、キーとミニーはブラインドの隙間から覗いてたしかめ、外にいる赤毛の女の人に自分たちの呼吸の音が聞こえないか心配しながら、すぐに口を手で覆ってかがみこんだのだった。

「エディ・ホー」キーは網戸を叩きながら大声で呼んだ。「そこにいるの見えてたんだから! なかに入れないなら、警察に行って知ってることしゃべっちゃうよ!」

すると一拍分の時間も経たないうちに、木製のドアがひらき、髪を横分けにしたひょろっとした十代の少年が出てきて、網戸の内側に立った。オーバーサイズのハーフパンツとホーマー・シンプソンのTシャツを着ている。

「シーー! 叫ぶなよ!」

エディはキーよりも頭ひとつ分背が高く、パニックを起こしているような目をしていて、それを見てキーはなんだか気の毒になった。

「なかに入れて、そしたら静かにしてあげる」キーは急に上から言うみたいに言った。自分でも驚いたが、なんだかデニーにたいして偉そうにしているときみたいな気分になったのだった。その感覚が湧いてきたのがあまりに急で、キーは安定感を失ってしまい、ドアの枠をつかんで支えにしなければならなかった。

エディはドアノブをつかんだままで、震えている。よくあることだが、アジア系の少年が家で着ている服は、実際の年齢よりも幼く見える。デニーとおなじでエディはもうすぐ十八歳だ。でも、ぶかぶかの服を着て、まだ子供にしか見えない。エディは三カ所についたロックをはずし、網戸をあけた。

家のなかは、ほぼキーの記憶そのままだった。床は変わらず水色のタイル張りでこれだと夏は涼しく、冬は凍りつくほど寒い。革のソファは買ってから十年は経っているが、工場から出荷されるときにかぶされたビニールがいまもかかったままだ。そして仏壇も、あのころと変わらず寂しそうだ。エディの両親はふたりとも、自分たちで経営しているパン屋の仕事が忙しく、お供えの果物を取り換えるのをよく忘れていた。オレンジは皿の上で縮み、バナナは茶色を通り越して黒くなってしまっているなんていうこともよくあった。そしていまは、柿の茶色く傷んだ部分が実の内側へひろがり、腐りはじめている。

「ご両親はお留守なの?」

「ああ、店に行ってる」エディはそう言い、内側からドアを閉め、三カ所をロックして、もう一度窓の外を覗いた。

家のなかで、以前と違っているものは全部目に入った。テレビが大きくなっている。テレビ台に置いてあったスーパーファミコンは、発売されたばかりのＮＩＮＴＥＮＤＯ《ニンテンドー》64に置き換えられている。そのゲーム機は、オーストラリアでは入手困難だけれど、エディはアメリカのいとこに送ってもらって持っているんだと、デニーがメールに書いてきたが、キーは返事をしなかった。

「それで」キーは、バックパックをビニールカバーのかかったソファに下ろした。エディは指の付け根の骨のあたりをいじっている。

「何があったのか話してもらえる?」キーは言った。

エディはキーをじっと見た。表情が苦しげだ。「水持ってこようか? それともお茶がいい? お茶淹《い》れられるよ。ちっちゃい湯呑《ゆのみ》のセットもあるんだ」エディは早口でしゃべり、片方の親指はまだもう一方の手をこすっている。「ほら、飲茶で使うみたいなやつ。お茶淹れるよ」

キーは台所に入っていくエディのあとについていった。エディはうなだれて、汗ばんだ手をぎこちなく首の後ろにやっている。

「エディ――」

「おれ、何にも見てないんだ、わかってるよね？」エディはマッチを擦ってコンロに火をつけ、そのマッチの火を必要以上に振って消した。「全部警察に話したんだ。おれは何も見なかった。トイレに入ってて、おれ――」

「信じない」

少年の目に涙があふれてきた。キーは胃に鈍い痛みを覚えた。それは弟が傷つくのを見ているときの感覚で、彼らのためにどうにかしたいという気持ちだった。

「警察の報告書を読んだよ、エディ。あなたとケビンとフォークナー先生が、みんなトイレにいたって警察に話してる。三人同時に。そして、あなたが出てきたら、デニーが死んでたって？　まさかそんなこと」

エディの両手が震えていると、キーはお姉さんモードに入りそうになったが、自制した。うっかりすると、全部だいじょうぶだから、彼女がなんとかするから、背負っている重荷があるならそれもこっちで引き受けるからと言ってしまいそうになる。けれど、いくらこの少年がデニーのことを思い出させ、デニーの親友で、デニーが殺される直前までいっしょにいた人間だからといって、この子がデニーになるわけではないのだと、キーは自分に言い聞かせておかねばならなかった。キーがエディに借りがあるわけではない。エディのほうがキーに借りがあるのだ。

ホー家の台所に立ち、キーは心のなかで、エディが答えを知っていると感じていた。シャロン・フォークナーやウー家の人々はおそらく自分の目では事件を目撃していないのだろうが、エディはすべてを見ていたのだとキーにはわかった。それは彼の目を見ればわかった。それは彼の白く浮きでた手指の付け根を見ていればわかった。それは彼がやかんをコンロの火にかけながら、静かに鼻をすする様子を見ていればわかった。

「それに、お葬式に来なかったよね」

「親が行かせてくれなかったんだ」エディが言った。まだ顔はコンロのほうに向けている。

「あの子、あなたの親友だったのに」

「キーにはわからないよ」

「じゃあ、わかるように助けてよ」

エディは無言のままじっとしていた。

「ねえ」キーが一歩前に出たので、エディはさらにキッチンカウンターのほうへ下がった。「わたし警察と連絡を取ってるの。もしほんとのことを話さないんなら……あなたが嘘をついてるって、警察に言うから」

「でも、おれがやったんじゃない！」

そんなことはキーにもよくわかっていた。デニーが死んだことの責任がエディにあるわけがないことくらい知っていた。エディはまだ母親が用意した服を着ているような不器用な子供だ。週末はテレビゲームをして過ごし、デニーのために、マライア・キャリーとトゥパックのカセットテープを編集してくれるような子供だ。トゥパックのほうは、音楽にかんしてデニーのために栄養バランスを考えて入れてくれた。けれど、エディはあの晩のラッキー8について何かを知っている。少なくとも、デニーに何が起こっていたのかは知らなければおかしい。だから、もし怖がらせることが、エディに話させる唯一の方法なら、キーは進んでそうするつもりだ。

「あなたがやったなんて言うつもりはないの、エディ。でも……」キーの握った手の爪がまたてのひらに食いこんでいく。「カンニングのことは知ってるよ、エディ。数学のテストを見たから。それに、剽窃のことも知ってる。それから、あの子が……あの子が死んだ晩、普通じゃなかったってことも知ってる。ただ……わたしはただ、どうしてなのかを知りたいだけなの。あの子、ドラッグか何かをやってたの？　あの子ギャングに入ってた？　わたし、受け止められるから、エディ。もしあの子がレールを外れて人生をぶち壊しにしてたんだって言われても、わたしだいじょうぶだから。わたしはただ――」

エディの口がグロテスクな形にゆがんだ。唇が震えるのを止めようとしているみたいだ。「あいつ……あいつ、ものすごいプレッシャーを感じてたんだ」エディはそう言って、片ほうの手の甲で鼻を拭った。

キーは息を呑んだ。だいじょうぶではないかもしれない。

「でも、あいつは悪くない」エディが言った。

「やんちゃする人たちや街にいるジャンキーたちが悪くないみたいに、そういうこと？」キーは言ったが、自分のことばが皮肉で意地悪に響いた。「そういう馬鹿なことをする人たちは理解されていない、でしょ？」

「何だよ？　違うよ、そうじゃなくて――」

「じゃあ、何なの、エディ？」怒りがこみあげる。デニーが道をそれていったことに、もっと早くにあの子を引き止めなかった自分にたいする怒りだ。

「あいつ、そんなことはひとつもやってないよ！　ドラッグなんてやってない。一度だってない」

「どうして断言できるの？」

「どうしてかって、おれたち目がついてるからさ！　同級生でヘロインをやったやつがどんなことになるか、見たことがないとでも思ってる？　そいつらがどんだけ具合悪くなってめちゃめちゃになってるか見てるのに、それでもドラッグに手をだそうとすると思ってる？　おれたち馬鹿じゃないよ」

「でも、ほかのものはどうなの？」

「何だよ、ほかのものって?」

「わからないけど、葉っぱとか鎮痛剤とか、それとか――」

「まさか、やってないよ。あいつそんなものに絶対手なんか出さないよ」

「でもカンニングと剽窃はした。それでほかのものに手を出さないと誰が――」

「もういいよ、わかった、それひどいよな」エディがいらだちをあらわに言った。「でも、全然違うんだよ、いい? あいつはカンニングも剽窃も一回きりしかやってない。それに、ほんと言えばそんなことやる必要もなかった。あいつできてたからな。カンニングなんかしなくても、おれよりいい点取れたんだ。でも、あいつ、全教科で百点満点取らなきゃいけないんだってずっと言ってたんだ。それができなければ――」

「それができなければ何?」

「知るかよ! それができなければ、完璧にはなれない? それができなければ、親ががっかりする? それができなければ、みんなから馬鹿だと思われる?」

「そんなの馬鹿みたい」

「違う、不公平なんだよ」エディは言った。正気を保っているのもやっとのように見え、声が揺らいでいる。「あいつ気にしてたんだ。フォークナー先生に見つかったときは、ものすごくばつが悪そうだったし。でも、一回きりは本当なんだ。それも、追い詰められてたから。一番じゃなきゃ駄目なんだって言うみたいにさ。だからだよ、卒業パーティーでもらった《将来いちばん成功しそうな生徒》の飾り帯をかけようとしなかったのは。自分の力で勝ち取ったと思えなかったんだ。ポケットに突っこんでたのは、だからなんだ」

「そんなの信じない」この一週間、キーが会って話を聴いた人は全員、そろいもそろって嘘を言っているみたいだった。知っている情報も隠して、キーのことなんかまるで考えていないみたいに。それとおなじことをして、隠しとおせると思っているのかと、キーはエディをひっぱたいてやりたかった。「ほんとのこと言いなさい。どんなひどいことにデニーはかかわっていたの？　人は理由もないのに、殴られて死ぬなんてことはないの。あの子、いったい何をしてたの、どんな――」

「おれたち、完璧じゃないからって、それだけで駄目だってことにはならないんだよ！」エディが言った。熱い涙が頰をつたい落ちている。

エディのことばが、胸に食らった一撃のように重く響く。これまでの人生で、キーが進んできた細い道筋が思いうかぶ。もしかしたら、どこへも続いていないかもしれない細い道筋。キー自身がつくったわけではないけれど、でもたぶん、その道筋の存在を疑わないことで、維持することにキー自身も手を貸してきた。その道筋をたどることが誰のためになるのかと考えてみることもせず、正しいという証拠もないのにそこへ弟を押しやり、ミニーを押しやり、自分自身を押しやった。あなたは完璧、でなければ駄目。あなたには駄目な人になってる余裕なんてない。ほかの何にもなる余裕なんてない。そんなの無理なんだから。悪いのはキーだ。

「不公平なんだよ」エディがもう一度言った。

キーは吞みこもうとしたけれど、身体がただ泣きたがっていた。瞬きをして涙をごまかす。「そうだね」かろうじて言えたのはそれだけだった。

ほんの少しのあいだ、そのあいだにふたりとも涙に濡れた顔をぬぐい、深く息を吸いこんだ。キーは尋ねた。「あの子がドラッグをやってなくて、あの晩、ギャングの仲間になろうとしてたんじゃないとしたら、じゃあ……何があったの？」

「知らないよ」エディは言ったが、キーの顔を見ることができない。「おれはトイレにいて――」

「もうそれはいいから、ねえ！」気がつくと、キーは手をのばし、エディーの肩をつかもうとしていた。「これじゃぜんぜん、誰かがあの子を殺した理由の説明にならないの。どうして助けてくれないの？」

「おれはもう……」エディが息を喘がせる。悲しみで息が詰まりそうになっているみたいだ。「言っただろ……おれ……」

エディの口から嗚咽《おえつ》が漏れる。もう顔は涙でびしょ濡れになっている。キーの目に、メルボルンのアパートの台所で立ち尽くす自分の姿が重なって見える。やかんいっぱいに注いで沸騰させた酢の蒸気と、自分ではどうすることもできない泣き叫ぶ声。キーが肩をつかんでいた手を放したので、エディは支えを失い、倒れそうになった。

キーは目を閉じこめかみをさすり、瞼の裏に浮かんでは沈む灰色のラインに意識を集中させた。エディがうちに遊びに来ていたころを思い返す。ミニーとキーが帰宅するとよく母が電話で誰かに怒鳴っていた。デニーとエディ、キー、ミニーの四人は目を合わせ、男の子ふたりはキーとミニーのほうを見て、キーの母が怒鳴っているのは、怒っているからでそっとしておくべきか、それとも、カブラマッタの女の人は大した理由がなくてもときどきあんなふうに怒鳴るものなのかと、自分たちの顔の表情だけで伝えてくるのだった。

「わかった」キーは言った。「もう説明はしなくてもいいから」

エディはもう一度涙をぬぐった。顔が腫れている。

「あなたとケビン、それからフォークナー先生は、デニーが殺されたとき、本当にトイレにいたの？」

エディは下唇を噛《か》んで、足元を見つめている。親指はずっと握りこぶしの骨の浮きでたあたりをさすっている。エディが顔をあげ、うなずこうとしたが、キーが制止した。

「待って。もう少し詳しく教えて。先生はトイレに入ってたの？」

エディは顔をあげ、躊躇せずうなずいた。

「わかった。ケビンはトイレに入ってた？」

エディはその質問にもうなずいた。

「あなたは？」

エディがまた視線を下に落とした。台所の床の黄色いリノリウムに気泡ができている。

「あなたはデニーといっしょにテーブルにいた」キーは言った。

エディの首が縦横同時に動こうとしているように見えた。初めてこぶしの力を抜いたエディの指先に血色が戻っていくのに、キーは気がついた。

「でも警察にはトイレにいたと嘘をついた……」キーはエディをじっと見つめる。顔をあげてほしいと願いながら続ける。「そうすれば、目撃者にならなくてすむから。なぜならあなたは怖かったから。それにご両親は――」

エディの両親は、キーの知るほかの誰よりも警察に強い不信感を抱いている。エディの父は徴兵されて南ベトナム軍に所属していたのだが、それが警察のせいだったからだ。サイゴンの街を歩いていたときに、警察に声をかけられ、まだ入隊できる年齢ではないと抵抗したが、聞きいれられず、さらには年齢の記載された身分証を破り捨てられてしまった。そして連れていかれた病院で、医師が口のなかをさっと調べ、親知らずが出ているのを確認すると、彼は十八歳以上であると宣言したのだった。兵役についた父が生きて還ってきたのは奇跡だと、以前エディはデニーに話していた。ホー家には代々軍人はいない。ホー家の男たちは戦いには向いていない。ホー家の男はだいたいが痩せ型で商才には長けているが、協調性はあまりない。エディの父親だけはたまたま運に恵まれていたわけで、ホー家の人々はもちろんそれをあたりまえのこととは受け止めていなかった。だからエディの両親は、息子をジョン・ストリートの歯医者に連れていき、レントゲンで親知らずが生えかけているのを確認すると、まだ歯ぐきから頭も見えていないうちに、急いで抜いてもらった。彼らが警察官を軽蔑するような目で見るのもそれが理由だった。彼らにとって、カブラマッタの白人警察官は、ベトナムの街でエディの父親を呼び止め、まだ訓練も装備も整っていない軍隊に引きずりこんだ警察官たちと何も変わるところはなかった。

エディはひろげた両手で顔を拭いつづけていた。何年もかかってのびた身長は、いまこの瞬間に縮こまり、彼は背中を小さくまるめて泣きじゃくっている。

「ということはつまり」キーは言った。「フォークナー先生は、あなたをかばって嘘をついたのか」

エディが鼻をすすりあげる。

「エディ、そういうこと？　ご両親のことがあるから？」

「おれは何も見てないよ」エディは目を固く閉じ、頭を震わせている。

「ベトナムでお父さんのことがあったから？」

「え？　何の話だよ――」

「だって、ベトナムで起きたことはここでは関係ないから」言いながら、胸に痛みを感じた。いま言っていることがはたして自分の言いたいことなのかどうかもよくわからない。けれど何かを言わねばならず、そして、これがいま彼女にできる精一杯だった。「デニーを殺した犯人を捕まえるのが目的ではないの。それに、もしあなたが何かを見たんだったら、誰がやったかも知ってるんだから、だから――」

「違う、ベトナムとかそういうことじゃないんだ。それと、おれは何も見てない」

「ねえ、誰をかばおうとしてるの？」

「親を傷つけるのは嫌なんだ」

キーは困惑した。どうして真実を話すことが誰かを傷つけることになるのかがわからない。「ねえ、いったい何の話をしてるの？」

エディは身体を震わせ、息を喘がせながら何かを言おうとしている。キーは見ているのがつらかったが、エディがつぎに顔をあげるのを見逃さないようにしっかりと目をあけていた。

「おれ何にも見てないけど、もし見てたとしたら、親が悲しむから」エディのTシャツの首元が涙で濡れて色が変わっている。「だって思うだろ……」涙で息が詰まるみたいに息を喘がせながら続ける。「育てるのを失敗したって思うだろ……そうだろ、ほら……思うだろ、自分たちのせいだって……息子を守れなかったって……見てしまったことからさ」

キーはエディを見つづけていた。目をそらして泣きたい気持ちで顔の筋肉が痛い。ほかの誰よりも、エディの理由は不可解だった。けれど、キーは理解した。そしてこんなにもものわかりがよくなっている自分が嫌だった。だって、キー自身いままでずっと、傷ついた心を親に見せないようにしてこなかったか？　いじめられたことも、悪口を言われたことも、見知らぬ人からひどい扱いを受けたことも、もと来たところへ帰れと言われたことも、〝チン・チョン〟と言ってからかわれたことも、目じりを引っぱって見せに来られたときも、キャベツ畑人形を持っているブロンドの子たちにオニの役ばかりさせられたことも、どうして冗談と受け取れないのかと言われたことも、アジア人の女は醜くて、変態で、おとなしくて、イカれてて、ガリ勉で、価値がないと言われたときも、男に相手にされなかったときも、白人の男たちに相手にされず、アジア人の女はああであってこうでないとか、あれができてこれができないとか勝手なことを言われたときも、胸が鼓動するたび痛いのに、上あごに舌を押しつけ微笑んだことも、どれもこれも親には言わずに来たではないか？　そして彼女自身、自分が経験してきたことを何があっても絶対に親には言えないことをわかりながら、野心的で、エキサイティングで、不安がいっぱいで、妥協を許さない自分自身の人生を生きてきたのではなかったか？　なぜなら知れば親が傷つくから。なぜなら、自分たちの犠牲は報われたのだと親が信じる手助けをしなくてはならないから。なぜなら、ことばがわからず、自分たちが個人として扱われない国に移住したことに、それをするだけの価値があったと彼らが信じられるよう手助けをしなくてはならないから。なぜなら、自分たちが子供たちには正しいことをしてきたと、誰も失敗などしていないと確信させなくてはならないから。誰も失望などしていないし、自分たちは進むべき道筋を進み成功を見つけた幸運な人々だと確信させなくてはならないからだ。完璧に筋は通っている。嘘をついたのは守るため。人は愛のために嘘をつく。

やかんが笛を吹いている。エディは取り乱して、火をつけたことをすっかり忘れていた。キーはコンロのつまみに手をのばした。

「それだけ?」彼女は言った。「それだけで、こんなふうにデニーを裏切る充分な理由になるの?」

エディは顔をあげてキーを見ることができず、また握りしめたこぶしの浮きでた骨をさすっている。

「おれ、もうやったんだ」

「もうやったって、何を?」

エディはオーバーサイズのTシャツの袖を鼻水で汚しながら言った。「あいつのこと裏切ったんだ」

言っていることの意味がよくわからない。キーはエディが続きを言うのを待った。肩をまるめ鼻をすすり、呼吸が乱れている。

「おれ何も見てないけど、もし警察に何かを見たって言ったら、そしたら言わなきゃならなくなるだろ……あのことも……」

「何のこと?」

「おれは何にもしてないってことだよ。もしおれがあそこにいたら、もし見てたらってことだよ。おれはただ……固まってしまったんだ。おれ、動けなかった。おれ、ただ、見てたんだ。あいつが殺されるとこを見てて、何かして止めるとかしなかった。助けようとしなかったんだ。できなかった。麻《ま》痺《ひ》したとかそんな感じで、なんか現実じゃないみたいで。もし何かを見てたとしたら、そしたらそれが起こったことなんだろうけど、でも……」

「でも……？」

「でも、おれ何も見なかったんだ」エディの声がまた割れている。「だって、おれそこにいなかったから」

キーは目をそらさないようにエディを見ていたけれど、視界がぼやけてきた。キーの両親が認めるのを拒み、話すのを拒むいろいろなことのなかでも、いま聞いた事実はおそらくいちばん苦痛が大きいはずだ。誰も助けなかった。もしデニーが運悪く、精神状態が普通でないギャングのメンバーと出会ってしまったと誰かが説明してくれたとしても、宴会場には普通の人がたくさんいたのに、その人たちは見た目もデニーと変わらず、デニーと何かの縁があった人たちかもしれず、デニーの友達だった人たちなのに、何もしなかったことの説明にはならない。そう思うとキーは怖くなり、目覚めているのも困難なくらいに深く傷つけられた気がした。なぜエディがキーに、警察に、そして自分に嘘をつかなければならなかったのかは理解できる。なぜなら真実を認めてしまえば、それは彼自身が臆病者であることを認めることになるから。親友が殴り殺されようとしているときに、ただすわったまま見ていることしかできなかったと認めることになるから。エディは自分の両親を救うために嘘をついた。彼は自分自身を救うために嘘をついたのだ。

キーは自分がしぼんでいくような気がした。向きを変え、台所を出ていこうとしたとき、ポケベルが鳴った。警察からだった。

「ちょっと電話借りていい？」キーは小さなプラスチックの器械を手に握り、尋ねた。「大事な用件かもしれないの」

エディはうなずき、リビングのほうを指して、両親のコードレスフォンを使うようジェスチャーで示した。エディを台所にのこして、キーは電話をかけた。

「チャンさんですか?」受話器の向こうで声が尋ねた。エドワーズ巡査だ。

「はい、そうですが」キーは答えて、泣いていたと気づかれないように咳払いをした。「わたしのメッセージ、届いてますか? 昨晩お電話したんです。今朝も。それで、ほかのかたにことづけたんですけど。そのティエンという男、現場にいたんです。その男は誰がやったかを見ていると思いますし、きっと犯人を特定できると——」

「ミス・チャン——」

「あの晩、大人数のグループが、たぶんギャングなんですけど、現場にいたんです。それでそのなかのひとりがデニーを殺したんです。それでティエン・フインもギャングのグループとそこにいて、だからその人なら——」

「ミス——」

「その人なら、事件が起こったときのことを何か知ってるかも——」

「——その人でした」

「え?」

エドワーズ巡査が黙りこむ。そのあいだ、キーは制服を着た巡査の姿を思いうかべる。目の下の汗、そして悪い知らせを伝えるまえの長いため息。すると、来た。巡査の口から吐き出される息の音が受話器を通して聞こえてきた。

「フローラ・フインと話をしましたか、ミス・チャン?」

「わたしは——」キーは言ったが、なじみのある恐怖にとらわれ、ことばがのどにつかえた。当局ともめごとを起こすことへの恐怖だ。もっとも、この件にかんしては、フローラを探すよう言ったのはエドワーズ巡査のほうだったのだが。「はい、話しました」とキーは言った。

「それで、何と言っていましたか?」

「すでにお伝えしたとおりのことです」キーは言いながら、息が浅くなるのを感じた。なぜなら、ミニーがいないのは初めてだったから。想像上の友達がいなくなり、キーは自分がひとりぼっちで、ちっぽけで、怖がりで、おびえているみたいに思えた。「お伝えしたメッセージのなかに、ティエンという男の名前を――」

「フローラさんはティエンがやったと言いましたか?」

心臓の鼓動が邪魔をして、エドワーズ巡査の声がよく聞こえない。キーは呼吸を落ち着けようとしたが、鼻が詰まったような感じになって、うまく空気が吸いこめない。

「いえ、彼がいたということだけです」キーは言った。「彼が何か見ていると」

「たしかですか?」

「はい」キーはいらだちを覚えた。当局から叱られることになるのなら、この巡査がそう言えばいいのにと思ったからだ。いくつも質問を重ねてくる巡査のやり方は、小学校のときの先生が生徒を叱るときに、非難めいた質問をいくつも重ねて、自分がやりましたというまで続けたのと似ている。

「ミス・チャン、今日の未明に警察に電話があったんです。午前二時ごろです。薬物過剰摂取の通報でした。ティエン・フインがフローラ・フインさんの自宅に侵入し、下の甥御さんの寝室で薬物を打ったんです。フローラさんが彼を発見してすぐに000番に電話をして、それでわれわれが駆けつけたときに、何があったかを話してくれたんです」

「待って」キーは言った。急に部屋が回転しはじめた。受話器を握る手が汗ばむのを感じる。「何があったんですか?」

エドワーズ巡査は咳払いをした。「フローラ・フインはわれわれに嘘をついていたことを認めました。彼女は、甥のティエン・フインがデニーを殺したと言ったんです」

いまキーは汗が冷たくなり、胃はジェットコースターから降りたばかりのような感覚を覚えていた。

「ミス・チャン?」

「はい」キーは言った。「ここにいます」

「ティエン・フインのことは警察でも知られていました。犯罪歴がありますから。今日、警察官を数名、彼の部屋へ行かせました。そこで、ラッキー8にのこされていた足跡と一致する靴が、乾いた血液の付着した状態で見つかったんです。万全を期すため、その靴は鑑識課にまわしました。通常はわたしも決定的なことは言えないんですが、でもこの事件の場合は、彼で間違いないと思います」

鼓動があまりに激しくなったので、キーは心臓発作を起こしてしまうのではないかと思った。「裁判はあるんでしょうか?」彼女は尋ねた。

ふたたび沈黙があった。「ミス・チャン……死んだ人間を裁判にかけることはしないんです」

キーはことばに詰まった。もう一度呑みこもうとしてみるが、口のなかものどもカラカラに渇きすぎて、咳が出ただけだった。

「フローラ・フインが帰宅したときに、ティエンが意識を失っているのを見つけたんです。冷たくなっていたそうです。偶発的な薬物過剰摂取だったと信じるだけの理由がわれわれにはあります」

「それと、家に侵入したと言いましたよね?」消え入りそうな声でキーは訊いた。

「そうです」

「どうしてそんなことをするんでしょうか?」

キーはエドワーズ巡査が肩をすくめるところを想像した。

「ご想像のとおりだと思いますよ。どうも今回が初めてではないようです。まえにも彼女から金を盗もうとして侵入したことはあるそうですが、ここ何年かは、侵入してはお金や食べ物を置いていってたらしくて、それに今回は、彼女の下の甥御さんのベッドの横の床に倒れていたそうです。下の甥御さんは何にも気づいていなくて、自分の兄が薬物を過剰摂取していたこともフローラが帰ってくるまで知らなかったそうです」

フローラが自分と話したあと、冷たくなった甥を見つけて、どんな気がしたろうかとキーは思いめぐらした。

「フローラは処罰されるんでしょうか?」キーは尋ねた。

巡査はため息をついた。「わたしからは何とも言えないんですよ」

「でも……」

「でも……ミス・チャン、いいですか、彼女は法執行機関に嘘をつくことで、間違いを犯しただろうか? 答えはイエスだ。けれど、われわれにはもっと大切なことがあるのでは? もちろんだ。家宅侵入について聞いたことはありますか? いまやカブラマッタの名物です。アジア系ギャングがこのあたりで幅をきかせるようになるまでは、そういうものを呼ぶ名前もわれわれは持っていませんでした。それがゆうべ一晩だけで二件あったんです。とくにこの事件が解決したことで、われわれは喜んでいるんですよ」

「じゃあ、それで終わりなんですか?」言いながら、キーは信じられない気持ちでいた。これで終わりにできるなんて信じたくはない。正義の後味がこんなに悪く、こんなにも不満ののこる解決しかなくて、ここまで来て、まだ最大の疑問にたいする答えが得られていないように感じているのに、これでいいなんて思いたくはなかった。

「ミス・チャン、殺人事件というのは未解決のままになることも多いんです。それに、たとえ5Tのようなギャングが関係しているとわれわれが知っていたとしても、目撃者が名乗り出て、容疑者特定に力を貸してくれることなんてほとんどないんです。その点、あなたは運がよかったんです」

「でも、彼がどうしてやったのかはわかってるんですか? つまり、デニーが何もしなかったのなら、

「こういうギャングというのは、どんなことも気にしていませんし、法を恐れてもいないんですよ」エドワーズ巡査が言った。
どうしてこのティエンという男は――

キーは目をすがめた。どうしていま聞いていることばのひとつひとつに、聞き覚えがある気がするのだろうか。そのとき、キーが思い出したことがあった。数年まえ、ミニーと喧嘩別れするまえ、キーはジョン・ニューマンがテレビに出ているのを見ていた。額に深いしわを寄せて、青色が際立つ目をして、テレビのリポーターに向かってこんなことを言ったのだ。カブラマッタのアジア系ギャングが恐れているのは、ベトナムのジャングルへ強制送還されることだけだ。「なぜなら、言ってしまえば、そこが彼らの属する場所だから」と。

「ねえ、こんなやつがあたしらの代表だなんて信じられる？」画面に向かって顔をしかめながらミニーがそう言った。「まださ、刑務所に属してるとかそういうんだったらわかるけど。でも犯罪者がベトナムに〝属してる〟と思ってるとかひどいよな」

「でも、うちの親たちはそこから出てきたんだよね」デニーが言った。床にすわって漫画を読みながら、半分だけ聞いていたようだった。「だから、たぶんだけど、ベトナムが悪い場所だって言うのは間違ってないんじゃないかな？」

「違うな」ミニーは指を一本立てて、デニーによく聞いておくようにと手振りで示しながら言った。「あたしたちの親たちは、権威主義者たちの掃き溜めから逃げてきたんだ。政権を国やその国の人間とごっちゃにしてはいけないんだよ」

「落ち着いてよ」キーは言った。「誰があなたをミス・ベトナムにしたの？」

「どうしてこういうのが問題だかわかんないの？」ミニーが言った。背筋がまっすぐにのびて、いまにもテレビに飛びかかりそうな姿勢になっている。「この男はカブラマッタ選出の議員で、それなのにあたしたちのことクズみたいに思ってるんだよ――」

「ちょっと、彼がクズだと思ってるのはギャングのことだって」

「何にも違わないじゃん！　あの男にとっちゃ、あたしたちみんないっしょなんだから！」

「うーん、たとえばさ、デニーとどっかのギャングの男がどこが違うっていったら、天才でなくてもわかるよね」キーは言った。

デニーはにこっと笑った。

「わかんないやつだな」ミニーはそう言って、ソファに沈みこんだ。

「ひどい言い方しないでよ」

「真剣にさ、もし悪い人間が全員ベトナムに属してるって言うんなら、このオーストラリアにはいい人間だけしか属していないってことになるわけ？」

「知らない」

「考えてみなよ、キー」

「ミニーはそういうこと考えすぎなんだよ」キーは言った。「わたしたちが〝いい〟ほうなんだから何も心配することはないのに」

「ああ、もう！　全然聞いてないんじゃん！」

電話の向こうではエドワーズ巡査が話しつづけている。事件のことはアジア系ギャングの問題として扱われていること、それからデニーがねらわれた理由については捜査を進めてもわからないことを説明し、それについては申しわけないと言った。

「わかりました」キーは嚙みしめた歯の隙間から言った。

「では、いまお伝えできるのはそれだけです」エドワーズ巡査は言った。「何か展開があればお知らせします」

エドワーズ巡査が先に受話器を置いた。キーは電話機を膝に置き、エディのニンテンドーを見つめた。いまから歩いて実家に帰り、両親にいま聞いたことを伝えるのはどうだろうかと考える。フライトを予約して、メルボルンへ帰り、仕事に復帰するのはどうだろう。なぜならこれ以上カブラマッタにいたところで、キーにできることはもう何ものこされていないのだから。でもそのまえに、キーはかがみこんで膝に頭をのせ、泣くことを自分に許した。デニーの死を父親が電話で知らせてきたとき以来初めて、あの日とおなじように泣いてもいいと自分に許した。あまりに激しく泣いたので、全身が震えた。泣きわめく声がやがて小さくなって途切れると、息を喘がせ、また声を発した。エディが台所から顔を覗かせ見ていたけれど、かまってなどいられなかった。人に見られぬよう自分の胸にそっと隠しておくべきものだったはずの悲しみは、いまキーのなかからどっと流れだして自分ではコントロールできない。だってどうしてこんなことがありえる？　すべてのことを正しくこなし、新しいことにも挑戦してきたのに、それでも最後はこうなるなんて、いったいどうしたらこうなる？　キーは泣いた。ようやく、とうとう、弟のために泣いた。家族のために泣いた。激しく、声をあげ、自分のために、聞こえるように泣いた。

どれくらいの時間、ソファに突っ伏したまま泣いていただろうか。キーの身体がようやく静かになったとき、誰かがキーの肩を押した。エディだった。

「だいじょうぶ？」

キーは姿勢を正した。ズボンの膝が涙でびしょ濡れになっている。「ううん」キーは言った。「どう見たってだいじょうぶじゃないよね」

長い沈黙が流れた。キーはエドワーズ巡査が言ったことを思い出し、エディにギャングのどんなことを知っているか尋ねた。

「ギャングって、トゥパックとビギーみたいなこと？」エディが問い返す。「ブラッズとクリップスみたいな？　だったらおれちょっとくらいは知ってるけど」

「それよりか5Tみたいな」

「おれは入ってないよ。もし、そういうことを訊いてるんなら言うけど」

「違うって」キーは言った。「エディのことを見て、ギャングの仲間だなんて誰も思わないよ」キーはホーマー・シンプソンのTシャツに目をやり、それからエディの顔に視線を戻した。「わたしはただ5Tがどういう意味なのかが知りたいだけ」

「あー」エディはハーフパンツのポケットに両手をつっこんで言った。「それなら簡単だよ。ベトナム語の単語五つの頭文字なんだ、全部Tで始まるんだよ」

「その単語って？」

「さあ、ベトナム語はわかんないから。うちの家族が話すのは潮州《ちょうしゅう》語だから」

「そう」

「でも、英語にすると、愛、金、刑務所、罰、自殺って意味になるってことは知ってる」

「わかった」

「うん」

キーはコードレスの電話機を充電器に戻して、もう帰ろうと立ち上がった。荷物を取りあげたとき、またコントロールできない悲しみの波が押し寄せてきて、キーは呑みこまれそうになった。「どうして？」目を閉じて、頭を後ろに傾けて、どうか答えを授けてほしいと世界に向けて最後に願う。

キーが目をあけるまえに、エディの手がキーの肩に触れた。だが、目をひらき、たがいに向き合うと、エディはその手をさっとひっこめた。

「そっちのさ、友達のせいなんだ」エディが言った。下唇を嚙んでいる。

「え、いまなんて言った？」

エディの指が、こぶしを握ったもう片方の手の浮きでた骨をさすりはじめる。「キーの友達だよ。いっつも家に来てたあいつ。あの晩あいつがあの場所にいたんだ。あいつのせいで起こったんだよ」

「ミニーのこと言ってるの？」

「ああ」

「待って。何がミニーのせいで起こったの？　ミニーが何をしたの？」

エディがまた泣きだした。でも今度は静かに、すすり泣いている。「おれ……あいつ、あそこにいたんだ、あの晩。おれ、あの女がいるのを見たんだ。でもそのあと、おれはトイレに立って。だから、ほかは何も見てないんだ――」

「いったい何なの、エディ、いったい何の話をしてるの？」

エディが顔を赤くした。いま言ったことをなんとかひっこめたい気持ちになっているのがキーにはわかった。そしてちょっとでもしゃべってしまったことを後悔している。

「エディ」キーはできるだけ穏やかに続けた。「そういうこと言っておいて、わたしが聞き流すなんてできないんだよ――」

「おれの言ったことは忘れてよ」

「何言ってるの、エディ！」

「おれはトイレに行ったから、そのあとは何にも見てない。ただ……」エディの首の血管が波打っている。「友達なんだから自分で話せよ。おれはトイレに行ってた。おれは何にも見てない。悪いけど」

キーはエディをじっと見据えた。長いことそうして、居心地が悪くなれば、見たことを話すのではないかと期待して見ていた。でもエディはその場でうつむいて立ったまま、ときどき鼻をすすりながら泣いているだけだ。キーはもう疲れきっていた。けれどもう、つぎにしなくてはならないことはわかっている。

「わかったよ、エディ」ドアのロックをひとつひとつはずして、キーは外へ出た。「こっちこそごめんね」

9

ハン・チャンは、デニーが死んで以来、自分のベッドでは寝付けなくなっていた。頭が冴《さ》えてスイッチがオフにならないのだ。目を閉じて、つかみそこねたいくつもの機会を思い出し、記憶のなかに沈みこむ。デニーと遊んでやればよかったのにそうしなかったときのこと。デニーが小学校の父の日ギフトフェアでプレゼント(ハンカチとか、カフスボタンとか、コート用のハンガーとか、ティーコージーとか)を買ってきてくれたときに、喜んでいるふりをすればよかったのにしなかったときのこと。息子にただ話しかけたり尋ねたりしてどんなことでも話せばよかったのにそうせず、代わりに黙ってビールをちびちびやりはじめ、やがて胸のあたりが温まり、世界がいい感じにぼやけて、そのまま眠りに誘いこまれてしまうまで飲みつづけてしまったときのこと。まだ生きている子供がひとりいるというのに、下の子を失ってハンの悲しみはただ増幅されていくばかりだった。もしも娘の時間まで無駄にしていたのだとしたらどうすればいいのか?

イェンがベッドに入ってきた。夜が更けても妻の身体から放たれる緊張したエネルギーが一向に弱まらないのは、彼女も寝ていないからだろう。けれど、そのことについてふたりで話すことはない。代わりに、疲労で目がずきずき痛みだし、それ以上起きていることに耐えられないと思ったときには、ハンはこっそりベッドを抜けだし、足音をしのばせてデニーの部屋へ入り、イェンが完璧にベッドメイクしたツインサイズのマットレスの上に身を横たえるのだった。膝を抱えて身体をまるめ、シーツに顔をうずめているのだった。それは、もうここにはいない息子との距離を近くに感じるための、彼にできる最後のあがきだった。

けれどこの晩は、となりに来た妻とふたり並んで天井を見つめていたとき、妻のほうが沈黙を破った。「わたしたち、どうしたらいいんでしょう？」ささやき声でイェンが言った。毛布をあごまで引っぱり、腹の上に置いた両手を組み合わせている。「わたしたちの娘、どうしてあんななんでしょう？」

イェンは今週、キーと寺へ行ったのだが、母と娘で二、三時間もいっしょにいるといつもそうなるように、キーの機嫌が悪くなってしまった。いちいち口答えしたり、喧嘩をしないと気がすまない不満だらけの子供のようになったのだ。キーとはそのあと一言も口をきいていない。ハンは、イェンに非がないわけではないことを知っている。イェンのほうも、議論をエスカレートさせる癖があるし、いつも自分が正しいと信じて譲らないところがある。ハンが彼女たちのあいだに立ち入ることはなかった。揉《も》めたところで意味がないし、自分に勝ち目があるとも思えないし、誰かが進んで考えを変えるとも思えないからだ。だからといって、ふたりがまた喧嘩していると聞いて、心中穏やかでいられるわけでもなかった。キーがぶつぶつ文句を言うのを聴いたり、耳のなかがむず痒《がゆ》くなるほど大きな声をイェンが出すたびに、ハンは肌がぞわぞわした。

ハンは、全部オーストラリアのせいだと思っていた。ベトナムでは、親にたいして子供がキーのような口のきき方をすれば、ただではすまされないのだから、とイェンに言いたかった。親の希望に沿った勉強を拒否したり、親の反対を押し切って自分で決めた相手と結婚しただけで、親子の縁を切られた息子や娘の話をハンは聞いたことがあった。だがここでは、そんなことをしたところで何になる？　キーは親といっしょに暮らしてもいないのだから、キーが望むならこれからずっと親を避けて暮らすこともできる。それに、自分たち夫婦は、一度でも自分たちのものと言える子供を持ったことがあっただろうか？　あるいは第一の故郷をあきらめたときに、子供たちのこともあきらめたのだったか？　ハンは、オーストラリアがキーをあんなふうにしたのだと、妻に言いたかった。そして、ハン自身が本来こうあるべきと考える父親になることをむずかしくしたのもオーストラリアだと言いたかった。

「ねえ、学年末の発表会には来てくれる？」キーがそう訊いてきたのは、八歳のときだ。「わたしたち、舞台に上がって、『ナットブッシュ』を踊るんだよ。それでわたしとミニーはいちばん前の列なんだ」

ハンは、キーとミニーが居間でダンスの練習をしているのは知っていた。ティナ・ターナーの歌う曲に合わせて、懸命にラインダンスを踊り、ふたりともこめかみに玉の汗をかき、髪が濡れてべとべとになるまで頑張っていた。

「衣装もあるんだよね」ミニーが言った。そのころミニーは学校が終わると毎日チャン家の家族と過ごしていた。「なんか、ディスコで踊ってる人みたいな服を着なくちゃいけないんだよな」

ハンは首を横に振った。「忙しいんだ」

「何をして忙しいの？」ミニーが言った。

「そうだよ」キーがおなじように言った。「何をして忙しいの？」

ハンは、ひとりで過ごす夕方の安らぎを思った。妻と娘と小さいのがみんな出かけて、ひとり静かに食事をしながらビールを飲んで、カイン・リーの歌をカセットテープで流して、サイゴンの日々を懐かしむ。それがうっとうしくて、不毛な考えだということはわかっている。妻からは、過去は忘れろとよく言われる。カイン・リーが声高らかに歌いあげる英雄的な兵士や死んでしまった勇敢な息子の歌を聴くのはやめろと言うのだ。けれど、前を向け、進んでいけと妻が言い、白い顔の他人が英語をしゃべれと言えば言うほど、そして、黙って消えてしまえと言われているような強い圧力がかかればかかるほど、ハンは世界が一致団結して彼の過去を消そうとしている奇妙な夢のなかにいるような気がしてくるのだった。だから、ひとりきりになれるときはいつも思い出とともに抵抗した。なぜなら、ベトナムでの暮らしはよかったから。それが終わったとき、つまり新しい政権が支配権を握り、銀行口座が凍結され、民間企業が廃業させられたときは大変だった。暮らしが不安と恐れに支配されるようになり、ある日、イェンがその月の配給の米を持ち帰ってきた際に、袋のなかには砂利が混ぜられ、重さをごまかされていたのがわかったときに我慢の限界を超えた。まだ赤ん坊だったキーを膝に乗せ、夫婦は袋の中身を選り分け、米を一粒一粒拾ったが、食べられる分はごくわずかしかなかった。イェンは腹を立てて砂利をつかみ、口へ放りこんで嚙みくだこうとしたが、すぐに奥歯が欠けて歯茎から血を流して泣きだしてしまった。「わたしたち、何という暮らしをしているの？」イェンは泣きながら訴えたのだった。

そんなことになるまでは、いい生活をしていた。ハンがいつも思い出そうとするのは、そのころのことだ。彼は難民として生まれたのではなかった。彼はそれ以上だった。故郷を失うまえ、ふたりのあいだにキーが生まれるまえ、ハンとイェンは毎週末踊りに出かけた。新婚の妻を連れて、「ベン・ハー」を見にいったときのこともハンはよく覚えている。ふたりとも英語の台詞は理解できなかったし、フランス語の字幕にもほとんどついていけなかったが、それでも映画を映し出すスクリーンはとても大きくて色彩にあふれていた。ハンは髪をビートルズふうにカットした。イェンはいち早く流行のブッファンスタイルを取りいれた。ディスコでは、ハンが素早い足さばきでステップを踏むと、円を描いてまわりに人があつまり、喝采を送った。イェンは誰よりも低い姿勢でリンボーダンスができた。そしてふたりともアルコールがまわって頰が赤く染まり、たがいに手を触れあった頰の温かさを感じていると、なんだか自分たちが実際の身体の大きさよりもずっと大きなものに思えてきた。サイゴンより大きく、ベトナムより大きく、戦争より大きく感じられることがあったから、ふたりでいると自分たちはとても大きくて、だから人生をつくっていけると思った。思い出すだけの価値のある思い出だ。

「ねえ？」八歳のキーが腕組みをして訊いている。「来てくれるの？　母さんはたぶんカメラのお手伝いがいるって」

ハンはまた首を横に振った。

「もう！」キーはそう言うと、ミニーとふたり部屋を出ていった。背中をまるめ、後ろをちらっと振り返り、「父さんは、何にもしないんだから！」

ハンは、この子たちによく困らされたことを覚えている。自分はキーたちに家を与え、ミニーにはあの子の家族との生活から逃げる場所を与えるだけでは充分ではないのか？　ハンは幼いころ、サイゴンの両親のアパートが小さくて、ハンのほかに六人いたきょうだいとみんないっしょに暮らすには狭く、カントーに住む親戚に預けられていた。そして五歳になるまで祖母に育てられた。両親がお金を貯めて、サイゴンのアパートのある建物のほかのフロアも買うことができたとき、ハンは初めて家族と暮らせるようになったのだった。そこしかないと思っていた自分の家と、ほかに知らない自分を世話してくれた人たちのもとを離れて、自分への最大の愛にもとづく行為が自分を遠くへ送り出すことだった人々と暮らすというのは、混乱するし、苦痛さえ伴う体験だった。でも、だから何だ？　いま、ハンはそう思う。痛みは時とともに薄れ、心にできた傷の痛みにもしだいに慣れて、人生は続いていく。キーは自分がどれほど運がいいか、わかっているのだろうか？

イェンはベッドの上で、まだ手をもぞもぞ動かしている。「そもそもあの子、ろくに家に帰ってこないじゃないですか。それで、たまに帰ってきたと思ったらこれなんだから」イェンが言った。「それにあの子、わたしに何て言ったか知ってます？　デニーの司法解剖を拒否するなんて間違ってるって。信じられる？　赤の他人にわたしたちの息子を切り刻ませたがるんですよ。でも、何のために？　わたしたちの息子が本当に死んでるか、確認するためだとでも言うの？」

　ハンは舌を嚙んだ。デニーが死んだ晩、もし彼の頭が正常に働いていたなら、妻の言うことを聞いてなどいなかっただろう。司法解剖を拒否するなんてことはしなかったはずだ。もちろんイェンの言っていることが正しいのは彼にもわかっている。どれだけの情報をあつめられたとしても、デニーが帰ってくるわけではない。けれど、何がどう起こったのかは知りたい。なぜ起こったのかも知りたかったし、その答えがわかれば、もしかしたら息子のことが少しは理解できるのではないかと、ハンは思うのだった。

「たぶんキーは、詳しいことが知りたいだけなんだよ」ハンは、娘をかばうみたいに言った。だが本当のところは、娘がどうというより、答えを知りたい自分の気持ちをかばいたいだけだった。「たぶんキーは、何か理解しなくてはいけない大事なことがあると思っているんだよ」

「息子が死んでしまったという事実以上に、どんな大事なことがあるっていうんですか？　それがいちばん大事なことじゃないの。あの子は死んでしまった。そしてわたしたちにできるどんなことも、その事実を変えることはできない」

「でもな」

「キーをメルボルンの大学になんて行かせるんじゃなかったんですよ。あれで変わってしまったんですから、だから――」

「イェン」

「メルボルンなんかへ行ったから、キーは自分がどこから来たかなんて、すっかり忘れてしまったんですよ」

「イェン、おまえたちふたりはいつも喧嘩してたじゃないか。キーがまだここにいたときからそうだったじゃないか」

「いまはもっとひどいんですよ！　あの子、牛みたい。角が出てるんだから」

「角で組み合って闘うには、もう一頭牛がいるからな」

イェンが口をあけたので、何か言い返してくるのだろうとハンは思ったが、何もことばは出てこなかった。代わりに、彼女はシーツを引っぱり、頭まですっぽりかぶってしまった。

妻が鼻をぐずぐずいわせて泣いているのが聞こえる。ハンは身体を横にして、妻のほうを向いた。

「イェン」ハンはシーツの下で自分の手を妻の手に重ねて言った。「キーも、デニーを失ったんだ」

イェンは表情豊かな女性で、顔の造作も人よりよくものを言うようにできていた。黒く、濃い眉は、驚いたときにはアーチを描き、考えこむと曲がり、怒ったときには直線になった。目尻に笑いじわのある大きな瞳は笑顔の彼女をいっそう輝かせ、それだけに泣き顔を見るのがハンにはとてもつらかった。それに、彼女はやかましかった。ときに人を不快にさせるほど声が大きかった。喜びを表すときも、怒りを表現するときも、彼女の声はあらゆる表面で跳ね返り、隣近所までその声は届いていた。ハンは、彼女の鼻、あご、頬がつくるシーツの盛り上がりや窪みを観察した。

「われわれがここへ来たとき、子供たちにはもっといい生活を与えてやろうとしたわけだが、それがどういう意味になるのか知っていたか？」ハンは言った。彼の思考は口からこぼれでることばの一歩先へも進んでいない。

「何の話をしてるんですか？」イェンがシーツの下から問い返した。

「なんでかって、おれは知らなかったからさ。もっといい生活っていうのは、昔の自分たちの生活みたいなもんだと思ってたからな。おれは、キーが自分たちとおなじように大きくなるもんだと思ってたけど、でもオーストラリアじゃな。おれは……」ハンはことばを切って、肩の位置をずらした。こういうことを、ハンはずっと何年もまえから考えていたのだった。そして、最近になってようやく頭のなかで明確になってきたのは、〝もっといい生活〟というのは彼にとっては異質なものだということであり、それはもしかしたら彼が想像すらできないものかもしれないということだった。もっといい生活とは、自分たちの子供のベトナム語がひどいことになっていくことだと、イェンは知っていただろうか？　キーとデニーが親のことを何も知ることなく、親の人生をよくある難民の話に矮小化《わいしょうか》してしまい、自分たちの両親を生きていくための初歩的な知識を持ち合わせていない人間だとみなすようになることだと、知っていただろうか？　悲しみの波が彼を通り抜ける。ハンはのどの締めつけと、目の奥の圧迫を感じた。「自分がこんなふうに駄目になるなんて、知らなかったよ」

目が涙でぼやけてよく見えなかったけれど、ハンはとなりで妻がシーツを引っぱりおろして顔を出し、身体を横向けに倒して自分のほうを向いたのがわかった。

「だいたいどこの男の人もそうだけど、あなたは怠け者で、考えが浅くて、役立たずなんです」イェンが言った。歯磨きをしたばかりの妻の息が肌に当たる。「夫として、あなたのあらゆることにたいする無関心さが、わたしを死ぬほどいらいらさせるの。それにあなたはもうわたしが恋した男じゃない。もうずっとまえから、違うんです」

ハンの心はサンドバッグになった気分だった。イェンの一言一言に彼の身体は震えた。おなじようなことはまえにも言われたことがあった。でもそれはいつも、長屋の壁を突き抜けてとなりまで聞こえるような声で一方的にまくしたてるようなときだけで、自分の旦那は時間の無駄だとか、どんな技能も才能もこんな男のために無駄に使ってしまったから、どうかこの男を消してくださいと、彼女が信じる仏教の神仏に願いごとをしているようなときだけだった。そんなふうに熱くなっているときなら、ハンも動じることはない。けれど、いまこうして穏やかに妻に言われたことばは、骨身にまで突き刺さってくる気がした。

イェンの手がハンの顔にのびてきて、親指と人差し指でハンの耳たぶをつまんだ。「でもね……」ハンの耳たぶをこすりながら、イェンが言った。「父親として失敗はしてないの」

ハンは泣きだしてしまった。両手で口を覆って声を押し殺した。

「うちの子たちはね、わかってるんだ。あの子たちのためなら、わたしたちは死んだってかまわないって」イェンは言った。彼女がデニーのことを、いまも生きているかのように話すことにハンは気づき、手で顔を覆ったまま咳きこんだ。「あの子たちは馬鹿じゃないよ」イェンが続けた。「馬鹿なことはするし、よくわからないこともする。でもね、馬鹿じゃないの。あの子たち、わたしたちの愛はわかってる」

ハンは涙に濡れた手の片方をイェンの手に重ね、その手を引き寄せ、自分の耳と頬に押し当てた。妻の手にこんなふうに触れるのはひさしぶりだ。彼女の手は荒れて胼胝ができ、彼が覚えているよりも分厚かった。この一週間で初めて、ハンは自分のベッドで身体をまるめ、妻の手を顔に当てたまま、眠りのなかへ呑みこまれていった。

けれど、翌朝になるとハンはまた、デニーのベッドへ向かっていた。デニーが生きていたころは、ハンは息子の部屋に興味などなく、家具の配置が変わっていようが、シーツが新しくなっていようが、新しいポスターが貼られていようが、気づくこともなかった。けれど、デニーが死んだと知ったその日から、その部屋は寺院ほどの重みを持った場所となり、ハンは足を踏みいれては答えを探すのだった。このきちんと整えられたツインベッドに横たわっていれば、もしかしたらデニーの幽霊が語りかけてくるかもしれない。息子が手を触れた持ち物に囲まれていたら、もしかしたら、以前自分がいとも簡単に見落としてしまった情報を吸収することができ、息子がどんな人間だったか理解できるかもしれない。けれど、デニーの幽霊が語りかけてくることはなかったし、息子の部屋にあるいろいろなものは、ハンを混乱させるばかりだった。どうして息子は輪っかにボールを投げいれるアメリカの黒人を追いかけていたのか？　机の上にあつめて並べたがらくたに何の意味があるのか？　学校の課題の用紙にスマイルマークといっしょに描いてあるのは何なのか？

ぽっかりとできた空白は、仕事中もハンにつきまとった。窓口で小切手を預かるときも、口座開設や送金の手続きをするときも、それはついてきた。昼休みに、フォーのスープを楽しむこともできずにただ流しこみ、時間つぶしにカブラマッタの狭い商業地区を歩くときも、それはついてきた。そしてその空白は、ハンが銀行から続く道を歩いてラッキー8のそばまで来たとき、一気にひろがった。店は事件の数日後から営業を再開していた。気がつくと、ハンはその店に吸い寄せられていた。なぜならこの店のなかに答えがあるはずだから。だが同時に怖くもあった。なぜなら、もしも自分に対処できなければどうすればいいのか？　そんなふうにして、ハンはデニーが死んでからの日々を過ごしていた。疲労でぼんやりとした視界に浮かぶ、バスケットボールのポスター、振り出された小切手、送金手続き。デニーの部屋の入口に立ち、批判めいた表情でこっちを見ている娘の姿。今日はどうだったと尋ねても答えない娘。眠気で瞼が重くなってきたころに、夕食がまだだと帰宅した娘。あの朝、娘は銀行に駆けこんできた。そんな日になるとは誰も思ってもいなかったのに、いきなりどこへ行けばミニーに会えるかと訊いてきた。これはとても大事なことで、いますぐミニーを見つけなければならないのだと娘は言った。そして、ハンが家に帰ってから調べると言うと、娘は、待っていられないと声を張り上げた。説明はできないし、それ以上は言えないが、絶対に待つことはできないと言うので、ハンも声を張り上げた。もう何年もハンはそんな大声を出したことがなかったけれども、キーにはもう少し敬意を持って、大騒ぎせずにまず事情を説明するように言った。

〝わたしたちの娘、どうしてあんなななんでしょう？〟。昼休みにカブラマッタの街を歩いていたハンの耳に妻の声が聞こえた。つまりそういうことなのだろうか。うちの家族はいよいよ駄目なのだろうか、とハンは思った。息子が死んでしまい、娘は不安定で、妻はお祈りばかりしているし、自分は目的も喜びもなく空っぽになってしまった。上司からは昼休みを長めに取るように言われた。同僚たちは、彼を避けている。感情が噴き出してしまうことを恐れているのか、近寄りすぎてチャン家の不運がうつるのが怖いのかは、ハンにはわからなかった。それで彼はランチを食べて散歩に出た。そしてラッキー8まで来ると、ふたたび道路を挟んで向かい側に立ち、ただ弱気になりすぎて入っていくことのできない宴会場にある答えを想像した。店のなかから自分とおなじ年頃の、汚れたエプロンをした痩せた男がタバコの箱を片手に出てきたときには、なかにいた誰かの近くにいれば答えが出てくるような気がして、ハンは男のあとを尾けていった。痩せた男は少し背中が曲がっていて、わずかだが足を引きずりながら路地を通り抜けていく。ハンも路地から出たときには、男はラッキー8の裏口のすぐ外で、牛乳用の荷箱にすわり、火をつけたタバコを口にぶら下げ、ダットン・レーンの立体駐車場を眺めていた。

「裏口は閉まってますよ」男がベトナム語でハンに言った。ハンがしばらく突っ立っていたので、入口がわからなくて困っているように見えたようだった。

「ああ、そうですか」ハンは、男が自分を気にとめるとは思ってもみず、そう答えた。

「誰かがカーペットに魚醤をこぼしたんですよ。それで裏口の階段にカーペット用の洗剤を撒《ま》いたんです」

ハンはしばらく動きを止めていた。こんなに答えに近づいたのは初めてで、息子の死の真相が明らかになる見通しがひらけたことで、怖くて動けなくなったと同時に、ここにとどまる理由ができたからだった。ハンが動かなくなったので、男がだいじょうぶかと声をかけた。

「お店のかたですか?」ハンは尋ねた。

男はうなずき、タバコの灰が溝に落ちた。

「すわってもかまいませんか?」ハンは、空いている牛乳用の荷箱を指さして訊いた。「ちょっとめまいがするんです」

タバコの煙の向こうから男がハンを観察している。そして肩をすくめたので、ハンはそれをイエスの意味に取った。男がタバコを勧めてきた。

「ビールあります?」ハンは冗談のつもりで言った。男が笑わないので、ハンは自分の名前を名乗り、じつはコモンウェルス銀行で働いていると自己紹介した。

「ジミー・カーターです」男は名乗り、手をさしだして握手した。「銀行のローンなら興味ないですよ、もし勧誘が目的なのでしたら」

「いえ、そういうことでは」ハンは言った。「わたしはただの窓口係ですよ」

ハンがそれ以上話さないでいると、ジミー・カーターは話ができなくてもタバコぐらいは吸えるだろうとばかりにもう一度タバコの箱をさしだした。ハンはまた断った。

「ジミー・カーターというお名前は、ご自分で選んでつけられたんですか?」

ジミー・カーターはうなずいた。

「ビドンで」彼は言った。

「そうですか、うちの家族もビドン島にいたんですよ!」ハンは自分で思っているよりも、熱のこもった言い方で返していた。ジミー・カーターがビドン島経由でここにいるのは驚くようなことではないし、もっといえば偶然とも言えなかった。なぜなら、カブラマッタに住むベトナムからの移民のほとんどは、おなじ難民キャンプで一時期を過ごしているのだから。

「ああ、そうなんですね?」ジミー・カーターが言った。「何年ですか?」

「七八年です」

「そんなに早く国を出られたということは、お金があったんでしょうね」

ハンの答えはイエスだったが、ジミーには〝ええ、あのときはありました〟と過去形で答えたかった。早くにベトナムを出た人々は、国を出るときにはお金を持っていても、新しい家には身ひとつでたどり着くしかなかった。

「移民局の役人に、わたしの名前は発音がむずかしすぎると言われたんです」ジミーが言った。「それで名前を変えるようにと勧められました」

「もとのお名前は何と?」

「クン・ダンです」

ハンは顔をしかめた。「まったくむずかしい名前とは思いませんが」

「必死だったんです。ビドン島にはものすごく長いあいだいましたから。再定住するためならどんなことでも喜んでしました」ジミーは言った。

「それで、ジミー・カーターという名前を選んだんですか?」

「それが」ジミーはそこでくすっと笑ったのだが、笑い方がどこか機械的で、それはつまりいまから話す話が、本人はおもしろいと思っていなくても、笑ってもらう話だということを意味していた。「わたしは、では、大統領とおなじ名前にしてくださいと言ったんです。どうしてって、そりゃ、英語の名前にするんなら、ビッグなほうがいいじゃないですか。オーストラリアの指導者の名前とか。でも、知らなかったんですよ、オーストラリアには首相はいるけど、大統領はいないんですよね。でも、わたしが大統領と言ったもんだから、じゃあジミー・カーターだなって言われてそうなったんです」

ジミーは二本目のタバコの端をつまんで取り出し、火をつけた。「つまり、もしあのとき首相って言ってたら、わたしはマルコム・フレイザーになってたんですよね」ジミーは続けた。「でもわたしは馬鹿だから、あんな背が低くて、笑うと上の歯がむき出しになる男とおなじ名前になってしまったんですよ。背はわたしより低いくらいだ」

「ジミー・カーターはいい大統領でしたよ」ハンは言ったが、彼にとってのいい大統領の条件の幅は狭い。ハンから見れば、ベトナム戦争後に難民を受けいれた国の国家元首はいい国家元首だった。

「まあ、そんなことはどうでもいいんです」ジミーは言った。

だが、名前は大事だ。ハンはそう言いたかった。自分もオーストラリアに再定住するときに、ジミーとおなじように名前を変えないかと勧められた。キーの呼び寄せが延期されたのだが、それは発音しにくい（〝カイ〟と読まれてしまう）し、同化の妨げになるかもしれないというのが、その理由だった。ハンはその勧めには応じなかった。ベトナム人であることに誇りがあったし、親がくれた名を名乗りつづけることにも誇りがあった。それに彼の名前はそれだけでベトナムの記憶を消し去ろうとする者らへの抵抗であることに誇りがあった。息子にデニーという英語の名前をつけることにかんして彼が折れたのは、弟の名前は自分につけさせてほしいとキーにお願いされたからだった。

「ここでの仕事は長いんですか？」ハンは尋ね、ジミーが吐いたタバコの煙を吸いこみ、咳きこんだ。ジミーが目の端でハンを見ている。「ほんとに銀行のローンを勧めるつもりはないんですよね？」

「違いますよ、わたしはただの窓口係で――」

「で、めまいがするからここにすわっているだけなんですか？」

「ええ、そうです」ハンは無防備な状態になってしまった気がした。「ただ――」

「糖尿病ですか？」

「え？」

「わたしの婚約者の父親が糖尿病で、しょっちゅうめまいを起こしているもんですから」

「ああ、いや。そういうんじゃないんだ。糖尿病ではないと思う。きっと日に当たりすぎたせいでしょう」

ふたりは空を見上げた。この日も雲がなく、太陽が放出する乾いた熱で、ハンはオーブントースターのなかにすわっている気分だった。

「ご結婚の予定はいつなんですか？」ハンは尋ねた。

「まだわかりません。ゆうべプロポーズをしたばかりですから」

「そうですか。おめでとうございます」

「ありがとうございます」ジミーが耳の後ろを掻きながら言った。「考えていたようなロマンティックなプロポーズではなかったんです。本当は、指輪と花束を用意して、彼女をどこか素敵な場所へ連れていってって思ってたんですけど、でもなりゆきで。いましなくちゃと思ったら、チャンスを逃したくなくて」

ジミーの言うチャンスを逃すというのが何のことなのかは、ハンには理解できず、彼はただうなずいた。

「ちょっと怖いんです」。ハンが何も言わないので、ジミーがつづける。「誰かの夫になって、その人の面倒を見るというのは。もちろん覚悟はできていますよ、誤解があるといけませんので言いますが、こんな幸運に恵まれてわたしはうれしいんです。でも、いままでこういうことがなかったんですよ、わかりますかね？　とても長いことひとりでやってきたもんですから。新しいシーツを買わなくてはいけない。使い古して擦り切れたシーツに彼女を寝かせるわけにはいきませんからね。それから花を生ける花瓶もいります。家を整えるのに、しなくてはいけないことがとてもたくさんあるんです。わくわくしますが、怖いんです。彼女と結婚して、自分たちの仕事を始めて、彼女と子供を持つことを夢見てきました。でもずっとそれは夢でしかなかったんです。それがいま、現実になろうとしている」

「わたしの息子はここで殺されました」

ハンは自分の心臓が首のあたりで脈打つ感覚を覚えた。なぜあえていまこの瞬間を選んでデニーのことを持ちだしたのかは、ハンには説明できなかった。ただ、これ以上抑えきれなくなったのだ。ジミーが凍りついた。ふたりのあいだで唯一動いているものといえば、ジミーのタバコの先から立ちのぼる煙だけだ。

「息子はデニー・チャンという名前です。いや、でした。十七歳でした」ハンは言った。「あなたはここで働いている。あの子に何があったのか、見ましたか？」

ジミーは身体をこわばらせ、さっき婚約者の話をしていたときに浮かべていた夢見るような表情が、一瞬にして消え去った。自分は目の前の男に感情の鞭《むち》を打ちつけてしまったのだと、ハンは気がついた。長い沈黙のあと、ジミーが言った。「わたしはキッチンで皿を洗っていました。わたしは何も見ていません。何ひとつ。お力にはなれません」

「しかし……」ハンは言いかけたが、自分が小さく、情けなく思えてきた。「ここで働いているほかの人たちはどうなんですか？　その人たちは何か見たんでしょうか？　ひょっとして、何か聞いていませんか？」

「いいですか」ジミーは、身体をずらしてハンと向き合い、言った。「料理人のトゥ・リーは一度もキッチンから出ていません。いつも休憩をとらずにずっと料理をしているんです。だから彼は何も見ていません。ファット・ルオンはウェイターですが、勤務態度がなっていなくて、いつも仕事時間中に抜けだしてタバコを吸いにいくんです。だから彼も何も見ていません。半分くらいの時間は、わたしが代わりにテーブルについていないといけないんです」

「でも、その人の代わりにテーブルについていたんなら、あなたは見ているに違いない――」

「事件が起きたときには、キッチンに戻っていました」ジミーはそう言うと、ハンから目をそらし、立体駐車場を見つめながら脚を組んだ。「ひとつのテーブルに給仕する。キッチンに戻る。皿を洗う。

そのままキッチンにいる」

「ラッキー8で歌ってるウェディングシンガーはどうなんですか?」

「どうって、彼女の何がです?」

「わからないが、わたしはただ――」

「あなたの娘さんにお話ししたとおりですよ。わたしは何も――」

「わたしの娘ですか?」

「何も聞いてもいないんです。キッチンで皿を洗っていましたから、何も見えない場所にいましたし――」

「どういう意味ですか、娘と話したんですか?」

「デニーの姉だという若い女性が、ゆうべここへ来たんです。事件のあった夜に出勤していた全員に話を聴いていました」

「娘がゆうべここへ来ただって?」

「といいますか、その女性がデニー・チャンの姉だと名乗ったんです。だから、そうですね? ミス・フローラと長いこと話していました。ファット・ルオンには会えませんでした。いい加減な男ですから。遅く来て、早く帰りますし、勤務時間中も料理を運んでいるよりここでタバコを吸ってる時間のほうが長いんです」ジミーは店の階段のほうへ首を傾けた。「でも、リーさんとわたしは、ふたりとも事件の夜はキッチンにいたんです。ふたりとも何も見ていません。お力にはなれないんです」

「でも、そのあとはどうなんですか? キッチンから出たあとは? 何か見ませんでしたか?」

「少年が床に倒れていました。白人の女性が叫んでいて、家族連れの客が一組、椅子の向きを変えて壁のほうを向いていました。警察に話したとおりです。何が起こったかも誰がやったかも、わたしは見ていないんです。申しわけありません」

ハンの視界がまた曇りはじめた。両手はまだ牛乳用の荷箱の縁をつかんでいる。

「でも、これだけは言えます。あなたの娘さんはガッツがある。わたしだったら彼女のようにできるかどうか——」

「娘は何を尋ねたんですか？」

ジミーは耳を掻いている。「あなたとおなじですよ。わたしが何を見たか、何が起こったのか、そこにいた人たちはどんな様子だったかを知りたがっていました。詳しいことが知りたかったんですよ」

ハンは、手に痛みを感じはじめ、荷箱をつかむ手に力が入りすぎていたことに気がついた。

「でもですよ、もし仮に、わたしが何かを見ていたとして、というよりここにいる誰かが何かを見ていたとして、何が変わるんでしょうか？　時間を戻すことはできないんですよ」

「それで、うちの娘にもそう言ったんですか？」

「ええ。起こったことは悲劇です。お身内を亡くされてお気の毒に思います。でも、娘さんがしていたこと、つまりひとりひとり会いにまわって、根ほり葉ほり話を聴いて、そうやって、何が変わると言うんです？」

「それで、娘はあなたの言うことを聞きましたか？」

ジミーは首を横に振った。「娘さんは使命感に燃えていました」

ハンはいま聞いた話を頭で処理できるまえに、立ち上がり、歩きだしていた。

「だいじょうぶですか？」ジミーが大声で訊いた。

「もう行かなきゃならないんです」ハンも大声で返した。パズルのピースが、いま頭のなかでパチッとはまった気がした。娘のことをもっと信用するべきだった。娘は自分や妻のように引きこもりはしないとわかってやればよかった。娘が何をしていたのかをもっと早くに理解していなかった自分を蹴りとばしてやりたい。ハンは腕を振り、脚を上げて力強く歩きはじめた。銀行への曲がり角を曲がらずに素通りし、家のほうへと歩きつづけた。

10

その日の午後、キーは実家の自分の部屋をひっくり返し、ハローキティの絵がついた古い日記帳のどこかにミニーの住所を書いていなかったかと捜した。台所にあった母のアドレス帳も調べたが、アルファベットの見出しはまったく役に立たず、全部ベトナム語で、しかもニックネームで書いてあるので、キーの知っている名前とはまったく一致しない。恥ずかしさがこみあげてくる。あんなに仲良しで何年も友達だったのに、住所も知らなかったのか？

玄関のドアがひらく音がしたので、キーは母が帰ってきたと思ったが、入ってきたのは父だった。通勤用のシャツとズボン姿だが、ブリーフケースは持っていない。

「母さんは？」キーは英語で尋ねた。「車は表にあるんだけど、でも母さんはいない――」

「母さんなら、バスでウロンゴンへ行ったよ」父はベトナム語で答え、靴を脱いで、台所へ入っていった。

「ウロンゴンに何があるの？」

「大きな仏教の寺がある」キーの父は言った。「母さんはお参りする仏像が大きければ大きいほど、おまえの弟がいいものに生まれ変われるチャンスが増えると思ってるんだ」

「父さん……」キーは母のアドレス帳を父に渡した。「ここからミニーを捜すの、どうしたらいい？」

　父は手にしたアドレス帳のしわの寄ったページをぱらぱらとめくった。「どうしてミニーを捜してる？」

　キーは自分が知ったことを両親にはまだ言わないつもりでいた。話すのは全部のことがわかってからにしようと思っていた。どうしてデニーでなければならなかったのか、自分が理解できるまで話すつもりはなかった。もしもそれを自分が最初に突き止めることになるのなら、両親に伝えるときにはできるかぎり穏やかなやり方で、すでに負っている以上の痛みを彼らに負わせないように伝えたいと思っていた。いま彼女は、真実にはずいぶんと近づいた気がしているが、まだ理解できるにはほど遠いところにいた。

「どうしてって、どうしてあんなことが起こったかミニーが知ってるかもしれないからだよ」キーは言ったが、まだ父の目をまっすぐに見られない。

　きっとこれがパズルの最後のピースなのだと、キーは思っていた。どんなことであれ、ミニーの知っていることがわかれば、キーがわかりかけたストーリーはきっと完成する。そうすれば、両親に話すことができる。

「もっと話してくれるか？」父が言った。手にはまだアドレス帳を握っている。

「先にあの子と話さなきゃいけないんだよ」キーは焦りを感じていた。

　父はこれから何か言おうとしているみたいに息をついた。何を知っているのか言いなさいと詰め寄られるのか、実家に帰って来てから何をしていたのかを説明するまで助けないと言われるのかと、キーは構えていたが、そうはならなかった。父はため息をつくと、アドレス帳をめくりはじめた。

「おまえの母さんはどうかしてるよ。このアドレス帳はどういう順番になってるんだ？　いったいどこを見たらいいんだか……」父は言うのをやめて、母が筆記体で書いたベトナム語の文字に目を細くしながら、一ページずつ指をすべらせて調べていった。そして、あるところで指を止めた。父は口のなかで何か言い、それからアドレス帳をキーにさしだした。

「ミニーは〝ふたりめの娘〟だと書いてある」キーの父はそう言って、首を振った。「あの一家がいまもこの住所にいるかどうかは知らないんだ。家族で引っ越したかもしれんし、ひょっとしたらおまえのように、ミニーはもう家を出たかもしれん」

キーはアドレス帳を受け取ろうとしたが、父はまだ手を放さず、指でマクバーニー・ロードの住所を指した。

「父さん」言いながら、キーはアドレス帳を引っぱった。

「母さんは知りたがってはいないが」父が言った。「だからと言って、気にかけていないということではないんだ」

キーは混乱して父を見た。「どういう意味？」

「詳しいことだよ。おまえは詳しいことを知りたがる。おまえの母さんは知りたがらない」

キーは深く息を吸いこんだ。だが、彼女が口を挟む間もなく、父は続けた。「考え方の違いなんだな。母さんはどうしてかっていう理由は気にしない。気にするのは何がこうで、何がこうでない、ということだけなんだ。そういう人間なんだ」

「それで父さんはどうなの？」

ふたりがそれぞれアドレス帳の両端を持って、どちらも放そうとしないまま、時は速度を落としてゆっくりと流れた。ようやく父が手を放したとき、アドレス帳の背からページがはずれて垂れ下がった。

「あの子が見つかったら、おまえの知ってることを教えてほしい」

キーは父と目を合わせた。自分がシドニーを離れているあいだに、父がずいぶんと年を取ったことに初めて気がついた。重力に引っぱられて垂れた皮膚、姿勢は眠っているあいださえ重荷を背負っていた男のものだ。キーはできることなら時間を戻し、意識せずに父に抱きつくことのできた子供のころに帰りたいと思った。キーはうなずいた。

「約束できるか？」

「うん」キーは言った。「約束する」

「おまえは勇敢な娘だ」父は言った。「それだけ勇敢なら、おまえも父さんもだいじょうぶだ」父がくるりと向きを変えて台所を出ていったので、キーは母の車のキーをつかんで家族のダイハツに乗りこみ、いま彼女を駆り立てている気持ちが崩れてしまいそうになるのに抗いながら、エンジンをかけた。

11

ミニーが初めてティエンの姿を目にしたのは、ミニーが九歳で、ティエンが十二歳のときだった。こんなうっとりするほどきれいな人は見たことがない、とミニーは思った。シャープな顔つきに、肌はこんがり焼きたてのパンの色で、頬骨は繊細であると同時にくっきりとして、誰かが美術の時間に薄い粘土板に色をつけてつくったんじゃないかと思うくらいだった。

「もちろん、ミニーはティエンのこと覚えていますとも！」ミニーの母がそう言って、ミニーの背中を平手で叩いたのだが、力が入りすぎていて、ミニーはスツールから落ちそうになった。ミニーと母は、家族の友人の誕生会に呼ばれていた。裏庭では大人の男たちがブランデーをショットグラスで飲みながらタバコを吸っているのを、妻たちが不安な表情で見ている。いつもミニーの母が、夫が酒を飲んでいるときに見せるのとおなじ不安な表情だ。ミニーは部屋の反対側に視線を移した。そこに不機嫌そうにパーティー用のプラスチックのコップでファンタを飲んでいるティエンの姿があった。

ミニーの母は、いちばんいい服を着てきたのに貧相に見える恰好で、赤ちゃんを抱いた若い女の人に話しかけていた。赤ちゃんは垂れたほっぺを女の人の肩にあずけて眠っている。

「わたしたちみんな、フェアリーメドウでいっしょだったんですよね」若い女の人が言った。「わたしのこと、フローラお姉ちゃんって呼んでたでしょう。覚えてる？」

ミニーは耳の高さまで上げた両肩をすとんと落とし、「あなたはあたしのこと覚えてるんですか？」と逆に訊き返した。

女の人は驚いた顔をして、それから微笑んだ。「フェアリーメドウには人がたくさんいたものね？」

フェアリーメドウの移住者一時滞在施設にいたころのことを、ミニーは断片的にしか覚えていない。記憶にのこっているといえば、そこに着いたときにはトイレトレーニングが終わっていたこと。当時両親は寄付であつまった服ばかりを着ていて、いつもヒッピーみたいな花柄のシャツにフレアパンツを穿いて、トランペットの口から足が出ているような恰好をしていたこと。草の生えた敷地に曲がった木でできた小屋があって、そこでほかの子供たちと英語のレッスンを受けたことくらいだった。先生は全員白人で、まるでミニーの頭が悪くて耳が聞こえないみたいに、ゆっくりと大きすぎる声で話した。

ミニーの記憶にのこっていないこともいろいろあった。たとえば、先生と話すときは先生とそっくりに発音ができるように先生の口の動かし方を懸命に真似したこと。両親はふたりとも働きづめだったから、毎日何回か大人が入れ替わり立ち替わりやってきて食堂に連れていってくれたこと。寄付であつめられた児童書の山があったから、ミニーの若い頭がそこから文字と文字の関係を吸収し、それらが単語になり、さらに文になることを、なぜそうなるのかを説明できなくても自然に理解できるようになったこと。一度だけおねしょをしてしまったこと。そのときは父親がミニーの腕をねじり上げて、何かがポキッと折れる音がするまでやめなかった。たまに、石膏《せっこう》ギプスの下で皮膚が痒かったことや、ギプスがはずれたときにどれほど臭かったかを思い出した気がすることがあるけれど、はたしてそれがミニー自身の記憶なのか、それとも母から聞いたことなのか、区別がつかなかった。

誕生会は、いつものように終わった。つまり、どこかの夫婦が喧嘩を始め、男が嘔吐《おうと》し、子供が口答えしたとかで、みんなが見ている前で叩かれて終わった。ミニーは、ティエンが誰かが置き忘れていたマルボロゴールドの箱をズボンのポケットにすべりこませるのを見ていた。彼女の視線に気がついたティエンは、指を一本唇に当て、ウィンクした。ミニーは微笑み、うっとりと催眠術にかかったみたいに彼を見ていた。ティエンはふらりと部屋を横切りながら、大人たちが何も気づかないあいだに誰かのビールに口をつけ、別の誰かのライターをポケットに入れて、最後は彼のおばのフローラのハンドバッグから鍵の束を抜き取ってパーティーから姿を消した。

「ねえ、好きな男子《こ》いる？」誕生会の翌日、ミニーは学校でベジマイト*とチーズのサンドイッチをキーとふたりで分けて食べながら尋ねた。

キーはしばらく考えて答えた。「スティーブン・コワルスキーかな」言ってから、キーははっとして顔を赤らめた。「でも、違うよ、あの子のガールフレンドになりたいとかそんなんじゃないんだから！」

ミニーは顔をしかめた。「あんな牙みたいな気色悪い歯してるのに？」

「知らない！」キーは腕組みをして言った。「だってサッカー上手だし、優しいとこもあるし、それに去年わたしが前に出て発表《ショウ・アンド・テル》してるときにあくびしなかったんだもん。でも、結婚したいとかそんなんじゃないからね！」

「ねえ、年上の男の子が好きなのって変かなあ？」ミニーは尋ねた。

「それって、四年生とか？」

「えっと、それか、六年生とか」

「げっ！　それは上すぎるよ」キーが言った。「中学《ハイスクール》じゃない。それはムリ。って、ボーイフレンドなんかいないでしょ？　え、いるの？　わたしに言わなかったなんて信じられない。そんなのないよ！　わたしミニーの――」

「落ち着きなって、キー、ちょっとそんなつもりになってみただけだって」

「そんなつもりって？」

「もしもこうだったら、って考えるやつ」

「なーんだ」

つぎにミニーがティエンに会ったのは、五年後のことだった。学年が終わりに近づき、水飲み場のまわりにクリスマスビートル（オーストラリアでクリスマスの時期に現れる甲虫の総称）が群がりはじめ、浮き足立った気分が漂っていた。ミニーには、半分くらいの生徒がもう授業に来ていないみたいに思えた。

「みんな何してんだろ？」終業のベルを聞きながら、ミニーはバックパックを肩にかけて言った。長い休みが近づいてくるたび、気がつけばミニーはいつもおなじ疑問を口にしていた。

「どうでもよくない？」キーが言った。授業中にひらくことなどめったにないのに、持っていないと気がすまなくて全部の教科書を詰めこんだかばんを背負うと、キーは小さく見える。「あの子たちは落第して、わたしたちは一番になるんだから」

＊　オーストラリアで生産されている酵母エキスや塩を原料とする発酵食品。

「うん、知ってる。キーはいつも言ってるよな。でもさ、あの子たちどんなことしてんだろ？　きっと楽しいことだよな」

キーが口をすぼめて考えこむ。「ただぶらぶらして、赤いベンチにすわってるとかじゃないのかな？」

「何をしてるって？」

「何で気にするの？　あの子たちがただ人生を無駄にしてるだけだよ」

「一日六時間も？」

ふたりが校門のところまで来たとき、歩道に生徒のグループが立っているのが見えた。耳の後ろにタバコをはさんで、長いズボンの裾を引きずっている。キーは顔をそむけて小さく舌打ちした。

授業をサボっている不良生徒を見分けるのは簡単だった。その子たちは制服を着てはいても着方がだらしない。ボタンを上まで留めず、ズボンにはベルトをしていないし、なかでもいちばん不可解なのは、ネクタイをしているけれども緩すぎて、結び目の位置も低すぎて胸のあたりまで来ているので、そんなんだったらなんでわざわざ結んでるんだろうとミニーは思うのだった。ときどき、ミニーもキーも、もう登校するフリさえしなくなり、頭のてっぺんから足の先まで黒ずくめでやってくる生徒がいるのも知っていた。ミニーがいちばん知りたかったのはそういう生徒たちのことだ。学校がある日にあの子たちはどこへ行ってるのだろう？　そして、もっと重要だと思えるのだが、その子たちはどうして戻ってくるのだろう？

「じろじろ見るのやめなよ」キーがささやき声で言った。

けれど、ミニーはキーの言うことなど聞く気になれなかった。もっとその子たちの近くへ行って、何をしているのかがわかりたかった。そうして自分に欠けているものを見つけたかった――

「ちょっと！」黒い服の女の子がふたりに気づき、ミニーと目を合わせた。十六歳くらいに見えた。

黒いアイラインを太く引き、肩ひもの細いキャミソールを着てフレアパンツを穿いている。「何見てんだよ?」

キーとミニーは立ち止まった。ミニーはとなりで友達の身体が緊張しているのを感じ、ミニー自身はというと圧倒されてくらくらしていた。ミニーは考えるまえに答えていた。「あんたのことだよ!」

その場に六人ほどいた、ミニーとキーよりも年上の不良生徒たちは、たがいに顔を見合わせた。そのうちのひとりが「マジかよ?」と口を動かすのが見えた。

「あたしを見てるってどうして?」黒い服の女の子がおもしろがってるみたいに訊き返してきた。

ミニーは肩をすくめて言った。「なんか楽しそうに見えたから」

「あんたこれ……」黒い服の女の子が自分の足元を指さす。「これが楽しそうに見えるってこと?」

「楽しくなかったら、どうしてそんなことしてるの?」ミニーは言った。

キーの手がミニーの肘をつかむ。もう行こうと言ってるのだ。でも、ミニーはまだ用事が終わっていなかった。その子たちが進んで話をしてくれるかぎりは、ミニーは話をしたかった。

黒い服の女の子がにやにやしながら言った。「あのさ、あんた自分を何だと思ってんの、お姉さん《チーハイ》?」

〝チーハイ〟とミニーのことを呼んだことがあるのは、それまではキーの母親だけだった。キーの母親は、ミニーかキーが言うことを聞かないときにこの呼び方でふたりを呼んだ。たとえば、冬に学校の制服の下にタートルネックを着るのを嫌がったとき(「自分は風邪をひかないとでも思ってるのかい、チーハイ? 冬に勝てるほど自分は強いと思ってんのかい?!」)とか、下校のときに日傘をさして歩くのを嫌がったとき(「おまえたち、お日さまに勝てるとでも思ってんのかい、チーハイ? ふたりとも難民みたいに日焼けしてしまうよ!」)とか。ミニーの母親が使うこの呼び方には、保護者としての気持ちが込められていた。〝お姉さん〟と呼びかけることで、子供たちに本当は自分たちがどれほど力を持たないかを自覚させるのだ。けれど、おなじ年ごろのティーンエイジャーからお姉さん《チーハイ》なんて呼びかけられると、そのことばが、ことばどおりの意味を持っているみたいに感じられた。たとえわずかのあいだでも、誰かが自分のことを文字通りの意味で〝お姉さん《チーハイ》〟と呼ぶだけの敬意を持って接してくれたかもしれないと思うと、ミニーはぞくぞくした。

「あたし――」普段はことばに詰まることなどないミニーだが、このときばかりは彼女たちと交流できることに興奮しすぎて、何を言おうとしていたのかわからなくなってしまった。

　白いホンダが縁石のそばに停まり、ティエンが現れたのはそのときだった。彼の乗ってきた車は車高が低く、リアスポイラーをミニーの頭が通りそうなくらいに高く上げていた。その車から誰かが降りてきた瞬間、ミニーにはそれがティエンだとわかった。背が高くなって、十二年生にいそうな見た目になっていた。喉仏が浮き出て、あごのラインはまえよりしっかりとして、いっそうくっきりして見えた。でも、シャープな頬骨や肌のなめらかさや、不機嫌そうな顔つきは、少しも変わっていなかった。ティエンはやっぱりミニーがそれまで見た誰よりもきれいな男の子だった。

「やあ」ティエンが車のルーフに肘を休ませて言った。「誰が来る？」

　その場にいたグループの全員が手をあげた。そして、ティエンが首を傾けると、その子たちは、誰かの膝の上に誰かがすわったりして、重なるように車に乗りこんだ。

　キーが歩きだしていた。だが、今度はミニーが彼女の腕をつかむ番だった。

「ねえ！」ミニーはティエンを呼んでいた。ようやくことばが戻ってきた。「あたし、あんたのこと知ってる！」

　ホンダの窓から頭がふたつ、三つ突き出てきた。ティエンがミニーをじっと見て、それから後ろを振り返り、もう一度、ミニーの丸い顔を見た。「へえ、そうなんだ？」

「うん。何年かまえだけど、どっかのおじいさんの誕生会で会ってる。あんたのおばさんに話しかけられたんだ」

ティエンは片方の足からもう片方の足へ体重を移し、歯の上で舌をすべらせている。車のなかの子たちは首をのばして様子を見守っている。

「ああ、そうだったな。覚えてるよ」ティエンはそう言って、にやりと笑った。まったく覚えていないのは明らかだった。「まだ赤ん坊だったときだろ？　泣きべそかいてた大きな赤ん坊な？」

車のなかの子たちが声を立てて笑った。ミニーはキーを見たが、キーはうつむいて足のあいだを見つめている。「あたし九歳だった。泣いてないし」

「おや、そうだったかな？」ティエンが言った。

「そうだったよ」

「気をつけて、ティエン」後部座席にいた黒服の女の子が言った。「そっちのチーハイ、あんたのことボコボコにするって」

ホンダの車内からまた笑い声が沸き起こった。「ほんとかよ？　おれのことボコボコにする気なの？　チーハイ？」

「まさか、どうしてあたしが――」

「じゃあ、おれに何の用があるわけ？」

いくつものことがミニーの頭のなかを駆けめぐった。彼と彼の友達が、学校に来ていないあいだ何をしているのかが知りたかった。どうして彼らが、必要もないのに学校へ戻ってくるのかが知りたかった。自分の目でたしかめるために、自分もついていっていいかどうか知りたかった。彼に友達になってもらえるかどうかが知りたかった。なぜって、ミニーはまだ彼のことは何ひとつ知らなかったけれど、彼にずっと話しかけていてほしいと思っていたから。いまこうして歩道で会話をしていると、どうしてかわからないけど、自分自身が身体の内側でふくらんでいく泡で満たされ、うっとりした気分に包まれていくから。

「べつに何もないよ」ミニーは強く出すぎた感じになるのが嫌で嘘をついた。

「ほんとか？」

「うん」また嘘をついた。「ちょっと挨拶したかっただけだから」

ティエンはうなずき、にこっと笑った。「わかったよ。じゃあ、こんにちは、チーハイ」

「あたしミニーっていうの」

「オッケー、こんにちは、チーハイ・ミニー。おれはティエン」

その日、家までの帰り道、キーは無視を決めこんで、ミニーとは一言も口をきこうとしなかった。

「ねえ、どうしてしゃべらないの？」デニーが言った。

「きみのお姉ちゃんがご機嫌斜めだからだよ」

「そんなんじゃないよ！」キーが言った。身体の前で腕組みをして歩いている。

ミニーとデニーは目配せした。〝ね、言ったとおりだろ？〟〝そうだね〟

「あたしが知らない人としゃべってたから怒ってんの」

「もう、違うって！」

ミニーはまたデニーを見た。ふたりとも眉を上げた。

三人は、横断歩道を渡るときは自然と手をつなぎ、鉄道駅の線路にかかる歩道橋を渡るときには早足になった。キーの家に着くと、トーストにのせて醤油をかけて食べる目玉焼きをつくりはじめた。キーが食器棚の扉と引き出しを大きな音をさせて閉め、雑な手つきで卵を割るので、続けて黄身が壊れた。

「もうちょっと丁寧にやりなよ」ミニーがコンロのそばで言った。「貸して、あたしがやるから——」

「手伝ってなんかほしくない」キーが言いながら、三人とも両面焼きは好きじゃないのに、フライパンの目玉焼きをひとつひとつひっくり返した。

ミニーはため息をついた。もっと幼かったころは、毎日、午後にキーの家で過ごすのが好きだった。チャン家はいつでも冷蔵庫に食べ物がいっぱい入っていたし、キーもデニーもミニーが考えた遊びにいつだって喜んでつきあってくれた。それに宿題が終わったあとは、いっしょにテレビを見ることもできた。でも、離れている時間が少なすぎて、ミニーは疲れてきた。ときどき、ミニーはキーの期待が重くて息が詰まりそうになった。友達が、ミニーにはもう合わなくなった入れ物のなかに、ミニーを完全なかたちでとどめたまま入れておこうとしているみたいに思うことがあった。それにキーが友達のことを値踏みしているようにも思えた。八年生に進級したころには、ふたりはたがいに不寛容になってしまっていることにミニーは気づいていた。ちょっとした不満も、ぶっきらぼうな物言いも、意見の不一致も、息をする隙間もないほど密着した状態では、時間と空間のなかに拡散されて薄まる機会がなかった。ミニーは、自分にとってキーは親友であり、たったひとりの友達だということはわかっていた。と、同時に、キーにはうんざりしてもいた。ときどき、ミニーは自分の友達の顔にマグカップを投げつけるところを想像したりしていた。

「あたし帰る」ミニーはコンロを離れ、通学かばんのほうへ移動しながら言った。

キーが驚いた顔をした。トースターからパンが跳ね上がるのを待っていたデニーも、急に頭を振り向けた。「でも、母さんまだだよ」デニーが言った。

「ひとりで歩いて帰るよ」

「だめだよ」デニーが言いながら、キーの顔を見て助けを求めた。「ひとりで歩くのは安全じゃないよ」

「あたしもう小さい子じゃないから」ミニーはそう言って、玄関のほうへ歩いていく。

「でも、ゆうかいされたらどうするの?」デニーが突然恐怖に襲われたみたいな声で言う。「母さんが帰ってくるまで待って、そしたら母さんが——」

「いいかげんにしてよ、ミニー、馬鹿なこと言わないで」キーがフライパンにへらを投げだして言った。

「え、何て?」

「ひとりで歩いて帰るのは安全じゃないの。もし何かあったらどうするの?」

「あんたのクッソつまんねえ態度に付き合ってるより、そっちのリスクをとったほうがましだから」ミニーは言って、ドアノブに手をのばした。

「だってミニー、不良の子たちと話すから! わたしどう反応したらいいわけ?」

「キーはあの子たちが学校へ来てないときに何してるのかも知らないじゃん!」

「だから?」

「だから、あんたは何にもわかっちゃいないって言ってんの」ミニーは声を荒らげないように気をつけた。でも本当はキーにたいする不満がいまにもあふれだしそうだった。「あの子たちが悪い人間かどうかだって知らない。キーは、あの子たちが制服をきちんと着てないからってだけで判断してるんだ」

「あの子たち学校へも行ってないじゃない!」

「何とでも。あたし行くから」

ミニーはドアノブに手を置いたまましばらくその場に立って、誰かが何かを言うのを待ったが、誰も何も言わないので、ゆっくりとドアノブをまわした。黒板を爪で引っ掻いたときみたいな音がした。

「いいよ、わたしが悪いんだよ！」キーが台所から大きな足音を立てて玄関まで来た。「これで満足？」

「悪いって何にたいして？」

「何にって……」キーはまた腕を組んで、小さい子が自分が悪さをしたとしぶしぶ認めるみたいに言った。「知らないよ！」

「束縛ばっかりする性格悪い女になったこと？」

「それって、わたしのことそんなだって思ってるってこと？」

「さあね、キー。ねえ、デニー、きみのお姉ちゃんは束縛ばっかりする性格悪い女だと思う？」

デニーはあけた口をO《オー》の形にしたまま固まってしまった。そして、降参とばかりに両手をあげた。

「いいよ、わかったよ、性格悪い女になって悪かったよ。これで満足？」

「キーが最初から性格悪い女じゃなかったらよかったんだけどな」ミニーは言いながら、自分が言ったことの意地悪さにはっと気づき、感情をコントロールできなくなっている自分に驚いていた。「でも謝罪は受け付ける」

心のなかで、ミニーは少しも満足なんてしていないとキーに言いたい気持ちと闘っていた。まだわずかにのこっている自制のきく表面のすぐ下では、とげのあることばと自分でも完全には理解できない怒りが、いまにも解き放たれるのを待っていた。


ミニーの進む道がティエンの進む道と三度目に交差したのは、歩道での出会いから数週間後、学校が夏休みに入る前日のことだった。キーの家族は休暇の旅行に少し早めに出発していた。一年かけて貯めたお金で、ゴールドコーストにあるワーナーブラザーズのムービーワールドへ出かけたのだ。だからミニーはひとりで歩いて家に帰っていた。この旅行にはミニーもいっしょに連れていきたいと、キーの母親から申し出があったのだが、ミニーの母親が断ってしまったのだった。キーの家族が費用を負担してくれると言っているのに、どうして行ってはいけないのかと、ミニーが抗議すると、ミニーの母は説明もせずにただミニーを二回叩いた。こういう反応をされるのは初めてではなかった。ミニーがチャン家で夕食を食べてもいいかと尋ねたり、泊まっていってもいいかと訊いたりすると、母はミニーの頬を平手打ちした。昔は母親に嫌われているのだとミニーは思っていた。けれど時間が経つにつれ、誰かよその人がミニーの世話をしようと申し出るたび、ミニーの母は耐え難いほど恥ずかしさを感じ、ミニーに責任を転嫁して、この子は感謝のない子だと責めることでしか安心できなかったのではないかと、ミニーは思うようになっていた。

「よく聞いて」キーの母は、出発の前日にミニーに言った。「最後の授業の終わりのベルが鳴ったら、すぐに家まで走って帰りなさい。いつもみたいにゆっくり歩いてては駄目。止まっては駄目。誰とも話しては駄目。まっすぐ家まで走って帰りなさい」

ミニーは、したがう気はまったくなかったけれど、わかりましたと言った。カブラマッタはミニーにとって怖い場所ではなかった。薬物常用者は速く走れないし、自分は盗まれるようなものを持っていない。それに家族はお金なんて持ってないから、身代金目的の誘拐犯にねらわれるわけもないのだから。

その日キーの母は、自分たち家族が家を空ける二週間、ミニーがひとりでもしのげるように、一本一キロはあるずっしり重いバインテット（ベトナム南部で旧正月に食べられる、ちまきに似た料理）を八本持たせて、彼女を家まで送りとどけた。そして、サッカーボールほどの大きさのあるもち米のかたまりからバナナの皮の包みを剝がし、ホッケーのパックくらいの大きさを切り取って、乾かないように電子レンジで温める方法をミニーに教えた。

「バインテットを食べておけば、お腹は空かないからね」キーの母は「もち米がほら、こんなに詰まってるんだから」と言い、こぶしを握って続けた。「岩を食べてるみたいなもんだよ。胃のなかで消化するのにいつまでもかかるよ」

「すごい」。相手がキーの母だと、ミニーは何を言うにしても、皮肉に聞こえたらどうしようなどと心配する必要がなかった。少しでもミニーが口答えしたと思うと、平手打ちをする実母とは違い、キーの母はミニーの言うことをおもしろがってくれるからだ。「あたし、岩食べるの好きだから」

夏休みまでのキーがいない一週間は、ミニーは退屈でどうにかなりそうだった。教師たちはもう教えることがないので、ビデオを持ってきて「メリー・ポピンズ」と「ネバーエンディング・ストーリー」と「オズの魔法使い」を教室で見せた。まえの年も、そのまえの年も、そのまたまえの年も、休みまえの最後の週に生徒たちに見せたおなじ映画三本だ。最後のベルが鳴ったとき、ミニーは走らなかった。代わりに、ぼんやりした頭で、カンザスのどこかに心を置いてきたまま、同級生たちが大急ぎでそれぞれの夏休みに駆けだしていく後ろを、ゆっくりと歩いていた。

ミニーがぶらぶらと校門のほうへ近づいていくと、何週間かまえに校門の外にいたおなじ不良生徒たちのグループがいるのが見えた。半分の子たちは学校の制服を着て、のこりの子たちは黒い服を着ている。

「ちょっと、チーハイ」近づいていくミニーに、グループのひとりが声をかけてきた。「ガリ勉のお友達はいっしょじゃないの？」

ミニーは身体に電流のような衝撃を感じた。まわりを見まわし、年上の女の子がほかの誰かに話しかけたのでないことをたしかめる。

「旅行に出かけてる」ミニーは言った。声がかすれていた。そういえばこの日はまだ誰とも話していなかったし、今週はじめにチャン家の人々が出かけてしまったあとは、一言も声を出していなかったことにも気がついた。ミニーはビデオの余韻からようやく目を覚まし、グループの子たちを見まわして、ティエンがいないか目で捜した。いなかった。

「旅行ってどこへ?」年上の女の子が言った。

「ムービーワールドだって」

「へえ、ラッキーじゃん。で、あんたはいっしょに連れてってもらえなかったんだ?」

グループの子たちが笑った。ミニーは急に、自分の耳が熱くなっていることに気がついた。

「あたしは行きたくなかったから」ミニーは嘘をついた。「クイーンズランドなんてイケてないし」

ライターで遊んでいた年長っぽい男の子が、同意を示してうなずいた。「そうだよな、クイーンズランドは人種差別主義者だらけだからな」

「オーストラリアが人種差別主義者だらけなんでしょ」女の子が言った。

「どこにも行けないよな」男の子が言った。

「で、あんたはどうすんの、チーハイ?」

ミニーは肩をすくめた。それまでミニーに予定を訊く人なんていなかった。だから、予定を立てなくてはいけないと思ったこともなかった。ひとりで過ごす長い休みはいつもおなじだった。空腹の痛みでぼんやりとかすんだまま、何週間もただ時間が過ぎていくだけだった。けれど、いま問いかけられて、休暇というものが急に大変なものに思えてきた。予定がなければ、そのなかに呑みこまれ、自分が消えてしまうような空白に思えてきたのだ。普段なら、ことばが出てこないなんてことはないのに、予定を訊かれ、ミニーは途方に暮れていた。どうしたらいいんだろう?

「彼が来た」女の子が言った。

車高の低い白いホンダが縁石のところで停まった。ハンドルの後ろに、光を反射しているみたいに見えるあの頬骨と、鼻の高いハンサムな横顔が見えた。彼が助手席側の窓を下ろした。

「よう、乗れよ!」

三人の女の子とクイーンズランドは人種差別主義者だらけだと言った男の子は、ティエンの言うとおりにした。ミニーもおなじようにしたかった。けれど、ミニーは片方の足を前にしたり後ろにしたりしながら、ぎこちなくその場に立ったままでいた。

「ここで何やってんの、チーハイ?」ティエンが運転席から訊いた。「おれたちといっしょに行きたいとかそういうこと?」

「ティエン、その子まだ子供だよ」。車のなかで女の子のひとりが言った。

ミニーは、テレビなし、予定なし、友達なしで過ごす、これから十日間の、呑みこまれてしまいそうな暗い穴を想像しながら、ティエンがさしだしてくれた命綱をつかむまえに、車の女の子たちにひっこめられてしまう気がして、パニックを起こしそうになった。

「あたしもう子供じゃないよ!」ミニーは言い返した。

後部座席の窓から女の子が頭を出した。その子は細い鎖でできたじゃらじゃらいう長いイヤリングをしていて、ミニーのほうを見たときに引き結んだ唇が、弓のような形になった。

「あたしも行っていい?」ミニーは、自分には何も失うものはないと思ってそう言った。

黒い服の女の子が口をとがらせ、もともとぽってりした唇が空気にキスをしているみたいに見えた。

「本気で言ってんの?」その子が言った。

「うん」

「あんたいくつ?」

「十四歳」

黒い服の女の子は友達のほうを振り返って、それからティエンが何か言うのを待った。

「ほかに行くとこないの?」おなじ子が、後ろを振り返って見まわしながら言った。ホンダのエンジンの振動で、イヤリングが揺れている。

「どこへ行ったって、人種差別主義者ばっかだもん」ミニーは言った。

黒服の女の子が微笑んだ。かちゃりと音がして、車の後ろのドアがひらいた。

「来いよ、チーハイ」ティエンが言った。「乗りな」

三人の女の子たちと押し合うようにしてミニーが後部座席に乗りこむと、ひとりの子がミニーにシートベルトを着けさせ、そしてミニーにとってずっと謎だったみんなの名前が明らかになった。

「あたしはサリーナ」ミニーのことを子供だと言った女の子が名乗った。サリーナの首にはいびつな痣《あざ》がいくつもあった。七年生のとき、ミニーとキーはキスマークというものを初めて知って、ふたりともそれは見苦しいし、きっと痛いのだろうと思った。でも、キスマークがどんなふうにしてできるのかには興味があって、自分の手首を吸って、血管が内出血を起こして翌日に消える程度の痣をつくってみたりした。ミニーはもっとやってみたくなって、掃除機のノズルを自分の肌に当ててみた。それで、自分の太ももとお腹に完璧な円形の痕をつけた。キーのお尻の左のほっぺにはワインカラーの月を描いた。「うわ」キーが言った。「ひどいな」。それで、もし男の子がキスマークをつけようとしてきたら、股間に空手チョップで抵抗しようと、その日その場で誓い合ったのだった。

サリーナの首には片側だけでキスマークが五つあった。形が不揃《ふぞろ》いで、どう見ても掃除機でつけたものではなかった。

サリーナは十七歳で、厳密にはまだカブラマッタ高校の生徒だけれども、出席日数が足りないので、もし学校に戻ったとしても十一年生をやり直さなければならない可能性が高いということを、ミニーは車のなかで知った。

「で、この子はチャンリナ」サリーナが自分のとなりの子を小突いて言った。「でもあたしたちみんなミス・醬油《ソイソース》って呼んでる」

「何とでも言っときな」チャンリナが言った。車中の全員が笑った。ミニーは驚きに目を見ひらいて、楽しくて、興奮で指が疼《うず》くほどだった。ミニーの目は女の子たちの細部までを追って、全部取りこもうとしていた。みんなさらさらストレートのロングヘアで、顔を包むようにレイヤーを入れている。チャンリナは片方の耳たぶにだけピアスを四つつけている。サリーナの黒いフレアパンツは裾が地面にこすれて汚くなっている。みんなとてもリラックスしている。いつも緊張してピリピリしているキーとは大違いだ。みんなまるでスパゲティーでできてるみたいだった。

「何だよ？　いい意味で言ってんのに」サリーナが言った。「ミス・ソイソースって言うのは、肌がこんなに黒いからだよ」

「うるさいな」チャンリナは腕組みをする。「カンボジア人は肌の色が濃いのが普通なの。いい？　それってものすごく普通のことで、むしろきれいなんだから」

「で、そっちはアラーニ」サリーナは後部座席にいるもうひとりの女の子のほうを見て言った。アラーニはミニーよりいくつも年が上ではなさそうだったが、肌がひどく乾燥して、ぱさぱさの薄片に覆われているみたいになってて、それにしわが目立つので、ずっと年を取って見えた。アラーニは、ミニーによろしくとうなずいて、さっきまでしていたように、窓の外を眺めていた。車はスピードを出してスクールゾーンを抜け、カブラマッタの街の中心部へ入った。

「おれはフィルっていうんだ」助手席の男の子が言った。

「あのさ、そいつ、人にはそう言うけど、ほんとの名前はファットフックっていうんだよ」サリーナが言ったので、ミニーは思わず噴き出した。

ミニーの目はなんとなくティエンに戻っていた。ミニーは、指一本だけでハンドルを切る彼の運転の仕方が好きだった。彼の頬骨のてっぺんに当たる光の当たり方が好きだった。車のなかでどっと笑いが起きたときに、彼の唇の端がほんの少しだけ上がるのが好きだった。

「ああ、そうだけどさ、黙っててくれよ、サリーナ」フィルが言った。

「あたしはこの子にほんとのこと教えてあげてるだけなんだけど」

「チーハイ、サリーナの言うことは聞かなくていいぞ。こいつときどきとんでもないことばっかり言うからな」

年上の子たちにチーハイと呼ばれるたびに、ミニーは親しみのこもった温かさが胸にひろがるのを感じたけれど、でも彼らが自分の本当の名前を知ってくれていることもたしかめておきたかった。

「あたしのことはミニーって呼んでくれてもいいよ」

「マウスのミニーみたいだな」フィルが言った。

ミニーが何か言うまえに、車は急に角を曲がり、ヌードルの店やベトナムのパンを売る店や餃子《ギョーザ》の店が立ち並ぶ通りの駐車場に入った。どこも、ミニーは名前を知っていても、足を踏みいれたことのない店ばかりだった。

「飲茶とブンボーフエ、どっちにする?」ティエンが、車のキーを抜き、キーリングを人差し指でまわしながら訊いた。

「飲茶!」全員が大きな声をそろえて答えた。

「チーハイ、ミニー」ティエンが身体をよじってミニーのほうを向き、言った。「王さまみたいに食う気はあるか?」


それからの十日間は、若いミニーの人生で最高の十日間だった。チャン家の人々はクイーンズランドへ行ってしまい、自分の両親はいても夜に薄い寝室の壁を通して喧嘩しているのが聞こえるだけだったけれど、新しい友達が毎日迎えにきて、ミニーが想像したことしかなかった飲食店へ彼女を連れていってくれた。フォーやブンボーフエを出す狭い店に、たのまなくても茶碗があけばお茶のおかわりを注いでくれる飲茶のレストラン、それに、生のイチゴを甘いシロップと氷といっしょにミキサーにかけたストロベリーシェイクが飲めるデザートスタンド。キーもここにいて、ふたりとも食べてみたくてたまらないと思うしかできなかった食べ物を、いっしょに全部試すことができたらよかったのにと思った。そして、不良グループの子たちを怖がるのは間違いだったこともわかればよかったのに、と思った。彼らは無害だ。無害どころか、それ以上だ。あの子たちがどれほどおもしろくて賢いか、キーなら理解できるだろう。チャンリナの頭には脳みその代わりに計算機が入っていて、伝票が来るまえに、みんなが注文した合計を計算してしまうとか、フィルはどのウェイターがやってきても、すぐにその人のしゃべり方の真似ができるとか、アラーニは人を評価して決めつけるような顔は絶対にしないでいるのが得意とか、サリーナは間違いなくいちばん賢くて、なぜ植民地主義が大失敗したのか、そして学校が嘘を教えるのかまで説明できるとか。ティエンは謎のままだった。彼は口数が少なくて、見つめるのが好きで、それにミニーにはなぜだかうまく説明できなかったけれど、ミニーが何か言うたび、唇の両端をほんの少しだけ上げる。それを見るたびにミニーはお湯の入ったボトルを胸に押しつけたみたいな温かさを感じるのだった。

食事が終わると、いつも五十ドル札でふくらんだ財布を持っているティエンが支払いをすませ、そのあとは、カブラマッタのフリーダム広場にある赤いベンチにすわってレッドリー・チキンの激辛フライドポテトをつまんだ。みんなが降り注ぐ陽の光を肌に浴びているそばで、チャンリナだけは細くできた陰に入っていた。

「で、あんたんちの親は何してんの？」アラーニが尋ねた。

手にしたプラスチックのジュースの入ったカップについた水滴を指でなぞってスマイルマークを描いていたミニーは一瞬考えこんだ。自分の両親のことを話したことなんてほとんどなかった。キーとのあいだでは、一年生のときからほとんど毎日会っているうちに育ってきた、ふたりだけの秘密の表現で表される理解があった。ミニーの表情や、咳払いの仕方、落ち着きのなさを見ているだけで、前日の晩、リー家で何があったか、キーには想像がついた。そんなふうに理解されるのが、ミニーにとっては慰めになったと同時にいらだちのもとでもあった。家庭のことを話さなくてもいいのはよかった。でも、ときどき、キーのほうから訊いてほしいと思うことはあった。自分が話さないからといって、実際あったことがどこかへ消えてしまうわけではないことを、キーは知っているのだろうかと思うことはあった。

「母さんは服を縫ってる」ミニーは答えた。

「それ、家でやってんの？」アラーニが言った。

「ううん」ミニーは言った。「余所《よそ》のガレージでやってる」

「ならいいよ。家のなかでやられたら嫌だもんな」アラーニは、肘の内側の乾いたところにできたかさぶたをめくりながら言った。「うちの親、ふたりとも家んなかで縫ってるけど、ひどいもん」

「ほんと？」

「布から綿ぼこりがでるからさ。息ができないんだよ。ぜんぜん息ができない。だからあたしこんなんだ」アラーニは乾いて炎症を起こした皮膚をこすったので、こすったところが今日はいつもよりひどくなってるみたいに見える。「医者に言ったら、アレルギーがあるんだって。綿ぼこりで湿疹《しっしん》がひどくなるんだよ」

ミニーはアラーニが気の毒になった。笑ったり顔をしかめたりするたび、皮膚がぴんと引っぱられるみたいだった。

「どこか別の場所にミシンを移したりしないの？」ミニーは尋ねた。「それか、仕事を変えるとか？」

「はっ！」

「おまえんちの親は、なんで家でおまえの面倒が見られるように仕事を変えないんだ？」ティエンがタバコに火をつけながら言った。ミニーは父親が吸う、マルボロレッドとにおいが似ていると思った。何か自分が馬鹿なことを言ったところを押さえられたみたいに、ミニーは恥ずかしさに襲われた。

「なんでって……」ミニーは言いかけた。話しさえすればそのうち真実を語ることばを思いつくと期待していた。

「なんでって、そもそもどうしてその仕事をしてんの？」サリーナが口を挟んだ。ティエンのほうにあごを傾け、タバコがほしいとしぐさで示した。ティエンは彼女の唇のあいだに直接タバコをさしだして、映画で見るみたいにそのタバコに火をつけた。「ベトナムを出てくる人のほとんどは、ただそのへんにいる普通の人だよね？」サリーナが言った。ミニーはいままで思ったことがないくらいに、自分もタバコが吸いたくてたまらなくなった。ミニーはサリーナの話を聴くのが好きだった。サリーナは変な訛《なま》りのある英語を話す。きつい訛りがあるのはオージーが話す英語と移民英語の共通点だ。

「スーパーヒーローじゃないんだよね。その人たちは超人的な力なんて持ってない。ただそのへんにいる普通の人から難民になったらそのつぎはすごい成功した人になるとかいうわけにはいかないんだよね」

「じゃあさ、店持ってるオーナーたちはどうなんだよ？」フィルが赤いベンチの上にしゃがみこんだ姿勢で、口につまようじみたいにストローをくわえて言った。「難民になってこっち来て、金持ちになってるよな」

「あの人たちは例外なの」サリーナが言った。

「ラッキーな人たちなんだよ」とアラーニ。

「難民になって、生きてたらラッキーなんだよ」サリーナが言った。「レイプされないで、溺れないで、爆弾に吹っ飛ばされないで、生きてここにたどり着けたら、それはラッキーなんだ」

「うーん、あたしは自分がラッキーだとか思わないな」アラーニが荒れた肘の内側をまた掻きながら言った。

「幸運をつかんだら、つぎに来るのは不運だからね」サリーナが言いながら、ミニーに笑いかけた。

ミニーはにっこり笑った。「ほらさ、何もかも最悪じゃん。でも、もし自分の親がくだらない仕事してるからって親にムカついてるとしたら、それってムカつく相手を間違えてるよね」

「けどおまえ、自分の親にムカついてるじゃん」ティエンが言った。タバコの煙に包まれて、冷めた感じで視線をどこか遠くに向けている。「おまえ親嫌ってんじゃん」

「そうだけど、親の仕事のせいじゃないよ」サリーナが言った。目は両膝のあいだの隙間を見つめている。

「だよな」ティエンが言った。彼の目は遠くに向けられたままだ。「家にいる誰かが面倒見てくれたことないもんな」

「この話はしたくないんだよね」サリーナはそう言って、うつむいた。ティエンが彼女の背中に手をやってさすり、首のところでその手をいったん止めて、おくれ毛を指で撫《な》でた。ミニーもそうしてほしいと思った。

「お父さんは何してんの?」アラーニがミニーに話題を戻した。

　ミニーの頭のなかで、質問の答えになりそうなことばが十以上も駆けめぐった。ギャンブラー。チェーンスモーカー。大酒飲み。反共産主義者。退役軍人。再教育キャンプを逃げだした元戦争捕虜で、その後幼い子を連れ家族でベトナムから逃げた。つま先を切断して失った。ミニーの腕を折った人。ミニーの母親の息を詰まらせた人。ときどき大金を持っていて、ときどき所持金ゼロの人。女たらしらしい。ただし証拠はない。気温が高くなりすぎても低くなりすぎてもエンジンがかからない、おんぼろの赤いカムリの所有者。もう何週間も姿を見ていない家に不在の父親。ミニーは口から出てくるままに、知っている英語のことばを全部吐き出してしまうこともできそうだった。けれど、新しい友達を驚かせて逃がしてしまうのは避けたかった。

「工場で働いてる」ミニーは言った。

「何の工場？」

「コマルコの工場」

「げっ」アラーニが言った。「安定した仕事じゃん」

「そうだね」ミニーはまた親に失望させられた気になった。

ミニーのほうからほかの子たちの親の話を尋ねるまえに、ティエンがみんなにもう行く時間だと言った。自分はみんなをひとりずつ家まで送ってから仕事に行く、と彼は言った。どんな仕事をしているかは説明しなかった。

「やめてよ、ティエン、あんなむさくるしいとこへ帰りたくなんかないよ」アラーニが言った。

「おれが送ってくか、歩いて帰るかどっちかだ」

「いっしょに行っちゃいけないの？」ミニーが訊いた。

「駄目なんだよ」ティエンが首を振る。こういうふうに首を振る、首がばねになったチワワの人形を車に付けているのを見たことがあるな、とミニーは思った。「さあ、もう行くぞ、みんな。帰るんだ」

翌日、キーの家族が休暇から帰ってきたとき、ミニーは自分の家にいて、ティエンとサリーナ、フィル、チャンリナ、アラーニが、それまで二週間近くずっとしていたみたいに白いホンダで迎えに来てくれるのを待っていた。チャン家のみんなは荷ほどきに時間がかかるだろうし、キーだってたぶんそんなすぐにミニーに会う必要はないはずだと、ミニーは自分に言い聞かせ、そして今度のときにはキーもいっしょに連れてきてもいいかとティエンに訊いてみようかとも考えていた。なぜなら、キーはＵＦＯが放つ光のように不安を放射してはいるけれども、クールでもあるから。サリーナみたいなクールではないかもしれないけれど、でもあの子らしいクールさがある。何といってもあの子はいつでもそばにいるのだ。いつだってキーはそばにいた。幼稚園での一日目、ふたりともおかっぱの髪型がおなじで、ふたりとも胸の内に抱える悲しさと空虚さを言い表すことばを知らないままに孤独で、そして小さなキーは、もっと小さなミニーのとなりに立って、女子トイレの手洗い場で手を洗いながら訊いたのだった。「ねえあなたわたしのともだち?」。ミニーは頭のなかにたくさんの英単語を持っていたけれども、家でそれらを使ったことはまだなくて、ただこう言った。「うん」

けれど、その日はミニーの新しい友達は来なかった。ミニーは心配しないよう努めた。ティエンの仕事は予想がつかないって言ってたし、それに一週間前に、ミニーの父親が酔っぱらって電話線に足を引っかけて壁から引きはがしてしまったので、誰かがミニーに電話したとしてもつながらなかったのだから。それでも朝が来ると、ミニーの期待は最高潮に高まった。彼らと食べた贅沢《ぜいたく》な食事を、彼らと世界を通り抜けたときの気安さを、それぞれの家庭にはそれぞれとても間違ったことがあるということにたいして、彼らのあいだに暗黙の了解があったことを、そして彼らがいっしょにいるときには、そうしたことのどれもたいした問題ではなくなることを思い出し、興奮していた。

二日経っても、新しい友達は現れず、硬くなったバインテットののこりと、ずっとまえから冷蔵庫のなかにあって、冷蔵庫の一部みたいになったパンダン味の饅頭《まんじゅう》以外に何も食べるものがなく、倒れそうな気がしてきたミニーは、ようやくキーの家へ向かった。

「いったいいままでどこにいたの?」キーは玄関のドアをあけたとき、片手を腰に当てて言った。クイーンズランドの日差しを浴びて、日焼けの色が濃くなっていた。「ずっと電話してたのに、誰も出なくて」

「すごいな」ミニーは、黒くなった友達の肌の色に驚いて言った。「ミス・醤油《ソイソース》だね」

ミニーが言ったことの意味をキーが理解するまでに、一瞬の間があった。そして、キーは敗北感に肩を落とした。「わかってる。日焼け止めは塗ってたし、帽子もかぶって、できることは全部してたんだけど」キーがそう言って、こんがり焼けた腕をミニーに見せた。「母さんは、わたしのこと見て、難民みたいって言うんだよね」

ミニーは同情を表して、友達の肩をぽんぽんと叩いた。

「待って、ねえ、ここまでどうやって来たの？」

「歩いてきた」ミニーは言った。

キーがあきれたように口をひらいた。

「言わなくていいよ」ミニーは片手をあげて言った。「聞きたくないから」

キーは腕組みをした。

「ねえ、なかへ入れてくれんの、くれないの？」ミニーは言った。

戸口にいたキーは立ち位置をずらした。

「とにかく」キーが言った。「ムービーワールドのおみやげにトゥイーティーのキーホルダーを買ってきたから。それと、『ヤングタレント・タイム』二回分見てないでしょ。録画してあげてるから」

キーの慰めるような馴《な》れ馴れしさが、毛羽立った毛布のようにミニーを包んだ。

「わたしが録画したエピソードと、それから旅行中におばさんが録画しておいてくれたエピソードがあるからどっちも見よう。でもそのまえに、ムービーワールドで撮った写真も見れるよ。父さんがさ、百枚くらい現像してきたんだ。でもどっかで宿題もやらなきゃね。一日じゅうテレビばっかり見てたらダメって、母さんが置いていったから。赤ちゃんレベルの代数だから心配はしなくていいんだけど。それと、もしお腹すいてたら、お昼用のフォーもあるよ」

ミニーはいつだってお腹を空かせていた。ふたりでキーの母がコンロに用意しておいてくれたスープを温めなおし、冷蔵庫から取り出したもやしを水洗いした。昼食の準備ができると、ミニーはフォーを吸いこむように大急ぎでスープも全部たいらげたので、《シドニー　休暇で訪れるのにとてもいい場所》という文字がかろうじて読める、誰かのお下がりのTシャツの下でお腹がパンパンにふくらんだ。

あくびが出そうになるのを我慢しながら、キーが山積みの写真を見せながら説明するのに付き合う。チャン家の家族とバッグス・バニー、チャン家の家族と巨大なトゥイーティー、海岸沿いを南下して、ビッグバナナまで行ったチャン家の家族。ビッグバナナはオーストラリアにたくさんある観光名所となっている「大きなもの」のひとつだ。大きなバナナは真ん中が空洞で、十人くらいは入れそうだ。ミニーにはよく理解できない。

「写真、選んで見せるね」キーが言った。「ここ、バナナを育ててるところの近くかなんかで、クールだけど退屈なんだ」

キーが、ムービーワールドで「ルーニー・テューンズ」のキャラクターたちと会った話を始めたときには、ミニーはトゥイーティーのキーホルダーを指で二、三回まわしながら、トゥイーティーのことなんて一年前から興味がないのに、そのことにキーが気づいていなくてがっかりしていた。そして、「ヤングタレント・タイム」のふたつめの録画を見ながら、キーが番組のエンディングテーマ「オールマイラビング」の歌詞を曲に合わせて口ずさんでいるときには、ミニーは急に自分が友達よりずっとずっと年を取っているみたいに思えてきた。キーが時間のなかに凍結されてしまって、そのあいだに、自分は時間をワープして進んでいくみたいな経験をしているような気がしてきたのだ。たぶん、キーはティエンやサリーナのことを知りたいなんて思わないんだろう。たぶん、キーにはまだ早い。きっとびっくりして自分の母親に話すから、そしたらキーの母親はミニーの母親に話して、全部ぶち壊しになってしまう。あるいは、もしかしたら新しい友達のことをキーに話したって意味がないのかもしれない。なぜって、そもそもティエンとサリーナとアラーニとフィルとチャンリナはいまどこにいる？　ミニーは何も言わず、キーが写真をめくりつづけるそばで、ただ考えていた。捨てられて孤独を感じるのは、目の前に友達がいるのにそれでも孤独を感じるより悪いこと？

ミニーが違うようにやれた世界はあっただろうか？　ティエンとその友達と最後に会ってから半年後、彼の白いホンダを街で見かけてもミニーがそれを無視する世界はあっただろうか？　彼の美しい顔をまた見てしまったあとで、胸にひろがるお湯のボトルを当てたような熱を感じながら、彼に話しかけずにいられる世界はあっただろうか？　彼が薬物所持で捕まり、六カ月の刑期を終えて出所してきたばかりで、そのあいだにサリーナは家族にサウスコーストの厳しいカトリックの学校に送られ、ほかのみんなはほぼ完全に離れていってしまったと聞いたあとで、ミニーがティエンを突き放さずに、彼を受けいれ、いっそう近づかずにすんだ世界はあっただろうか？　ヘロインを混ぜた巻きタバコを初めて吸って激しく嘔吐したとき、これは自分がやるようなものじゃないとミニー自身が判断し、代わりに、学校で良い成績を取り、大学へ進学して、適職診断の結果が示していたような恐れ知らずのジャーナリストになっていた世界はあっただろうか？　ミニーがティエンでなくキーを選んでいた世界は？

あったかもしれない。けれど、それはミニーの想像を超えていた。ミニーにも想像しようとしたことはあった。高校卒業の日に、キーのとなりにいる自分。ふたりのためにデニーが花束を持っている。大学からの入学許可の手紙は、ふたり同時に開封して、チャン家の家族とラッキー8でお祝いをする。けれど、思い描いたイメージはいつもゆがめられて、不完全で、宙ぶらりんのままになっていた。なぜなら、否定できない真実がそこにあったから。ティエンといるのがあまりにもいいことに思えていた。あんなにも美しい誰かに選ばれることがあまりにもいいことだと感じていた。切望され、彼のもののように扱われ、理屈で割り切れないほどに求められることがあまりにもいいことに思えていた。

それに、タバコを吸っていると怒りと落胆が溶けていくのがあまりにもいいことに思えていた。あとになって、ティエンが失望であり、愛だと思っていたものは依存であり、自分に力を与えてくれると勘違いしていたものは罠《わな》だったと気づいたときでさえ、どこへ行けばいいかを知らなかった。ミニーは長く待ちすぎた。あまりにも多くの時間を無駄にした。そしてキーはもうそばにはいなかった。

十年生最後の一カ月のあいだに、友達どうしで交わされた心ないことばの数々——

「やきもち焼いてるんだね」

「ミニーがいっしょに出歩いてる、あんなやんちゃしてる、将来のない、人生を無駄にしてるような負け犬に、どうしてわたしがやきもちなんか焼くと思うわけ?」

「だって、キーにはほかに誰もいないじゃん」

「へっ、勝手に思ってれば」

「人のこと批判ばっかりして、束縛するし、いっしょにいたってやなやつだから、ぼっちだし寂しいんだろ」

「あのね、少なくともわたし、ジャンキーとつるんでるどっかのクズみたいなのとは違うんだから」

「つまり、キーはあたしがそうだと思ってるってことだよね? 言ってることわかる? あんたどうしようもないうぬぼれやで、そこにいる価値もないよ」

「ああそう、どうして?」

「どうしてって、あんたいったい誰なんだよ?」

「じゃああなたは誰よ?」

「こっちは自分でやってみてんだよ」

「なんか努力してきたみたいに言うね。チャンスができたと思ったらすぐに、あんな不良グループの子たちと逃げたのに。ミニーはいつだってもっといいものを探してるだけじゃない。自分を助けてくれた人たちを簡単に捨てて、馬鹿みたいに人生を無駄にする方法を探してる。だいたい感謝が足りないし――」

「ちょっと、いま何て?」

「ミニーはほんとに感謝が足りないって言ったの!　わたしがいなかったら、飢え死にしてるか、警察に保護されて里子に出されてる――」

「そのくらいにしときなよ。ろくなことしてないのに」

「ミニーのとこは、お父さんは大酒飲みだし、お母さんは役立たずだし」

「ちょっと、キー、大酒飲みはあんたのお父さんだって――」

「そうだけど、うちはぶたないもん!」

「それはすごいことだね、ファーザー・オブ・ザ・イヤーがもらえるよ。すごいね――」

「だから、わたしたちがあなたの面倒見てるんじゃない!」

「ああそう、それはありがとうございました。あんたがわたしを育ててくれたんだね、キー。あたしを生かしてくれてどうもありがとう。あんたがいなかったら、あたしどうなってたかわからないもんね」

「嫌味を言うのはやめて。それを感謝が足りないっていうんだよ」

「ああ、そうでしたか。それはどうもありがとう。ここはあたしがどれだけあんたに借りがあるかってあんたが言うところでいいんですかね?　あたしがいるのはあんたのおかげだってあんたが言って、あたしはあんたのクッソつまんない話を聞く機会をもらえて感謝しなくちゃいけないところだってことでいいんですかね?」

「どうしてこんなふうに人生を無駄にしてるわけ?　どうしてそんなに頑固にならなきゃいけなくて、

それで――」

「どうしてって、どうしてあんたがするって決めたことを、あたしがしなきゃならないわけ？　どうして、どうせ勝ち目なんてないのに、何かの馬鹿みたいなゲームをあたしがしなきゃならないわけ？」

「いったい何の話？」

「勘弁してよ、キー、勝負は最初から決まってるんだからさ！　あんたがさ、どれだけ賢かろうと、どれだけ頑張って勉強しようと、ラミントン（オーストラリア伝統のお菓子）を何個口に詰めこもうと、あいつらあたしたちを自分たちとおなじ仲間だと思うことなんてないんだからさ。どうしたって、絶対に。百万ドル賭けたっていいよ――」

「わたしいっしょに賭けたりしない」

「とにかく、あたしはあいつらの馬鹿げたゲームはしない」

「話しても無駄だね」

「おんなじ意見でよかったよ」

「で、どこ行くの？」

「あんたが最低の女だってことはまえから知ってたけどさ。ほんとにそうだったってわからせてくれてありがとう」

「うそ、何それ」

「じゃあね！」

「サイテー！」

「行くね！」

「大嫌い！」

「じゃあね、バイバイ！」

帰ってくることにしたのは、大急ぎの決断だった。ティエンに髪をつかまれて、ラッキー8から引きずり出されて車に乗せられ、食事をしていた仲間たちとカブラマッタの住宅地の道路を飛ばして逃げたあとで、これで終わりだと、ミニーは悟った。デニーを傷つけることで、ティエンはミニーが存在さえ知らなかった一線を越えたのだ。ふたりのあいだはこれで終わった。永遠に。だから、ミニーはどこかティエンの来ない場所へ行かなくてはならなかった。ラッキー8から、いっしょに暮らす薄汚れたアパートの部屋へ半狂乱で飛ばす車のなかで、ふたりは喧嘩していた。自分を抑えられず、叩き蹴り引っ掻きながら、デニーが誰なのかを説明しようとするミニーを、運転席のティエンがミニーを引っぱり寄せて、おとなしくしないんなら殺すぞと脅して制止しようとした。ミニーのほうも、自分がティエンを殺すと脅し返した。アパートに着いてからは、ふたりとも危険なくらいにハイになり、ティエンが呂律《ろれつ》のまわらない口で謝っていたけれど、ミニーのほうは心ここにあらずで、ことばを口にすることもできなかった。朝が来ても、ぐったりしたデニーの姿が瞼の裏に焼きついたままで、ミニーはティエンの意識が戻らないうちに、部屋から逃げだした。

とても長いあいだ帰っていなかったけれど、自分が育った公営住宅の部屋は昔とそれほど変わらない感じがした。覚えのある古くなった防虫剤のにおいのついた、部屋にこもった空気。家具の上には以前とおなじ黄ばんでまだらに変色したカバーがいまもかかったままだ。ミニーの父親はよくこの上で吐いた。そして、子供時代の自分の部屋。床に直置きしたツインサイズのマットレスとプラスチックの収納ケースは、ミニーが両親とここで暮らしていたときのままで置かれていた。ミニーは父親がいないことにほっとしてはいたけれど、この部屋がタイムカプセルのように感じられることに気持ちがざわついた。目に入る部屋の細部すべてが、ティエンと初めて会ったとき、彼女を呑みこんでしまった根拠のない楽観的な気持ちを思い出させた。

そしてこの部屋に戻ると、ミニーは親友がどんなに自分を傷つけたかも思い出さずにはいられなかった。デニーのことも。おむつをしていた幼児からひょろっとしたティーンエイジャーに成長していくのを、ミニーはずっと見てきた。ミニーは記憶をたぐり、あの子のきれいなイメージを探す。ラッキー8で見た彼の姿をどこかへ押しやってくれるような、いい思い出を探した。けれど、ゆがんだ光がひらめくだけだ。目に浮かんだイメージは、キーといっしょにコネクト4で遊ぶデニー。学校からいっしょに歩いて帰る三人の姿。学校から送られてきたベトナム語の手紙。父親に激しくぶたれて倒れたミニーのまわりで回転する部屋。危険からミニーをさっと連れ去ってくれた、ティエンの白いホンダ。一日が過ぎた。そしてまた一日が過ぎた。そしてまた一日。ひらめくいくつもの光、ハイになり、シーツに潜る。母親が邪魔をしにくることはない。

自分の家に帰ってから一週間が過ぎたあとも、ミニーは濡れた髪にブラシを通すと、ティエンにラッキー8の外まで引きずり出されたときにつかまれた髪の根元が痛み、その感覚にひるんだ。左目の充血は目立たなくなり、目のまわりにできた打撲傷の痕も病的な黄色い痣がのこる程度に薄くなった。コンシーラーで隠す気にはならなかった。誰が見ているわけでもないのだから。それに、ティエンを止めようとしたときに彼がミニーにしたことを、鏡に映った自分の姿のなかに見るのは、何があったとしてももうティエンのもとには帰らないといつも心に留めておくために大切だった。あのときティエンは、デニーと彼のあいだに割って入ったミニーをテーブルに投げ飛ばした。ティエンはどんなふうに連れもどしにくるだろうかとミニーは考えた。いままでもミニーが逃げだすたび、彼は迎えにきた。父親にされたのとおなじように、初めてティエンにぶたれたあとで逃げたときも。家宅侵入が失敗し、ティエンにその責任があると聞いて逃げたときも。悪魔に憑かれたみたいにティエンが急にキレて、白目をむいて、自分でもコントロールできない状態になったあとで逃げたときも。家から出ないで暮らすことが反抗の行為だと言って、ティエンが彼女を家に閉じこめようとしたあとで逃げたときも。ミニーがあとでどんなに暴れようと関係なかった。どんなにことばで彼を傷つけようと関係なかった。もう自分は誰にも求められないクズになったと彼女が感じたとしても関係なかった。自分が取返しのつかない間違いを犯した馬鹿で、死んだほうがましだと感じても関係なかった。いつだって、ティエンはミニーを連れもどしにきた。そしてそのたびに、ミニーが彼のところに戻ってしまうのは、結局は彼がそこにいるからであり、誰も来ないのに彼だけが彼女のもとに来たからであり、彼だけは彼女を捨てないからであり、彼だけは自分が誰かに必要とされていると思わせてくれるからであり、強く求められていると思わされることで、ミニーは自分の居場所があると思えたからであり、たとえこの国に居場所がなくても、少なくともティエンといっしょならついに居場所を見つけたと感じられるからだった。でも、もうこれで終わりにしなくてはいけない。ティエンが立ちはだかったときのデニーの顔を、そしてティエンがシャツの襟をつかんでデニーを足元へ引き倒したときのデニーの叫び声を、彼女が忘れてしまえる世界なんてないのだから。

子供時代の自分の部屋で、母親がクローゼットに掛けたままにしておいてくれた高校時代の服を着る。どの服もまだサイズは合うし、染みついたタバコのにおいもそのままだ。初めて穿いたマイクロファイバーの黒いフレアパンツは、ゴックという女の子からもらったものだ。シドニー観光のTシャツは、着ると子供に返った気分になる。ティエンがここへ来たらそのときは、ふたりのあいだにあったことは全部本当に終わったのだと、ミニーは言うつもりだった。それで、もし彼がひとりにしてくれないのだったら、ためらわずに警察を呼ぼうと決めたのだった。ティエンがここに迎えにきたら、薬を抜く提案をしてみようと彼女は思った。いっしょに薬を抜きたいとかいうことでなく、早死にしたくないのなら、彼自身が真剣に考えてみてもいいのではないかということだ。ティエンがここに迎えにきたら、ミニーは彼抜きの自分の人生の計画を話そうと思った。それがどんな計画なのか、自分でもまだわからないけれど。

そして、ついに玄関ドアをノックする音が聞こえたとき、ミニーは凍りついた。本当は、ティエンが迎えにきてしまったときの覚悟なんて、少しもできていなかったことに気づいたからだ。

「お母さん？」ミニーは呼んでみた。

けれど、家には彼女のほかに誰もいない。またノックが始まり、切迫した大きな音を立てている。

ミニーはカーペットの上をつま先立ちで玄関まで行った。ドアの覗き穴はマニキュアを塗ってふさがれている。ペンキの剝《は》がれかけた木製のドアに耳を押しつける。ドアをノックする振動が、ミニーの頭蓋骨に響いた。

「来ないで！」。ドアの外にティエンが来たのだとミニーは思った。きっとこのあとには謝罪と懇願のことばと彼女がいっしょに行くべき理由を十も二十も並べたてくるのだろう。以前なら、ミニーはそれを信じた。以前なら、ティエンの子供時代の境遇を思い、彼が受けた虐待のひどさに、見捨てられた感覚に、彼女自身の経験よりずっと過酷な、ティエンが受けたダメージの大きさに、ミニーは同情した。以前なら、彼の姿を見るだけで彼女は温かさで満たされた。ある瞬間、彼が自分の痛みを乗り越えて、彼女をいちばんに考えてくれるときがあり、そんなときは彼女の髪を撫でてくれた。彼女が両親のことや、友達のことを話すとき、孤独がどれほど飢えと似ているか、それらのどちらにも彼女がどれほどなじみがあるかと話すとき、彼女がどれくらい疲れているか、これほどまでに彼女に愛を示さない国にいてもここが自分の居場所であってほしいと強く思っていて、そしてそんなふうに居場所がほしいと思うことがどれほど嫌かと話すとき、ティエンはミニーを抱きしめ、キスして、もうひとりになんてならないと言った。以前なら彼女はそれを信じた。でも、いまは違う。

ノックが止まらない。

「警察呼ぶからね！」

沈黙。そうしなければならなかったのだ、とミニーは思った。いっしょにいた年月のあいだ、ミニーは警察という切り札を一度も使わなかった。

そして、もうひとつノックの音。

「もう、何なの?」ミニーはそう言って掛け金をはずし、ドアをあけ放った。自分の目が見ている相手がティエンではないことに気づくまでしばらくかかった。

彼女はミニーが覚えているそのままだった。けれど、子羊が大人の毛皮を着てるみたいで、着ている服は圧迫感を与えるくらいにきちんとしていて、かけている縁なしの眼鏡と、低い位置にきちんとまとめたポニーテール、そしてアイロンのかかったスラックスが、彼女の小柄な身体をいくつも年上に見せて、世界に向けて、自分はここにぴったり適応するのだと宣言しているみたいだった。

「こんにちは」キーが言った。喉に引っかかったような声を出し、ノックしてドアがひらくとは予想もしていなかったみたいに、驚いた顔をしていた。

ミニーはその場に立ったまま、固まった。ひらいた唇が、ひらいたままで止まった。キーの表情がやわらいだ。「入ってもいい?」

12

それはお腹のなかで風船がふくらみ、いまにも破裂しそうな感じだった。それは首の後ろを蜘蛛《くも》が這《は》いあがってくるみたいな感じだった。それはまるで幽霊を見ているみたいな感じだった。ただしその幽霊は、かろうじてではあったけれど、まだ生きている人間のようではあった。ミニーは健康そうたみたいな色をしていた。彼女は色がなかった。絵の具にたとえるなら、誰かがスプーン一杯の灰色を混ぜたみたいな色をしていた。そして、瞳はどこを見ているのかよくわからないくらいにどんよりと曇っていた。ミニーは戸口から一歩下がり、キーが入れるスペースをあけた。

「ねえ、どうしてぼくたち、ミニーのおうちに行かないの?」放課後ミニーがキーの家に来るようになって数年が経ったころ、デニーに訊かれたことがあった。

「ミニーのおうちには、わたしたちの面倒を見る大人がいないからだって、母さんが言ってたよ」

「でもさ、ミニーがニンテンドー持ってたらどうする?」

「ミニーがニンテンドー持ってるなんて、絶対ない」

「でもさ、もしほんとは持ってて、ぼくたちがおうちに行ったことがないから知らないだけだったらどうする?」

　もしミニーがニンテンドーのゲーム機を持っていたとしたら、きっと何か言ってくるはずだとキーは思っていた。それでも、本当のところをたしかめたくて、翌日、キーはミニーに尋ねたのだった。

「なんであたしがニンテンドー持ってるとか思うんだよ?」ミニーが困惑ぎみに答えた。

「さあ、訊いてみただけ」

「へんなの」

「ねえ、ミニーはいつもうちへ来るけど、わたしたちミニーんちへ行ったことってないよね?」

　ミニーは束ねていない長い髪を引っぱり、汗ばんだ顔から引きはなすように後ろに流した。首の後ろにできていた痣は色が薄くなっていた。でも、またじきに新しいのができることをキーは知っていた。ミニーにとってはそれがサイクルになっていたから。彼女の肌が均一な元の肌の色に戻るころには、すでに次に姿を現す新しい痣がすぐそこで待っていた。「どうして首なの?」と、キーは一度訊いたことがあった。ミニーは何も言わず、キーの首の後ろ辺りにそっと手を置いた。そして、キーの首の皮膚がよじれるまで、その手でひねった。キーはこれがミニーでなく大人の手だったらと想像した。もしこれが大人の男の人の手だったら、キーの首の骨なんて簡単に折れてしまいそうだと思った。キーは身震いした。友達を綿でくるんで転がしてうちまで運んでいって、チャン家の養子にしてもらって、永遠に、本当の姉妹になりたいと思った。

「キーんちのほうが食べ物いいし」ミニーが言った。

「あー」

「それに、うちは退屈だもんな。テレビだって映らないし」

けれど、たとえミニーの家にちゃんと映るテレビがあって、面倒を見てくれる大人がいたとしても、キーの母が行かせたがらなかった理由が、いまのキーにはわかる気がした。外から見たマクバーニー・ロードの団地は、窓が暗く、汚れたブロック塀に囲まれている。建物そのものが口臭を放っているみたいだ。建物のなかも少しもよくなくて、空気がよどみ、壁のペンキが剝がれ落ちている。それに、ミニーの住まいは家財道具がとても少ない。不安定なカードテーブルがひとつに、折りたたみ式の椅子が二脚、すわる気にもなれないソファがひとつ、そしてテレビの載っていないテレビ台。たとえ十代になってからであっても、子供のころであっても、自分たちがここでどうやって過ごせたか、キーには想像もできなかった。

　キーはミニーのあとについて、寝室へ入った。窓にはシーツがカーテン代わりにかけられていて、暗くなった部屋に射しこむ光を息の詰まるようなオレンジ色に変えていて、よけいに息苦しい。キーはばつの悪さを感じながら、どうして椅子のない部屋へ入ってきたのだろうと思った。

「えっと」ミニーが黒いハンドバッグを取りあげながら言った。「ここまで入ってきてほしいってわけじゃなくて――」

「あ、えっと」キーは部屋の外へ下がった。「ごめん、わたしただ――」

「いや、そうじゃなくて――」

「外で待ってるよ――」

「タバコ取りにきただけだからさ」ミニーは手にしたハンドバッグを揺すって見せた。「そっちで話そう」いま通ってきた狭いダイニングルームのほうにミニーは首を傾けた。

キーはカードテーブルまで戻り、折りたたみ椅子に腰かけた。ミニーが寝室から出てきたとき、口にくわえたスリムのタバコからすでに煙がたなびいていた。キーはまた、自分はいつも心配ばかりで、間違えるのがこわくて進めないのに、どうしてある種の人たちはこんなにもやすやすと人生を進んでいけるのだろうという気持ちにとらわれた。ミニーと向かい合わせにすわり、キーは息を止めている自分に気がついた。ミニーも気がついていたはずだ。なぜなら、彼女はキーを見て、自分のタバコを見て、それからまたキーを見たからだ。

「落ち着きなよ」ミニーが言った。「タバコに殺されるわけじゃないんだからさ」

「ふざけてる?」キーは自分たちが大人になりかけのころによく見た公共広告のコピーを思い出していた。〝タバコは殺す〟、〝ひとりで泳いでは絶対にダメ〟、〝着る、塗る、かぶる〟。

「はあ」ミニーは言いながら、生まれて初めて吸っているみたいに、タバコをまじまじと見た。「そうみたいだね」

ふたりはしばらく向き合ったまま、沈黙を続けていた。キーは何度か口をひらいてみたけれど、ことばが出てこなかった。人がタバコを吸うのはだからかもしれない、とキーは思い、ミニーが指のあいだにタバコを挟み、話す代わりに一口吸っては煙を吐き出すのを見ていた。

とても長いあいだ、キーはミニーと向き合う日のことを想像していた。ひろい心を持てない日には、準備を整えてついに臨む喧嘩の場面を想像した。罵りことばを吐いて、ミニーが悪いと責めるのが精一杯だった十年生のときのような喧嘩ではなく、キーの感じてきた怒りを滔々《とうとう》と並べ立て、どんなふうにミニーがキーを不当に扱ったか、どんなふうにミニーが間違っていたかをぜんぶ蒸し返してぶつけるような喧嘩を想像した。もっと大人になれるときは、自分が謝っているところを想像した。想像しながら、自分のいたらなさや、不安や、立場のあやうさを自己分析して、それらが自分のしてきたことの言い訳にはならないことをたしかめた。つまり、誰かを束縛したり、悪意を向けたことの言い訳にはならないと理解した。けれど、謝罪や悪意以上に、キーが昼間見る夢の大部分を占領しているいちばん大きな空想の中身は、ミニーとずっと友達関係が続いている世界だった。空想のなかで、ふたりいっしょに高校を卒業し、共に大学へ進み、大学卒業の舞台に共に立ち、インターンや最初の仕事や最初の一人暮らしの部屋や家族ができたことやそのあいだに起こるあらゆることを伝え合うのだ。

空想のなかでキーはミニーをあまりに大きい、あまりに大事なものにしていた。目の前でミニーの姿を見るとキーは心がぐらついた。目の前のミニーは、キーが覚えているよりも痩せていて、腕は色の抜けはじめたタトゥーで覆われていて、そのせいで身体がいっそう傷んで見えた。そのタトゥーのインクを見ていると、キーは胃がずしんと下がる気がした。片方の腕をのぼろうとしている巨大な虎に、もう片方の腕全体に咲き誇る何百枚もの花びら。そして、それらの図柄の隙間を埋める黒い炎の輪郭。キーはフローラから聞いた、ティエンといっしょにいたという女の特徴を思い返した。痩せた女。タトゥーをたくさん入れた、痩せた女。

ミニーはそこにいた。現場にいたのはミニーのティエンだ。

「それで」キーがようやく切りだした。

「それで」

「ここへ来たら言おうと思ってたことがあったんだけど」

「どうぞ」

「わからなくなった」

ミニーが何も言わないので、キーは居心地が悪く、椅子の上で身体をずらした。以前なら、ミニーといっしょにいてことばに詰まるなんてことはなかった。子供のころ、ミニーといれば、キーは口を閉じていることができなかったのに。けれど、ふたりのあいだの空気は昔とは違って、キーはどうしていいのかわからなかった。どうふるまうべきなのかも、ふたりのあいだに何がのこっているのかも、キーにはわからなかった。

「これってほんとに変だよ」ふたりが見つめ合いながらまた過ぎていった長い沈黙のあとで、キーはようやく言った。キーは元親友にたいする親しみと初めて知るよそよそしさに皮膚の疼きを覚えた。

ミニーが肩をすくめた。また長い沈黙が流れた。

そして、「元気そうだね」と、キーは言った。

ミニーが片方の眉を上げた。「ほんと?」

「さあ、どうかな」キーはどこにも隠れられないという気持ちになった。「わたしただ、わからないけど、何か話さなくっちゃって。みんなそう言うもんでしょ」

「そっか、キー」ミニーが腕組みをした。「これって変だよ」

キーはミニーの顔に一瞬微笑みが浮かんだ気がした。瞬きひとつでもしたら見逃すような、温かみが走った気がした。キーの心のなかはごちゃごちゃになっていた。その温かさを浴びたかった。そしてもっとその温かさを外へ引き出し、失われたものにもういちど触れたかった。けれど、デニーについての真実も、引き出したかった。知ってしまえばミニーを殺したくなるとわかっている真実を知りたかった。

「訊きたいことがあるの」キーは言った。

ミニーは気持ちを引き締めるように深く息を吸った。近くで見ると、ミニーはひどくやつれて見えた。目の下の皮膚が黒ずんでたるみ、横顔は染みだらけで黄味がかり、背中は気力がないのかそうでなければ打ちのめされてまっすぐすわってもいられないみたいに曲がっている。いまからしようとしている質問をしなくてすめばよかったと、キーは思った。ほかのことならどんなことでも喜んで話せたのに。会えなかった年月のあいだに、ミニーが何をしてたのかとか、ここにずっと住んでいたのか、それとも最近戻ってきたのかとか、ご両親はどうしてたとか、ミニーの新しい友達にどんなことがあったとか、いつからタバコを吸ってるのかとか、顔の皮膚が黄ばんで見えるのはどうしてなのかとか、全部やるだけの価値はあったのか、とか。

ミニーが見つめ返してきたが、無表情のままだ。この感じもミニーをミニーにしているものだ。何ごとにもひるまず、何ひとつゆずらないように見せることのできる能力を、彼女は持っている。

「あの晩、ラッキー8にいたんだね」キーは言った。それだけ言えば、あとはミニーのほうが進んで話してくれると期待して、少し待った。だが、ミニーは動かない。「何があったの？」

ミニーはカードテーブルの上にたまっていくタバコの灰に視線をやった。あごの動きから、ミニーが舌を噛んでいるのがわかる。

「それと、わたしに嘘はつかないで」キーは言った。あの晩ラッキー8にいた人たちへの思いがこみあげ、声が割れそうになる。デニーを助けることができたのに助けなかった人たち。最初から警察に本当のことを話すことができたのに、話さなかった人たち。

何も言わず、ただ落ち着きなくかかとを動かしているだけのミニーを前にして、キーはカードテーブル越しに手をのばし、ミニーの手からタバコをつまみとって、灰の山に押しつけて火を消した自分に驚いた。ミニーが顔を上げた。強い視線をキーに向け、眉をひそめている。

「黙ってすわってるためにきたんじゃないんだ」キーは言った。

「あんたの役に立てるかどうかはわかんないよ」

キーはなじみのあるいらだちが募っていくのを感じた。どの目撃者に話を聴いても、明らかに何か見ているのに自分は何も見ていないと言われるたびに感じたのとおなじフラストレーションだ。けれど、相手がミニーとなると、おなじいらだちもいっそう不快に感じられる。少なくともふたりのあいだでは本当のことを言うべきではないのか？

「こうやって話すの、ひさしぶりだけど」キーは言った。「でも……」

でも、何？　耳の奥で自分の声がこだまするのが聞こえる。自分はいまでもミニーのことを知っているのか？　ミニーはキーのことを知っている？　言わなくてはならないことも簡単に言えない自分に憤りながら、キーは両手ともこぶしを握った。

「わたしに話したからってまずいことになるわけじゃないんだよ」精一杯冷静さを保ちながら、キーはようやく言った。こぶしに力が入り、てのひらに爪が食いこんでいく。「わたしに言ってもだいじょうぶなんだよ、ミニー。警察はもう男の身柄を確保したって――」

「何が？」

玄関ドアをあけてキーをなかへ通してから初めて、ミニーの顔が驚きの火花で明るくなった。

「何がってどういう意味？」

「警察が男の身柄を確保したって言ったよね。何があったの？　あいつ警察にいるってこと？」

「そうだよ」キーはミニーの答えにあらわれた優先順位にいらついた。そして続きを言いながら、まだ友達を傷つけることができるとわかったことに、ほんの少し満足感を覚えた。「警察が今朝彼を見つけたの。薬物過剰摂取だって」

ミニーの身体がすぐに反応した。目に涙があふれ、声が震えている。「どこで見つけたの――」

「おばさんの家で、薬物過剰摂取の状態になってて。警察がかけつけたときには死んでたの」キーは言った。

ミニーは瞬きをした。大粒の涙が頬を伝い落ち、彼女の口がすぼまり、あごにしわが寄る様子をキーは見ていた。

「あなたのティエンだったんでしょう?」

ミニーは答えず、したがってそれが、彼女のボーイフレンドがデニーを殺した犯人だと認めたことにほかならないことがわかり、キーは握りしめたこぶしを押しつけあった。

「それで、あんなクズみたいな男が薬物過剰摂取だと泣くのに、デニーが殴られて死ぬときには何もしないんだ」そう続けるキーの声も震えはじめている。

「ちょっと、待ってよ」ミニーの顔に一瞬怒りが浮かんだ。「あんたさ、あたしがしたことの何を知ってるつもりで言ってんの?」痩せすぎているせいでミニーの眉間のしわが強調され、口元のラインもよりくっきりと深く刻みこまれて見えた。「あんたそこにいなかったじゃん。あたしのことなんか知らないじゃん。あんた知らないいんじゃん――」

「じゃあ、どうして何があったか言うだけのことができないの? うちの家族が知ってることってどのくらいだか知ってる? デニーは卒業パーティーに出かけた。夕食会に行った。そして、ティエン・フインに命を奪われた。それっていったい何なの? いったいどうしてそういうことが起こりさえするの? あなた何をしたの?」

「あんたさ、どうしてあたしが何かしたって思うわけ――」

「だって、その場にいたんでしょう!」キーは言った。冷静を保つ努力もなげうって続けた。「だって、デニーはあなたのこと知っていて、あなたはあの子を殺した犯人を知っていたんでしょう! だって――」

「あたしはデニーを殺してない、いい?」ミニーが言った。組んでいた腕をほどき、また組んで、それからその手をハンドバッグに突っこんで、新しいタバコを取り出した。火をつけようとする手が震えている。「デニーが来て、あたしに、ハーイって。それでティエンがブツッと切れた」

「ほんとのこと言ってよ」

「ほんとのことだよ」

「それってわけがわからないじゃない」

「どこがわかんないんだよ？」

「だってデニーだよ、世界じゅう探したってあんな攻撃性のない子はいないのに。そのデニーがあなたに声をかけて、それを理由にあなたのジャンキーのボーイフレンドがあの子を殺そうと決めたって言うの？」

「あいつはめちゃくちゃなんだよ、いい？」

「待って、よくない。いったんストップ。ねえ、説明して。初めから。何があったの？」

「説明って、何をだよ？」

「とぼけないで。何があったのか話して」

ミニーはタバコをふかす。手が震えている。

「喧嘩したとこだったんだよ。いい？」

「ミニーとティエンが？」

「そう、あたしとティエンが」

「何のことで？」

「なんであんたが気にすんの？」

「だって誰かが気にしなきゃ！」

「何でもだよ、いい？　あいつが基本的にあたしに主婦をやらせたいってこととか。あいつがあたしを束縛しようとすることとか。どのくらいあたしが薬を使ってたとか。あたしがいっつもごまかしてるってあいつあたしのこと責めてばっかだけど、そもそもそんな時間どこにあるんだよってこととか。

あらゆるつまらないことでだよ」

「素敵なボーイフレンドみたいじゃない」

「何とでも言いなよ、キー」

「そっちこそ」

「あいつは独占欲が強いし、めちゃめちゃなんだよ、いい?」

「だった」

「は?」

「あいつは独占欲が強かったし、めちゃめちゃだった」キーは言った。「過去形。わたしがデニーのことを話すときは過去形で話さなきゃならないんだよ、あなたのせいで」

「あたしは、何にも、してないんだよ」ミニーが、手に持ったタバコを揺らして、一語一度強調するみたいに言った。「ティエンはめちゃめちゃだった。ときどき正気じゃなくなるし、あいつじゃなくなるみたいなときもあるし――」

「なくなった」

「え?」

「ときどき正気じゃなくなった――」

「あんたさ、ここへ話をしにきたのか、あたしの言うことをいちいち訂正しにきたのかどっちなんだよ?」

キーは息を呑んだ。この瞬間、キーはどちらもしたくなかった。ただミニーを傷つけたかった。

「だからさ、あたしたちはラッキー8へ行ったよ」ミニーは言った。「で、あいつくだらないことばっか言ってくるから、あたし無視してて、そしたらあいつもっと怒って。そのときなんだよ、あたしたちの顔に向けてフラッシュが光ったの」ミニーはタバコの端を吸いつづけているけれど、先の火が消えてしまったことには気づいていない。「デニーだったんだよ。うっとうしいことしてさ。使い捨てのカメラをあたしに向けてさ。写真を撮ったらその手をおろして、にたーっと間抜けな笑いを浮かべてさ。ものすごく自分に満足してるみたいな顔っていうかさ、あたしをびっくりさせてやったみたいな、それでそのあとハローって言ってきたんだよ」

「それって、あの子がそのとおりのことばで言った？」

「どうしてそれが大事なんだよ？」

「わたしにとって大事じゃないはずがないでしょう、ミニー？」

ミニーはタバコの火が消えていることに気がついて、ライターをつかんだが、手が震えて指に挟んだスリムのタバコになかなか火がつかない。

「デニーが言ってきたんだよ……」ミニーはゆっくり言いはじめ、そうすることで手の震えは落ち着いたようだが、膝が不安定になっている。「調子はどう？　って」

「それだけ？」

「それと……」ミニーの膝ががくがくと震え、カードテーブルに当たって揺れた。「あんたがいたらいいのにってずっと思ってた。あの家、すっごい静かになっちゃってさ」

キーは自分の心臓の鼓動が激しくなるのを感じた。

「あのさ……どう言ったらいいんだろな。でも、あれもデニーなんだよ、だから――」

「だから？」

「だから、あんたが弟のことを知ってるって言うんならさ、あの子がものすごく不器用な子だってことはわかってると思う。つまり、あたしは覚えてるもん、デニーが三年生だったかそんくらいのとき、ハグしようとするみたいに近づいてきてさ、でも途中で気が変わって握手しようとして手をだしたのに、最後は握りこぶしであたしの胸にジャブしたんだよ」

「それって、弟が不器用だから殺されたって言ってる?」

「つまり、勘違いだったってこと」

「つまり、デニーが不器用な物言いをしたから、そのティエンって男が勘違いして――」

「あいつがデニーのことあたしの元カレか何かだと思ったかどうかは知らないけど、そんなのあり得ないじゃん。だって、ほかの誰ともいっしょにいたことないんだしさ、それに、デニーだよ、よりによって。でも――」

「どうかしてる」

「わかってる」

「ほんとにどうかしすぎてる」

「わかってる」

「じゃあ、何?」

ミニーは落ち着きなく目をそらし、ティエンが手を出したときの様子を話しはじめた。どんなふうに殴ってデニーの手から使い捨てカメラを払い落とし、プラスチックの本体を壊して、フィルムを引き裂いたか。どんなふうにデニーを殴り倒したか。どんなふうにティエンの瞳から光が消えて、踏みつけて、踏みつけつづけたか。

「わかった、もう充分だよ」キーは息の詰まる思いで言った。「ねえ、その人、ミニーのボーイフレンドだったんでしょう?　いったい何なの?」

「あたしあいつのために言い訳なんてするつもりないよ。言い訳できることじゃないしさ――」

「あたりまえでしょう!」

「でも、あいつめちゃめちゃになってたんだよ、いい?　あんたとあたし、あたしたちは難民だったこと覚えてないじゃん。小さかったからさ。でもあいつは、そこそこ大きかったから覚えてたんだよ。

言ったってわかんないんだろうけど——」

キーも震えていた。こみあげる怒りのせいでもあったけれど、弟を殺した犯人をミニーがかばっているこ とに動揺していた。「わたしたちの親たちは難民だった。あの人たちは全部覚えてるよ。でもうちの両親が誰かを殺しにいったりしないよね。ミニーの両親だって……」。ミニーのあるときの姿がキーの脳裏をよぎった。身体にできた痣、まだかさぶたのできていない剝けた皮膚。「言い訳になんてならないんだよ、わかんない?」

「言い訳になるなんて言ってないよ」

「じゃあ、何が言いたいわけ? その人にはそれに値するだけのものがあったとでも? デニーの命と引き換えにしていいとでも——」

「誰かを亡くしたのはあんたひとりじゃないんだよ!」

「だって、あなたのジャンキーのボーイフレンドの命はそんなに大事で——」

「あたしはデニーのこと言ってんの!」ミニーが言った。いまは両方のてのひらを目に押し当てている。

「まるでデニーのことを気にかけてるみたいにね」

「もう、いい加減にしなよ、キー」

「違う、いい加減にするのはそっちでしょう!」キーが押したのでカードテーブルがミニーの肋骨《ろっこつ》のあたりに食いこみ、ミニーは不安定な折りたたみ椅子から落ちそうになった。

「本気かよ?」ミニーがズボンに落ちた灰を払いながら言った。

「何が?」。ミニーのほうへテーブルを押すなんて子供じみたことをしたとキーはわかっていたけれど、だからといって謝りたくもなかった。「わたしにどうしてほしいって言うの?」

「わたしにどうしてほしい? あたしはただ何があったかをしゃべっただけだよ。あんたさ、あれはあたしのせいだったとでも言ってほしいわけ？　わかった、いいよ、あたしのせいだったんだ。あたしはあそこにいた。それでデニーがあたしを見つけて挨拶した。それがティエンの気に障《さわ》った。いいよ、デニーはあたしのせいで死んだんだ。でもさ、あたしは何にもしてない、いい？　あたしはそこにいただけ」

「それであなたはただすわってそれが起こるのを見てた」

「何だよそれ？　違うよ。あたしはティエンを引き離そうとして、それであたしもぼこぼこに殴られたんだよ」ミニーが顔の側面を指さした。生え際の近くが黄色から紫と灰色に変色していた。「信じようが信じまいがさ、キー、あたしはべつに生まれつき痣だらけなわけじゃないんだよ。一回でも訊いたことあれば知ってただろうけどさ」

「何が言いたいの？」キーは問い返したが、ミニーの言いたいことの意味は、キーの頭が追いつくまえに身体が理解していた。自分の皮膚に締めつけられるような感覚でそれは理解できた。まるで自分の身体が自分を締めつけてくるような感覚。罪悪感に締めつけられる感覚だ。

「あたしが言いたいことくらいわかってんだろ？」ミニーは目をそらした。さっきとは違う種類の怒りが彼女の顔をよぎった。

「そんな話したくないと思ってると思ってた」

ミニーがキーの目を覗きこむ。「違うだろ、あんたが話したがらなかったんじゃん」

「じゃあどうすればよかった？　わたし子供だったんだよ。わたしが止められるとかじゃなかったじゃない、あなたの親が――」いまだって、キーには言えない。自分が身体ごと子供時代に運ばれていくみたいな気がする。服の下に、新しい痣をつくってきたミニーの姿が目に浮かぶ。炎症を起こした、紫色に腫れた痣。子供のころ、ミニーの父親が彼女の皮膚にあんなに大きく黒い痣をのこすほど何をしなくてはならなかったのかを何度想像しようとしても、キーはあまりの恐怖に勝てず、ただ目をぱちくりさせて頭に浮かんだ考えを振り払うことしかできなかった。

「何かする必要なんかなかったけど、聞いてくれたらよかった」

「でも」キーはいら立ちを感じながら言った。「でも、べつにわたしがそのことを話さないでって言ったとかじゃないでしょ」

「けど、あたしの首の痣やおでこの殴られた痕を見てもキーは何も言わなかった」

「知らなかったから。ミニーが――」

「聞いてほしいかどうか？」

「え？」

「キー、あんたさ、知りたそうにしたこともなかったじゃん。いっつもあたしとあんたはまったくおんなじ問題を抱えてて、まったくおんなじ両親がいて、まったくおんなじ選択肢があるみたいなフリばっかしてたじゃん。居心地悪くなるのが嫌だったんじゃん。実際何が起こってんのかを理解しようとしたことすらなかったじゃん」

「でも、そっちが何を経験してきたとしてもだよ、ミニーはまだ生きてる。デニーは違う」キーは言った。ミニーが自分に感じさせたことに耐えられず、キーの心はどうしても手の届くなかでいちばん相手を傷つけることばを選びにいってしまう。

ミニーは顔の上では感情がぶつかりあっている。キーをにらみつけるその顔の、皮膚の下では怒りが燃え盛っているのに、同時に彼女の別の一部はデニーのことを思い出して崩れそうになっているみたいだ。ふたりはすわったまま何も言わず、たがいの顔を見据えている。やがてキーのほうがもうこれ以上ミニーの顔を見ていることに耐えられず、そむけた視線を自分の手に向けると、手には半月形の痕がいっぱいついていた。

「どうして警察へ行かなかったの？」キーが訊いた。「ボーイフレンドが暴力を振るって、人殺しになったんだよ。もっと別の誰かも殺したらどうなるの？　どうして警察に行って言うだけのことが――」

「頭おかしいのかよ？」ミニーが言った。キーから視線を少しもそらさない。「あんたさ、昨日生まれたのかよ？　ああ、そうだよ、ちょっとおまわりさん、あたしのボーイフレンドがひとり殺してあたしを殴りました。逮捕してください、って言うのかよ。でもあたしのことはほっといてください。あたしは潔白なんです、おっと、あたしのバッグは調べないでって言うのかよ――」ミニーは自分の黒いハンドバッグを持ちあげ、中身をカードテーブルの上にあけた。出てきたのは、マルボロ二箱、ライター四本、財布ひとつ、現金の入った封のされていない封筒がひとつ、通販カタログの紙でつくった、鉛筆くらいの長さの細い包みが五つ。「それからあたしのフィットパックは気にしないでくださいって……」ミニーはカタログのページの包みをつかんで振った。「それと、ええ、それは現金一万二千ドル入ってる。でも心配いりません。楽しみのために持っておきたいだけですから。ああ、それから、あたしの逮捕歴は気にしないでください。あたしじゃなくて、あれは別のミン・リーなんですよ。全部無視して。誓って言いますけど、あたしそれとは無関係なんで、て言うのかよ」

「言ってみればいいんじゃないの？」

「は？」

キーは疲れと怒りを感じながら身を乗りだした。「つべこべ言わずに、警察に行って、ちゃんと結果に対処したらいいんじゃないの？　あなたのボーイフレンドがわたしの弟を殺したんだよ」

「って、それで何が変わる？」

「殺人犯を野放しにしないですんだでしょうよ！」

「あいつ野放しになってないよね？　もう誰のことも傷つけるとかできないよね？」

「正義を求めることはできたはず」

「ちょっと、やめてよ、キー」ミニーはそう言って、またタバコの箱に手をのばしたが、その手にはまだ火のついたタバコを一本持っている。「あんた、あたしたちのような人間が公正に扱われるなんて正直思ってないでしょ?」

「どうしてそんなこと言うの?」

「デニーを殺したやつは死んだんだよ。どう、気分は良くなった?」

良くなるはずがなかった。キーは気分が悪かった。

「なんでって、法で裁かれるのと変わらないからなんだよ」ミニーが言った。「法で裁かれたってそういう感じがするんだよ」

「あなたが嫌い」キーは言った。

「じゃああたしとおんなじだ」ミニーは吸いかけのタバコの火を消して、新しいタバコに火をつけた。キーにはそれが、ただじっとしていられないだけの衝動的な動きに思えた。「ほかの誰かひとりでも警察に話した?」ミニーが煙をキーの顔に吹きかけながら言った。「金かけてもいいよ。誰も話さなかった」

「ティエンのおばさん」

「って、そのおばさんはいつ話した? あいつが生きてるときだった? それともそのおばさんは、あいつが死んで、もう失うものがなくなるまで待ってた?」

舌が重く感じられ、キーが何も言えないでいると、ミニーはその先を続けた。

「そうだよな、あたしたちみんな自分勝手なんだよ、でも仕方ないよな。警察がデニーのこと気にかけてるとでも思ってる? あいつらがあたしたちのことを気にかけてるとでも? みんなしゃべらないのはさ、言っても無駄だって知ってるからだよ。だってこの全体の仕組みがあたしたちが得しないようにできてるんだから」

「そんな喧嘩腰にならなくてもいいでしょう。ミニーはずっとそうだよ」

「あたしの言ってることわかってんだろ！　自分は見たことないとか、感じたことないとかいうフリをするのはいい加減やめたらどうなんだよ。あいつらみんな、〝公平な《フェア・ディンカム》〟これとか、〝正々《フェ》堂々と《ア・ゴー》〟したあれだとか言ってんだもん。ここは世界一ラッキーな国なんだもん、そうだろ？　気候は快適で、土地はたくさんあって、わたしたちのビーチを見てよって、みんなちゃんとした給料の出る仕事に就けるんだから、それを全部手に入れられるあたしたちはすっごくラッキーなんだよな？　あたしたちここにいられてすごく感謝すべきなんだ。でもさ、あいつら、その幸運があたしたちにまで届かないって教えてはくれない。それって大きな嘘だよ。それをあたしたちは子供のときから無理やりに認めさせられてきたんだ。そんなの信じてるのは馬鹿だよ。あいつらあたしたちのことなんか気にかけてもないのに、あたしらが脅威になると思った瞬間にこっち向く。知ってるだろ。あたしたちはさ、自分たちのことは自分たちで気にかけてなきゃいけない」

「じゃあ、デニーのことは誰が気にかけてるの？」

　ミニーが目をそらした。つまり、納得のいく答えを持っていないと認めたということだった。「悪かったと思ってるよ、いい？」ミニーが言った。

　子供のころはもっとずっと簡単だった。謝るのがむずかしいことだと知っているから、どちらかが自分から謝ったときには、もう片方は許してしまった。いま、キーは身動きが取れないみたいに感じていた。いったいどうしてミニーを許すなんてできる？

「あなたはあなた以外の誰でもない」キーはようやく言った。長い沈黙のあいだに、ミニーのタバコの煙に包まれていたせいで、頭の別の部分が痛くなりはじめていた。

「え？」

「ほかの誰かひとりでも警察に話したかって訊いたよね。ほかの誰かひとりでも助けようとしたかって。しなかったんだよね。でもあなたはあなた以外の誰でもないよね」

ミニーがまた舌を噛んでいるのがわかる。

「あなたはわたしたちといっしょに育った。あなたはデニーを知っていた。わたしたちはあなたを愛してた。わたしは……わたしはただ……」キーはあふれる思いにただ圧倒されていた。激しい怒りだったものは罪悪感から不信感に、そして混乱へと変わり、いまは何よりも人を傷つける形になった。

「とてもがっかりしたよ」

また沈黙が流れた。ふたりとも目をひらいているのに、おたがいを見ることができない。落胆の気持ちが石のようになってキーの腹に居座っている。まるで世界じゅうにがっかりさせられたみたいだった。

ふたりのあいだに新しい灰の山をひとつのこしてミニーのタバコの火が燃え尽きたとき、キーは立ち上がってズボンの埃を払った。「立って」キーは言った。

ミニーはキーを見上げた。

「立ってって言ったの。いっしょに来て」

「やだよ、行かないよ」ミニーが言った。

「警察へ連れていくんじゃないから」

「じゃあどうしたい——」

「デニーのとこへ連れてく。そしたらあの子に謝れるよね」

ミニーの頭のなかでギアが動いたのがキーにはわかった。彼女の大きな瞳が、何かの罠であるしるしが表れていないかとキーの顔を探っている。キーは首を傾げた。〝ほら、早く〟

「ミニーといっしょじゃなきゃ、わたしここから出ていかないんだから」キーは言った。「さあ、立って」

少しの間のあと、ミニーが立ち上がった。テーブルの上にばらまいた持ち物をハンドバッグに戻し、キーのあとについて外に出た。


キーはミニーを助手席に乗せ、カブラマッタの街を走り抜けた。ミニーは顔にかかる髪を払いのけもせず、シートに沈みこんでいる。

「それで、ミニーは何してるの？」キーが尋ねた。

「おっと！」

キーが笑わないでいると、ミニーが彼女の顔を見て言った。「真剣に訊いてる？」

「わからないけど」キーは言った。どんな質問をしても充分ではないし、馬鹿みたいに聞こえる。でも、いまキーが知りたいと思う気持ちは本物だった。

「家族がぎくしゃくしちゃってるよね」

キーは傷ついた顔をしてミニーを見た。ミニーはすまなさそうに肩をすくめた。

「キーは何してんの？」ミニーが言った。

「ジャーナリスト」

そのことばが口から出たとき、なんだか背筋がすっとのびた感じがして、キーは気持ちよかった。ミニーが片手をあげて、サンバイザーのつばみたいに額に当てた。そのしぐさが顔に当たる日光を遮るためなのか、それともカブラマッタの中心部で人の目を気にしているからなのか、キーにはわからなかった。

「で、その仕事はどうなの？」ミニーが言った。

「すごいよ」

もしいまでも親友どうしだったなら、いちばんすごいのは、自分がジャーナリストだと人に言えるところだろうけれど、でも仕事そのものはジェットコースターに乗ってるみたいな感情のアップダウンを経験するような疲れる仕事で、苦労が多いけれどそれだけの価値があるかどうかはわからない、とミニーには説明しただろう。毎朝恐怖で重たい気持ちで目覚めたい？　知らない人に電話をかけることを思って汗をかくのは？　自分が重要な人として扱われているという実感を得るための代償として、つねに自分と闘いつづけて、どんなことにも、かまいません、かまいません、と繰り返したい？　ごういうのは、親友どうしのあいだなら言える正直な気持ちだ。けれど、ミニーとの関係がいまどうなのか、キーにはよくわからなかった。さっきからのやり取りさえ、まだうまく処理できていないし、自分は怒るべきなのか、許すべきなのかもわからない。だからそれ以上は言わなかった。

「かっこいいじゃん」ミニーが言いながら、エアコンのつまみをまわすと、熱い空気がどっと吹き出てふたりにかかった。

「毎日どうしてるの？」キーは尋ねてみた。

ミニーはにやりとして、かざしていた手を下ろし両目を覆った。「計算とか、リスク評価とかしてるよ」

「ほんと？」

「地下経済だって経済だからな」

キーは混乱気味にミニーを見た。ふたりはほんの短いあいだおたがいを見た。ミニーはどの程度まで話すべきか、頭のなかで計算しているみたいだ。

「あたしたち薬をストラスフィールドからまとめ買いしててさ。そこにいる人たちはアジアから仕入れてるんだけど。それを小分けにする。小売り価格を決めて、売人を手配する。どんなビジネスともおんなじだよ」

「それがあの包み？　ミニーのバッグに入ってたあれ？」

「え？　やだな、違うよ。ねえ、ほんとにヘロインがどんなふうだか知らない？」

キーは顔が熱くなるのを感じた。自分がものを知らないみたいに感じるのは嫌だ。

「どうしてわたしが知ってるとか思うわけ？」キーは言った。「その、ヘロインがどんなふうだかなんて知るわけないじゃない。それが白い粉か何かだってことは知ってるよ。でも、どんなふうにして売られてるかなんて知らないよ」

「これ……」ミニーはハンドバッグのなかをごそごそ探って、通販カタログのページでつくった包みをひとつ取り出した。「フィットパックって言うんだ。カブラマッタのどこの薬局でも売ってる」ミニーは包みの上端の折れ曲がった部分をのばして、キーの顔の前で包みを揺らして見せた。「注射針一本、綿棒、プラスチックのスプーン、精製水、それと脱脂綿が入ってる」ミニーは包みの上端を折り曲げて閉じて、バッグに戻した。「これだけ入って一ドル五十。ヘロイン以外は全部そろうんだ」

「それって、合法なの？」

「なんで合法じゃないと思うんだよ？」ミニーが言った。手は落ち着きなく、ハンドバッグのファスナーをいじったり、バッグのなかへ突っこんだりしている。「糖尿病の患者はインスリンを打つのに注射針を使う。脱脂綿は脱脂綿。プラスチックのスプーンはプラスチックのスプーンでしかないんだからさ」

「まとめ買いしたほうが安くない？　ほら、ウールワースでパーティーパックのスプーンを買うとか」

ミニーはうめき声を出した。「そうかもしんないけどさ、でも誰がそんなこと考える？」

「計算してるんだと思ったけど」

ミニーはにっこり微笑んだ。「まいったな」

「それと、どうしてフィットパックっていうの？」

「これ使って健康になるから」

「え?」

「キーは離脱症状とか経験ないんだよな?」

「えっと、カフェインからとか?」

「そうそう。カフェインなしで一日過ごしたら、頭痛くなったりするだろ?」

「うん」

「生まれてからいちばんひどい風邪をひいてる状態を想像してみてよ。太陽にあたると症状が全部出るんだ。死んだほうがましと思うような風邪があるじゃん。いまはその十倍ひどいんだ。ヘロインの離脱症状ってそんな感じなんだよ」

「何てこと」

「で、ほんのちょっとだけ注射してみたらって誰かに言われるとする。これで……」ミニーは指でつまんだフィットパックをぶらぶらさせた。「これを打ったら即効でよくなるよって。あとで、でもなく、明日でもなく、いまから二、三日後でもなく、いますぐよくなるって」

「そうなんだ」キーはそう言い、目は道路に向けたままでいようとするが、同時にフィットパックをもっとよく見たくて仕方なかった。「てことは、ミニーは薬の売人《ディーラー》なんだ」

「ちょっと違うかな」

車はカブラマッタ・ロードに入り、ふたりが通った高校のまえを走りすぎた。ミニーはちらっと校門に目をやり、それから視線を自分のハンドバッグに戻した。

「どっちかっていうと仲介業者かな」ミニーが言った。「ユーザーには売らないんだ。カブラ駅とかそんなとこには、あたしはいないよ」

「それってやっぱり薬のディーラーみたいに聞こえるよ」

「ディーラー、起業家。好きに呼べばいい」

ふたりはまた黙りこんだ。キーは制限速度を守って運転していた。もし警察に止められたら、ミニーが乗っているとまずいことになるからだ。キーはミニーのほうにちらちら目をやりながら、おばあさんみたいな運転だとか言われるんじゃないかと気にしていた。制限速度なんて誰も守らない交通規則を律儀に守っているのを見て同年代の子たちがそんなふうに言うのをよく耳にするからだったが、ミニーはそんなことばは口にせず、ただ窓の外を見つめている。ミングユエ・レイ仏教寺院に近づいていくにつれ、周辺の家々はしだいに大きく豪華になっていく。

まえにいっしょにお寺参りに来たときは、どの家がいいかと言い合った。キーは二階建ての家がいいと言った。ミニーはリモコンで門が開閉できる家がいいと言った。デニーはアーチ型の入口と、アーチ型の二台分のガレージがついた家が気に入って、マクドナルド・ハウスと呼んでいた。鉄道駅から離れたこのあたりの地区は徒歩で行き交う人の数は少なく、したがってヘロインも少ない。けれどその分、色彩に乏しく、賑《にぎ》わいもない。子供のころでさえ、キーたちはこのあたりに住みたいと思ったことはなかった。代わりに、好きなお屋敷をここから選んでカブラマッタに念力《テレポート》で移動させたらどうだろうと想像した。もちろんここととくらべればカブラマッタは雑然としているけれど、でももっと活気があるし生命感にあふれている。つまりカブラマッタはそういう矛盾を抱えた街だ。犯罪のはびこるほかの郊外の地区なら、ドラッグとギャングが地域の経済を衰退させ、生気を流出させて町を灰色に変えてしまうところだがカブラマッタは違う。カブラマッタにはいまもいちばんのフォーがあるし、いちばんのバインミーがある。騒々しくて、カラフルで、人でごったがえす市場がある。それにまわりを見まわせば、サンバイザーを着けた、おしゃべりで、自分の意見をしっかり持ったおばさんたちがどこにでもいて、笑い声と不平不満を言う声がエネルギッシュなざわめきになって空気を満たしている。カブラマッタは、街が素晴らしくなれると同時に不健全にもなれること、居心地がよいのに危険にもなれること、完璧ではなくても、故郷《ホーム》になれることを証明してくれる。キーはその街から逃げたくてたまらなかったけれど、でも離れていたときはずっと、その街が恋しくて仕方なかった。

「ねえ、ミニーは5Tなの？」キーは寺の静かな駐車場へ入る角を曲がりながら訊いた。

ミニーは姿勢を正してすわりなおし、寺の様子をじっと見ている。「ひさしぶりに聞いたな、それ」首をのばして、カラフルな仏塔《パゴダ》のてっぺんを見上げている。

「そうなの？」

「うん。まえに清明節のお参りに、ここへいっしょに来たとき以来聞いてない。高校のときだったっけ。5Tの何を知ってるの？」

キーは空いている駐車スペースに車を停めた。

「えっと」キーは5Tが何のことなのか、エディから聞いたことを思い出そうとした。「愛、お金、刑務所、罰、自殺？」

ミニーがぷっと笑いを漏らしたのでキーは驚いた。「どこのイキがったやつから聞いたんだよ、それ？」

「どういうこと？」シートベルトをはずしながら、キーは守りに入って言った。「違うの？」

「まあ、厳密に言えば、いま言った単語は五つともTで始まるから、よくできましたってとこだけど」

「そう」キーは腕組みをしながら言った。「何だっていいけど。とにかくひどい名前。なんか、頑張っても勝ち目のないギャングの名前みたい」

「Tuổi trẻ thiếu tình thương《トイ・チェー・ティオ・ティン・トゥーン》」ミニーが言った。

ミニーがベトナム語を話すのを聞くのはいい気がしなかった。ふたりともうまく話せたことがなかった。いちばんうまく話せた子供のころでさえ、ぜんぜん複雑な話なんてしていないときでも、自分たちの話す内容も語彙も複雑でむずかしく感じていた。でも、いまミニーが言ったことばの意味はキーにも理解できた。五つの単語。全部Tで始まる。Tuổi trẻ thiếu tình thương《トイ・チエー・ティオ・ティン・トウーン》。〝愛情不足の子供時代〟という意味だ。

カブラマッタのギャングには同情すべきだということは、キーも理解していた。ミニーのことをかわいそうに思うべきことも理解していた。ほかに選択肢がないと感じたのでなければ、誰もそういう人生を選ばないということさえ理解していた。けれど、だったらデニーの選択はどうなのか？ どんな選択肢があってあの子は殺された？ どんな選択肢があってキーは弟を失った？

「わたしその人たちに同情なんてしないな」キーが言った。

「あんた以外はするんだよ」

「どんなひどい親がいたとしても、人を殺していいことになんかならないよ」

「わかってる」

「こんなの嫌だ」

「あたしだって」

「ほんとに嫌」

「あたしもだよ」

納骨堂のそばまで来ると、キーはミニーの肘をつかんだ。「なかに入ったら、馬鹿なこと言ってはいけないんだからね」キーは言った。

「そう?」

キーは入口のほうへ首を傾げて示した。「亡くなった人の遺灰を納めている部屋へ入ったら、写真が置いてあるけど、いいとか悪いとか、何も言っちゃ駄目だからね」

ミニーは片方の眉を上げた。「幽霊が家までついてくるのが怖い？」

「違うよ」キーは嘘をついた。「ただ――」

「もうちょっと信用してよ。あたしのこと何だと思ってる？　どっかの馬鹿な子供？」

「えっと、ただミニーはいつも……」キーは言いかけたが、ミニーの視線が、キーの言うこと全部が古くて、たぶん期限切れだと言ってるみたいに思えて続きが言えなかった。たぶんミニーは変わったのだ。

ふたりは縦に並んで長く暗い部屋に入った。なかの空気は燃えた線香のにおいがこもっている。並んでいる遺影が、高齢の人も若い人も、みんな笑っていなくて、亡くなった夫婦の骨壺《こつつぼ》はひとつの納骨スペースを共有して納まっている。

キーはデニーの遺影の前で足を止めた。ミニーはハンドバッグをしっかりと身体の横に押しつけて、納骨スペースにひとつずつ目をやりながら、デニーのところまで来た。ミニーは凍りついていた。

「すごい」

「すごい？」

「すごいって、すごくないけど。ただ……思ってたのと違うから」

「どんなのと思ってたの？」

ミニーは一歩前に出て、デニーの写真に顔を近づけた。

「たとえば、最後にここへ来た誰かがハッピーセットのおもちゃを写真の横に置いてるとか」ミニーはデニーの納骨スペースに置かれているハンバーガーのトランスフォーマーを指さした。キーの母が家のビデオデッキの上から持ってきたものだ。

「うちの母さん、デニーのこといまでも子供だと思ってるんだよね」

「だって、子供だったもん」

「でもハッピーセットを喜ぶような子供じゃない」

「そうだな」ミニーが言った。「自分以外の誰かに変わってほしくないと思う人はいるよな」

キーはミニーをじっと見つめた。キーのことを言っているのか？　ミニーが説明を始めるか、キーの母がデニーにしたことをキーがミニーにしていると責めてくるかとキーは構えたが、何も起こらなかった。

「まあ……」ミニーがデニーの遺影に目をやったまま言った。「ひどいな」

「うん」

「デニーどうしてた？」ミニーが尋ねた。「死ぬまえのことだけど。あたしが最後に会ったのは、もちろんラッキー8でってことじゃなくて、たしかデニーが高校に入ったばっかりのころだったよな」

キーは弟と最後にすごしたときのことを思い出そうとした。時の経過でぼやけた記憶のなかで、旧《テ》正《ト》月の時期の帰省中のことを思い返す。あのときは、ふたりで窓を拭きながら、二十二歳にもなってまだ癇癪《かんしゃく》持ちなのかとデニーに言われたのだった。デニーとエディと三人で連れ立って、春節の祭りを見にカブラマッタの街の中心部へ出かけた。弟たちにフォーと綿菓子をおごり、そのあいだも自分は落ち着きなくポケベルをチェックしていた。食事のあとは、人混みではぐれないように、みんなそれぞれ誰かのシャツの後ろをつまんで、ジョン・ストリートを行ったり来たりしながら屋台をめぐり、獅子舞《ししまい》に出会ったときは立ち止まって眺めた。ときどき、薬を求めてカブラマッタまで電車でやってきた白人のヘロイン常習者が近くにいるのが目についた。彼らは獅子舞が頭を振って、観客の気を引くように巨大な瞼を近づけてくるのを、最初は混乱しながら見ているが、しだいにうれしそうに表情を変える。ふだんなら焦燥と眠気のあいだで揺れている彼らも、獅子舞のなかに入っている男女が組になって相手の肩に乗り、獅子の頭を放り上げて、店主たちが店の外に吊《つ》るしているレタスを飲みこむしぐさをするときには、大声を出して拍手喝采を送っていた。

「あの子必死でもがいてたんだと思う」キーは言った。それを認めるのはつらかったけれど、キーは押し寄せてくる罪悪感と恥ずかしさに逆らうことはしなかった。

「そう?」

「うん。ものすごいプレッシャーを感じてたんだと思う。誰もさ、受け入れられるためには、完璧じゃなきゃいけないなんてことないじゃない?　でも、わたしたちそのことを見失ってたんだと思う。わたしは見失ってた」

　ミニーはマクドナルドのハッピーセットのおもちゃに手をのばし、小さなプラスチックのビッグマックを手に取った。そしてプラスチックの小さな腕と脚と頭をカチカチいわせながら、ハンバーガーをロボットに変身させた。ミニーはおもちゃを元の場所に戻すと、おもちゃのロボットがデニーの遺影を守っているみたいに見えるように、そっと位置を整えた。ミニーがこんなふうに何かを大切に扱っているところを、キーは見たことがなかった。

「結局はわたしがあの子のそばにいなかったから」キーは言った。

「どうしてそうなるの?」

「つまり、卒業パーティーのあと、あの子をラッキー8に行かせてやってって、親を説得したのはわたしだから。だいじょうぶだからって、わたしが言ったから。全部だいじょうぶだからって。なんかまるで何でも知ってるみたいに。わたしメルボルンにいたのに」

「わかるわけなかったんだよ」ミニーが言った。目はまだデニーの遺影を見つめている。「あたしでさえ、何が起こるかなんてわからなかった。あたしはティエンと暮らしてたのに」

「でも、どうしても思ってしまうんだよ……もし、わたしがあんなふうにしなかったら、そもそもここを離れてなかったら、そしたらもしかしたら何かが違ったんじゃないかって。もしわたしがここにいて、あの子のために二次会をわたしが手配するとか、それかラッキー8についていってあげるとかしてたらとか、それか、単純にわたしがもっといい姉で、あの子にプレッシャーをかけるんじゃなくて、ちゃんとサポートできてたらって――」

「キー」ミニーがキーと目を合わせた。ミニーの顔は優しく、悲しげだった。「キーはキーの人生を生きてるだけなんだよ。デニーがデニーの人生を生きてたのとおんなじでさ」

「でも――」

「みんなのそばにいるなんてできないんだよ。みんなのために全部のことなんてできない。人はみんな自分の選択をするんだ。何をするにしてもね」

「わたし、ミニーのそばにもいなかった」キーはそう言って、自分で驚いた。ミニーにたいしては怒っていたかった。ミニーがどんなふうに自分をがっかりさせたかばかりを考えていたかった。けれど、笑っているデニーの遺影の前に立っていると、キーは自分の弟にたいする扱いと元親友にたいする扱いのつながりを考えずにはいられなかった。自分はなんて不公平か、どれほどまでにふたりをがっかりさせたことか。

ミニーが肩をすくめた。そして、天井を見上げ、それから床を見た。「どんなに頑張っても」ミニーはデニーの笑顔の遺影をもう一度見ながら言った。「充分やったことにはならなかったんだと思うよ」

ミニーのことばが突き刺さる。キーはまたミニーに喧嘩をふっかけて、怒りを雨あられと降り注ぐようにぶつけたい気持ちと闘っていたが、同時に同情心からくる心の痛みがふたりのあいだを通り抜けていった。なぜならミニーが正しかったから。ずっとミニーにとって充分でありたいと思ってはいたけれど、どうしてキーにそれができただろう？　デニーとキーにはいつもおたがいがいて、おなじ屋根の下に暮らしていて、安定をもたらしてくれる両親を共有していたけれど、ミニーは訪問者でしかなかった。どれだけ彼らといっしょに食事をし、勉強し、遊んでも、ミニーはいつも家に帰らなければならなかった。キーには完全に理解できない場所へ、彼女は帰らなければならなかった。ミニー自身はもちろん、もっと求めていたし、もっと必要だった。

キーはミニーの横顔をじっくりと眺めながら、やっぱりこれがいちばん好きだった友達の輪郭だと思った。かつては自分にとってのすべてだった友達だ。けれど、自分が知っているミニーでないものもキーの目には見えた。キーの知っているミニーが昔から持っていた特徴と混ざり合って完全に変えてしまい、元のミニーを覆い隠してしまうほどではないが、たしかに何かが変わっていた。いまキーのとなりに立つ女性は、ミニーであり、ミニーではなかった。姉妹であると同時に他人だった。救いを必要としている誰かであると同時に、責められて当然の誰かでもあった。デニーのために戦った誰かであり、でもあの子が死ぬのをただ見ていた誰かだった。キーはミニーへの怒りを感じていた。気の毒に思う気持ちもあった。そのふたつの気持ちの隔たりを埋めることができないでいた。いまはまだ。もしかしたら、これからも。

「ねえ、死んだ人のために物を燃やすんじゃなかったっけ？」ミニーが話題を変えた。「あたしたちもできる？」

「外にごみ缶があるから、燃やすんならそのなかで」キーは言った。「でも、自分の冥銭《めいせん》を持ってこなくちゃいけないんだよ。わたしはウールワースのカタログかなんかを持ってきたらよかったな。そしたらポテトチップスもチョコレートも全部燃やしてあの子に届けられるのに」

「それって、ほんとに届くの？」

「さあ。サルはほんとに魔術を使える？」

ミニーの口角が上にあがった。けれど、目は悲しげで重そうなままだ。ミニーの顔を見ながら、悲しすぎると泣けないことが人にはあるのだと、キーは気づいた。

「ねえ、いいこと思いついたよ」ミニーはハンドバッグのなかを探り、フィットパックを取り出した。

「ほら、これ包んでる紙を見て」ミニーはカタログのページの包みをひっくり返しながら、いろんな商品が載っているのをたしかめた。「デニーのために、これ全部燃やせばいいよ。ほら、マンゴーもあるし、レインボーフレーバーのパドルポップのアイスもあるし、ダヴの石鹸《せっけん》だってある。ねえ、フェレロロシェのチョコもあるよ！」

「やだな、冗談で言っただけなのに」キーは言った。

「いいじゃん、やろうよ」ミニーの声に興奮が混じっている。「これ、仏さまの前でお願いして、お寺公認のお供えものにだってできるんだよ。ねえ、見て、キー、フェレロロシェ四十八個入りだって。デニーはフェレロロシェ好きだもんな」

キーはお寺の火かき棒とごみ缶を取りにいき、そのあいだにミニーは本堂まで走って、持ってきたフィットパックを仏像の前で振って見せた。そして戻ってくると、フィットパックの中身をハンドバッグのなかにあけた。バッグのなかに注射針が見えて、キーはたじろいだ。ミニーはそのあと、震える手で包みにしたカタログのページの糊付《のりづ》けした端っこをぴりぴりと破き、その切れ端に火をつけては缶のなかに落とし入れた。カタログの切れ端は燃えながら黒くなり、丸まっていく。ミニーはタバコを一本引っぱりだすと、それも缶のなかへ投げこんだ。

「ちょっと、何するの！」キーが声を出すそばで炎が燃えあがり、タバコから煙が立ちのぼった。

「あの子だって二回は死ねないからさ」ミニーが言った。「それに、どんなにクールに見えるか、考えて見てよ！　女の子の幽霊たちがみんなあつまって、デニーのタバコに火をつけてくれるとか」

「信じられない」

「それと、ごめん」

ミニーの声には急に誠実さが感じられ、キーは不意をつかれた。キーのあいたほうの手をミニーが握った。その手の爪が割れているのにキーは気がついた。殴られたあとのような痣とかさぶたと軽いやけどのあともある。キーが目を上げると、そこには大きく見開かれた、いまにも傷つきそうなミニーの瞳があった。キーの心に、幼稚園で初めてできた友達の姿がよみがえる。それからの十年、ずっと自分のそばにくっついていた友達の姿だ。

「そういうことだからさ」ミニーが言った。「悪かったよ。あたしが言ったことも、どんなふうにいなくなったかも。あたし、ただすごく……なんだろな。すごく怒ってたんだよな。怒ってて、嫉妬してた。自分が嫉妬してることに怒ってた。もしさ、キーが自分が足りなかったとか思ってたりしたら、ごめん。あたし、もっといい友達じゃなくてごめん。あたし、ただ……」ミニーは握りこぶしで自分の胸を叩いている。「何かがぱかっと開いたみたいになって、それで、どうやって元に戻せばいいかわからなかった」

「いいよ、そんなの」キーは言った。そんな気持ちになっていた。何年ものあいだ、ずっと気を揉んできた。それでいいことになんて絶対にならないと、キーは決めつけていた。おたがい与えあった傷が癒えることなんてないと思っていた。けれど、いまふたりの人生のなかで、その部分がさほど重要だとは思えなくなっていた。違うのだ。人生のある部分がほかの部分とくらべて大きいということはある。デニーは死んだ。ミニーは謝っている。

「わたしも悪かったと思ってる」キーは言った。「わたしが言ったこととわたしがしたこと」

「それとデニーのことも悪かったと思ってる」ミニーが言い足しながら、キーの手をぎゅっと握った。ふたりとも手が汗でじっとりしていた。「何をして償えばいいかわからない。デニーを連れもどす方法がないのはわかってる。でも、キーのご両親に会いにいくことはできる。もしそれが何かの役に立つとキーが思うならだけど。ごめんなさいって、ご両親に謝ることはできる。ご両親の前でひざまずいて、ひどいことが起こるなんて決して望んでなかったとわかってもらえるようにはできる」

「その必要はないと思う」

「キーが望むなら警察へだっていくよ。あたし行けるから——」「ミニー」。ミニーが続きを言うまえに、キーは遮った。「ミニーが言ったんじゃない、それで何が変わるの？」

ミニーは缶から漂い出る煙をじっと見つめている。「そうだね」と、ささやくような声で言った。「修復することができたら」

「できないんだよ」

「わかってる、でも……」少しのあいだ、ミニーは物思いにふけっているみたいに見えた。「戻れないのはわかってる」ようやくそう言った。「でも、それができたらどんなにいいかと思う」

それはキーの白昼夢を食い尽くすあの空想だった。ふたりの友情は絶対に終わらないという空想であり、こうでなかった世界ならあったかもしれない別の人生。けれど、空想はやっぱり空想でしかなかった。ミニーの目も、おなじことを言っていた。

「ときどき、ミニーがいなくて寂しいと思うことはある」キーは言った。「ほんとはね、いつだって会いたかった。ミニーのこと怒ってないときは。それにそういうときだって、やっぱり会いたい気持ちはあるんだよ」

ミニーは微笑んだけれど、瞳には隠し切れない痛みが現れていた。それは昔、鏡に映ったミニーの瞳のなかにキーが見たのとおなじものだ。笑おうとしても、愛する誰かを失ったままの喪失感によって努力がくじかれてしまう。ミニーはキーの手を放し、手の甲で鼻水を拭い、それからその手をズボンで拭った。

「あたしもキーがいないと寂しいよ。それに、デニーがいなくて寂しい。あんたの両親にさえ会えないと寂しいんだ」

ふたりは缶のなかで燃え尽きたタバコとカタログがのこした煙が風に吹かれて消えていくのを見つ

めていた。急に、キーは何日も眠っていなかったかのようなひどい疲れを感じた。ミニーは目を閉じている。

「今度は何?」キーは言った。

「えっと」ミニーが言った。太陽を見上げて目を細くしている。「せっかくここに来たんだからさ。仏さまにお願いごとしてもいいんじゃない?」

寺の本堂にはいまふたりのほかに人はいない。三体の巨大な仏像がそびえ立っている。右の観音菩薩《かんのんぼさつ》さまのそばで笑う金箔《きんぱく》張りの男の仏さまたち。

ふたりは横に並んで、冷たいタイル敷きの床にひざまずく。キーは手を合わせ、目を閉じて、頭を下げて身体をまるめ、そして願いごとをした。ミニーもおなじようにしているのが感じられた。

13

ぼくは仏像の前で彼女のとなりにひざまずく。空気のように、でも空気じゃなく、存在しているけれども、でもここではないところで。そして祈る。彼女はだいぶ年をとった。髪には白髪がちらほら交じり、目じりには笑いじわができている。縁なしの眼鏡はもうかけていなくて、いまかけている眼鏡は鼈甲《べっこう》ふうのプラスチックのフレームだ。

彼女はぼくたちの母さんのとなりにひざまずく。母さんは、髪がすっかり白くなり、指は瘦せ細って骨ばっているけれど、性格の頑固さは変わらない。膝を気遣い、彼女がクッションをさしだしたのを、母さんは払いのけて拒絶した。

「何でも好きなことをお願いしてもいいんだよね？」彼女が言った。

「どういう意味だい？」

「母さんいつもわたしたちに、いい成績が取れるように仏さまにお願いしなさいって言ってたけど、もうそんなことしても意味がないから」

ぼくたちの母さんは、彼女の顔をじっと見る。すっかり大人の女性に成長した娘の姿に見入っている。母さんが自分の娘の年齢だったときには、すでに結婚して子供がふたりいて、第一の故郷を離れて、ふたつ目の故郷を受けいれようと頑張っていた。娘のことを、ひとりの大人として見ようとはしてみるが、どんなに身長がのびて、そばかすが増えて白髪が見えはじめてきても、母さんの目に映る彼女はいつまで経っても、母さんのほうに手をのばし、蜂に刺されたと言って泣き、大人がよそ見しているあいだにロールパンのふわふわの白いところをくり抜いて口に入れ、みんなのパンをまわりの硬いところだけにしてしまった、かつての小さい少女の姿だ。

「何でも好きなことをお願いしなさい」ぼくたちの母さんは言った。

ふたりはお願いごとをして、お供えものを燃やし、車で街へ向かう。

キーはもう十五年以上もカブラマッタの街の中心部を見ていない。あの葬儀のとき以来一度も、事件の目撃者を追跡したあのときから一度も訪れていない。カブラマッタへ帰ってくることはあっても、じっと実家にいるだけで、あえて出かけていく気にはなれなかったのだ。あのとき、ミニーのそばで祈りを捧《ささ》げたあとで、キーはシドニーに戻って、赦《ゆる》しを求める生活を送ろうかと考えたことがあった。自分自身への赦しと、ミニーへの赦しのために、元の親友とともに取り組み、ぼくたちの両親が悲しみをくぐり抜けていくのをそばで助けるのがいいのではないかと考えたことがあった。けれど彼女自身の悲しみと、そして罪悪感が大きすぎて、結局じきにメルボルンへ帰っていった。カブラマッタは、彼女が失った弟と、彼女自身が負った傷と、振り払うことのできなかった罪悪感が、あまりにも生々しく思い出される場所だったからだ。

何が変わったのかって？

悲しみはいまもそこにあるし、以前より薄らいでもいない。けれど、彼女は年を重ねて強くなった。それに好奇心がある。家を出て、ジョン・ストリートを歩き、ラッキー8の前を通るとどんな感じがするのかを彼女は知りたい。彼女はおびえている。ときどき、母さんの手を握りたいと思うときがある。ぼくたちの母さんはもちろん気づいている。ぼくたちの母さんが世のなかを渡っていく姿はまるで鈍器のようだとキーは思う。うるさくて、こうと決めたらそればかりで、鈍感で。でも娘たちは間違っているかもしれない。ものすごく間違っているかもしれない。母は勘が働くし、母は知っている。ただ、母にとっては、娘が望む自分の姿になることがむずかしく、身に付けたことを身に付けるまえのように戻すことがむずかしく、母自身が経験した鈍い痛みを乗り越えることがむずかしいだけだ。母が負った鈍い痛みは、母を内に向かわせると同時に人に当たるように外へ向かわせ、母の思うようにはコントロールしきれない。母は娘の肘に手をやり、娘の肘に自分の腕をからませる。こうやって母は伝える。〝わたしはここ、わたしはここ、わたしはいつもここにいる〟

ふたりはコモンウェルス銀行に寄る。カーペットが新しくなり、ＡＴＭがまえよりぴかぴかになっている。そこでぼくたちの父さんと待ち合わせをしてランチに出かける。父さんは髪の毛が白くなり、相変わらずサイズの合わない服を着ていて、今日初めて行くフォーの店を選んでおいてくれている。この店は、父さんがいままで試したなかで、兵隊さんのヘルメットのフォーにいちばん近い味のフォーを出す。

何年も避け合ったあと、父と娘はようやくたがいの目を見て話せるようになった。父は、自分のことを娘にわかってもらいたくてそうする。娘がそうするのは、息子に何があったかを父に話したとき、ミニーとティエンと、そして事件現場にいた人たちがみんなでついていた嘘について知ったことを父に伝えたとき、父がそれまでの自分が父親として足りなかったと謝ってきたからだ。父は娘に、おまえを誇りに思うと言った。父は娘に、おまえを愛していると言った。言ったのはそれっきりだった。自分のもろさに戸惑い、伝統からはずれた自分の行動に戸惑い、自分の正直さに戸惑ったからだった。でもそれで充分だった。娘には、それで充分だった。

キーはフォーの店で両親の向かいにすわり、ミニーはどうしているだろうと思い、それを口に出す。

「たぶん今日会ったって、あの子だって気がつかないかもね」ぼくたちの母さんがベトナム語で言う。

「そうかもね」キーは英語で答える。

「ほら、おまえだって。おまえだって若い娘だったときとおんなじようには見えないんだから」

「何が言いたいわけ？」

「何って、おまえだって年を取ってきたんだから、結婚も子供も、これ以上待ってたら、おまえをのこして船が出てしまうよってこと！　それに、うちにだってもっと帰ってこなくちゃ、今度帰ってきたときには、あんたのお父さんもわたしも死んでるよ！」

「毎週電話してるじゃない」

「電話だけなら、死人にだってかけられるよ！」

言い返したい気持ちはあるけれど、キーはあえて言い返さず、普通だと感じられるこのひとときを味わおうとしている。いっしょにいて、自分たちがとくに壊れてもいなければ傷ついてもいない、ほかの誰もとおなじように、ただ馬鹿げたことを言いながら過ごすこのひととき。

友達のことに話題を戻し、キーはいまもミニーと友達関係が続いている世界を想像する。イメージがぼんやりとして、不安定だ。うまくいかない。

「もしかしたら引っ越してしまったかもね」ぼくたちの母さんが言う。「もしかしたら結婚してお金持ちになってるかもよ。パースに住んでたりなんかして」

そんなことはないと、心が告げていたけれど、キーは母の言うことが本当だったらいいなと思った。

「ジャンキーがあんまりいなくなったね」キーは言う。

ぼくたちの母さんは、何を言っているのかわからないみたいな顔をしてキーをじっと見る。「何のこと?」

「薬物常用者のことだよ」キーはベトナム語で答えるが、すぐにまた英語に戻る。「あんまり見ないね」

「みんな死んじゃったもの」

「ほんとに?」

「ええ。ドラッグのやりすぎで、たくさん死んだから」

「まさか」キーは言う。だって、何千人もがカブラマッタで死んだのに自分の耳に入ってこないなんてことがある?

「おまえはここに住んでないから、だから知らないんだよ」

「それで、母さんはジャンキーが何千人も死んだのを自分の目で見たの?」

ぼくたちの母さんは肩をすくめる。

「みんなレッドファーン（シドニー中心部の一地区）にいるんだ」ぼくたちの父さんが言う。

「そうなの?」

「レッドファーンに注射室*ができたから、ジャンキーたちはみんなそこへ行ったんだ」

「それでみんな死んだ」

ほかにも変わったことはあった。

ニュースではもうカブラマッタのことは聞かれなくなった。ヘロインの取引は減少した。親たちやおじやおばや兄や姉たちが自制心を失い、薬物に溺れていくのを見ていた子供たちは違う道を選ぶ。

以前はアジア人にたいして愚痴をこぼしていた国会議員たちは、いまはアラブ人やアフリカ人に注意を向けている。フリーダム広場の光沢のある赤いベンチのあった場所には光沢のある灰色の石が置かれている。地元の人たちは一回百ドルで白人の旅行者を街のグルメツアーに連れていく。鉄道駅にはエレベーターがついた。最高の激辛フライドポテトを売るレッドリー・チキンは全商品を値上げした。

けれど、変わらないものもある。

レッドリー・チキンはやっぱり最高の激辛フライドポテトを売っている。アジア人女性はやっぱり声が大きくて、自分の意見にこだわりがあって、サンバイザーを着けている。ぼくたちの母さんは、勤め先の布地店からやっぱり有給休暇や疾病休暇をもらえない。旧正月と中秋節は以前と変わらず色鮮やかで、獅子舞が大人も子供も魅了している。アラブ人やアフリカ人をこき下ろす国会議員たちは、以前はカブラマッタにたいして抱いていたのとおなじ憎しみ《ヘイト》を彼らにたいして抱いている。記憶が色褪せることはない。全部おなじだ。変わってなんかいない。何も変わってなんかいないんだ。

キーはフォーが運ばれてくるのを待つあいだ、ぼくたちの母さんが父さんの仕事着のシャツの襟を直すのを見ている。見ていると、ぼくたちの父さんがハーブの皿からくし切りのレモンを取り上げる。ふたつ見えている種は目玉で、カーブしたレモンの皮は大きなスマイルだ。そして、父さんがふたりのためにそれを踊らせる。キーは微笑む。でもやっぱりここへ、故郷へ帰ってくると、キーは自分たちが失った年月を数えずにはいられない。

ぼくたちが失ったものはそれだけじゃなくて、本当は、両親といる時間や姉弟《きょうだい》でいっしょにいる時間だけにとどまらないもっと多くのものを失ったけれど、ぼくにはそれを彼女に伝えるすべがない。喪失はぼくたちが生まれるずっとまえから始まっていたけれど、ぼくにはそれを彼女に伝えるすべが

＊　薬物による健康被害低減のための取り組みの一環として設置された監視付き施設。

ない。ぼくたちの両親が失ったもの、そのまた親たちが失ったもの、そしてぼくたちのご先祖たちが失ったもの。それは家の喪失であり、場所の喪失であり、自己の喪失であり、命の喪失であり、そしてぼくたちはそうした喪失とともに生まれ、それを携え、それを背負い、その一部となっているということを、彼女に伝えるすべがない。

それは彼女のせいじゃないんだと、ぼくは彼女に伝えたい。彼女のせいなんてことは絶対にない。ぼくたちについて公平にふるまいたいのなら、自分が生きたい人生を生きるべきだとぼくは言いたい。恐れることなく、妥協せず、自分の居場所があるとかないとか思い悩まず、生きるべきだと言いたい。ときに黙っておとなしくしていられないことはあるし、いい子でいられなくなることはあると、ぼくは言いたい。ときに闘わなくてはならないことはあり、それは公平でなく、正しいとは言えないことだってあるけれど、でもぼくたちにほかにどんな選択肢がある？　ぼくは彼女にこう言いたいし、言いたいことはほかにももっとある。けれどぼくにはことばがない。空気がない。ぼくは存在していない。ぼくの光のスイッチは切れている。でもやっぱりぼくはここにいる。ここにいて、知っている。知っていて、彼女を苦しめ、彼女にぼくを背負わせている。ぼくがほかの誰かを背負ってきたのとおなじように。なぜなら、死人の重みを背負わないのなら、生きている人間はいったい何をすればいい？

だからぼくは、彼女が背負う荷物を軽くするために、彼女のとなりにひざまずく。彼女がひとりではないと知らせるために、ぼくは彼女のとなりにひざまずく。彼女はぼくの姉さんだから、ぼくはとなりにひざまずく。そして彼女は願いごとをする。仏教寺院で、カブラマッタの街で、兵隊さんのヘルメットのフォーを味わいながら。ぼくは彼女のとなりで願いごとをする。彼女とともに、彼女のために。なぜなら、彼女がどれほどそれを望んでいるかをぼくは知っているから。それが手の届くところにないかもしれないことを、彼女がどれほど恐れているかを、ぼくは知っているから。ぼくたちは共に願いごとをする。ぼくたちは両親の健康と長寿と幸運を願う。ぼくたちはその願いを、ぼくたちが愛してきたすべての人にひろげて願う。ミニーにいいことがあるように願う。幸せが、安全が、満足が彼女に訪れますように。たとえ何であれ、彼女が探しているものが見つかりますように。そしてぼくの姉さんのために、カブラマッタのために、いままで訪れた、去っていった、とどまったすべての人のために、彼らが安らぎを得られますように。力を得られますように。尊厳を得られますように。そして彼らが耐え抜き、生きのびて、いつかぼくたちが故郷《ホーム》と呼ぶこの場所を、自分たちのものにできるだけの力を手にすることができますように。

謝辞

本書はフィクション作品であり、登場人物は作者である私の創作ですが、カブラマッタは実在の場所であり、この場所は一九九〇年代をとおして実際にヘロイン禍を経験しました。私はカブラマッタで育ち、その時期のことを覚えていますが、当時はまだほんの子供でした。マンディ・トーマス博士の著作、なかでも彼女の著書である *Dreams in the Shadows: Vietnamese-Australian Lives in Transition* (Allen & Unwin, 1999) とリサ・マー博士の包括的な民族史学的研究は、私が見ていない、あるいは子供だったために理解していなかったカブラマッタの側面をつなぎあわせるうえで、きわめて有用な資料となりました。

この小説を出版するにあたっては、以下の方々に大変お世話になりました。ここにお名前を記して感謝の意を表します。

私の作品のエージェントであるヒラリー・ジェイコブソンは、初めてやりとりしたときから私とこの小説の熱烈な支持者でした。彼女がいつもそばにいてくれたことに感謝しています。エミリー・クランプとマンプリート・グレワルは、細心の心遣いと注意深さをもって改稿作業を導いてくれました。彼らほど素晴らしい編集者はどこを探してもいないでしょう。ハーパーコリンズ社のウィリアム・モローならびにハーパーコリンズUK社のHQの各レーベルのみなさまにも大変お世話になりました。デザイナー、校正者、編集者、広報担当者、営業担当者、マーケティング担当者、インターンなどそれぞれの立場で、原稿が本になるまで敬意をもってこの作品にかかわってくださったすべての方々にお礼申し上げます。そして、世界じゅうにこの小説の居場所を見つけてくれた、C&W社のエマ・フィンとカーティス・ブラウンUK社のソフィー・ベイカーにもお礼申し上げます。

ローラ・モリアーティは、いくつもの段階で原稿に目を通し、忌憚《きたん》のない意見を聞かせてくれただけでなく、私を信じ、私ならもっとやれると励ましてくれた理想の助言者です。

コート・スミスは作家仲間ではありますが、彼ほどの優秀な書き手に早い段階から原稿を読んでもらえるとわかっていたことで、よりよい作品にしなければという思いがいっそう固まりました。

アレクサンドラ・コストラスは、私が初めて参加した創作のクラスで、どこまでも我慢強く教え、励ましてくれました。

ニタ・ユンは、私が仕事を辞めて芸術修士課程《MFA》を履修することを提案し、ラス・ミッチェルもそれがいいと、ひじょうに熱心に勧めてくれました。素晴らしいアドバイスでした。

故イアン・ヘイルからは、自分の強みを生かし、凡庸さに決して甘んじることなく、そしてシドニー南西部の出身であることに誇りを持てと教わりました。ありがとうございます。

故ジェイムズ・モーガンは、友情の基準が高い人でした。彼の存在がこの本を書くことに直接影響したかどうかについては、たしかなことは言えませんが、でも私はただこう言い、活字にとどめておきたいと思います。私は彼を愛しているし、彼に会いたい。

私の両親にたいしては、多くのことが言われないままですが、こう言いたいと思います。妈妈爸爸、非常感激你们（お母さん、お父さん、とても感謝しています）。

兄のシドは十年生で数学を捨て、そうすることで私も十年生で数学を捨てる道をひらいておいてくれました。人生＝永遠に変わった。ありがとう、兄さん。

ハンフリーとイサベルはよい犬たちです。

サディア・ラティフィ、コービン・ジョーンズ、ラオ・リー、そしてリーナ・ルトコフスキー、友人である彼らは、この小説に取り組んだ数年のあいだ、ずっとわたしを励まし支えてくれました。また、ムービークラブのみなさん（アリスン・グラッソ、チェルシー・リックリング、ジョン・スキッドモア、ベサニー・リース、ザック・エイカーズ、ジョン・ペルズ、コリン・ミラー、ミッシェル・パッチズ、マット・パッチズ）にもお礼申し上げます。みなさんは、パンデミックに覆われた世界に差しこむ希望の光でした。

最後に、私にとって最愛の、誰よりも賢い大切な友達であるスキップ・ブロンキー。あなたを見つけたことは奇跡です。

訳者あとがき

本書は、トレイシー・リエンの ***All That's Left Unsaid***（2022）の全訳である。

メルボルンの新聞社に就職し、ジャーナリストとして第一歩を踏み出したばかりのキー・チャンは、弟が殺されたという報せを受けて、実家のあるシドニー郊外の街カブラマッタへひさしぶりに帰省する。

亡くなった弟のデニーはキーより五歳下の十七歳で、幼いころにベトナムから両親とともに難民として渡ってきたキーとは違い、オーストラリアで生まれた。成績優秀で、努力家で、おとなしい、どこから見ても〝いい子〟だったデニー。同級生たちと出かけた高校卒業パーティーの二次会がおこなわれていたレストランで、何者かに殴り殺されたというのだが、キーには不思議に思えてならない。事件現場となったレストランは、結婚披露宴に使われるような健全な場所であり、デニー自身もそのような場所で、暴力事件に巻きこまれるような子ではなかったはずだからだ。

ショックから立ち直れない両親は、ほとんど口をきかない。弟にいったい何があったのか、誰からも説明されないまま葬儀を終えて、ようやく父とことばを交わしたキーは、弟の死の詳細について両親が何も知らないことを知る。警察からは何も知らされていないというのだ。そこで父に言われるままに、キーは事件の詳細を確認しようと警察署を訪れるのだが、担当巡査から不可解な話を聞かされる。事件当夜、現場にはデニーの同級生や一般客が合わせて十数人もいたのに、目撃証言がひとつもないというのだ。みんな「何も見ていない」と言っている。それに警察は、捜査を進める気配すら見せない。普段は友達と夜に出かけたりしないデニーから、遅い時間の二次会にどうしても行きたいと相談をもちかけられたとき、だいじょうぶだからと両親を説得したのはほかならぬキーであり、そのことをキーは悔やんでも悔やみきれない。どうしても真相を知りたいキーは、なんとか手に入れた巡査の手書きのメモをたよりに、事件当夜、現場にいた人々をひとりひとり訪ね歩くことにした。

ところが、実際に調査を始めてみると、誰よりも真面目な優等生だったはずのデニーがしたという不正行為に話が及ぶし、そもそも警察はあたかもデニーが違法薬物に手を出していたかのような話の進め方をしている。弟とは仲良しの姉弟《きょうだい》だと思っていたのに、自分が不在のあいだに弟は変わってしまったのか？　それとも、最初から弟のことなんて何も知らなかったのか——？

物語の舞台は、一九九六年のオーストラリア、シドニー南西部の街カブラマッタ。この国最大のベトナム人街があることで知られ、とくにアジアからの移民が多く暮らす地域だ。主人公キーの視点から描かれるいくつかの章と、交互に現れる、事件の目撃者やキーの家族といった身近な人物の視点から語られる章を追っていくうちに、薬物がらみの問題を多く抱え、アジア系ギャングによる暴力事件が絶えず起こっていた街の不穏さと、おなじ街で懸命に生きる人々の活気が入り混じる、複雑な移民街の姿が見えてくる。と、同時に、複雑な街の様子を背景に、思春期のころの友達どうし、とくに女の子どうしの関係や、親世代との価値観の違いや衝突、そして親しい人とのあいだに生じる嫉妬心や執着や気持ちのずれや絡まりあいといった登場人物たちの心理が、息が詰まるほどの切迫感をもって描かれる。

とくに強調されるのが、キーにだけ聞こえる声として登場する、元親友のミニーの存在だ。キーとミニーは、ともにベトナムからの移民家庭に育ち、学校での差別ともいっしょに闘ってきた誰よりも仲良しのふたりだった。だが、似ているようで違いすぎる家庭環境や、関係が近いからこその息苦しさから傷つけあい、喧嘩別れしたままになり、キーはミニーの居場所を知らない。それでもミニーの声は、ときにキーをいらだたせながらも行動に駆り立て、キー自身は、みずから動くことによって自分と向きあい、それまで見えていなかったものにたいして目をひらいていくことになる。

原題の *All That's Left Unsaid* は、直訳すれば「言われなかったすべてのこと」であり、もちろん、ひとつには事件の空白を指しているのだが、おなじコミュニティーに暮らし、おなじ事件を目撃し、おなじ嘘をついた人々がそれぞれに抱える異なる事情や嘘の理由がそこに隠れていることも含んでいるのだろう。それに、キーの両親やその他の登場人物たちが示すように、あえてことばにされなくても大切なことはたくさんあって、それに気づくことができれば、ひとはやさしくなれると伝えているようにも思える。

著者のトレイシー・リエンは、オーストラリア出身のベトナム系作家で、ロサンゼルス・タイムズの記者などを経て、カンザス大学大学院MFA（芸術学修士課程）で創作を学び、在学中に執筆した本作で作家デビューを果たした。いくつかのインタビューによると、著者は幼少期に、ベトナムからの移民である両親とともにカブラマッタに住んでいたが、子供だったため、わかっていなかったことも多く、作品の背景となる状況については、当時の新聞記事や研究書などの資料にあたり、あらたに調査を行って、フィクションとしてストーリーを組み立てたという。書くことへの興味は、十代前半のころ愛読していたティーン雑誌『Dolly』に〝ヒューマンインタレスト〟のカテゴリで掲載される、人に焦点を当てた読み物記事が好きで、いつか自分もそこに載るような長く人の心にのこるストーリーを書きたいと思ったことが始まりだったそうだ。その後、シドニー工科大学でジャーナリズムを学び、Ｖｏｘ Ｍｅｄｉａでゲームライターのポジションを得て、在職中に渡米、ロサンゼルス・タイムズに移ってからは、テック業界を中心にビジネス記事を手がける記者として充実した日々を送っていた。転機が訪れたのは、トランプ政権が成立してしばらく経ったころのことで、今日書いた記事が明日には忘れられてしまうようなビジネスニュースの仕事に限界を感じ、新聞社を辞めて大学院で創作を学ぶことに決めた。書きたいテーマはいつもおなじで、「一九九〇年代のオーストラリアでアジア人として育つのはどういう感じがするか」で、気がつけばカブラマッタに住む女の子の話ばかりを書いていたという。そして、多文化主義を掲げる平等の国で居場所を確保しつづけるために、「模範的マイノリティー」でいることにとらわれた人物としてキーを主人公に据え、長篇小説として本作を書きあげた。殺人事件を軸にしたミステリのかたちをとったのは、人種差別や世代間のトラウマといった深刻な内容を、重くなりすぎずに読者に届けるためだったということだ。

本書は、刊行当初から、ミステリとしても文芸作品としても注目をあつめ、パブリッシャーズ・ウィークリーをはじめとする複数の有名媒体がそれぞれに発表する、二〇二二年度のベスト本に選ばれたほか、ロサンゼルス・タイムズ文学賞のミステリ／スリラー部門などの文学賞の最終候補作となり、また、二〇二三年度には、すぐれた文芸作品のデビュー作に贈られるMUD文学賞や独立系書店が選ぶ新人賞であるインディーブック・アワードを含めオーストラリアの文学賞を中心に受賞が続いた。書評誌や新聞、現役の作家からも賛辞が数多く寄せられており、そのいくつかはひじょうに印象的で、作品の本質をよく伝えていると思うので、ここで紹介しておきたい。

「この小説は、読む人を時を超えた旅につれていく。多くの問題を抱えた一九九六年のオーストラリアへ、親の心の痛みによってかたちづくられた若き日へ、あなた自身が人生最大の過ちを犯したつぎの日へ。トレイシー・リエンが書く物語は、あなたを二十年前へと引きもどし、そして、心が張り裂け、愕然とするあなたを、今度は現在の明るい光のなかへと押しやる。正直で、痛くて、美しさに満ちた小説。この本はあなたを夢中にさせる」――ジュリア・フィリップス（『消失の惑星《ほし》』）

「ショッキングで、深く心を揺さぶる、真に特別なデビュー作だ。殺伐として、心を引き裂くような本作は、いくつかのひじょうに重要な問題に取り組みつつ、それでいて、よくつくりこまれたミステリでもあり、読みはじめたら止められない。と、同時に忘れることのできない作品だ」――クリス・ウィタカー（『われら闇より天を見る』）

胸詰まる物語であるが、読んだ人の心に長く深い印象をのこす作品であることに間違いはなく、翻訳でもそれがうまく伝えられることを願うばかりだ。

先に少し触れたが、カブラマッタはシドニーの中心部から南西約三十キロに位置する郊外の街で、第二次世界大戦後はおもにヨーロッパから、ベトナム戦争後はアジアからの移民を受けいれてきた一時滞在施設が近くにあったことから、移民人口の多い街として発展した。オーストラリアでは、一九六〇年以降から増えはじめた違法薬物の問題が一九九〇年代にピークを迎え、ヘロイン禍（エピデミック）と呼ばれる時期を経験していた。カブラマッタはその問題の中心であり、同国の〝ヘロインの都〟とまで呼ばれることもあった。本作に描かれているのは、そのころのことである。ヘロイン禍は二〇〇〇年代初頭に終息し、それにはいくつかの要因があったが、作中で登場人物のひとりが語っているように、薬物の乱用によって健康を損ない、生活を破綻させてしまう大人たちを見ていて、つぎの世代がおなじ道を選ばなかったことが大きいのではないかと、これも著者はインタビューのなかで述べている。

最後に、本書を訳出するにあたって、的確なご助言とご指摘をくださった早川書房の窪木竜也さんをはじめ、関係者の皆さまに心よりお礼申し上げます。

二〇二四年五月

訳者略歴　翻訳家　訳書『追憶の東京』アンナ・シャーマン（早川書房刊），『闇の牢獄』ダヴィド・ラーゲルクランツ，『THE LAST GIRL イスラム国に囚われ、闘い続ける女性の物語』ナディア・ムラド＆ジェナ・クラジェスキ，他多数

偽《いつわ》りの空白《くうはく》

2024年6月20日　初版印刷
2024年6月25日　初版発行

著者　トレイシー・リエン

訳者　吉井智津《よしいちづ》

発行者　早川　浩

発行所　株式会社早川書房
東京都千代田区神田多町2－2
電話　03－3252－3111
振替　00160－3－47799
https://www.hayakawa-online.co.jp

印刷所　株式会社精興社
製本所　大口製本印刷株式会社

Printed and bound in Japan

ISBN978-4-15-210338-3 C0097

乱丁・落丁本は小社制作部宛お送り下さい。
送料小社負担にてお取りかえいたします。